Présence du Fantastique/42

L'Échiquier du mal 1

DAN SIMMONS

L'Échiquier du mal 1

roman traduit de l'américain
par Jean-Daniel Brèque

DENOËL

Titre original
CARRION COMFORT
(Warner Books, Inc., New York)
ISBN 0-446-35920-3

Et pour la traduction française
© 1992, by Éditions Denoël
9, rue du Cherche-Midi, 75006 Paris
ISBN 2-207-60050-5
B 60050-5

Remerciements

Tout livre qui réussit la Longue Traversée menant à la publication est assisté par d'autres esprits et d'autres mains que ceux de son seul auteur, mais un roman de cette taille et de cette ambition accumule plus de dettes que la plupart des autres. Je tiens à remercier un certain nombre de personnes qui ont aidé *L'Échiquier du mal* à arriver à bon port contre vents et marées :

Dean R. Koontz, dont les aimables encouragements ont été aussi opportuns que généreux.

Richard Curtis, dont j'ai pu apprécier la persistance et le professionnalisme.

Paul Mikol, dont le goût est impeccable et dont l'amitié m'est chère.

Brian Thomsen, dont j'ai pu apprécier l'amour des échecs et le respect de l'Histoire.

Simon Hawke, armurier dans la grande tradition de Geoffrey Boothroyd.

Arleen Tennis, dactylo hors pair, pour ces chaudes journées d'été passées à taper les avant-dernières versions des révisions révisées.

Claudia Logerquist, qui m'a patiemment rappelé que les trémas et autres signes diacritiques ne devaient pas être saupoudrés au hasard comme des grains de sel.

Wolf Blitzer, du *Jerusalem Post*, qui m'a aidé à trouver le meilleur vendeur de falafels de Haïfa.

Ellen Datlow, qui m'a affirmé que je ne pourrais pas écrire de suite à la nouvelle qui a donné naissance à ce livre.

Et mes plus vifs remerciements à :

Kathy Sherman, qui a collaboré avec enthousiasme aux illustrations de la première édition de ce livre en dépit d'un délai très bref et d'un salaire très mince.

Ma fille Jane, qui a attendu patiemment pendant les deux tiers de sa vie que Papa «finisse son livre à faire peur».

Karen, qui a toujours été impatiente de connaître la suite.

Et finalement, mes remerciements les plus sincères à Edward Bryant, le gentleman et excellent écrivain auquel ce livre est dédié.

Non, désespoir, putride réconfort, je ne veux pas me
repaître de toi;
Ni dénouer, tout lâches qu'ils soient, les derniers fils
de l'homme
En moi, ni, tout épuisé que je sois, m'écrier Je ne
peux plus…

GÉRARD MANLEY HOPKINS

Prologue
Chelmno, 1942

Saul Laski gisait parmi les morts en sursis dans un camp d'extermination et pensait à la vie. Saul frissonnait dans le noir et le froid, s'efforçant de se rappeler les détails d'un matin de printemps : la lumière dorée qui caresse les branches des saules ployant au-dessus du ruisseau, le champ de pâquerettes blanches derrière les bâtiments en pierre de la ferme de son oncle.

Le baraquement était plongé dans un silence que venaient seulement troubler les quintes de toux rauque et les mouvements furtifs des *Musselmänner*, les morts-vivants, qui cherchaient vainement un peu de chaleur dans la paille froide. Un vieillard fut secoué par une toux spasmodique signalant la fin d'une longue lutte désespérée. Il serait mort à l'aube. Ou s'il survivait à la nuit, il n'aurait pas la force d'aller dans la neige répondre à l'appel du matin, ce qui signifiait qu'il serait mort avant midi.

Saul se recroquevilla pour échapper au rayon du projecteur qui transperçait les vitres en verre dépoli et se tassa contre les mortaises de sa couche. Des échardes lui râpèrent le dos et les côtes à travers le mince tissu de son vêtement. Ses jambes se mirent à trembler sous l'effet de la fatigue et du froid. Saul agrippa ses maigres cuisses et les serra jusqu'à ce qu'elles aient cessé de trembler.

Je vivrai. Cette pensée était un ordre, un impératif qu'il s'enfonçait dans le crâne avec tant de force que même son corps affamé et meurtri ne pouvait défier sa volonté.

Quelques années plus tôt, une éternité plus tôt, Oncle Moshe avait promis au jeune Saul de l'emmener à la

pêche près de sa ferme de Cracovie, et Saul avait trouvé
un truc pour se lever à l'heure : juste avant de s'endormir, il imaginait un galet bien lisse sur lequel il écrivait
l'heure précise à laquelle il souhaitait se réveiller. Puis il
laissait tomber le galet dans une mare limpide et le
regardait en esprit se poser doucement au fond de l'eau.
Le lendemain matin, il se réveillait toujours au moment
voulu, alerte, vivant, respirant l'air frais du matin et
savourant le silence qui précédait l'aube avant que le
réveil de son frère et de ses sœurs ne vienne en rompre
la fragile perfection.

  Je vivrai. Saul ferma les yeux de toutes ses forces et
regarda le galet sombrer dans l'eau claire. Son corps se
remit à trembler et il pressa son dos contre les angles
durs de la planche. Pour la millième fois, il essaya de se
nicher au creux de la paille. Son pauvre lit était beaucoup
plus confortable lorsque le vieux Mr. Shistruk et le jeune
Ibrahim le partageaient avec lui, mais Ibrahim avait été
fusillé à la mine et Mr. Shistruk était mort deux jours plus
tôt, à la carrière. Il s'était assis par terre et avait refusé de
se lever, même lorsque Gluecks, le chef des S.S., avait
lâché son chien. Le vieil homme avait agité les bras dans
un geste presque joyeux, pitoyable adieu adressé aux prisonniers qui observaient la scène, et le berger allemand
l'avait égorgé cinq secondes plus tard.

  Je vivrai. Cette pensée avait un rythme propre qui
transcendait les mots, le langage. Cette pensée servait
de contrepoint à tout ce que Saul avait vu et vécu durant
les cinq mois qu'il avait passés au camp. *Je vivrai*. Cette
pensée diffusait une lumière et une chaleur palpitantes
qui repoussaient en partie la fosse glacée et vertigineuse
qui menaçait de s'ouvrir en lui pour le consumer. La
Fosse. L'Abîme. Saul avait vu l'Abîme. Avec les autres,
il avait jeté des pelletées de terre froide et noire sur les
corps encore chauds, parfois encore animés, tel celui
d'un enfant qui agitait doucement les bras pour signaler
sa présence à un parent venu l'accueillir à la gare, ou
aurait bougé dans son sommeil ; il avait répandu de la

chaux vive sur les corps pendant que le S.S. le surveillait, nonchalamment assis au bord de la Fosse, ses mains blanches et bien propres posées sur le canon noir et lui-sant de son pistolet mitrailleur, un emplâtre collé sur sa joue rugueuse là où il s'était coupé en se rasant, là où la coupure en question était déjà en train de guérir pendant que des formes nues et blanches continuaient de remuer faiblement dans la Fosse que Saul emplissait de terre, les yeux rougis par le nuage de chaux pareil à un banc de brume crayeuse flottant dans l'air hivernal.

Je vivrai. Saul se concentra sur la force de ce rythme et oublia ses membres tremblants. Deux niveaux au-dessus de lui, un homme sanglota dans la nuit. Saul sentait les poux ramper le long de ses bras et de ses jambes, en quête de sa chaleur mourante. Il se recroquevilla encore plus sur lui-même, comprenant l'impératif qui dictait les mouvements de la vermine, réagissant au même ordre stupide, illogique, irrépressible : continue.

Le galet s'enfonça encore un peu plus dans les profondeurs azurées. Saul distingua les lettres malhabiles alors qu'il parvenait au seuil du sommeil. *Je vivrai*.

Saul ouvrit brusquement les yeux, refroidi par une pensée encore plus glaciale que le vent qui sifflait à travers le châssis des fenêtres. *On était le troisième jeudi du mois*. Saul était presque sûr qu'on était le troisième jeudi. *Ils* venaient le troisième jeudi. Mais pas toujours. Peut-être pas ce jeudi-ci. Saul enfouit son visage dans ses bras et adopta une position fœtale encore plus accentuée.

Il allait s'endormir lorsque la porte du baraquement s'ouvrit bruyamment. Ils étaient cinq : deux Waffen S.S. armés de mitraillettes, un sous-officier de l'armée régulière, le lieutenant Schafner et un jeune Oberst que Saul n'avait jamais vu. L'Oberst avait un visage pâle d'Aryen; une mèche de cheveux blonds retombait sur son front. Leurs torches se promenèrent le long des rangées de lits superposés. Personne ne bougea. Saul percevait le silence produit par les quatre-vingt-cinq squelettes retenant leur souffle dans la nuit. Il retint son souffle.

Les Allemands avancèrent de cinq pas dans le baraquement, précédés par des bouffées d'air froid, et leurs silhouettes massives se découpèrent à contre-jour devant le seuil, entourées par la brume givrée de leur souffle. Saul s'enfonça encore un peu plus dans la paille cassante.

«*Du!*» fit une voix. Le faisceau de la torche s'était posé sur une silhouette rayée et encagoulée, tapie dans les profondeurs d'une couchette située à six rangées de celle de Saul. «*Komm! Schnell!*» Comme l'homme ne bougeait pas, les deux S.S. le firent descendre sans ménagement de son lit. Saul entendit ses pieds nus racler le sol.

«*Du, raus!*» Et encore une fois : «*Du!*» A présent, trois *Musselmänner*, trois épouvantails étiques, se tenaient debout devant les silhouettes massives. La procession fit halte à quatre lits de Saul. Les deux S.S. balayèrent la rangée centrale du rayon de leurs torches. Des yeux rouges reflétèrent la lumière, des yeux de rats tapis dans des cercueils mal fermés.

Je vivrai. Pour la première fois, ces mots étaient une prière plutôt qu'un impératif. Jamais ils n'avaient pris plus de quatre hommes dans un baraquement donné.

«*Du.*» Le garde s'était retourné et braquait sa torche en plein sur le visage de Saul. Celui-ci ne bougea pas. Cessa de respirer. L'univers était réduit au dos de sa main, situé à quelques centimètres de son visage. La peau était blanche, blanche comme une larve, et crevassée par endroits. Les poils qui y poussaient étaient très sombres. Saul les contempla avec un profond étonnement. A la lueur de la torche, la chair de sa main et de son bras semblait presque transparente. Il distinguait sans peine les couches de muscles, le dessin élégant des tendons, les veines bleues qui battaient doucement au rythme effréné de son cœur.

«*Du, raus.*» Le temps ralentit et pivota sur son axe. Toute la vie de Saul, la moindre de ses secondes, chacune de ses extases et chacun de ses après-midi banals et oubliés avaient conduit à cet instant-ci, à cette intersection. Les lèvres gercées de Saul s'écartèrent pour former un sourire sans joie. Il avait décidé depuis longtemps qu'ils ne l'emmèneraient pas ainsi dans la nuit. Ils devraient le tuer ici, devant les autres. Au moins aurait-il le pouvoir de dicter l'heure de son meurtre à ses assassins. Un grand calme descendit sur lui.

«*Schnell!*» Un des S.S. hurla après lui et tous deux s'avancèrent. Saul fut aveuglé par la lumière, il sentit une odeur de laine humide et le doux parfum du schnaps dans l'haleine d'un des deux hommes, sentit l'air glacé qui caressait son visage. Sa peau se contracta dans l'attente des mains brutales qui allaient l'agripper.

«*Nein*», aboya le jeune Oberst. Saul ne vit de lui qu'un sombre simulacre d'homme nimbé d'une lueur incandescente. «*Zurücktreten!*» L'Oberst avança d'un pas tandis que les deux S.S. reculaient en hâte. Le temps semblait figé lorsque Saul leva les yeux vers cette forme noire. Nul ne disait mot. La brume de leur souffle flottait autour d'eux.

«*Komm!*» dit doucement l'Oberst. Ce n'était pas un ordre. L'homme avait prononcé ce mot avec douceur, presque avec amour, comme s'il avait appelé son chien préféré ou encouragé son fils à faire ses premiers pas. «*Komm her!*»

Saul serra les dents et ferma les yeux. Il les mordrait lorsqu'ils viendraient le prendre, s'attaquerait à leur gorge, déchirerait veines et cartilage jusqu'à ce qu'ils soient obligés de l'abattre, ils seraient bien obligés de tirer, ils seraient bien forcés de…

«*Komm!*» L'Oberst se tapota le genou. Les lèvres de Saul se retroussèrent. Il allait bondir sur ces salopards, déchirer la gorge de ce fumier sous les yeux des autres, lui arracher tripes et boyaux…

«*Komm!*» Saul sentit quelque chose. Quelque chose le *frappa*. Aucun des Allemands n'avait bougé, ne fût-ce que d'un pouce, mais quelque chose frappa Saul au creux des reins. Il hurla. Quelque chose le frappa, puis le *pénétra*.

Saul ressentit cette intrusion aussi violemment que si on lui avait enfoncé une tige d'acier dans l'anus. Et pourtant, rien ne l'avait touché. Personne ne s'était approché de lui. Saul hurla de nouveau, puis ses mâchoires se refermèrent sous l'effet d'une force invisible.

« *Komm her, Du Jude !* »

Saul le *sentit*. Quelque chose était *en* lui, le forçait à redresser le dos, secouait ses membres de spasmes violents. *En* lui. Il sentit cette chose se refermer sur son cerveau comme un étau, serrer et serrer encore. Il essaya de hurler, mais cela lui fut interdit. Il entra en convulsions sur la paille, ayant perdu la maîtrise de ses nerfs, et urina dans ses pantalons. Puis il s'arc-bouta violemment et son corps tomba sur le sol. Les deux gardes reculèrent d'un pas.

« *Aufstehen !* » Le dos de Saul s'arqua une nouvelle fois, si violemment qu'il se retrouva à genoux. Ses bras tressaillaient et s'agitaient tout seuls. Il *sentait* quelque chose dans son esprit, une présence froide drapée dans une étincelante aura de douleur. Des images dansaient devant ses yeux.

Saul se releva.

« *Geh !* » Bruit du rire gras émis par un S.S., odeur de la laine et de l'acier, échardes froides qui raclaient ses pieds. Saul s'avança en titubant vers la porte ouverte et vers l'étendue blanche, aveuglante, du dehors. L'Oberst le suivit doucement, faisant calmement claquer un gant sur sa cuisse. Saul descendit les marches en trébuchant, faillit tomber, fut redressé par une main invisible qui lui enserrait l'esprit et envoyait des aiguilles de feu dans chacun de ses nerfs. Pieds nus, insensible au froid, il prit la tête de la procession dans la neige et dans la boue jusqu'au camion qui attendait son chargement.

Je vivrai, pensa Saul Laski, mais le rythme magique s'effilocha, s'envola, emporté par une bourrasque de rire glacé et silencieux et par une volonté bien plus forte que la sienne.

LIVRE PREMIER

Ouverture

1.
Charleston,
vendredi 12 décembre 1980

Nina allait revendiquer la mort de ce Beatle, John. Je trouvais cela de fort mauvais goût. Elle avait posé son album sur ma table basse en acajou, ses coupures de presse soigneusement classées par ordre chronologique, sobres faire-part de décès témoignant de tous ses Festins. Le sourire de Nina Drayton était plus radieux que jamais, mais aucune chaleur ne se lisait dans ses yeux bleu pâle.

«Nous devrions attendre Willi, dis-je.

– Bien sûr, Melanie. Tu as raison, comme d'habitude. Suis-je bête. Je connais pourtant les règles.» Nina se leva et se mit à faire les cent pas, caressant distraitement les meubles ou s'exclamant doucement sur une broderie ou une statuette en céramique. Cette partie de la maison avait jadis été une serre, mais je l'utilisais à présent comme «ouvroir». Il y restait encore quelques plantes vertes pour capter la lumière matinale. Le soleil faisait de cette pièce un agréable lieu de séjour durant la journée, mais à présent que l'hiver était là, elle était trop froide pour qu'on y passe la soirée. Et je ne goûtais guère le sentiment que faisaient naître en moi les ténèbres qui se rassemblaient au-dessus de tous ces panneaux vitrés.

«J'adore cette maison», dit Nina. Elle se tourna vers moi et me sourit. «Tu ne peux pas savoir comme je suis impatiente de revenir à Charleston chaque fois que l'occasion se présente. Nous devrions tenir toutes nos réunions ici.»

Je savais à quel point Nina détestait cette ville, cette maison.

«Willi aurait de la peine, dis-je. Tu sais qu'il adore nous montrer sa maison de Beverly Hills. Et ses petites amies.

– Et ses petits amis», ajouta Nina, et elle éclata de rire. Nina avait changé de bien des façons, s'était assombrie de bien des façons, mais son rire n'en avait presque pas été affecté. C'était toujours le même rire rauque mais enfantin que j'avais entendu pour la première fois bien longtemps auparavant. Il m'avait attirée vers elle alors : une adolescente solitaire réagissant à la chaleur d'une autre adolescente solitaire, tel un papillon attiré par une flamme. A présent, il ne faisait que me glacer et me mettre sur mes gardes. Nombre de papillons avaient été attirés par la flamme de Nina au fil des décennies.

«Je vais faire servir le thé», dis-je.

Mr. Thorne apporta mon plus beau service en porcelaine de chez Wedgwood. Nina et moi étions assises parmi des carrés de soleil rampants et devisions de choses sans importance; commentaires de profanes sur l'économie, références à des livres que l'autre n'avait pas eu l'occasion de lire, murmures de commisération inspirés par la plèbe que l'on côtoie de nos jours en avion. Un observateur dans le jardin aurait cru voir une nièce vieillissante mais toujours séduisante en visite chez sa tante préférée. (Je n'irai pas jusqu'à suggérer que l'on aurait pu nous prendre pour une mère et sa fille.) On me considère d'ordinaire comme une personne habillée avec goût, sinon avec élégance. Dieu sait que je dépense assez d'argent pour me faire expédier tricots de laine et chemisiers en soie directement d'Écosse et de France. Mais je me suis toujours sentie mal fagotée à côté de Nina. Ce jour-là, elle portait une robe bleu pâle qui avait dû lui coûter plusieurs milliers de dollars si j'avais correctement identifié le couturier. La couleur du tissu faisait paraître son teint encore plus parfait que d'habitude et faisait ressortir le bleu de ses yeux. Ses cheveux étaient aussi gris que les miens mais elle réussissait à les garder longs et à les coiffer en arrière à l'aide d'une simple barrette. Nina n'en paraissait que plus juvénile et plus *chic*[1], et j'avais l'impression que mes courtes boucles artificielles conservaient le bleu de leur dernier rinçage.

Peu de gens se seraient doutés que j'avais quatre ans de moins que Nina. Le temps s'était montré clément envers elle. Et elle avait Festoyé plus souvent.

Elle reposa sa tasse et se remit à faire les cent pas. Cela ne ressemblait guère à Nina de se montrer aussi nerveuse. Elle s'immobilisa en face de la vitrine. Son regard parcourut les Hummel, les étains, puis s'arrêta, surpris.

«Dieu du Ciel, Melanie. Un revolver! Quel endroit étrange pour ranger un vieux revolver.

– C'est un souvenir, dis-je. Très coûteux. Et tu as raison : *c'est* un endroit stupide pour le ranger. Mais c'est la seule vitrine de la maison qui ferme à clé et Mrs. Hodges amène souvent ses petits-enfants quand elle me rend visite…

– Tu veux dire qu'il est *chargé*?

– Non, bien sûr que non, mentis-je. Mais les enfants ne devraient pas jouer avec de tels objets…» Je laissai ma phrase inachevée. Nina hocha la tête sans se soucier de dissimuler un sourire condescendant. Elle alla contempler le jardin par la fenêtre sud.

Va au diable. Que Nina Drayton n'ait pas reconnu ce revolver en disait long.

Le jour où il fut tué, Charles Edgar Larchmont était mon soupirant depuis exactement cinq mois et deux jours. Les bans n'avaient pas été publiés, mais nous devions nous marier. Ces cinq mois avaient représenté

---

1. En français dans le texte. *(N.d.T.)*

un condensé de l'époque : une époque naïve, légère, formaliste jusqu'à la préciosité, et romantique. Surtout romantique. Romantique au pire sens du terme ; vouée à des idéaux sirupeux ou insipides que seul un adolescent — ou une société adolescente — s'efforcerait d'embrasser. Nous étions des enfants jouant avec des armes chargées.

Nina (elle s'appelait alors Nina Hawkins) avait son propre soupirant : un Anglais élancé et pataud, mais sincère, nommé Roger Harrison. Mr. Harrison avait rencontré Nina à Londres un an plus tôt, durant les premières étapes du tour d'Europe des Hawkins. L'Anglais s'était déclaré conquis — encore une absurdité de cet âge infantile — et l'avait suivie d'une capitale à l'autre jusqu'au moment où, sévèrement réprimandé par le père de Nina (un petit industriel sans imagination que son statut social douteux mettait constamment sur la défensive), Harrison était retourné à Londres «mettre de l'ordre dans ses affaires». Quelques mois plus tard, il débarquait à New York alors que Nina était exilée chez sa tante de Charleston pour mettre fin à un autre de ses flirts. Toujours résolu, l'Anglais pataud l'avait suivie dans le Sud, sans cesser un seul instant de respecter l'étiquette et les convenances de l'époque.

Nous formions un groupe fort joyeux. Je rencontrai Nina lors du Bal de Juin donné par la cousine Celia et, dès le lendemain, nous remontions tous les quatre la Cooper River à bord d'un bateau de location pour aller pique-niquer sur Daniel Island. Roger Harrison, sérieux et solennel en toutes circonstances, était une victime idéale pour l'humour irrévérencieux de Charles. Et Roger, loin de s'offusquer de ses plaisanteries aimables, s'empressait de se joindre aux rires qu'elles déclenchaient.

Nina en redemandait. Les deux gentlemen rivalisaient d'attentions à son égard et, bien que Charles ne manquât jamais de me témoigner la primauté de son affection, il était entendu que Nina Hawkins était une de ces jeunes femmes qui suscitent invariablement la galanterie et l'attention des hommes quelles que soient les circonstances. Et l'élite sociale de Charleston n'était nullement aveugle au charme combiné de notre quatuor. Durant les deux mois de cet été aujourd'hui enfui, aucune réception ne pouvait être complète, aucune excursion organisée, aucune festivité réussie, si les quatre joyeux drilles que nous étions n'y étaient pas invités et ne l'honoraient pas de leur présence. Nous exercions une telle domination sur la jeunesse dorée de la ville que les cousines Celia et Lorraine persuadèrent leurs parents de partir en vacances dans le Maine deux semaines plus tôt que prévu.

Je ne sais pas exactement quand Nina et moi avons eu l'idée du duel. Peut-être fut-ce lors d'une de ces longues nuits chaudes où l'une venait dormir chez l'autre : le plaisir de se blottir au creux du même lit, d'échanger murmures et gloussements, d'étouffer nos rires lorsqu'un froissement rêche trahissait la présence d'un domestique de couleur arpentant les couloirs obscurs. Quoi qu'il en soit, cette idée était le prolongement naturel des prétentions romantiques de l'époque. L'idée de voir Charles et Roger s'affronter en duel pour un point d'honneur abstrait dont *nous* étions la cause nous excitait d'une façon physique que je reconnais à présent comme une simple forme de titillation sexuelle.

Tout cela aurait été inoffensif s'il n'y avait pas eu notre Talent. Nous réussissions tellement bien à manipuler les hommes — une manipulation qui était en ce temps-là non seulement admise mais encouragée — que ni l'une ni l'autre ne voyait quoi que ce soit d'extraordinaire dans la façon dont nos souhaits se transformaient en actes. La parapsychologie n'existait pas à cette époque; ou plutôt, elle n'existait que sous la forme de séances de tables tournantes qui n'étaient que des jeux de société. En tout cas, nous avons passé plusieurs semaines à nous murmurer des fantasmes, puis l'une de nous — ou peut-être les deux — a transformé le fantasme en réalité grâce à son Talent.

Dans un sens, ce fut notre premier Festin.

Je ne me rappelle pas la cause supposée de la querelle, peut-être une mauvaise interprétation délibérée d'une des piques de Charles. Je ne peux me rappeler qui Charles et Roger prirent comme témoins pour cet affrontement illégal. Mais je me rappelle bien l'expression blessée et confuse de Roger Harrison durant ces quelques jours. C'était une caricature de bêtise et de lenteur d'esprit, la confusion d'un homme se retrouvant dans une situation qu'il n'a pas souhaitée et dont il ne peut s'échapper. Je me rappelle Charles et ses brusques changements d'humeur : ses saillies humoristiques, ses périodes de colère noire, et ses larmes et ses baisers la nuit précédant le duel.

Je me rappelle parfaitement la beauté de ce matin-là. Les rayons du soleil se déployaient en éventail à travers la brume montant de la rivière lorsque nous nous sommes mis en route pour le lieu du duel. Je me rappelle Nina se penchant vers moi et étreignant ma main avec une impétuosité qui se communiqua à mon corps comme un choc électrique.

Le reste de cette matinée est en grande partie absent de mon souvenir. Peut-être que l'intensité de ce premier Festin inconscient m'a fait littéralement perdre conscience lorsque j'ai été engloutie par le flot de peur, d'excitation, de fierté… de *virilité*… qui émanait de nos deux soupirants alors qu'ils affrontaient la mort par ce matin superbe. Je me rappelle avoir ressenti un choc en me rendant compte que *ceci allait vraiment arriver*, alors que je sentais l'herbe ployer sous les bottes. Quelqu'un comptait les pas. Je me rappelle vaguement le poids du revolver dans ma main… la main de Charles, je pense, je ne le saurai jamais avec certitude… et une seconde de clarté glaciale avant qu'une explosion ne rompe la connexion et que l'odeur âcre de la poudre ne me ramène à moi-même.

Ce fut Charles qui mourut. Je n'ai jamais réussi à oublier l'incroyable quantité de sang qui coulait du petit

trou rond à son sein. Sa chemise blanche était écarlate
lorsque j'arrivai enfin près de lui. Il n'y avait pas eu trace
de sang dans nos fantasmes. Il n'y avait pas eu non plus
le spectacle de Charles dodelinant de la tête, de la salive
coulant sur son torse ensanglanté pendant que ses yeux
roulaient en arrière, pareils à deux œufs blancs enchâs-
sés dans son crâne. Roger Harrison sanglotait pendant
que Charles rendait son dernier soupir, hoquets frisson-
nants sur ce champ d'innocence.

Je ne me rappelle strictement rien des heures de
confusion qui ont suivi. C'est le lendemain matin que
j'ai ouvert mon sac pour y trouver le revolver de Charles
rangé parmi mes effets. Pourquoi avais-je voulu conserver cette arme ? Si j'avais souhaité prélever un souvenir
sur le corps de mon amant défunt, pourquoi était-ce ce
sinistre morceau de métal ? Pourquoi arracher à ses
doigts morts le symbole de notre péché et de notre légè-
reté ?

Le fait que Nina ne reconnaisse pas ce revolver en
disait long.

«Willi est ici.»
Ce ne fut pas Mr. Thorne qui annonça l'arrivée de
notre invité, mais la «secrétaire» de Nina, la répugnante
Miss Barrett Kramer. Son apparence était aussi hom-
masse que son nom ; des cheveux noirs coupés court, de
larges épaules, et un regard neutre et agressif qui me faisait penser à une lesbienne ou à un criminel. Pour l'âge :
une trentaine d'années.

«Merci, Barrett, ma chère», dit Nina.
J'allai au-devant de Willi, mais Mr. Thorne l'avait
déjà fait entrer et nous nous rencontrâmes dans le couloir.

«Melanie ! Tu as l'air en pleine forme ! Tu rajeunis
chaque fois que je te vois. Nina !» Son changement de
ton était évident. Les hommes étaient toujours éblouis
en revoyant Nina après une longue absence. Étreintes et
embrassades suivirent. Willi paraissait plus dissolu que

jamais. Son manteau d'alpaga était coupé de façon exquise, son pull-over à col roulé réussissait à dissimuler les rides de son cou flasque, mais lorsqu'il ôta sa casquette de sport, il bouleversa l'ordonnance des longues mèches de cheveux blancs qu'il plaquait sur son crâne pour masquer la progression de sa calvitie. Le visage de Willi était cramoisi d'excitation, mais on percevait sur son nez et sur ses joues la couperose caractéristique de l'abus d'alcool et de drogue.

«Mesdames, je pense que vous connaissez déjà mes associés… Tom Reynolds et Jensen Luhar?» Les deux hommes vinrent s'ajouter à la foule qui peuplait mon couloir étroit. Mr. Reynolds, blond et mince, souriait de ses dents parfaites. Mr. Luhar, un Noir gigantesque, se tenait penché en avant, une expression maussade sur son visage fruste d'ancien boxeur. J'étais sûre que ni Nina ni moi n'avions jamais rencontré ces pions de Willi.

«Pourquoi n'allons-nous pas dans le petit salon?» proposai-je. S'ensuivit une progression malaisée qui s'acheva lorsque nous prîmes place tous les trois dans des fauteuils rembourrés disposés autour d'une table basse de style anglais ayant appartenu à ma grand-mère. «Un peu plus de thé, je vous prie, Mr. Thorne.» Miss Kramer interpréta cette demande comme une invitation à prendre congé, mais les deux pions de Willi restèrent sur le seuil, hésitants, se balançant d'une jambe sur l'autre et contemplant le service en cristal comme si leur seule présence avait suffi à en briser une pièce. Je n'aurais guère été surprise si tel avait été le cas.

«Jensen!» Willi claqua des doigts. Le Noir hésita, puis lui apporta un attaché-case en cuir d'aspect coûteux. Willi le posa sur la table et l'ouvrit de ses doigts petits et épais. «Pourquoi n'allez-vous pas demander au valet de Miz Fuller de vous servir un verre?»

Lorsqu'ils furent partis, Willi secoua la tête et sourit à Nina. «Excuse-moi, ma chérie.»

Nina posa une main sur la manche de Willi. Elle se pencha en avant, tout impatiente. «Melanie n'a pas voulu que je commence le Jeu sans toi. N'était-ce pas *horrible* de ma part d'avoir une telle idée, cher Willi ?»

Willi plissa le front. Au bout de cinquante ans, il se hérissait encore quand on l'appelait Willi. A Los Angeles, il était Big Bill Borden. Quand il retournait dans son Allemagne natale — ce qui lui arrivait peu fréquemment, vu les dangers encourus —, il était à nouveau Wilhelm von Borchert, seigneur du manoir sombre, de la forêt et de la chasse. Mais Nina l'avait appelé Willi lorsqu'elle l'avait rencontré en 1931, à Vienne, et il était demeuré Willi.

«C'est toi qui commences, Willi, dit Nina. A toi de jouer le premier.»

Je me rappelais un temps où nous aurions passé les premiers jours de nos réunions en longues conversations durant lesquelles nous nous racontions notre existence. Aujourd'hui, nous ne prenions même plus le temps d'échanger des banalités.

Willi découvrit ses dents et prit dans son attaché-case des coupures de journaux, des carnets de notes et un paquet de cassettes. Il n'avait pas plus tôt encombré la table de son matériel que Mr. Thorne arrivait avec le thé et avec l'album de Nina, qu'il avait ramené de l'ouvroir. Willi dégagea un petit espace d'un geste brusque.

Au premier coup d'œil, on remarquait certaines ressemblances entre Willi Borchert et Mr. Thorne. C'était une erreur. Les deux hommes étaient plutôt rougeauds, mais Willi devait son teint à ses excès et à ses émotions, deux choses inconnues de Mr. Thorne depuis plusieurs années. La calvitie de Willi était une tare dont il avait conscience et qu'il s'efforçait maladroitement de dissimuler — il ressemblait à un furet atteint de la pelade —, tandis que le crâne de Mr. Thorne était lisse et poli. Il était impossible d'imaginer un Mr. Thorne chevelu. Les deux hommes avaient les yeux gris — un romancier les aurait qualifiés de froids —, mais la froideur des yeux de Mr. Thorne exprimait l'indifférence, une clarté issue d'une absence absolue de pensées ou d'émotions indésirables. Les yeux de Willi étaient du même gris que l'hiver sur la mer du Nord, et ils étaient souvent obscurcis par les nuées d'émotions qui le contrôlaient : la fierté, la haine, l'amour de la douleur, le plaisir de détruire. Willi n'employait jamais le mot Festin pour décrire les occasions où il utilisait son Talent — de toute évidence, j'étais la seule à penser en ces termes —, mais il parlait parfois de Chasse. Peut-être pensait-il aux sombres forêts de sa patrie quand il traquait ses proies humaines dans les artères stériles de Los Angeles. Willi rêvait-il de la forêt ? me demandai-je. Regrettait-il ses vestes de chasse kaki, les applaudissements de ses rabatteurs, le sang qui coulait des sangliers à l'agonie ? Ou bien Willi se rappelait-il le bruit des bottes sur le pavé, les poings de ses lieutenants martelant les portes ? Peut-être Willi associait-il toujours sa Chasse avec la nuit européenne des fours crématoires qu'il avait contribué à superviser.

J'appelais cela le Festin. Willi l'appelait la Chasse. Jamais je n'avais entendu Nina l'appeler de quelque nom que ce soit.

« Où est ton magnétoscope ? demanda Willi. J'ai tout enregistré sur cassette.

— Oh, Willi, dit Nina d'une voix exaspérée. Tu connais Melanie. Elle est *si* démodée. Elle n'a sûrement pas de magnétoscope.

— Je n'ai même pas de télévision », dis-je. Nina éclata de rire.

« Bon sang, marmonna Willi. Peu importe. J'ai gardé d'autres traces. » Il ôta la bande élastique qui entourait ses petits carnets noirs. « Mais ça aurait beaucoup mieux donné sur cassette. Les stations de Los Angeles ont consacré plusieurs heures d'émission à l'Étrangleur d'Hollywood et j'avais préparé une sélection de… *Ach !* Tant pis. » Il jeta les cassettes vidéo dans son attaché-case et le referma d'un geste brusque.

« Vingt-trois, dit-il. Vingt-trois depuis notre dernière réunion, il y a douze mois. Ça ne semble pas si lointain, n'est-ce pas ?

– Montre-nous ça», dit Nina. Elle s'était penchée en avant et ses yeux bleus semblaient étincelants. «Je suis dévorée par la curiosité depuis que j'ai vu l'interview de l'Étrangleur à *Sixty Minutes*. Il était à toi, Willi? Il semblait si…

– *Ja, ja,* il était à moi. Un minable. Un petit homme timide. C'était le jardinier d'un de mes voisins. Je l'ai laissé vivre pour que la police puisse l'interroger, pour qu'il ne subsiste aucun doute. Il se pendra dans sa cellule le mois prochain, quand la presse aura cessé de s'intéresser à lui. Mais ceci est plus intéressant. Regardez.» Willi étala plusieurs photographies en noir et blanc sur papier glacé. Un cadre supérieur de N.B.C. avait assassiné les cinq membres de sa famille et noyé dans sa piscine une actrice de feuilleton en visite chez lui. Il s'était ensuite infligé plusieurs blessures au couteau et avait écrit un message en lettres de sang sur le mur de son sauna : A CHACUN SON DU.

«Un souvenir du bon vieux temps, Willi? demanda Nina. *Death to the Pigs*[1] et tout ça?

– Non, bon sang. Je pense que ce commentaire ironique devrait me valoir quelques points supplémentaires. Le personnage de la fille devait périr noyé dans un prochain épisode. Le synopsis était déjà écrit.

– A-t-il été difficile à Utiliser?» Cette question venait de moi. Je ne pouvais m'empêcher d'être curieuse.

Willi haussa un sourcil. «Pas vraiment. C'était un alcoolique qui était aussi accro à la cocaïne. Il n'en restait pas grand-chose. Et il détestait sa famille. C'est le cas de la plupart des gens.

– De la plupart des Californiens, peut-être», dit Nina d'une voix compassée. Ce commentaire m'étonnait de sa part. Son père s'était suicidé en se jetant sous un tramway.

«Où as-tu établi le contact? demandai-je.

---

1. Message laissé par Charles Manson dans la demeure d'une de ses victimes. *(N.d.T.)*

– Au cours d'une réception. L'endroit habituel. Il achetait sa coke à un metteur en scène qui avait ruiné une de mes...

– As-tu été obligé de renouveler le contact?»

Willi me regarda en plissant le front. Il réussit à contrôler sa colère, mais son visage s'empourpra un peu plus. «*Ja, ja*. Je l'ai revu deux fois. La seconde, je l'ai regardé jouer au tennis depuis ma voiture.

– Quelques points pour l'ironie, dit Nina. Mais tu en perds quelques autres pour avoir renouvelé le contact. S'il était aussi vide que tu le dis, tu aurais dû être capable de l'Utiliser après une seule rencontre. Qu'est-ce que tu as d'autre?»

Il avait son assortiment habituel. Des meurtres sordides et pathétiques. Deux assassinats domestiques. Une collision routière qui avait débouché sur un meurtre à l'arme à feu. «J'étais dans la foule, dit Willi. Je suis entré en contact avec un des automobilistes. Il avait un revolver dans sa boîte à gants.

– Deux points», dit Nina.

Willi avait gardé le meilleur pour la fin. Un acteur qui avait connu la célébrité en tant qu'enfant avait été la victime d'un accident bizarre. Il était sorti de son appartement de Bel Air en laissant le robinet de gaz ouvert, puis y était revenu pour craquer une allumette. Deux autres personnes avaient péri dans l'incendie qui s'était ensuivi.

«Tu ne peux revendiquer que sa mort, dit Nina.

– *Ja, ja*.

– Tu es sûr de celui-ci? Ça *aurait pu* être un accident...

– Ne sois pas ridicule», dit sèchement Willi. Il se tourna vers moi. «*Celui-ci* a été très dur à Utiliser. Il était très fort. J'ai supprimé le souvenir du robinet de gaz dans sa mémoire. J'ai dû travailler deux bonnes heures sur lui. Puis je l'ai forcé à entrer dans la cuisine. Il a résisté un bon moment avant de prendre une allumette.

– Tu aurais dû lui faire prendre son briquet, dit Nina.

– Il ne fumait pas, gronda Willi. Il avait arrêté l'année dernière.

– Oui, dit Nina en souriant. Je me souviens l'avoir entendu dire lors de l'émission de Johnny Carson.» Je ne savais pas si elle plaisantait ou non.

Nous nous livrâmes ensuite au rituel consistant à compter les points. Ce fut surtout Nina qui s'en chargea. Au fil des minutes, Willi se montra tantôt maussade, tantôt expansif. A un moment donné, il se pencha vers moi et me tapota le genou, quémandant mon aide en riant. Je restai muette. Il finit par renoncer, se dirigea vers l'armoire à liqueurs, prit la vieille carafe de mon père et se servit un grand verre de bourbon. La lumière vespérale projetait ses ultimes rayons horizontaux sur le verre teinté de la baie vitrée, bariolant Willi d'écarlate lorsqu'il se planta près de la commode en chêne. Ses yeux étaient de minuscules braises rouges dans un masque de sang.

«Quarante et un», dit Nina. Elle leva vers nous des yeux brillants et montra sa calculatrice comme s'il s'agissait d'une preuve objective. «J'ai compté quarante et un points. Tu arrives au même résultat, Melanie ?

– *Ja,* la coupa Willi. C'est bien. A présent, voyons ton tableau de chasse, Nina.» Sa voix était dépourvue de timbre. Willi lui-même avait perdu une partie de son intérêt pour le jeu.

Avant que Nina ait eu le temps de commencer, Mr. Thorne entra et me fit signe que le dîner était servi. Nous devions nous rendre dans la salle à manger ; Willi se versa un autre verre de bourbon et Nina agita les mains, feignant d'être frustrée par cette interruption. Une fois assise à la longue table d'acajou, j'endossai mon rôle d'hôtesse. La tradition voulait que toute mention du Jeu fût interdite pendant le dîner. Tout en dégustant notre potage, nous parlâmes du nouveau film de Willi et de la nouvelle boutique que Nina avait ajoutée à sa chaîne de magasins. Apparemment, *Vogue* allait interrompre la publication du billet mensuel que Nina signait dans ses pages, mais un syndicat de presse était prêt à le diffuser dans plusieurs journaux du pays.

Mes deux invités louèrent la perfection du jambon au madère, mais j'estimai que la sauce composée par Mr. Thorne n'était pas assez relevée. L'obscurité avait envahi les fenêtres avant que nous ayons fini notre mousse au chocolat. A la lumière réfractée du chandelier, les cheveux de Nina étaient plus étincelants que jamais, tandis que les miens risquaient d'apparaître encore plus bleus.

Soudain, on entendit du bruit dans la cuisine. Le visage du colosse noir apparut dans l'entrebâillement de la porte. Des mains blanches étaient posées sur ses épaules et son expression était celle d'un enfant bougon.

«... ce qu'on fout là assis comme...» Les mains blanches le firent disparaître.

«Excusez-moi, mesdames.» Willi s'essuya les lèvres et se leva. Sa démarche était toujours gracieuse en dépit de son âge.

Nina enfonça sa cuillère dans sa mousse au chocolat. Venant de la cuisine, on entendit un ordre sec et le bruit d'une gifle. C'était une gifle assenée par un homme : aussi dure et sèche qu'un coup de feu. Lorsque je levai les yeux, Mr. Thorne était à mes côtés et débarrassait la table.

«Du café, je vous prie, Mr. Thorne. Pour nous tous.» Il hocha la tête et eut un sourire aimable.

Franz Anton Mesmer avait connu ce phénomène même s'il ne l'avait pas compris. Je soupçonne Mesmer d'avoir eu quelques traces du Talent. Les pseudo-sciences modernes l'ont étudié, lui ont donné un nouveau nom, lui ont enlevé une grande partie de son pouvoir, ont rendu confus son usage et ses origines, mais il reste l'ombre du phénomène décrit par Mesmer. Personne n'a une idée exacte de ce qu'est un Festin.

La montée de la violence moderne me désespère. Je

cède parfois au désespoir, littéralement, à ce gouffre de désespoir profond et sans avenir que Hopkins appelait le putride réconfort. Quand je contemple cet abattoir qu'est devenue l'Amérique, ces papes et ces présidents abattus de façon presque routinière, je me demande s'il existe d'autres personnes douées du Talent ou si la boucherie n'est pas tout simplement devenue un nouvel art de vivre.

Chaque être humain se nourrit de violence, de la démonstration de son pouvoir sur son prochain, mais rares sont ceux qui — comme nous — ont goûté l'ultime pouvoir. Et sans le Talent, rares sont ceux qui connaissent le plaisir inégalé du meurtre. Sans le Talent, même ceux qui se nourrissent de la vie ne peuvent savourer le flot d'émotions qui envahit le traqueur et sa proie, l'extase toute-puissante du traqueur qui a transgressé toutes les règles et tous les châtiments, l'étrange soumission presque sexuelle de la proie dans cette ultime seconde de vérité où toutes ses options sont supprimées, tous ses avenirs déniés, toutes ses possibilités effacées par cette démonstration de pouvoir absolu.

La violence moderne me désespère. Sa nature impersonnelle, son caractère routinier qui l'a rendue accessible au plus grand nombre, me désespèrent. J'avais un poste de télévision, mais je l'ai revendu au plus fort de la guerre du Viêt-nam. Ces tranches de mort aseptisées — que l'œil de la caméra rendait encore plus distantes — ne signifiaient rien à mes yeux. Mais je pense qu'elles signifiaient quelque chose pour les veaux qui m'entourent. Lorsque la guerre a pris fin, ainsi que sa comptabilité macabre détaillée chaque soir sur les écrans, ils en ont redemandé, encore et *encore,* et les écrans de cinéma et les rues de cette chère nation mourante leur ont fourni en abondance une provende médiocre. C'est une dépendance que je connais bien.

Ils ne comprennent rien. Lorsqu'on se contente de l'observer, la mort violente est une tapisserie de souillure, de tristesse et de confusion. Mais pour ceux d'entre nous qui goûtent au Festin, la mort peut être un *sacrement*.

«A mon tour! A mon tour!» La voix de Nina ressemblait encore à celle de la jeune fille qui remplissait son carnet de bal en rendant visite à sa cousine Celia.

Nous étions retournés dans le petit salon, Willi avait fini de boire son café et avait demandé un verre de cognac à Mr. Thorne. J'étais très embarrassée. Willi était l'une de mes connaissances les plus proches et son comportement erratique en ma présence était un signe certain de l'affaiblissement de son Talent. Nina paraissait n'avoir rien remarqué.

«Je les ai rangés dans l'ordre», dit Nina. Elle ouvrit son album sur la table basse à présent vide. Willi le feuilleta avec attention, posant quelques questions mais se contentant le plus souvent de grogner en signe d'assentiment. J'émis quelques murmures approbateurs, bien que je n'eusse jamais entendu parler de ces meurtres. Sauf de celui du Beatle, bien sûr. Nina l'avait gardé pour la fin.

«Bon Dieu, Nina, c'était toi?» Willi semblait au bord de la colère. Les Festins de Nina avaient toujours eu à leur menu des suicides sur Park Avenue et des scènes de ménage qui se concluaient par des meurtres au pistolet de dame. Ce genre d'exercice évoquait davantage le style cru de Willi. Peut-être avait-il l'impression qu'on empiétait sur son territoire. «Je veux dire... tu as risqué gros, n'est-ce pas? C'est si... bon sang... si *public*.»

Nina éclata de rire et reposa sa calculatrice. «Willi, mon cher, c'est bien le *but* du Jeu, n'est-ce pas?»

Willi se dirigea vers l'armoire à liqueurs et remplit son verre de cognac. Les branches nues, fouettées par le vent, giflaient le verre armé de la baie vitrée. Je n'aime pas l'hiver. Même dans le Sud, il vous sape l'esprit.

«Est-ce que ce type... peu importe son nom... n'avait pas déjà acheté son arme à Hawaï? demanda Willi depuis l'autre bout de la pièce. Il me semble que son acte était prémédité. Je veux dire, s'il surveillait *déjà* sa victime...

– Willi, mon cher, dit Nina d'une voix aussi froide que le vent qui agitait les branches, personne n'a dit qu'il était *stable*. Combien des tiens étaient… stables, Willi ? Mais c'est à cause de moi que c'est *arrivé*, mon chéri. C'est moi qui ai choisi le lieu et l'heure. Ne vois-tu pas combien le choix du *lieu* est ironique, Willi ? Après le petit tour que nous avons joué au réalisateur de ce film de sorcellerie il y a quelques années ? Ça sortait tout droit de son scénario…

– Je ne sais pas », dit Willi. Il s'assit lourdement sur le divan, aspergeant de cognac sa coûteuse veste de sport. Il ne remarqua rien. La lueur de la lampe se reflétait sur sa calvitie. Les marbrures de l'âge sur sa peau étaient plus visibles maintenant que la nuit était tombée, et son cou était une masse de tendons qui disparaissait dans son col roulé. « Je ne sais pas. » Il leva les yeux vers moi et m'adressa un sourire soudain, comme si nous étions deux conspirateurs. « Peut-être qu'il s'est passé la même chose qu'avec cet écrivain, hein, Melanie ? Peut-être… »

Nina contempla ses mains croisées sur son giron. Le bout de ses doigts soigneusement manucurés était blême.

Les Vampires de l'esprit. C'était le titre que l'écrivain comptait donner à son livre. Je me demande parfois s'il aurait été capable d'en écrire une seule ligne. Comment s'appelait-il ? Un nom aux consonances russes.

Willi et moi avions reçu un télégramme de Nina : VENEZ VITE. BESOIN DE VOUS. Cela nous avait suffi. Le lendemain matin, j'étais à bord du premier avion pour New York. C'était un Constellation à hélices, très bruyant, et j'avais passé la majeure partie du vol à convaincre une hôtesse de l'air trop prévenante que je n'avais besoin de rien et que je me sentais très bien. De toute évidence, elle avait décidé que j'étais une vieille grand-mère qui prenait l'avion pour la première fois de sa vie.

Willi réussit à arriver vingt minutes avant moi. Nina

était bouleversée comme je ne l'avais jamais vue, au bord de l'hystérie. Deux jours plus tôt, elle s'était rendue à une réception à Manhattan — elle n'était pas bouleversée au point d'oublier de nous dire quelles célébrités y assistaient — et y avait partagé un coin de salon, une marmite à fondue et des confidences avec un jeune écrivain. Disons plutôt que toutes les confidences venaient de ce dernier. Nina le décrivit comme un type du genre hirsute : barbe rare, verres épais, veste de velours et chemise écossaise — selon Nina, aucune réception n'était réussie si l'on n'y trouvait pas au moins un spécimen dans son genre. Elle se garda bien de le qualifier de beatnik, car ce terme venait juste de se démoder, mais personne ne connaissait encore le mot «hippie» et, de toute façon, il ne lui aurait guère convenu. Il était de ces écrivains qui survivaient, du moins à l'époque, en vendant leur sang et en écrivant des adaptations romancées de séries télévisées. Alexander quelque chose.

L'idée de son roman — il déclara à Nina qu'il y travaillait depuis un bon moment — était que la plupart des meurtres commis ces dernières années étaient en fait l'œuvre d'un petit groupe de tueurs doués de pouvoirs psychiques — il les appelait les *vampires de l'esprit* — et utilisant des innocents pour accomplir leurs forfaits. A l'en croire, un éditeur de livres de poche avait manifesté de l'intérêt pour son synopsis et était prêt à lui proposer un contrat tout de suite à condition qu'il intitule son roman *Le Facteur zombi* et y rajoute du sexe.

«Et alors? avait dit Willi, dégoûté. C'est pour ça que tu m'as fait traverser le continent? Je pourrais produire un film à partir de cette idée.»

Ce fut l'excuse qui nous permit d'interroger Alexander Machin lorsque Nina organisa une réception impromptue le lendemain soir. Je n'y assistai pas. Selon Nina, la soirée ne fut pas une réussite, mais elle donna à Willi l'occasion d'avoir une longue conversation avec le romancier en puissance. Celui-ci était si pitoyablement désireux de travailler avec Bill Borden, le producteur de *Souvenirs de Paris, Trois sur une balançoire* et deux ou trois autres films en technicolor ne passant plus que dans des drive-in, qu'il lui révéla que son livre se réduisait pour l'instant à un synopsis fatigué et douze pages de notes. Mais il était sûr de pouvoir rédiger un «traitement» pour Mr. Borden dans un délai de cinq semaines, voire trois si on le faisait venir à Hollywood afin qu'il puisse créer dans un environnement stimulant pour l'esprit.

Plus tard, nous avons envisagé la possibilité que Willi prenne une option sur ce traitement, mais il avait des ennuis financiers à l'époque, et Nina se montra intraitable. Finalement, le jeune écrivain s'ouvrit l'artère fémorale avec une lame Gillette et dévala les rues de Greenwich Village en hurlant avant d'aller mourir dans une ruelle sordide. Je ne pense pas que quiconque ait pris la peine de consulter ce qui restait de ses notes.

«Peut-être qu'il s'est passé la même chose qu'avec cet écrivain, *ja*, Melanie?» Willi me tapota le genou. J'acquiesçai. «Il était à moi, reprit-il, et Nina a tenté de se l'attribuer. Tu te rappelles?»

J'acquiesçai de nouveau. En fait, il n'était ni à Willi ni à Nina. Si j'avais évité la réception, c'était afin d'entrer en contact avec le jeune homme sans qu'il remarque qu'on le suivait. Ce fut facile. Je me rappelle m'être assise dans un petit café surchauffé situé en face de son immeuble. Ce fut très facile. Tout se déroula si vite que je n'eus même pas l'impression de Festoyer. Puis je repris conscience du crachotement des radiateurs et de l'odeur de salami alors même que les clients se précipitaient vers la porte pour voir d'où venaient les hurlements. Je me rappelle avoir lentement fini mon thé afin de ne quitter les lieux qu'après le départ de l'ambulance.

«Ridicule», dit Nina. Elle s'affaira sur sa calculatrice. «Combien de points?» Elle se tourna vers moi. Je me tournai vers Willi.

«Six», dit-il avec un haussement d'épaules. Nina fit tout un cinéma pour additionner ses chiffres.

«Trente-huit, dit-elle avec un soupir théâtral. Tu as encore gagné, Willi. Ou plutôt, tu m'as encore battue. Melanie n'a encore rien dit. Tu es bien silencieuse, ma chère. Tu nous as sans doute réservé une surprise.

– Oui, dit Willi, c'est à ton tour de gagner. Cela fait plusieurs années que tu n'as pas gagné.

– Zéro», dis-je. Je m'étais attendue à une explosion de questions, mais le silence n'était rompu que par le tic-tac de la pendule de la cheminée. Nina avait détourné les yeux et contemplait quelque chose parmi les ombres, dans un coin de la pièce.

«Zéro? répéta Willi.

– Il y en a eu… un, dis-je finalement. Mais c'était un accident. J'ai surpris des hommes en train d'agresser un vieillard derrière… c'était un accident.»

Willi était agité. Il se leva, alla près de la fenêtre, prit une chaise et s'assit à califourchon dessus, croisant les bras sur son dossier. «Qu'est-ce que ça veut dire?

– Tu te retires du Jeu?» demanda Nina en se tournant vers moi. La réponse était contenue dans la question, et je ne dis rien.

«Pourquoi?» fit sèchement Willi. Il était si agité que son accent allemand devenait perceptible.

Si j'avais été élevée à une époque où il était permis aux jeunes filles de hausser les épaules, c'est ce que j'aurais fait à ce moment-là. Mais je me contentai de laisser courir mes doigts sur une couture imaginaire de ma jupe. C'était Willi qui m'avait posé une question, mais ce fut Nina que je regardai droit dans les yeux lorsque je finis par répondre : «Je suis lasse. Cela fait si longtemps. Je pense que je vieillis.

– Tu vieilliras encore *plus* si tu arrêtes de Chasser», dit Willi. Son corps, sa voix, le masque rouge de son visage, tout chez lui exprimait une terrible colère à peine contrôlée. «Mon Dieu, Melanie, tu parais *déjà* plus vieille! Tu as l'air lamentable. C'est *pour ça* que nous chassons, femme. Regarde-toi dans la glace! Souhaites-tu mourir comme une vieillarde tout simplement parce que tu es lasse *d'utiliser les autres? Ach!*» Willi se leva et nous tourna le dos.

«Ridicule!» La voix de Nina était forte, assurée, à nouveau dominatrice. «Melanie est *lasse*, Willi. Sois gentil avec elle. Nous connaissons tous des périodes semblables. Je me rappelle l'état dans lequel *tu* étais après la guerre. Comme un petit chien battu. Tu refusais même de sortir de ton appartement minable de Baden. Même quand on t'a aidé à venir dans le New Jersey, tu n'arrêtais pas de bouder et de t'apitoyer sur ton sort. C'est Melanie qui a eu *l'idée* du Jeu pour t'aider à remonter la pente. Alors, silence! Ne dis jamais à une dame qui se sent lasse et déprimée qu'elle a l'air lamentable. Honnêtement, Willi, il y a des moments où tu es un vrai *Schwächsinniger*. Et un malotru de surcroît.»

J'avais imaginé bien des réactions à ma déclaration, mais c'était celle-ci que je redoutais le plus. Elle signifiait que Nina s'était elle aussi lassée du Jeu. Elle signifiait que Nina était prête à passer à un niveau supérieur. J'en avais la certitude.

«Merci, Nina, ma chérie, dis-je. Je savais que tu comprendrais.»

Elle tendit la main et me toucha le genou d'un geste rassurant. Même à travers la laine de ma jupe, je sentis la froideur de ses doigts blancs.

Mes invités ne voulaient pas passer la nuit chez moi. Je les suppliai. Je les réprimandai. Je leur fis remarquer que leurs chambres étaient déjà prêtes, que Mr. Thorne avait déjà préparé leurs lits.

«La prochaine fois, dit Willi. La prochaine fois, Melanie, ma petite chérie. Nous passerons tout un week-end ensemble, comme avant. Toute une semaine!» Willi était de bien meilleure humeur depuis que chacune de nous lui avait versé son «prix» de mille dollars. Il avait boudé, mais j'avais insisté. Sa vanité s'était trouvée apaisée lorsque Mr. Thorne lui avait remis un chèque déjà libellé au nom de William D. Borden.

Je lui demandai une nouvelle fois de rester, mais il m'affirma qu'il avait déjà réservé des places dans l'avion de minuit à destination de Chicago. Il devait rencontrer un auteur couronné de lauriers au sujet d'un scénario. Lorsqu'il m'étreignit pour me dire adieu, je m'aperçus que ses deux compagnons se trouvaient derrière moi et je connus un bref instant de terreur.

Mais ils s'en furent. Le jeune homme blond me sourit de toutes ses dents blanches et le Noir inclina la tête en signe d'adieu, du moins l'interprétai-je comme tel. Puis nous nous retrouvâmes seules, Nina et moi. Toutes seules.

Pas tout à fait. Miss Kramer était à côté de Nina, au bout du couloir. Mr. Thorne était hors de vue, derrière la porte battante de la cuisine. Je l'y laissai.

Miss Kramer avança de trois pas. Je retins mon souffle l'espace d'un instant. Mr. Thorne posa une main sur la porte. Puis la petite femme brune se dirigea vers le placard, attrapa le manteau de Nina et l'aida à l'enfiler.

« Tu es sûre que tu ne veux pas rester ?

– Non, merci, ma chérie. J'ai promis à Barrett que nous irions au Hilton Head ce soir.

– Mais il est déjà tard…

– Nous avons réservé des chambres. Merci quand même, Melanie. Je te contacterai.

– Oui.

– Je parle sérieusement, ma chérie. Il faut que nous parlions. Je comprends *exactement* ce que tu ressens, mais tu ne dois pas oublier que le Jeu est encore important aux yeux de Willi. Nous devons trouver un moyen d'y mettre fin sans le froisser. Peut-être pourrions-nous aller le voir au printemps prochain à Karnhall, si c'est bien ainsi qu'il appelle sa sinistre tanière bavaroise. Un voyage en Europe te ferait le plus grand bien, ma chère.

– Oui.

– Je te contacterai, sois-en sûre. Dès que j'aurai réglé

l'achat de cette nouvelle boutique. Il faut que nous passions plus de temps ensemble, Melanie… rien que nous deux… comme au bon vieux temps.» Ses lèvres embrassèrent le vide près de ma joue. Elle me serra le bras pendant quelques secondes. «Au revoir, ma chérie.

– Au revoir, Nina.»

Je rapportai le verre de cognac à la cuisine. Mr. Thorne l'accepta en silence.

«Assurez-vous que la maison est bien fermée», dis-je. Il hocha la tête et alla inspecter verrous et systèmes d'alarme. Il n'était que dix heures moins le quart, mais j'étais fatiguée. *C'est l'âge*, pensai-je. Je montai le large escalier — sans doute était-ce le fleuron de ma demeure — et me préparai à me coucher. Un orage venait d'éclater et le bruit des gouttes de pluie froide sur le verre avait un rythme plein de tristesse.

Mr. Thorne entra alors que je me brossais les cheveux en regrettant qu'ils soient si courts. Je me tournai vers lui. Il plongea une main dans la poche de sa veste noire. Lorsqu'il la retira, une lame effilée en jaillit. Je hochai la tête. Il rempocha son couteau à cran d'arrêt et referma la porte derrière lui. J'écoutai ses pas descendre l'escalier jusqu'à la chaise placée dans l'entrée sur laquelle il passerait la nuit.

Je pense que j'ai rêvé de vampires cette nuit-là. Ou peut-être ai-je pensé à eux juste avant de m'endormir, conservant un fragment de leur image jusqu'au matin. De toutes les terreurs que s'est infligées l'humanité, de tous les monstres pathétiques qu'elle s'est inventés, seul le mythe du vampire conserve encore quelques vestiges de dignité. Tout comme les humains dont il se nourrit, le vampire obéit aux sombres pulsions qui lui sont propres. Mais contrairement à ses ridicules proies humaines, le vampire utilise des moyens sordides pour parvenir à la seule fin qui puisse justifier de tels actes : son but est tout simplement l'immortalité. Quelle noblesse. Et quelle tristesse.

Willi avait raison : j'avais vieilli. L'année qui venait de s'écouler avait davantage sapé mes forces que la décennie précédente. Mais je n'avais pas Festoyé. En dépit de ma faim, en dépit du visage vieillissant que je voyais dans mon miroir, en dépit de la sombre pulsion qui avait gouverné nos vies durant tant d'années, *je n'avais pas Festoyé*.

Je m'endormis en essayant de me rappeler les détails du visage de Charles.

Je m'endormis affamée.

2.
Beverly Hills,
samedi 13 décembre 1980

Dans le jardin de Tony Harod se trouvait une fontaine circulaire au sommet de laquelle un satyre aux pieds fourchus urinait tout en contemplant Hollywood, les traits déformés par une grimace qui pouvait tout aussi bien traduire une aversion peinée qu'un mépris ricanant. Les intimes de Tony Harod savaient parfaitement comment interpréter cette expression.

La maison avait jadis appartenu à un acteur de films muets qui, parvenu à l'apogée de sa carrière, avait négocié avec succès le tournant difficile du parlant pour mourir d'un cancer de la gorge trois mois après la première de son tout dernier film au Graumann's Chinese Theater. Sa veuve avait refusé de quitter la vaste propriété et y avait demeuré pendant trente-cinq ans, endossant le rôle de gardienne de mausolée et tapant régulièrement de vieilles relations hollywoodiennes et des parents jadis méprisés afin de payer ses impôts. A sa mort, en 1959, la maison avait été rachetée par un scénariste à qui l'on devait les scripts de trois des cinq films de Doris Day produits à cette époque. Le scénariste se plaignait de l'état de décrépitude avancée du jardin et de la puanteur qui régnait dans le bureau du premier étage. Criblé de dettes, il finit par se suicider d'une balle dans la tête et fut découvert le lendemain par un jardinier immigré qui se garda bien de prévenir les autorités de peur de se voir reprocher sa situation irrégulière. Ce fut un avocat de l'Association des Scénaristes venu discuter avec son client d'un procès pour plagiat qui découvrit de nouveau son corps douze jours plus tard.

Parmi les propriétaires ultérieurs de la maison, il faut citer une actrice célèbre qui y résida entre ses cinquième et sixième mariages, un technicien en effets spéciaux qui périt en 1976 lors d'un incendie, et un cheikh enrichi par le pétrole qui fit repeindre le satyre en rose et le baptisa d'un nom juif. Le cheikh fut assassiné en 1979 par son beau-frère alors qu'il se trouvait à Riyad sur le chemin de La Mecque, et Harod acheta la maison quatre jours plus tard.

«Putain, c'est merveilleux», déclara Harod à l'agent immobilier tandis qu'ils contemplaient le satyre urinant. «J'achète.» Une heure plus tard, il signait un chèque de 600 000 dollars en guise d'arrhes. Il n'avait pas encore mis les pieds à l'intérieur de la maison.

Shayla Berrington avait entendu nombre d'histoires sur Tony Harod et sur son caractère impulsif. On lui avait raconté que Harod avait insulté Truman Capote en présence de deux cents témoins, et qu'en 1978 il avait failli se faire arrêter pour possession de narcotiques en compagnie de l'un des plus proches conseillers de Jimmy Carter. Personne n'était allé en prison, rien n'avait pu être prouvé, mais selon la rumeur, Harod avait voulu faire une farce au malheureux Géorgien. Shayla se pencha pour regarder le satyre tandis que le chauffeur conduisait la Mercedes vers le bâtiment. Elle ressentait avec acuité l'absence de sa mère à ses côtés. Étaient également absents pour cette entrevue : Loren (son imprésario), Richard (l'imprésario de sa mère), Cowles (son chauffeur/garde du corps) et Esteban (son coiffeur). A l'âge de dix-sept ans, Shayla exerçait avec succès le métier de mannequin depuis neuf ans et celui de vedette de cinéma depuis deux ans, mais lorsque la Mercedes s'immobilisa devant les portes ouvragées de la maison de Harod, elle se sentait dans la peau d'une princesse de conte de fées obligée de rendre visite à un ogre féroce.

Non, pas un ogre, pensa-t-elle. *Comment Norman Mailer a-t-il appelé Tony Harod après cette réception chez Stephen et Leslie au printemps dernier? Un petit troll maléfique. Je dois traverser la caverne de ce petit troll maléfique avant de trouver le trésor.*

Shayla sentit sa nuque se nouer lorsqu'elle appuya sur la sonnette. Elle se consola en pensant que Mr. Borden serait là. Elle aimait bien le vieux producteur, avec sa courtoisie très vieille Europe et sa charmante pointe d'accent. Shayla sentit la tension monter de nouveau en elle en pensant à ce que serait la réaction de sa mère si celle-ci apprenait que sa fille avait arrangé cette entrevue en secret. Elle était sur le point de faire demi-tour lorsque la porte s'ouvrit en grand.

«Ah, Miss Berrington, je présume.» Tony Harod se tenait sur le seuil, vêtu d'un peignoir en velours. Shayla le toisa du regard et se demanda s'il portait quelque chose en dessous. Quelques poils gris étaient visibles au milieu de la toison noire de sa poitrine.

«Bonjour», dit Shayla, et elle suivit dans l'entrée celui qui allait peut-être devenir son producteur associé. Au premier coup d'œil, Tony Harod n'était pas un candidat évident au rôle de troll. Il était un peu plus petit que la moyenne — Shayla mesurait un mètre quatre-vingts, ce qui était grand même pour un mannequin, et Harod ne devait pas faire plus d'un mètre soixante-dix —, et ses bras trop longs et ses mains trop larges semblaient disproportionnés par rapport à son corps mince et presque juvénile. Ses cheveux sombres étaient coupés si court qu'ils retombaient en boucles noires sur son front haut et pâle. Le signe le plus apparent de sa nature de troll, pensa Shayla, était la pâleur de sa peau, plus typique d'un habitant des régions industrielles du Nord-Est que d'une personne demeurant à Los Angeles depuis douze ans. Les traits de Harod étaient osseux, accusés, sa bouche sardonique abritait beaucoup trop de petites dents, et sa langue rose et vivace semblait humecter ses lèvres en permanence. Ses yeux profondément enfoncés dans leurs orbites avaient l'air vaguement pochés, mais ce fut l'intensité de ce regard ténébreux qui obligea Shayla à reprendre sa respiration et la fit un instant hésiter dans l'entrée carrelée. Elle était très sensible aux yeux — c'étaient ses propres yeux qui l'avaient aidée à devenir ce qu'elle était — et elle n'avait jamais rencontré un regard aussi perçant que celui de Tony Harod. Languides sous leurs paupières lourdes, presque vagues et indifférents mais pourtant moqueurs, les petits yeux marron de Harod dégageaient une puissance et une insolence qui contrastaient vivement avec le reste de son apparence.

«Entrez, fillette. Bon Dieu, où est votre entourage? Je croyais que vous étiez toujours suivie par une foule à côté de laquelle la Grande Armée ressemble à une réunion du fan club de Richard Nixon.

– Pardon?» dit Shayla, et elle regretta tout de suite sa réaction. Cette entrevue était trop importante pour qu'elle se permette de perdre des points aussi vite.

«Laissez tomber», dit Harod en reculant pour mieux la regarder. Il enfonça les mains dans les poches de son peignoir, mais Shayla eut le temps de remarquer l'extraordinaire longueur de ses doigts pâles. Elle pensa à Gollum dans *Bilbo le Hobbit*.

«Bon Dieu, vous êtes vachement belle, dit le petit homme. Je savais que vous étiez une beauté, mais vous êtes encore plus impressionnante que sur vos photos. Vous devez faire bander tous les ados.»

Shayla se raidit. Elle s'était attendue à quelques grossièretés, mais elle avait été élevée dans la haine de l'obscénité. «Mr. Borden est-il déjà arrivé?» demanda-t-elle d'une voix glaciale.

Harod sourit mais secoua la tête. «J'ai bien peur que non. Willi devait rendre visite à de vieux amis quelque part dans l'Est… ou dans le Sud… à Péquenot-les-Bains ou quelque chose comme ça.»

Shayla hésita. Elle s'était crue prête à conclure le marché qu'elle désirait avec Mr. Borden et son producteur associé, mais l'idée d'avoir affaire au seul Tony Harod lui donnait des frissons. Elle était sur le point de trouver une excuse pour s'enfuir, mais l'apparition d'une femme superbe l'en empêcha.

«Ms. Berrington, permettez-moi de vous présenter mon assistante, Maria Chen, dit Harod. Maria, voici Shayla Berrington, une jeune actrice de grand talent qui sera peut-être la vedette de notre prochain film.

– Enchantée, Miss Chen.» Shayla toisa son aînée du regard. C'était une femme d'une trentaine d'années, dont les origines orientales se devinaient à ses pommettes superbement sculptées, ses cheveux aile de corbeau luxuriants et ses yeux légèrement bridés. Maria Chen avait elle aussi l'allure d'un mannequin. Son sourire chaleureux dissipa immédiatement la légère tension qui ne manque jamais de s'instaurer lorsque deux femmes également séduisantes sont présentées l'une à l'autre.

«Je suis ravie de vous rencontrer, Ms. Berrington.» Maria Chen avait une poignée de main ferme et agréable. «J'admire depuis longtemps votre travail dans la publicité. Il est d'une qualité exceptionnelle. Les photos d'Avedon parues dans *Vogue* étaient magnifiques.

– Merci, Miss Chen.

– Je vous en prie, appelez-moi Maria.» Elle sourit, repoussa ses cheveux en arrière et se tourna vers Harod. «La piscine est à la bonne température. Je me suis arrangée pour bloquer les appels téléphoniques pendant quarante-cinq minutes.»

Harod hocha la tête. «Depuis mon accident de voiture sur la Ventura Freeway au printemps dernier, j'ai besoin de passer chaque jour quelques minutes dans mon jacuzzi.» Il eut un petit sourire en la voyant hésiter. «Maillot de bain obligatoire.» Harod ouvrit son peignoir, révélant un maillot rouge sur lequel ses initiales étaient brodées en or. «Voulez-vous que Maria vous conduise au vestiaire, ou bien préférez-vous discuter du film plus tard, quand Willi sera là?»

Shayla réfléchit en hâte. Sa mère et Loren risquaient tôt ou tard d'être informées de cette entrevue secrète.

Peut-être n'aurait-elle plus jamais la chance d'imposer ses conditions au producteur. «Je n'ai pas apporté de maillot», dit-elle.

Maria Chen éclata de rire et dit : «Aucun problème. Harod a des maillots de toutes les tailles et de toutes les couleurs. Il y en a même plusieurs qui sont réservés à sa vieille tante.»

Shayla se joignit aux rires. Elle suivit la jeune femme le long d'un interminable couloir, traversa une pièce emplie de meubles modulaires et dominée par un immense écran vidéo, puis passa devant des rangées de consoles pour arriver finalement dans un vestiaire aux murs lambrissés de cèdre. Les armoires contenaient des maillots de bain de tous les styles et de toutes les couleurs.

«Je vous laisse, dit Maria Chen.

– Est-ce que vous vous joindrez à nous?

– Plus tard, peut-être. Je dois finir de taper le courrier de Tony. Amusez-vous bien… et, Ms. Berrington… ne vous offusquez pas trop vite. Tony a parfois de mauvaises manières, mais c'est quelqu'un de régulier.»

Shayla hocha la tête pendant que Maria Chen refermait la porte, puis elle passa en revue les maillots de bain. Il y avait de tout parmi eux, du minuscule bikini français au maillot une-pièce classique en passant par le string. Ils étaient signés Gottex, Christian Dior ou Cole. Shayla choisit un maillot orange plutôt discret mais dont la coupe faisait ressortir ses cuisses et ses longues jambes. Elle savait par expérience que ses petits seins fermes apparaîtraient à leur avantage et que leurs mamelons seraient visibles sous le tissu. Et puis la couleur serait en harmonie avec le vert de ses yeux.

Shayla franchit une autre porte et aboutit dans une serre dont les trois parois de verre permettaient à la lumière de baigner copieusement toute une prolifération de plantes tropicales. Sur le quatrième mur, à côté de la porte, se trouvait un autre écran vidéo de taille respectable. Des haut-parleurs invisibles diffusaient en sourdine de la musique classique. L'air était saturé d'humidité. Shayla aperçut au-dehors une vaste piscine dont les eaux miroitaient dans la lumière du matin. Tony Harod, assis dans son jacuzzi, sirotait une boisson fraîche. Shayla sentit l'air moite et brûlant l'envelopper comme un drap de bain humide.

«Qu'est-ce qui vous a retardée, fillette? J'ai commencé sans vous.»

Shayla sourit et s'assit au bord de la petite piscine. Elle se trouvait à un mètre cinquante de Harod: pas assez loin pour paraître insultante à son égard, pas assez près pour lui suggérer des idées d'intimité. Elle battit distraitement des pieds dans l'eau bouillonnante, levant les jambes afin d'exhiber les muscles de ses mollets et de ses cuisses.

«Allons-y, voulez-vous?» proposa Harod. Il eut un petit sourire moqueur et sa langue jaillit pour humecter sa lèvre inférieure.

«Je ne devrais même pas me trouver ici, dit posément Shayla. C'est mon imprésario qui s'occupe de ça. Et je consulte toujours ma mère avant de donner mon accord à un projet... même si ce n'est qu'une séance de photos de mode. Si je suis venue ici aujourd'hui, c'est seulement parce que Mr. Borden me l'avait demandé. Il a été très gentil avec nous depuis...

– Ouais, ouais, il est dingue de vous, lui aussi», coupa Harod. Il posa son verre au bord de la piscine. «Voilà le topo. Willi a acheté les droits d'un best-seller intitulé *Traite des Blanches*. C'est une sous-merde écrite avec les pieds à l'intention des adolescents illettrés et des ménagères lobotomisées qui font la queue chaque mois pour acheter les nouveautés de chez Harlequin. De la branlette pour empêchés du bulbe. Naturellement, il s'en est vendu trois millions d'exemplaires. Nous avons acheté les droits avant publication. Willi a un type chez Ballantine qui lui file le tuyau chaque fois qu'une de ces merdes risque de marcher.

– A vous entendre, ça a l'air très intéressant, commenta tranquillement Shayla.

– Foutre oui. Bien entendu, l'adaptation condensera pas mal le bouquin — on ne gardera que l'intrigue de base et les scènes de sexe. Mais on a déjà mis des types bien sur ce boulot. Michael May-Dreinan s'est déjà attelé au scénar et Schubert Williams a accepté de se charger de la mise en scène.

– Schu Williams?» Shayla était surprise. Williams venait de diriger George C. Scott dans un film que la M.G.M. avait poussé au maximum. Elle contempla la surface bouillonnante de la piscine. «Je crains que ça ne ressemble pas au genre de projet qui nous intéresse, dit-elle. Ma mère… je veux dire, nous avons choisi avec beaucoup de soin les films destinés à me lancer dans la carrière cinématographique.

– Mouais, dit Harod en finissant son verre. Il y a deux ans, on vous a vue aux côtés de Ryan O'Neal dans *L'Espoir de Shannerly*. Une gamine mourante rencontre un escroc mourant dans une clinique bidon du Mexique. Ils renoncent ensemble à chercher des remèdes bidon et trouvent le vrai bonheur pendant les quelques semaines qu'il leur reste à vivre. *Bordel de Dieu*. Et je cite Charles Champlin : "Les bandes-annonces de cette abomination à l'eau de rose suffiraient à elles seules à donner des spasmes à un diabétique."

– La promo et la distribution étaient nulles, et…

– Tant mieux pour vous, fillette, tant mieux pour vous. Et puis, l'année dernière, votre mère vous fait engager dans le film de Wise, *A l'est du bonheur*. Vous alliez devenir la nouvelle Julie Andrews dans cet ersatz de *La Mélodie du bon beurre*. Échec sur toute la ligne : on ne nage plus dans les fleurs des années 60 mais dans l'univers impitoyable des années 80. Je ne suis pas votre imprésario, Ms. Berrington, mais à mon avis, votre mère et la fine équipe qui l'entoure sont en train de vous préparer une carrière de merde. On cherche à vous transformer en une espèce de Marie Osmond… ouais, ouais, je sais que vous appartenez à l'Église des Saints des Derniers Jours… et alors? Vous étiez fabuleuse en couver-

ture de *Vogue* et de *Seventeen* et vous voilà sur le point
de tout foutre en l'air. On veut faire de vous une ingénue
de douze ans et c'est beaucoup trop tard.»

Shayla resta immobile. Son esprit fonctionnait à plein
régime mais elle ne trouvait rien à répondre. Elle avait
envie de dire à ce petit troll maléfique d'aller se faire
voir, mais les mots refusaient de sortir de sa bouche et
elle restait figée au bord de la piscine bouillonnante. Son
avenir dépendait des minutes qui allaient suivre et son
esprit n'était que confusion.

Harod sortit de la piscine et se dirigea vers un bar dissimulé dans la masse des fougères. Il se servit un grand
verre de jus de pamplemousse et se tourna vers Shayla.
«Vous voulez boire quelque chose? J'ai tout ce qu'il
faut ici. Même un punch hawaiien si vous vous sentez
particulièrement mormone aujourd'hui.»

Shayla secoua la tête.

Le producteur replongea dans le jacuzzi et posa le
verre sur sa poitrine. Il leva les yeux vers un miroir
accroché au mur et eut un hochement de tête presque
imperceptible. «D'accord, dit-il. Parlons de *Traite des
Blanches,* puisque tel est pour l'instant le titre de ce film.

— Je ne pense pas que cela nous intéresserait…

— Vous recevrez un cachet de 400 000 dollars. Plus
un pourcentage sur les recettes… dont vous ne verrez
jamais la couleur, la comptabilité étant ce qu'elle est.
Mais vous en retirerez un nom que vous pourrez
monnayer dans tous les studios de cette ville. Ce film
va casser la baraque, fillette. Faites-moi confiance. Je
peux sentir un triomphe avant même la rédaction
du deuxième jet du traitement. Ça va faire très mal.

— J'ai bien peur que non, Mr. Harod. D'après Mr. Borden, si nous n'étions pas intéressés par vos premières pro-
positions, nous pouvions…

— Le tournage commence en mars», poursuivit
Harod. Il but un grand trait de jus de fruit et ferma les
yeux. «Schu pense qu'il durera douze semaines, alors
comptez sur une bonne vingtaine. Les scènes d'exté-

rieur seront tournées à Alger, en Espagne et en Égypte, et vous passerez trois semaines à Pinewood pour tourner les scènes du palais sur le plateau principal.»

Shayla se redressa. L'eau luisait sur ses jambes. Elle posa les mains sur ses hanches et jeta un regard noir au petit homme dans sa piscine. Il n'ouvrit même pas les yeux.

«Vous ne *m'écoutez pas,* Mr. Harod, s'emporta-t-elle. J'ai dit non. Non, je ne ferai pas votre film. Je n'ai même pas vu le *script.* Vous pouvez prendre votre *Traite des Blanches* ou je ne sais quoi et… et…

– Et me le foutre au cul?» Harod ouvrit les yeux. Shayla pensa à un lézard en train de se réveiller. L'écume venait caresser la poitrine pâle de Harod.

«Adieu, Mr. Harod», et Shayla Berrington tourna les talons. Elle avait fait trois pas lorsque la voix de Harod la stoppa net.

«On a peur des scènes déshabillées, fillette?»

Elle hésita, puis se remit en marche.

«On a peur des scènes déshabillées», répéta Harod, et cette fois-ci, ce n'était pas une question.

Shayla était presque arrivée à la porte lorsqu'elle se retourna vivement. Ses mains griffèrent l'air. «Je n'ai même pas vu le script!» Sa voix se brisa et elle fut stupéfaite de se découvrir au bord des larmes.

«Bien sûr, il y a quelques scènes déshabillées, continua Harod comme si elle n'avait rien dit. Et une scène d'amour qui fera mouiller toutes les gamines. On pourrait utiliser une doublure… mais ce serait inutile. Vous vous en sortirez très bien, fillette.»

Shayla secoua la tête. Elle sentait monter en elle une rage indicible. Elle se retourna et, à l'aveuglette, tendit la main vers le loquet.

«Stop.» La voix de Tony Harod était plus douce que jamais. Presque inaudible. Mais il y avait en elle quelque chose qui immobilisa la jeune femme mieux que ne l'aurait fait un cri. Elle eut l'impression que des doigts glacés se refermaient sur sa nuque.

«Viens ici.»

Shayla fit demi-tour et se dirigea vers Harod, toujours dans l'eau, ses longs doigts croisés sur sa poitrine. Ses yeux étaient à peine ouverts — humides, langoureux — les yeux indolents d'un crocodile. Une partie de l'esprit de Shayla poussait des hurlements de panique outragée tandis que l'autre se contentait d'observer la scène, paralysée par l'étonnement.

«Assieds-toi.»

Elle s'assit au bord de la piscine à moins d'un mètre de lui. Ses longues jambes plongèrent dans le jacuzzi. L'écume blanche éclaboussait ses cuisses bronzées. Elle se sentait éloignée de son propre corps, le contemplait avec un détachement presque clinique.

«Comme je te le disais, tu t'en sortiras très bien, fillette. Bon Dieu, on est tous un peu exhibitionnistes. Mais toi, tu recevras une petite fortune pour faire ce que tu as envie de faire de toute façon.»

Luttant contre une terrible torpeur, Shayla leva la tête et regarda les yeux de Tony Harod. Dans la lumière diaprée, leurs iris étaient si larges qu'ils semblaient ne former que deux trous noirs dans son visage pâle.

«Et dès maintenant», poursuivit Harod d'une voix douce, si douce. Peut-être ne parlait-il même pas. Les mots semblaient glisser à l'intérieur du cerveau de Shayla, comme des pièces d'or coulant dans une eau sombre. «Il fait vraiment très chaud ici. Tu n'as pas besoin de ce maillot. N'est-ce pas ? Bien sûr que non.»

Shayla le regarda sans rien dire. Quelque part en elle, au fond du tunnel de son esprit, elle était une petite fille au bord des larmes. Vaguement étonnée, elle vit son bras droit se lever et sa main se glisser doucement sous la bretelle du maillot. Elle tira légèrement sur le tissu, qui glissa sur son flanc, faisant ressortir le galbe de ses seins. Elle fit tomber l'autre bretelle. Le tissu du maillot descendit jusqu'à ses mamelons. Elle voyait sur sa peau la fine ligne rouge laissée par l'élastique. Elle se tourna vers Tony Harod.

Il sourit presque imperceptiblement et acquiesça.

Comme si on venait de lui en donner la permission, Shayla fit brusquement descendre le haut de son maillot. Ses seins tressautèrent doucement lorsqu'ils furent libérés de l'étreinte du tissu orange. Là, sa peau était tendre, très blanche, à peine semée de quelques taches de rousseur. Ses mamelons étaient durs et se dressaient rapidement au contact de l'air frais. Leurs aréoles brunes, très larges, étaient délimitées par quelques poils noirs que Shayla trouvait si beaux qu'elle se refusait à les épiler. Personne ne le savait. Même pas sa mère. Shayla n'avait permis à personne, même pas Avedon, de photographier ses seins.

Elle se tourna de nouveau vers Harod, mais son visage n'était qu'une tache floue et pâle. La serre sembla basculer et tourner autour d'elle. Le bruit du recycleur d'eau devint de plus en plus fort, jusqu'à lui marteler les tympans. En même temps, Shayla sentit quelque chose s'éveiller en elle. Une douce chaleur l'envahit insidieusement. Comme si quelqu'un avait plongé directement dans son cerveau pour y caresser le centre du plaisir aussi sûrement qu'une main en train de masser le doux renflement de son entrejambe. Shayla hoqueta et se cambra involontairement.

« Il fait vraiment très chaud », dit Tony Harod.

Shayla se passa les mains sur le visage, toucha ses paupières avec ce qui ressemblait à de l'émerveillement, puis ses paumes descendirent le long de son cou, de ses clavicules, et se posèrent sur sa poitrine, là où la chair devenait pâle. Elle sentait son pouls battre dans sa gorge comme un oiseau en cage. Puis elle laissa ses mains glisser plus bas, se cambra une nouvelle fois lorsqu'elles frôlèrent ses mamelons, brusquement sensibles jusqu'à en être douloureux, souleva ses seins comme le Dr Kemmerer le lui avait appris à l'âge de quatorze ans, mais sans les examiner, se contentant de les presser, de les presser contre elle avec un plaisir qui lui donnait envie de crier.

«On n'a vraiment pas besoin de maillot», murmura Harod. Avait-il seulement murmuré? Shayla était déconcertée. Elle le regardait et ses lèvres n'avaient pas bougé. Son léger sourire révélait des dents pareilles à des pierres blanches et acérées.

Ça n'avait pas d'importance. Plus rien n'avait d'importance pour Shayla, excepté se débarrasser de ce maillot qui l'étouffait. Elle baissa un peu plus le tissu, lui fit franchir le léger renflement de son ventre et leva les fesses pour le faire glisser sous elle. Puis le maillot devint un simple bout de tissu passé autour de sa jambe, dont elle se débarrassa d'un coup de pied. Elle contempla son corps, s'arrêtant sur la fourche de ses cuisses et sur la bande presque verticale de toison pubienne qui montait vers la ligne de démarcation de son bronzage. L'espace d'une seconde, elle fut prise d'un nouvel étourdissement, cette fois-ci accompagné d'un lointain sentiment d'horreur, puis elle sentit les caresses reprendre leur cours à l'intérieur de son esprit et elle se laissa aller en arrière, prenant appui sur les coudes.

L'eau chaude du jacuzzi bouillonnait autour de ses cuisses. Elle leva une main et suivit lentement le tracé d'une veine bleue qui battait sous la peau blanche de son sein. Le plus léger des contacts suffisait à enflammer sa chair. Le doux relief de ses seins semblait se contracter et s'alourdir en même temps. Le bruit de la piscine parut adopter le même rythme syncopé que les battements de son cœur. Elle leva son genou droit et glissa une main entre ses jambes. Sa paume monta doucement sur sa cuisse, éparpillant les gouttelettes qui étincelaient sur le duvet doré. La chaleur l'imprégnait, l'envahissait, la contrôlait. Sa vulve palpitait d'un plaisir qu'elle n'avait connu que dans les limbes coupables précédant le sommeil, filtré par une honte qui avait à présent disparu, un plaisir qu'elle n'avait jamais connu si intense, si exigeant. Les doigts de Shayla trouvèrent les replis mouillés de ses grandes lèvres et elle les écarta en émettant une espèce de sanglot.

«Trop chaud pour porter un maillot, dit Tony Harod. Tous les deux.» Il avala une dernière gorgée de jus de pamplemousse, se hissa sur le carrelage et posa le verre le plus loin possible du bord de la piscine.

Shayla roula sur elle-même, sentant la fraîcheur du carrelage sur ses hanches. Ses longs cheveux retombèrent sur son visage lorsqu'elle se mit à ramper, la bouche entrouverte, toujours appuyée sur les coudes. Harod s'était étendu de tout son long, reposant lui aussi sur ses coudes, ses pieds battant mollement dans l'eau. Shayla s'arrêta et leva les yeux vers lui. Les caresses se firent plus insistantes dans son esprit, en trouvèrent le cœur et le titillèrent avec une lenteur taquine. Ses sens ne percevaient que le flux et le reflux d'une friction huilée. Shayla hoqueta et serra involontairement les cuisses tandis que des flots de sensations préorgasmiques la parcouraient en vagues successives. Le murmure se fit plus fort dans son esprit, sifflement aguicheur qui semblait faire partie du plaisir.

Les seins de Shayla touchèrent le sol lorsqu'elle se pencha pour tirer sur le maillot de Tony Harod avec une frénésie à la fois violente et gracieuse. Elle fit glisser le tissu jusqu'à ses genoux et le maillot disparut sous l'eau. Une toison abondante recouvrait le ventre de Harod. Son pénis pâle et flasque s'éveillait lentement dans son nid de poils noirs.

Elle leva les yeux et vit que tout sourire avait disparu de son visage. Ses yeux étaient des trous percés dans un masque blême. On n'y lisait aucune chaleur. Aucune excitation. Rien que l'intense concentration d'un prédateur contemplant sa victime. Shayla ne s'en souciait point. Elle ne savait pas ce qu'elle voyait. Elle savait seulement que les caresses s'étaient intensifiées dans son esprit, faisant passer celui-ci de l'extase à la douleur. Comme une drogue, un plaisir d'une pureté sublime envahissait son système nerveux.

Shayla posa sa joue sur la cuisse de Harod et tendit une main vers son pénis. Il la chassa d'un geste machinal. Shayla se mordit la lèvre et gémit. Son esprit était un tourbillon de sensations qui n'enregistrait que les coups d'aiguillon de la passion et de la douleur. Ses jambes étaient agitées de spasmes désordonnés et elle se trémoussait contre le bord de la piscine. Shayla fit courir ses lèvres sur l'étendue salée de la cuisse de Harod. Elle goûta son propre sang alors qu'elle tendait une main pour en envelopper les testicules de Harod. Le petit homme leva la jambe droite et poussa doucement Shayla dans la piscine. Elle resta accrochée à ses cuisses, se pressa contre lui, poussa des petits gémissements pendant qu'elle le cherchait des mains et de la bouche.

Maria Chen entra, brancha un téléphone à une prise murale et le posa sur le carrelage à côté de Harod. «C'est Washington», dit-elle; elle jeta un regard à Shayla, puis sortit.

Chaleur et friction désertèrent l'esprit et le corps de Shayla avec une soudaineté glacée qui lui fit pousser un cri de douleur. L'espace d'une seconde, elle regarda devant elle sans rien voir, puis elle tomba en arrière dans l'eau bouillonnante. Elle fut agitée de violents tremblements et serra les bras autour de sa poitrine.

«Ici Harod», dit le producteur. Il se leva, fit trois pas et enfila son peignoir. Avec un mélange d'incrédulité et de déception, Shayla regarda son bas-ventre pâle disparaître sous le tissu. Puis elle se mit à trembler encore plus violemment. Des frissons la parcouraient. Elle passa des doigts raidis dans ses cheveux et plongea son visage dans l'écume.

«Oui? dit Harod. Bon Dieu de merde. Quand? Ils sont sûrs qu'il était à bord? *Bordel*. Ouais. Tous les deux? Et l'autre... comment s'appelle-t-elle, déjà? *Bordel!* Non, non, je vais m'en occuper. Non. J'ai dit que *j'allais* m'en occuper. Ouais. Non, disons dans deux jours. Ouais, je serai là.» Harod reposa violemment le combiné sur son socle, se dirigea vers un fauteuil en osier et s'affala dedans.

Shayla tendit la main au milieu du tourbillon et récu-

péra son maillot. Toujours tremblante, nauséeuse jusqu'au vertige, elle s'accroupit dans l'écume pour l'enfiler. Elle sanglotait sans en avoir conscience. *C'est un
cauchemar :* telle était la pensée qui résonnait dans le
manège de son esprit.

Harod prit un boîtier de télécommande et le braqua
sur l'écran vidéo encastré dans le mur. L'image de
Shayla Berrington assise au bord d'une petite piscine y
apparut aussitôt. Elle regarda d'un côté, les yeux vides,
sourit comme dans un rêve et tira sur l'élastique de son
maillot de bain. Ses seins étaient pâles, ses mamelons
dressés, ses aréoles très larges et visiblement brunes
même sous ce piètre éclairage…

«Non!» hurla Shayla en fouettant les eaux.

Harod tourna la tête et sembla remarquer sa présence pour la première fois. Ses lèvres minces s'incurvè-
rent pour former un simulacre de sourire. «Je crains
qu'il n'y ait un petit changement de programme, dit-il
doucement. Mr. Borden ne participera pas à la mise en
chantier de ce film. J'en serai le seul producteur.»

Shayla cessa de battre l'eau. Ses cheveux étaient plaqués en mèches humides sur son visage. Sa bouche était
grande ouverte et des filets de salive pendaient à son
menton. On n'entendait que ses sanglots incontrôlés et
le ronronnement du recycleur d'eau.

«Le calendrier de tournage reste inchangé», dit
Harod d'un air presque absent. Il se tourna vers l'écran.
Shayla Berrington rampait nue sur des carreaux noirs.
Le torse nu d'un homme apparut sur l'image. Zoom sur
le visage de Shayla qui frottait sa joue contre une cuisse
pâle et velue. Ses yeux étaient voilés par la passion et sa
bouche s'arrondissait comme celle d'un poisson. «Je
crains que Mr. Borden ne produise plus jamais de films
avec nous», dit Harod. Sa tête se tourna de nouveau
vers elle et les phares noirs de ses yeux clignèrent lentement. «Désormais, il n'y a plus que nous deux, fillette.»

Les lèvres de Harod s'écartèrent et Shayla aperçut
ses petites dents. Elles semblaient très blanches et très

acérées. «Je crains que Mr. Borden ne produise plus jamais de films avec personne.» Harod se retourna vers l'écran. «Willi est mort», dit-il à voix basse.

3
Charleston,
samedi 13 décembre 1980

Je fus réveillée par le soleil éclatant qui perçait les frondaisons. C'était un de ces matins d'hiver limpides grâce auxquels il est bien moins déprimant de vivre dans le Sud que de seulement survivre à un hiver yankee. J'apercevais les palmiers verts au-dessus des toits de tuile rouge. Lorsque Mr. Thorne m'apporta mon petit déjeuner, je lui demandai d'ouvrir un peu la fenêtre. Je sirotai mon café en écoutant les enfants jouer dans la cour. Jadis, Mr. Thorne m'aurait apporté le journal du matin sur le plateau, mais j'avais appris depuis longtemps que la lecture des folies et des scandales de ce monde ne sert qu'à profaner le lever du jour. A vrai dire, les activités de l'espèce humaine m'intéressaient de moins en moins. Cela faisait douze ans que je me privais de quotidien, de téléphone et de télévision, et je n'en souffrais nullement, sauf si l'on considère une autosatisfaction grandissante comme une maladie. Je souris en me rappelant à quel point Willi avait été déçu de ne pas pouvoir nous montrer ses cassettes vidéo. Quel enfant il faisait !

« Nous sommes samedi, n'est-ce pas, Mr. Thorne ? » Il hocha la tête et je lui fis signe de remporter le plateau. « Nous allons sortir aujourd'hui. Peut-être irons-nous jusqu'au Fort. Ensuite, nous dînerons chez Henry et nous rentrerons. J'ai des dispositions à prendre. »

Mr. Thorne hésita et faillit trébucher en sortant de a pièce. J'en oubliai un instant de nouer la ceinture de ma robe de chambre. Cela ne ressemblait guère à Mr. Thorne d'avoir des mouvements aussi disgracieux. Je me rendis compte que lui aussi vieillissait. Il redressa le plateau, hocha la tête et se dirigea vers la cuisine.

Je n'allais pas laisser des idées de vieillesse gâcher une si belle matinée. Je me sentais animée d'une énergie et d'une résolution nouvelles. La réunion de la veille ne s'était pas très bien passée, mais cela aurait pu être pire. J'avais été franche avec Nina et Willi, et leur avais avoué mon intention de renoncer au Jeu. Durant les semaines et les mois à venir, ils méditeraient sur les conséquences de cette décision — pour Nina, cela ne faisait aucun doute —, mais lorsqu'ils décideraient de réagir, ensemble ou séparément, je serais partie depuis longtemps. Plusieurs identités de rechange, anciennes et nouvelles, m'attendaient déjà en Floride, dans le Michigan, à Londres, dans le sud de la France, et même à New Delhi. Pas question d'aller dans le Michigan pour le moment. Je n'étais plus habituée à un climat aussi rude. New Delhi n'était plus pour les étrangers le havre d'accueil que j'avais connu lorsque j'y avais résidé peu de temps avant la guerre.

Nina avait raison sur un point : un retour en Europe me ferait sûrement du bien. J'avais déjà la nostalgie de la riche lumière et du *savoir-vivre*[1] empreint de cordialité des villageois que je côtoyais dans ma résidence d'été des environs de Toulon.

L'air du dehors était revigorant. Je ne portais qu'une robe en tissu imprimé toute simple et mon manteau de printemps. Une pointe d'arthrite dans ma jambe droite m'avait fait souffrir alors que je descendais l'escalier, aussi pris-je la précaution de prendre la vieille canne de mon père. Un jeune serviteur noir l'avait taillée durant l'été où nous avions quitté Greenville pour déménager à Charleston. Je souris lorsque nous émergeâmes dans l'air tiède de la cour.

---

1. En français dans le texte. *(N.d.T.)*

Mrs. Hodges se détacha du pas de sa porte et s'avança dans la lumière. C'étaient ses petites-filles et leurs amies qui jouaient autour de la fontaine asséchée. Depuis deux siècles, cette cour était commune aux trois bâtiments de brique. Seule ma maison n'avait pas été divisée en appartements coûteux.

«Bonjour, Miz Fuller.

– Bonjour, Mrs. Hodges. Quelle belle journée!

– En effet. Vous allez faire des achats?

– Non, simplement me promener, Mrs. Hodges. Je suis surprise de ne pas voir Mr. Hodges. On dirait qu'il passe tous ses samedis à travailler dans la cour.»

Mrs. Hodges fronça les sourcils lorsqu'une petite fille passa près de nous en courant. Elle était poursuivie par une camarade de jeu hurlante et dépenaillée. «Oh, George est déjà parti à la marina.

– En plein jour?» Je m'étais souvent amusée à regarder Mr. Hodges partir le soir, son uniforme de garde impeccablement repassé, ses cheveux gris dépassant de sa casquette, sa sacoche-repas tenue fermement sous son bras. Mr. Hodges était aussi tanné et cagneux qu'un vieux cow-boy. C'était un de ces hommes toujours sur le point de partir à la retraite mais qui pensent probablement que l'inactivité est une forme de condamnation à mort.

«Oui. Un des hommes de couleur de service de jour là-bas, à l'entrepôt, a démissionné, et on a demandé à George de le remplacer. Je lui ai dit qu'il était trop vieux pour travailler le week-end en plus de ses quatre nuits par semaine, mais vous connaissez George.

– Eh bien, donnez-lui le bonjour de ma part», dis-je. Les fillettes qui couraient autour de la fontaine m'énervaient.

Mrs. Hodges me suivit jusqu'à la grille en fer forgé. «Est-ce que vous allez partir en vacances, Miz Fuller?

– Probablement, Mrs. Hodges. Très probablement.» Puis Mr. Thorne et moi prîmes la direction de la Batterie. Quelques voitures roulaient à faible allure dans les rues étroites, des touristes contemplant les maisons de notre Vieux Quartier, mais la journée était calme. Dès que nous arrivâmes dans Broad Street, j'aperçus les mâts des yachts et des voiliers avant même de voir la mer.

«Veuillez acheter des billets pour nous deux, Mr. Thorne, dis-je. J'aimerais bien aller voir le Fort.»

Comme la plupart des gens demeurant à proximité d'une attraction touristique, je n'avais pas prêté attention à celle-ci pendant plusieurs années. Visiter le Fort maintenant avait une valeur purement sentimentale. J'agissais ainsi parce que j'étais de plus en plus persuadée que j'allais quitter cette région pour toujours. Décider de partir est une chose; c'en est une autre que d'affronter la réalité impérative du départ.

Les touristes étaient peu nombreux. Le ferry s'éloigna de la marina pour s'engager dans les eaux placides du port. La chaleur du soleil et le bourdonnement régulier du diesel me firent somnoler pendant quelques minutes. Je me réveillai alors que nous abordions la sombre masse de l'île où se dressait le Fort.

Je restai quelque temps au sein du groupe, appréciant le silence sépulcral des niveaux inférieurs et la voix chantante de la jeune femme qui nous servait de guide. Mais lorsque nous retournâmes vers le musée aux dioramas poussiéreux et aux bacs de diapositives ridicules, je repris l'escalier pour remonter sur le chemin de ronde. Je fis signe à Mr. Thorne de rester en haut des marches et m'avançai sur les remparts. Il ne s'y trouvait que deux autres personnes : un jeune couple, elle avec un bébé dans un sac à dos qui ne paraissait pas très confortable, lui avec un appareil photographique bon marché.

Ce fut un moment fort agréable. Une tempête montait à l'ouest, brossant un décor de velours noir aux flèches des églises, aux tours de brique et aux branches nues toujours inondées de soleil. Même à trois kilomètres de distance, j'apercevais les passants en train de flâner le long de l'allée de la Batterie. Le vent qui précédait les nuages sombres jetait des paquets d'écume sur le ferry et sur les planches du quai. L'air avait des relents de fleuve, d'hiver et de pluie crépusculaire.

Il n'était guère difficile d'imaginer ce jour lointain. Les obus étaient tombés en si grand nombre sur le fort que ses murailles extérieures n'étaient plus que des piles de gravats. Derrière la Batterie, les gens juchés sur les toits avaient poussé des cris d'enthousiasme. Les couleurs éclatantes des robes et des ombrelles en soie avaient dû irriter au plus haut point les canonniers yankees. Finalement, l'un d'eux avait tiré une salve au-dessus des toits envahis de monde. La confusion qui s'était ensuivie avait dû être amusante à observer d'ici.

Un mouvement sur l'eau attira mon attention. Quelque chose de sombre glissait sur les eaux grises ; quelque chose d'aussi sombre et silencieux qu'un requin. Je m'arrachai à ces visions du passé et reconnus un sous-marin Polaris, ancien mais de toute évidence encore opérationnel, qui traversait les eaux sombres sans un bruit. Les vagues se brisaient sur sa coque aussi lisse que les flancs d'un marsouin, formant sur son passage un sillage de blancheur. Il y avait plusieurs hommes sur la tourelle. Ils portaient d'épais manteaux et leurs casquettes étaient enfoncées sur leurs têtes. Une énorme paire de jumelles pendait au cou de celui qui devait être le capitaine. Il désigna quelque chose de l'autre côté de Sullivan's Island. Je le regardai fixement. Mon champ de vision se rétrécit alors que j'entrais en contact avec lui. Des bruits et des sensations également lointains parvinrent jusqu'à moi.

Tension. Plaisir de sentir les embruns et la brise venant du nord-nord-ouest. Anxiété à l'idée des ordres scellés dans la cabine. Conscience des hauts-fonds à présent visibles à bâbord.

Quelqu'un s'approcha de moi et je sursautai. Les phosphènes disparurent de la lisière de mon champ de vision au moment où je me retournais.

C'était Mr. Thorne. A mes côtés. Sans que je lui en

aie donné l'ordre. J'avais ouvert la bouche pour lui ordonner de regagner son poste lorsque je compris pourquoi il s'était approché. Le jeune homme qui venait de prendre des photos de sa pâle épouse se dirigeait à présent vers moi. Mr. Thorne fit un pas vers lui pour l'intercepter.

« Excusez-moi, madame. Est-ce que vous voulez bien nous prendre en photo tous les deux, vous ou votre mari ? »

J'acquiesçai et Mr. Thorne prit l'appareil que lui tendait le jeune homme. L'objet semblait minuscule entre ses doigts longilignes. Deux déclics plus tard, le jeune couple était satisfait : leur présence en ce lieu avait été enregistrée pour la postérité. Le jeune homme m'adressa un sourire idiot et hocha vigoureusement la tête. Le bébé se mit à pleurer comme un vent froid se levait. Je me retournai vers le sous-marin, mais il s'était déjà éloigné, sa tourelle grise formant une mince bande qui reliait le ciel à la mer.

Nous étions presque revenus en ville et le ferry se dirigeait vers le quai lorsqu'une inconnue m'apprit la mort de Willi.

« C'est horrible, n'est-ce pas ? » Cette vieille femme bavarde m'avait suivie sur le pont. Le vent était devenu positivement glacé et j'avais changé par deux fois de place afin d'échapper à ses remarques stupides, mais cette sotte avait de toute évidence décidé que je subirais sa conversation jusqu'à la fin de la traversée. Ni ma réticence ni la présence furibarde de Mr. Thorne ne l'avaient découragée. « Ça a dû être épouvantable, continua-t-elle. En pleine nuit, vous vous rendez compte ?

– Quoi donc ? » Un sinistre pressentiment m'avait poussée à lui poser cette question.

« Eh bien, l'avion qui s'est écrasé. Vous n'êtes pas au courant ? Ça a dû être horrible de tomber comme ça en plein milieu des marais. Ce matin, j'ai dit à ma fille…

– Quel avion? Quand est-ce arrivé?» La vieille femme eut un mouvement de recul devant la sécheresse de ma voix, mais le sourire niais restait plaqué sur son visage.

«Eh bien, la nuit dernière. Ce matin. J'ai dit à ma fille…

– *Où ça?* Quel avion?» Mr. Thorne se rapprocha de moi en entendant le ton de ma voix.

«L'avion de cette nuit, chevrota-t-elle. Celui de Charleston. On en parle dans le journal qui se trouve au salon. N'est-ce pas horrible? Quatre-vingt-cinq victimes. J'ai dit à ma fille…»

Je la plantai là, près du bastingage. Un journal avait été abandonné au bar et je trouvai sous sa manchette de quatre mots quelques maigres détails sur la mort de Willi. Le vol 417 à destination de Chicago avait quitté l'aéroport international de Charleston à 0 h 18. Vingt minutes plus tard, l'avion avait explosé en plein vol non loin de la ville de Columbia. Des fragments de fuselage et des corps en morceaux étaient tombés dans le marais de Congaree, où des pêcheurs les avaient retrouvés durant la nuit. Il n'y avait aucun survivant. L'administration aérienne et le F.B.I. avaient ouvert une enquête.

Un bourdonnement m'emplit les oreilles et je dus m'asseoir de peur de m'évanouir. Mes mains étaient toutes moites sur le vinyle vert du fauteuil. Des gens passèrent devant moi pour se diriger vers la passerelle.

Willi était mort. Assassiné. Nina l'avait tué. L'espace de quelques secondes vertigineuses, j'envisageai la possibilité d'une conspiration, un plan complexe élaboré par Nina et par Willi afin de me faire croire à la disparition de la menace représentée par ce dernier. Mais non. C'était ridicule. Si Nina avait fait entrer Willi dans ses plans, une machination aussi absurde aurait été inutile.

Willi était mort. Ses restes étaient éparpillés dans un marais obscur et puant. Il n'était que trop facile d'imaginer ses derniers instants. Il était confortablement installé dans son fauteuil de première classe, un verre à la main, murmurant quelque chose à l'un de ses frustes compagnons. Puis l'explosion. Les cris. Les ténèbres soudaines. Un brusque basculement et la chute finale vers l'oubli. Je frissonnai et agrippai l'accoudoir métallique du fauteuil.

Comment Nina avait-elle procédé? Sûrement pas grâce à l'un des compagnons de Willi. Nina était assez puissante pour Utiliser l'un des propres pions de Willi, étant donné le Talent déclinant de celui-ci, mais elle n'avait aucune raison d'agir ainsi. Elle avait pu Utiliser n'importe quel passager. Une tâche extrêmement difficile. Impliquant qu'elle fasse préparer une bombe à son pion, en refoule tout souvenir dans son esprit et l'Utilise alors même que nous étions en train de boire du café et du cognac. Mais Nina en était capable. Oui, elle en était *capable*. Et le minutage de l'opération. Ce minutage ne pouvait signifier qu'une chose.

Les derniers touristes étaient sortis de la cabine. Je sentis la légère secousse indiquant que nous avions accosté. Mr. Thorne se tenait près de la porte.

Le minutage de Nina signifiait qu'elle tentait de s'occuper en même temps de nous deux. Elle avait tout planifié bien avant la réunion au cours de laquelle j'avais timidement annoncé mon retrait. Comme cela avait dû l'amuser. Pas étonnant qu'elle ait réagi avec autant de générosité! Mais elle avait commis une grave erreur. En s'occupant d'abord de Willi, Nina avait tout misé sur l'hypothèse que je n'apprendrais pas la nouvelle à temps pour préparer mes défenses. Elle savait que je ne recevais aucun journal et que je ne quittais que rarement ma maison. Mais cela ne ressemblait pas à Nina de laisser quoi que ce soit au hasard. Se pouvait-il qu'elle ait cru que j'avais perdu mon Talent et que Willi était le plus redoutable de nous deux?

Je secouai la tête tandis que nous émergions dans la lumière grise de l'après-midi. Le vent me cingla à travers le mince tissu de mon manteau. La passerelle était floue et je me rendis compte que mes yeux étaient emplis de larmes. A cause de Willi ? Ce n'était qu'un vieil imbécile affaibli et pompeux. A cause de la trahison de Nina ? Peut-être était-ce seulement le vent.

On ne voyait presque aucun piéton dans les rues du Vieux Quartier. Des branches nues s'entrechoquaient devant les fenêtres des belles maisons. Mr. Thorne restait à mes côtés. L'air froid avait réveillé mon arthrite et ma jambe droite m'élançait jusqu'à la hanche. Je m'appuyai un peu plus sur la canne de mon père.

Qu'allait-elle faire à présent ? Je fis halte. Un fragment de journal poussé par le vent s'enveloppa autour de ma cheville puis s'envola.

Comment allait-elle s'attaquer à moi ? Pas de loin. Elle se trouvait quelque part en ville. Je le savais. Il est certes possible d'Utiliser quelqu'un à distance, mais cela nécessite un rapport mental approfondi, une connaissance quasi intime du sujet, et si le contact est perdu, il est presque impossible de le rétablir à distance. Aucun de nous ne savait pourquoi. Peu importait désormais. Mais l'idée que Nina était toujours ici, dans les environs, fit battre mon cœur un peu plus vite.

Pas de loin. Celui ou celle qu'elle Utiliserait m'agresserait physiquement. Je le verrais venir. Je connaissais assez bien Nina pour en être sûre. La mort de Willi était le Festin le moins personnel qu'on pût imaginer, mais il n'y avait eu là qu'une opération technique. Nina avait de toute évidence décidé de régler ses comptes avec *moi*, et Willi avait représenté un obstacle à ses yeux, un danger mineur mais mesurable qu'elle devait éliminer avant de poursuivre l'offensive. Nina interprétait sûrement la mort qu'elle avait choisie pour Willi comme un acte de compassion, voire un témoignage d'affection. Rien de tel avec moi. Nina voudrait certainement que je sache, même l'espace d'un instant, qui dirigeait les opérations. Dans un sens, sa vanité me servirait d'avertissement. Du moins l'espérais-je.

Je fus tentée de partir immédiatement. Il me suffisait d'envoyer Mr. Thorne chercher l'Audi et nous serions sortis de la zone d'influence de Nina en moins d'une heure... et partis pour une nouvelle vie quelques heures plus tard. La maison recelait des objets de valeur, bien sûr, mais les fonds que j'avais déposés ailleurs remplaceraient la plupart d'entre eux. Ce serait presque un réconfort que d'abandonner tous ces objets en même temps que l'identité qui les avait accumulés.

Non. Je ne pouvais pas partir. Pas encore.

De l'autre côté de la rue, la maison paraissait sombre et menaçante. Était-ce *moi* qui avais baissé le store du premier étage ? Il y eut un mouvement dans la cour et je vis la petite-fille de Mrs. Hodges courir d'une entrée à l'autre avec son amie. Je restai au bord du trottoir, hésitante, tapotant la noire écorce d'un arbre du bout de la canne de mon père. Il était ridicule d'hésiter ainsi, je le savais, mais cela faisait longtemps que je n'avais pas eu à prendre une décision dans un tel état de tension.

« Mr. Thorne, allez inspecter la maison, s'il vous plaît. Fouillez toutes les pièces. Revenez vite. »

Un vent froid se leva tandis que le manteau noir de Mr. Thorne se fondait dans la pénombre de la cour. Je me sentais terriblement vulnérable, seule dans cette rue. Je me surpris à regarder à droite et à gauche, cherchant les cheveux bruns de Miss Kramer, mais la seule personne présente était une jeune femme poussant un landau à l'autre bout de la rue.

On releva brusquement le store du premier étage et le visage blême de Mr. Thorne s'y encadra une minute. Puis il se détourna et je gardai les yeux fixés sur le rectangle noir de la fenêtre. Un cri en provenance de la cour me fit sursauter, mais ce n'était que la fillette — comment s'appelait-elle ? Kathleen — qui appelait son amie. Les deux enfants s'assirent au bord de la fontaine et ouvrirent une boîte de crackers. Je les regardai avec méfiance, puis me détendis. Je réussis même à sourire de ma paranoïa. L'espace d'une seconde, j'envisageai d'Utiliser directement Mr. Thorne, mais l'idée de me retrouver impuissante en pleine rue m'en dissuada.

Quand on entre en contact total, les sens sont toujours fonctionnels mais restent au mieux quelque chose d'assez lointain.

Dépêchez-vous. Je transmis cette pensée presque involontairement. Deux hommes barbus s'avançaient dans ma direction. Je changeai de trottoir pour me placer devant le portail de ma maison. Les deux hommes riaient et gesticulaient. L'un d'eux me regarda. *Dépêchez-vous.*

Mr. Thorne sortit de la maison, referma la porte derrière lui et traversa la cour pour me rejoindre. Une des fillettes lui dit quelque chose et lui tendit sa boîte de crackers, mais il ne lui prêta pas la moindre attention. De l'autre côté de la rue, les deux hommes passèrent leur chemin. Mr. Thorne me tendit la clé de la porte d'entrée. Je la rangeai dans la poche de mon manteau et lui lançai un regard pénétrant. Il hocha la tête. Son sourire tranquille se moquait inconsciemment de ma consternation.

«Vous êtes sûr?» demandai-je. Nouveau hochement de tête. «Vous avez regardé dans toutes les pièces?» Oui. «Et le système d'alarme?» Oui. «Vous avez regardé dans la cave?» Oui. «Aucun signe d'effraction?» Mr. Thorne secoua la tête.

Ma main se posa sur le métal du portail, mais j'hésitai. L'anxiété m'obstruait la gorge comme de la bile. Je n'étais qu'une vieille femme stupide, fatiguée et percluse de douleurs, mais je ne pouvais me résoudre à ouvrir ce portail.

«Venez.» Je traversai la rue et m'éloignai de la maison d'un pas vif. «Nous irons dîner chez Henry et nous reviendrons plus tard.» Mais je ne me dirigeais pas vers le vieux restaurant; je fuyais la maison, en proie à ce que je savais être une panique aveugle. Ce fut seulement lorsque nous arrivâmes sur le front de mer, le long du mur de la Batterie, que je commençai à me calmer. Personne en vue. Quelques voitures roulaient sur la chaussée, mais nous approcher à pied impliquait un large espace vide à traverser. Les nuages gris étaient fort bas et se mêlaient aux vagues couronnées d'écume de la Baie.

L'air pur et la lumière vespérale firent revivre mon corps et clarifièrent mes pensées. Quels qu'aient été les plans de Nina, ils avaient sûrement été déjoués par mon absence. J'étais presque sûre que Nina ne resterait pas dans les parages si elle pensait courir le moindre danger. Non, elle reprendrait sûrement l'avion pour New York pendant que je restais à frissonner près de la Batterie. Demain matin, je recevrais un télégramme. Je pouvais presque en imaginer la teneur exacte : MELANIE. PAUVRE WILLI, C'EST VRAIMENT HORRIBLE. HORRIBLE-MENT TRISTE. VEUX-TU VENIR AVEC MOI A L'ENTERRE-MENT ? AMITIÉS, NINA.

Je commençais à me rendre compte que mon hésitation était en grande partie motivée par le désir de retrouver la chaleur et le confort de mon foyer. J'avais eu peur de renoncer à ce vieux cocon, tout simplement. A présent, j'en étais capable. J'irais me mettre à l'abri pendant que Mr. Thorne retournerait à la maison pour y récupérer le seul objet que je ne souhaitais pas abandonner. Puis il irait chercher la voiture au garage et, lorsque le télégramme de Nina arriverait, je serais déjà loin. C'était *Nina* qui aurait peur de son ombre pendant les mois et les années à venir. Je souris et entrepris de formuler les ordres nécessaires.

« Melanie. »

Je tournai vivement la tête. Mr. Thorne n'avait pas prononcé un seul mot pendant vingt-huit ans. Et voilà qu'il parlait.

« Melanie. » Son visage était déformé par un rictus qui révélait jusqu'à ses molaires. Il avait son couteau dans la main droite. La lame jaillit. Je regardai ses yeux gris, vides, et je sus.

« Melanie. »

La longue lame décrivit un arc dévastateur. Je ne pus rien faire pour l'arrêter. Elle transperça la manche de mon manteau et continua sa course vers mon flanc. Mais en me retournant, j'avais placé mon sac à main sur sa trajectoire. Le couteau en trancha le cuir, en déchira le contenu, puis transperça mon manteau et me blessa au-dessus de la dernière côte. Mon sac à main m'avait sauvé la vie.

Je levai la lourde canne de mon père et frappai Mr. Thorne en plein dans l'œil gauche. Il vacilla mais n'émit aucun bruit. Il fendit à nouveau l'air de son couteau, mais j'avais reculé de deux pas et il n'y voyait plus guère. Je saisis la canne des deux mains et, maladroitement, frappai encore une fois. Contre toute attente, je l'atteignis de nouveau à l'orbite. Je reculai encore de trois pas.

La joue gauche de Mr. Thorne ruisselait de sang et son œil meurtri pendait sur sa pommette. Sans se départir de son rictus, il redressa la tête, leva lentement sa main gauche, s'arracha l'œil avec un claquement mou du nerf optique, puis le jeta dans les eaux de la Baie. Il se dirigea vers moi. Je tournai les talons et me mis à courir.

J'essayai de courir. La douleur qui taraudait ma jambe droite me força à ralentir l'allure au bout de vingt pas. Encore quinze pas et mes poumons étaient à court d'air, mon cœur menaçait d'exploser. Je sentais quelque chose de chaud couler sur mon flanc gauche et un picotement — pareil au contact d'un glaçon sur ma peau — là où le couteau m'avait atteinte. Un regard en arrière me suffit pour constater que Mr. Thorne avançait plus vite que moi. En temps normal, il m'aurait rattrapée en quatre enjambées. Il est difficile de faire courir un sujet pendant qu'on l'Utilise. Surtout lorsque son corps réagit à un traumatisme. Nouveau coup d'œil en arrière… et je faillis glisser sur le pavé mouillé. Mr. Thorne avait un large sourire. Le sang coulait de son orbite vide et tachait ses dents. Il n'y avait personne d'autre en vue.

Je dévale les marches, accrochée à la rampe pour ne pas tomber. Enfile l'allée sinueuse, puis remonte le sentier goudronné qui conduit à la rue. Les réverbères s'allumaient sur mon passage dans un concert de clignotements. Derrière moi, Mr. Thorne négocia l'escalier. Tout en pressant le pas, je me félicitai d'avoir mis des souliers à talons plats pour prendre le bateau. Qu'aurait pensé un observateur devant ces deux vieillards qui se poursuivaient au ralenti ? Mais il n'y avait aucun observateur.

Je m'engageai dans une petite rue latérale. Boutiques fermées, entrepôts vides. Il me suffisait de prendre à gauche pour regagner Broad Street, mais sur ma droite, à un demi-pâté de maisons de là, une silhouette solitaire vient d'émerger d'un pas de porte. Je me dirige vers elle, incapable de courir, au bord de l'évanouissement. Les crampes de ma jambe droite étaient plus douloureuses que jamais et menaçaient de me terrasser. Mr. Thorne était à vingt pas derrière moi et gagnait du terrain.

L'homme dont je m'approchais était un Noir élancé, vêtu d'une veste de nylon brun. Il porte une boîte contenant, semble-t-il, des photographies encadrées couleur sépia. Il jette un regard dans ma direction, puis découvre l'apparition qui me suit à dix pas de distance.

« Hé ! » L'homme n'a que le temps de proférer cette unique syllabe. Je tends mon esprit vers lui et *pousse*. Il tressaute comme une marionnette manipulée par un débutant. Ses mâchoires s'affaissent, ses yeux deviennent vitreux, et il arrive à mon niveau au moment même où Mr. Thorne tente de saisir mon manteau.

La boîte s'envole dans les airs et le verre se brise sur le trottoir. De longs doigts bruns se tendent vers une gorge blanche. Mr. Thorne tente d'écarter le Noir de son chemin, mais il s'accroche à lui et les deux hommes se mettent à tourner en rond comme des danseurs maladroits. Arrivée à l'entrée d'une ruelle, j'appuie ma joue contre la brique froide pour reprendre mes esprits. La concentration nécessaire à l'Utilisation de cet inconnu ne m'autorise pas une seconde de répit. Au spectacle des deux hommes en train de tituber comme des ivrognes, je dois refouler une absurde envie de rire.

Mr. Thorne plonge son couteau dans l'estomac de son adversaire, l'en retire, l'y replonge. Les ongles du Noir attaquent maintenant l'œil valide de Mr. Thorne. Ses dents bien plantées cherchent à se refermer sur la veine jugulaire de Mr. Thorne. Je sens une troisième fois l'intrusion glacée et lointaine de la lame, mais le cœur bat encore et l'homme reste utilisable. Il bondit, enserrant la taille de Mr. Thorne avec ses jambes pendant que ses mâchoires se referment autour de sa gorge musculeuse. Des ongles labourent une peau blanche qui se couvre de traînées sanglantes. Les deux hommes tombent pêle-mêle.

Tue-le. Des doigts cherchent un œil, mais Mr. Thorne tend la main gauche et brise un frêle poignet. Des doigts flasques continuent à s'agiter. Dans un effort surhumain, Mr. Thorne plaque son avant-bras sur le torse de son adversaire et le lève au-dessus de lui comme un père jouant avec son enfant. Des dents déchirent la chair, mais sans infliger de blessure sérieuse. Mr. Thorne lève son couteau, frappe de droite à gauche, de gauche à droite. Son deuxième coup tranche la gorge du Noir et une fontaine de sang les inonde tous les deux. Les jambes du Noir tressautent par deux fois. Mr. Thorne l'écarte de son chemin, et je fais demi-tour pour m'engager dans la ruelle.

J'émerge de nouveau dans la lumière déclinante, et je m'aperçois que je suis dans un impasse. Des murs d'entrepôts, la muraille métallique de la marina de la Batterie, et les eaux de la Baie. Il y a bien une rue sur ma gauche, mais elle est sombre, déserte, et bien trop longue pour que j'essaie de l'emprunter. Je regarde derrière moi juste à temps pour voir la silhouette noire pénétrer dans la ruelle à ma suite.

Je tente d'établir le contact, mais il n'y a rien. Rien. Mr. Thorne pourrait tout aussi bien être un trou creusé dans l'air. Je m'inquiéterai plus tard de la façon dont Nina a accompli ce prodige.

L'entrée de service de la marina est fermée. La porte principale se trouve à une centaine de mètres de là, sûrement fermée elle aussi. Mr. Thorne sort de la ruelle et tourne la tête de droite à gauche, me cherchant du regard. Son visage strié de sang semble presque noir tant la lumière est faible. Il se dirige vers moi en titubant.

Je lève la canne de mon père, fracasse une vitre et plonge une main entre les éclats de verre. S'il y a un verrou en haut ou en bas, je suis perdue. La porte n'est fermée que par une serrure ordinaire et un loquet. Mes doigts glissent sur le métal glacé, mais le loquet coulisse au moment où Mr. Thorne prend pied sur l'allée. Me voici à l'intérieur. Je referme le verrou.

Il fait très sombre. Le froid monte du sol de béton et on entend les murmures d'une multitude de petits bateaux qui dansent gentiment à leurs amarres. À une cinquantaine de mètres, les fenêtres du bureau sont éclairées. J'avais espéré la présence d'un système d'alarme, mais le bâtiment est trop vieux et la direction trop avare pour en avoir installé un. Je me dirige vers la lumière alors que Mr. Thorne achève de briser la vitre derrière moi. Son bras se retire de l'ouverture. D'un puissant coup de pied, il fracasse la plus haute charnière et fait éclater le bois autour du verrou. Je me retourne vers le bureau, mais seul le bruit d'une radio parvient jusqu'à moi depuis la porte invraisemblablement lointaine. Nouveau coup de pied.

J'oblique sur la droite et saute sur le pont d'un yacht. Cinq pas de plus, et je me retrouve dans le petit espace couvert qui sert de cabine avant. Je referme le mince panneau derrière moi et observe la suite des événements à travers son plexiglas encrassé.

Le troisième coup de pied décoché par Mr. Thorne fait voler la porte en éclats. Sa silhouette sombre apparaît sur le seuil. La lueur d'un réverbère lointain joue sur la lame qu'il tient à la main.

Je vous en prie. Je vous en prie, entendez ce bruit. Mais on ne perçoit aucun mouvement dans le bureau, aucun bruit en dehors des voix métalliques de la radio. Mr. Thorne avance de quatre pas, s'immobilise, puis monte sur le premier bateau de la rangée. Ce n'est qu'un hors-bord et il regagne le quai de béton au bout de six secondes. Le deuxième bateau est équipé d'une petite cabine. Un craquement lorsque Mr. Thorne en défonce la porte minuscule, puis il regagne le quai. Mon bateau est le huitième de la rangée. Je me demande pourquoi il n'entend pas le martèlement affolé de mon cœur.

Je change de position et jette un coup d'œil par le hublot de tribord. Le plexiglas sale découpe la lumière en bandes irrégulières. Bref aperçu de cheveux blancs derrière la fenêtre ; on règle la radio sur une autre station. Les échos d'une musique bruyante résonnent autour de moi. Je retourne à l'autre hublot. Mr. Thorne est en train de descendre du quatrième bateau.

Je ferme les yeux, me force à reprendre mon souffle et essaie de me rappeler les innombrables soirées où je regardais une vieille silhouette cagneuse s'engager dans la rue. Mr. Thorne achève d'inspecter le cinquième bateau, un yacht de belle taille pourvu de plusieurs cachettes potentielles, et regagne le quai.

Oubliez votre café. Oubliez vos mots croisés. Allez voir !

Le sixième bateau est relativement petit. Mr. Thorne se contente d'y jeter un coup d'œil en passant. Le septième est un voilier démâté recouvert d'une bâche. Le couteau de Mr. Thorne plonge dedans. Ses mains sanguinolentes la soulèvent comme un linceul. Il regagne le quai d'un bond.

Oubliez votre café ! Allez voir ! Tout de suite !

Mr. Thorne met le pied sur la proue de mon bateau. Je le sens tanguer sous son poids. Aucun endroit où me cacher, excepté un petit espace sous la banquette où je ne réussirai jamais à me glisser. Je dénoue les bandes de tissu qui maintiennent les coussins en place. L'écho de mon souffle irrégulier semble résonner dans l'espace minuscule. Je me blottis derrière un coussin alors que les jambes de Mr. Thorne apparaissent derrière le hublot de tribord. *Tout de suite.* Soudain, son visage

emplit le panneau de plexiglas à moins de trente centimètres de moi. Son rictus invraisemblablement large se
fait plus large encore. *Tout de suite.* Il pénètre dans le
cockpit.

Tout de suite. Tout de suite.

Mr. Thorne s'accroupit sur le seuil. J'essaie de bloquer la petite porte avec mes jambes, mais la droite
refuse de m'obéir. Le poing de Mr. Thorne fracasse les
lattes de bois mince et agrippe ma cheville.

«Hé, vous!»

C'est la voix chevrotante de Mr. Hodges. La lumière
de sa lampe-torche danse dans notre direction.

Mr. Thorne se presse contre la porte. Ma jambe
gauche ploie douloureusement. La main gauche de
Mr. Thorne tient fermement ma cheville pendant que
le couteau se faufile par l'entrebâillement de la porte.

«Hé…» crie Mr. Hodges, et voilà que mon esprit
pousse. Très fort. Le vieil homme se fige. Il laisse choir
sa lampe et libère l'attache de sécurité de son revolver.

Mr. Thorne laboure l'air de son couteau. Il manque
m'arracher le coussin des mains tandis qu'un nuage de
mousse envahit la cabine. Le couteau revient à la charge
et sa lame me pique au bout de l'auriculaire.

Allez-y. Tout de suite. Allez-y.

Mr. Hodges saisit le revolver des deux mains et tire.
La balle va se perdre dans l'obscurité et l'écho de la
détonation se répercute sur le béton et sur l'eau. *Plus
près, imbécile. Avance!* Mr. Thorne force encore sur la
porte et son corps se faufile dans la cabine. Il lâche ma
cheville pour libérer son bras gauche, mais sa main
resurgit presque aussitôt, cherchant à me saisir. J'allume
la lumière. Un puits de ténèbres me fixe dans son orbite
vide. Des bandes de lumière jaune strient son visage
en bouillie. Je glisse vers la gauche, mais la main de
Mr. Thorne, qui agrippe mon manteau, me force à quitter la banquette. Il est à genoux et se prépare à me poignarder.

Maintenant! La deuxième balle de Mr. Hodges

touche Mr. Thorne à la hanche droite. Il laisse échapper un grognement tandis que le choc le rejette en arrière en position assise. Mon manteau se déchire, des boutons vont valser sur le pont.

Le couteau entaille la banquette près de mon oreille avant de se retirer.

Mr. Hodges monte à bord d'un pas mal assuré, manque de tomber et s'avance lentement à tribord. Je pousse la porte sur le bras de Mr. Thorne, mais il tient toujours fermement mon manteau et me tire vers lui. Je tombe à genoux. Le couteau s'abat, transperce la mousse et déchire à nouveau mon manteau. Ce qui reste du coussin s'envole de mes mains. Je force Mr. Hodges à faire halte à un mètre de nous et à caler son arme sur le toit de la cabine.

Mr. Thorne retire son couteau et le lève comme un matador prêt à frapper. Je sens des cris de triomphe muets se déverser de sa bouche en sang comme un nuage de vapeur toxique. La folie de Nina brûle dans l'œil unique qui me fixe.

Mr. Hodges fait feu. La balle brise la colonne vertébrale de Mr. Thorne et va s'enchâsser dans le dalot de bâbord. Mr. Thorne s'arc-boute, agite violemment les bras et s'abat sur le pont comme un poisson qu'on vient d'arracher à l'eau. Le couteau atterrit sur le sol de la cabine pendant que des doigts blancs et raides continuent de frémir mollement sur le plancher. Je force Mr. Hodges à s'avancer, à coller le canon de son arme sur la tempe de Mr. Thorne, juste au-dessus de son œil valide, et à tirer. Cela fit un bruit étouffé, caverneux.

Il y avait une trousse de premier secours dans la salle de bains attenante au bureau. J'obligeai le vieil homme à rester près de la porte pendant que je bandais mon auriculaire et prenais trois aspirines.

Mon manteau était en lambeaux et ma robe maculée de sang. Je n'avais jamais aimé cette robe — je me sentais toujours mal fagotée dedans —, mais ce manteau était l'un de mes préférés. Mes cheveux étaient tout ébouriffés, constellés de fragments de matière grise. Je me passai de l'eau sur le visage et fis de mon mieux pour me recoiffer. Chose incroyable, j'avais toujours mon sac à main avec moi, bien que son contenu ait en partie disparu. Je fourrai mes clés, mon portefeuille, mes lunettes et mes Kleenex dans la poche de mon manteau et abandonnai mon sac derrière les cabinets. J'avais perdu la canne de mon père, mais impossible de me rappeler où.

J'ôtai tout doucement le lourd revolver des mains de Mr. Hodges. Le vieil homme garda le bras tendu, les doigts agrippant le vide. Après quelques secondes d'hésitation, je réussis à ouvrir le barillet. Il y restait deux cartouches de cuivre. Ce vieil imbécile se baladait avec une arme chargée de six balles ! *Il faut toujours laisser une chambre vide sous le percuteur.* C'était ce que Charles m'avait appris lors de cet été joyeux et si lointain, à une époque où de telles armes n'étaient que des excuses pour aller nous entraîner à tirer sur l'île. Nina et moi ne cessions de rire ou de pousser des cris pendant que nos professeurs si sérieux nous soutenaient de leurs bras robustes. *Il faut toujours compter ses cartouches,* conseillait Charles pendant que je défaillais dans ses bras, étourdie par l'odeur de savon et de tabac, si douce, si masculine, qui émanait de lui en cette journée ensoleillée.

Mr. Hodges commença à s'agiter pendant que je me laissais ainsi distraire. Sa bouche s'entrouvrit et son dentier se décrocha. Je regardai sa vieille ceinture en cuir, mais aucune balle n'y était fixée et j'ignorais où il rangeait ses munitions. Je fouillai son esprit, mais il n'y restait plus grand-chose excepté une boucle d'images se répétant à l'infini : le canon qui se pose sur la tempe de Mr. Thorne, la détonation, le…

« Venez », dis-je. J'ajustai les lunettes de Mr. Hodges sur son visage hagard, remis le revolver dans son étui, et laissai le vieil homme me guider pour sortir du bâtiment. Il faisait très noir dehors. Nous avancions d'un réverbère à l'autre. Nous avions dépassé six pâtés de maisons lorsque les frissons qui secouaient le vieil homme me rappelèrent que j'avais omis de lui faire enfiler son manteau. Je resserrai mon étau mental et il cessa de trembler.

La maison n'avait pas changé depuis… mon Dieu… seulement trois quarts d'heure. Aucune lumière n'était allumée. Je nous fis entrer dans la cour et fouillai mes poches à la recherche de la clé. Mon manteau était mal fermé et l'air froid de la nuit vint me pincer. J'entendis des rires enfantins en provenance d'une fenêtre éclairée et je me pressai, de peur que Kathleen ne voie son grand-père entrer chez moi. Mr. Hodges me précéda, revolver au poing. Je lui fis allumer la lumière avant d'entrer à mon tour.

L'entrée était vide, intacte. La lumière du lustre de la salle à manger se reflétait sur les surfaces polies des meubles. Je m'assis quelques minutes sur le faux siège Williamsburg en attendant que s'apaisent les battements de mon cœur. Je ne voulais pas que Mr. Hodges appuie sur la détente du revolver qu'il braquait toujours devant lui. Son bras se mit à trembler sous l'effort. Finalement, je me levai et nous prîmes le chemin de la serre.

Miss Kramer jaillit de la cuisine, brandissant un lourd tisonnier en fer qu'elle abattit aussitôt. Une balle alla se planter dans le parquet ciré alors que le bras du vieil homme se brisait sous le choc. Le revolver tomba de ses doigts flasques et Miss Kramer leva de nouveau son arme pour frapper.

Je fis demi-tour et courus le long du couloir. J'entendis derrière moi un bruit de melon qui éclate lorsque le tisonnier entra en contact avec le crâne de Mr. Hodges. Plutôt que de regagner la cour, je commençai à gravir l'escalier. Erreur. Miss Kramer monta les marches quatre à quatre et arriva devant la porte de ma chambre quelques secondes après moi. J'eus le temps d'apercevoir ses yeux fous et féroces, ainsi que le tisonnier qui se levait à nouveau, avant de fermer la porte et de tourner la clé. Le loquet se mit en place alors que la femme brune se jetait contre les lourds panneaux de chêne. La porte ne bougea pas d'un pouce. Puis j'entendis un choc métallique au niveau du chambranle. Puis un autre. Et un autre encore.

Maudissant ma stupidité, je me tournai vers cette pièce si familière, mais je n'y vis rien qui puisse m'aider, même pas un téléphone. Il n'y avait même pas de placard pour m'offrir une cachette, rien qu'une antique garde-robe. Je me dirigeai promptement vers la fenêtre à guillotine et en soulevai le châssis. Mes cris finiraient bien par attirer l'attention, mais cette monstruosité serait déjà entrée dans ma chambre. Elle était à présent en train de forcer sur les côtés de la porte. Je regardai au-dehors, vis des ombres chinoises aux fenêtres, et fis ce que j'avais à faire.

Deux minutes plus tard, j'entendis à peine le bois céder autour de la serrure. J'entendis à peine le tisonnier en arracher la gâche récalcitrante. La porte s'ouvrit à la volée.

Miss Kramer était trempée de sueur. Sa bouche était grande ouverte et de la salive lui coulait sur le menton. Ses yeux étaient inhumains. Ni elle ni moi n'entendîmes le léger bruit de pas sur les marches.

Continue d'avancer. Lève-moi ça. Ramène ceci en arrière jusqu'au bout. Sers-toi de tes deux mains. Vise.

Quelque chose alerta Miss Kramer. Alerta Nina, devrais-je dire, car Miss Kramer n'existait plus. La femme brune se retourna et découvrit la petite Kathleen debout en haut des marches, tenant dans ses mains le revolver de son grand-père. Sa camarade l'appelait depuis la cour.

Cette fois-ci, Nina savait qu'elle devait faire face à la menace. Miss Kramer brandit son tisonnier et retourna dans le couloir au moment précis où éclatait le coup de feu. Kathleen dévala l'escalier sous l'effet du recul tandis qu'une fleur rouge s'épanouissait au-dessus du sein gauche de Miss Kramer. Elle chancela, mais réussit à agripper la rampe de la main gauche et descendit les marches en titubant pour foncer sur la fillette. Je relâchai celle-ci au moment où le tisonnier s'abattait, se relevait, s'abattait de nouveau. J'allai jusqu'à la balustrade. Il fallait que je *voie*.

Miss Kramer s'écarta de son sinistre ouvrage et leva les yeux vers moi. Seule la sclérotique en était visible. Son visage et son chemisier étaient maculés de sang, mais elle pouvait encore bouger, encore fonctionner. Elle tenait le revolver dans sa main gauche. Sa bouche s'ouvrit encore plus grand et il en jaillit un bruit de vapeur fusant d'un vieux radiateur.

«Melanie… Melanie…» Je fermai les yeux tandis que la chose se dirigeait vers moi.

L'amie de Kathleen débarqua à toute allure de la porte d'entrée. Elle monta les marches en six enjambées et passa ses bras pâles, menus, autour du cou de Miss Kramer. Toutes deux tombèrent, rebondissant sur le corps de Kathleen pour aller atterrir pêle-mêle sur le parquet ciré.

La fillette semblait à peine contusionnée. Je descendis et l'écartai de sa victime. Une tache bleue était en train de naître sur sa pommette et il y avait quelques coupures sur ses bras et son front. Ses yeux bleus clignaient sans comprendre.

Miss Kramer avait la nuque brisée. Je me dirigeai vers elle, ramassant le revolver en chemin, et donnai un coup de pied dans le tisonnier. Son cou formait un angle impossible, mais elle était encore en vie. Son corps était paralysé, son urine souillait déjà le parquet, mais ses yeux cillaient encore et ses dents claquaient de façon obscène. Je devais me dépêcher. J'entendais des voix adultes appeler chez les Hodges. La porte donnant sur la cour était grande ouverte. Je me retournai vers la fillette. «Lève-toi.» Elle cligna des yeux et s'exécuta avec peine.

Je refermai la porte et pris un imperméable mastic dans le placard. Il ne me fallut que quelques minutes pour transférer dans ses poches le contenu de celles de mon manteau et jeter celui-ci. On entendait à présent des voix dans la cour.

Je m'agenouillai à côté de Miss Kramer et saisis son visage, exerçant une forte pression sur ses mâchoires pour les maintenir fermées. Ses yeux étaient révulsés, mais je lui secouai la tête jusqu'à ce que leurs iris soient à nouveau visibles. Je me penchai sur elle, nos joues se touchèrent. Mon murmure fut plus bruyant qu'un cri.

«J'arrive, Nina.»

Je lâchai sa tête sur le parquet, et m'empressai de gagner la serre, mon ouvroir. Comme je n'avais pas le temps d'aller chercher la clé en haut, je pris un fauteuil Windsor et fracassai la vitrine. La poche de mon imperméable était tout juste assez grande.

La petite fille était toujours debout dans l'entrée. Je lui tendis le revolver de Mr. Hodges. Son bras gauche pendait selon un angle bizarre et je me demandai si elle ne s'était pas cassé quelque chose. Il y eut un coup à la porte et on fit tourner la poignée.

«Par ici», murmurai-je, et je conduisis la fillette dans la salle à manger. Nous enjambâmes Miss Kramer, traversâmes la cuisine plongée dans l'ombre alors que les coups se faisaient plus pressants, puis nous sortîmes dans la ruelle, dans la nuit.

Il y avait trois hôtels dans cette partie du Vieux Quartier. Le premier était un motel moderne et coûteux situé à dix pâtés de maisons de là, confortable mais trop fréquenté. Je l'éliminai immédiatement. Le deuxième était une petite pension de famille située tout près de chez moi, exactement le type d'établissement que je choisirais si je devais visiter une autre ville. Je l'éliminai également. Le troisième était situé deux ou trois pâtés de maisons plus loin, une vieille demeure de Broad Street reconvertie en hôtel, dont les chambres meublées à l'ancienne coûtaient les yeux de la tête. Ce fut là que je me précipitai. La fillette trottinait à mes côtés. Elle tenait toujours le revolver à la main, mais je l'avais forcée à ôter son pull-over pour dissimuler l'arme. Ma jambe me faisait mal et je dus à plusieurs reprises m'appuyer sur la petite fille.

Le directeur de Mansard House me reconnut. Il haussa les sourcils de quelques millimètres en me voyant dans un tel état. La fillette resta dans le hall, à moitié cachée dans l'ombre.

«Je cherche une de mes amies, dis-je d'une voix enjouée. Mrs. Drayton.»

Le directeur fit mine de me répondre, s'interrompit, fronça les sourcils sans en avoir conscience, puis me dit : «Je suis navré. Personne de ce nom n'est descendu ici.

— Peut-être s'est-elle inscrite sous son nom de jeune fille. Nina Hawkins. C'est une femme d'un certain âge mais encore très séduisante. Quelques années de moins que moi. De longs cheveux gris. Peut-être est-ce son amie qui s'est inscrite… une jeune femme brune, assez jolie, du nom de Barrett Kramer…

— Non, je suis navré, dit le directeur d'une voix étrangement neutre. Personne de ce nom ne s'est inscrit ici. Voulez-vous laisser un message au cas où votre amie arriverait demain ?

— Non, dis-je. Pas de message.»

Je fis venir la fillette à la réception et nous empruntâmes un couloir conduisant aux toilettes et à l'escalier de service. «Excusez-moi, je vous prie, dis-je à un portier qui passait par là. Peut-être pouvez-vous m'aider.

— Oui, madame.» Il s'arrêta, agacé, et repoussa ses cheveux longs en arrière. Cela allait être difficile. Il me faudrait agir vite si je ne voulais pas perdre la fillette.

«Je cherche une de mes amies, dis-je. Une dame d'un certain âge mais encore très séduisante. Des yeux bleus. De longs cheveux gris. Elle voyage en compagnie d'une jeune femme aux cheveux bruns et bouclés.

— Non, madame. Aucune personne répondant à cette description n'est descendue ici.»

Je tendis la main et lui saisis le bras. Je lâchai la fillette et me concentrai sur le jeune homme. «En êtes-vous sûr ?

– Mrs. Harrison», dit-il. Ses yeux regardaient dans le vague. «Chambre 207. Aile nord.»

Je souris. *Mrs. Harrison.* Grand Dieu, que Nina était bête! Soudain, la petite fille se mit à gémir et s'effondra contre le mur. Je pris ma décision en hâte. J'aime à croire qu'elle me fut dictée par la compassion, mais je me souviens parfois que son bras gauche était inutile.

«Quel est ton nom?» demandai-je à la fillette en caressant doucement ses boucles. Ses yeux roulaient de droite à gauche. «Ton *nom,* insistai-je.

– Alicia.» Sa voix n'était qu'un murmure.

«Très bien, Alicia. Je veux que tu rentres chez toi, maintenant. Dépêche-toi, mais ne cours pas.

– J'ai mal au *bras*», dit-elle. Ses lèvres se mirent à frémir. Je touchai de nouveau son front et poussai.

«Tu vas rentrer chez toi, dis-je. Tu n'as pas mal au bras. Tu ne te souviendras de rien. Ceci est un rêve que tu vas oublier. Rentre chez toi. Dépêche-toi, mais ne cours pas.» Je lui repris le revolver, mais le laissai enveloppé dans le pull-over. «Au revoir, Alicia.»

Elle cligna des yeux, puis traversa la réception en direction de la porte. Je regardai à droite et à gauche, puis tendis l'arme au portier. «Cachez ça sous votre gilet», dis-je.

«Qui est là?» La voix de Nina était enjouée.

«Albert, madame. Le portier. Votre voiture est devant la porte et je suis prêt à descendre vos bagages.»

On entendit la clé tourner dans la serrure et la porte s'entrouvrit, bloquée par une chaîne de sécurité. Albert cligna des yeux, ébloui, eut un sourire timide et se passa une main dans les cheveux. Je me pressai contre le mur.

«Très bien.» Elle défit la chaîne et recula. Elle s'était déjà retournée pour boucler sa valise lorsque j'entrai dans la chambre.

«Bonjour, Nina», dis-je tout doucement. Son dos se raidit, mais même ce mouvement était empreint de grâce. Je vis le creux qu'avait laissé son corps sur le dessus de lit. Elle se retourna lentement. Elle portait une robe rose que je ne lui connaissais pas.

«Bonjour, Melanie.» Elle sourit. Ses yeux étaient du bleu le plus doux, le plus pur que j'aie jamais vu. Je forçai le portier à sortir le revolver de Mr. Hodges et à le braquer sur elle. Son bras ne tremblait pas. Il releva le percuteur et le maintint en position avec son pouce. Nina croisa les bras, ses yeux rivés aux miens.

«Pourquoi?» demandai-je.

Nina eut un haussement d'épaules à peine perceptible. L'espace d'une seconde, je crus qu'elle allait éclater de rire. Je n'aurais pas pu supporter d'entendre son rire — ce rire rauque et enfantin qui m'avait tant de fois touchée. Au lieu de cela, elle ferma les yeux. Elle souriait toujours.

«Pourquoi Mrs. Harrison? demandai-je.

— Eh bien, ma chérie, je pensais lui devoir *quelque chose*. Ce pauvre Roger. T'ai-je jamais raconté comment il est mort? Non, bien sûr que non. Et tu ne me l'as jamais demandé, chère Melanie.» Elle rouvrit les yeux. Je jetai un regard vers le portier, mais il n'avait pas bougé. Il me suffisait de lui faire exercer une infime pression sur la détente.

«Il s'est *noyé,* ma chérie, dit Nina. Ce pauvre Roger s'est jeté du pont de ce navire à vapeur... comment s'appelait-il, déjà?... celui qui le ramenait en Angleterre. Comme c'est étrange. Et il venait juste de m'écrire une lettre dans laquelle il me demandait en mariage. N'est-ce pas une histoire *horriblement* triste, Melanie? Pourquoi a-t-il fait une chose pareille, à ton avis? Je pense que nous ne le saurons jamais, n'est-ce pas?

— Sans doute que non.» Mentalement, j'ordonnai au portier d'appuyer sur la détente.

Rien.

Je me tournai vivement vers la droite. La tête du jeune homme pivotait dans ma direction. *Je ne lui en avais pas donné l'ordre.* Son bras raide commençait à se tourner vers moi. Le revolver bougeait tout doucement, comme une girouette caressée par la brise.

Non ! Je me concentrais tellement que les tendons de mon cou se raidirent. Le bras du portier tourna moins vite, mais le canon du revolver se retrouva bientôt braqué sur moi. Alors Nina éclata de rire. Ce bruit résonna bizarrement dans la petite chambre.

«Adieu, *chère* Melanie.» Nina se remit à rire, adressant un hochement de tête au portier. Je contemplais le trou noir du canon lorsque le percuteur retomba.

Sur une chambre vide. Puis sur une autre. Et sur une autre encore.

«Adieu, Nina», dis-je en sortant de la poche de mon imperméable le long revolver de Charles. La détonation fit tressauter mon poignet et emplit la chambre de fumée bleue. Un petit trou, à peine aussi gros qu'une pièce de monnaie mais tout aussi rond, apparut exactement au centre du front de Nina. L'espace d'une fraction de seconde, elle resta debout comme si de rien n'était. Puis elle tomba en arrière, rebondit sur le lit et atterrit face contre terre sur le plancher.

Je me tournai vers le portier et remplaçai son arme inutile par l'ancien revolver bien entretenu. Pour la première fois, je remarquai que ce garçon était presque aussi jeune que Charles au moment où il était mort. Ses cheveux avaient presque la même couleur que ceux de mon soupirant. Je me penchai vers lui et l'embrassai doucement sur les lèvres.

«Albert, murmurai-je, il vous reste quatre cartouches. Il faut toujours compter ses cartouches, n'est-ce pas ? Allez à la réception. Tuez le directeur. Tuez une autre personne, la première qui se présentera. Ensuite, enfoncez le canon dans votre bouche et appuyez sur la détente. Si le revolver ne fonctionne pas, essayez encore. Cachez l'arme sous votre gilet avant d'arriver à la réception.»

La plus grande confusion régnait dans le couloir lorsque nous sortîmes.

«Appelez une ambulance! m'écriai-je. Il y a eu un accident. Que quelqu'un appelle une ambulance!» Plusieurs personnes s'exécutèrent et partirent en courant. Je fis mine de m'évanouir et tombai dans les bras d'un gentleman aux cheveux blancs. Les badauds s'agitaient, jetaient un coup d'œil dans la chambre et poussaient des hauts cris. Soudain, on entendit trois détonations en provenance de la réception. Affolement général; j'en profitai pour gagner l'escalier de secours, sortir par une porte dérobée et disparaître dans la nuit.

4.
Charleston,
mardi 16 décembre 1980

Le shérif Bobby Joe Gentry s'inclina en arrière sur son fauteuil et sirota une nouvelle gorgée de R.C. Cola. Il avait les pieds posés sur son bureau en désordre et le cuir de son ceinturon grinça lorsqu'il adopta une position plus confortable sur son siège. La pièce qu'il occupait était minuscule, délimitée par un mur en parpaing et trois antiques cloisons en bois qui la séparaient de l'agitation régnant dans le reste de l'hôtel du Comté. La peinture écaillée qui recouvrait ces cloisons était d'une nuance de vert administratif légèrement différente de celle de la peinture qui s'écaillait sur le parpaing. La quasi-totalité de l'espace disponible était occupée par le bureau massif, trois meubles à fiches, une longue table couverte de livres et de classeurs, un tableau noir, des étagères encombrées d'objets divers, et deux sièges aussi chargés de paperasses que le bureau.

«Je pense que je n'ai plus grand-chose à faire ici», dit Richard Haines. L'agent du F.B.I. avait écarté quelques dossiers pour se percher au bord de la table. Le pli de son pantalon gris était aussi effilé qu'une lame de couteau.

«Non», dit Gentry. Il rota doucement et posa la boîte de cola sur son genou. «Je ne pense pas que vous ayez des raisons de vous attarder ici. Autant rentrer chez vous.»

Les deux officiers de police ne semblaient pas avoir grand-chose en commun. Gentry n'était âgé que d'une trentaine d'années, mais son corps massif était déjà presque obèse. Son ventre proéminent, qui étirait le tissu gris de sa chemise et retombait sur son ceinturon, le faisait ressembler à une caricature de flic. Son visage était rougeaud et parsemé de taches de son. En dépit de sa calvitie naissante et de son double menton, Gentry avait un visage ouvert, amical, vaguement malicieux, sous lequel perçait encore celui du petit garçon qu'il avait été.

Sa voix douce prenait des accents traînants qui étaient devenus familiers aux Américains depuis l'avènement de la C.B., le succès de la country-music et les innombrables films à cascades de Burt Reynolds. Sa chemise déboutonnée, son ventre proéminent et sa voix traînante suggéraient autant que son bureau en désordre une personnalité aimable et paresseuse, mais la vivacité presque gracieuse de ses mouvements venait démentir cette première impression.

Richard Haines, agent spécial du Federal Bureau of Investigations, avait une apparence qui correspondait davantage à son tempérament. Haines avait au moins dix ans de plus que Gentry, mais il paraissait plus jeune. Il portait un costume trois-pièces en toile grise et une chemise beige signée Jos. A. Bank. Sa cravate lie-de-vin portait le numéro 280235 sur le catalogue de ce même fabricant. Ses cheveux étaient relativement courts, soigneusement coiffés et à peine grisonnants sur les tempes. Il avait un visage carré, sobre, aux traits réguliers, parfaitement assorti à son corps élancé. Il faisait quatre séances de gymnastique par semaine pour conserver un ventre uni et ferme. Sa voix était également unie et ferme, grave mais sans accent. On aurait pu croire que feu J. Edgar Hoover avait conçu Haines comme un moule destiné à façonner tous ses agents.

Il y avait davantage que des différences superficielles entre les deux hommes. Richard Haines s'était révélé un étudiant médiocre durant les trois ans qu'il avait passés à l'université de Georgetown avant d'être recruté par le F.B.I., qui s'était chargé de parfaire son éducation.

Bobby Joe Gentry était sorti de l'université de Duke avec une double licence (art et histoire) avant de s'inscrire à Northwestern pour y passer une maîtrise d'histoire. Il avait découvert le travail de policier grâce à son oncle Lee, shérif d'une petite ville située près de Spartanburg, qui l'avait engagé à temps partiel comme adjoint durant l'été 1967. Un an plus tard, Bobby Joe avait obtenu sa maîtrise et, dans un parc de Chicago, il avait vu les policiers déchaînés matraquer sans merci des manifestants pacifistes en train de se disperser dans l'ordre.

Gentry était retourné dans le Sud, avait enseigné pendant deux ans au Morehouse College d'Atlanta, puis avait pris un poste de veilleur de nuit pour travailler à son livre sur le rôle du Bureau des affranchis pendant la Reconstruction. Il n'avait jamais achevé son livre, mais s'était surpris à apprécier son travail bien qu'ayant d'énormes problèmes à conserver un poids conforme au règlement. En 1976, il s'était établi à Charleston et y avait été engagé comme officier de patrouille. Un an plus tard, il refusait un poste de maître assistant en histoire à l'université de Duke. Gentry appréciait le caractère routinier du travail de police, les contacts quotidiens avec les ivrognes et les fous, et l'impression qu'aucune journée de flic ne ressemblait à la précédente. Un an plus tard, il se surprit lui-même en se présentant au poste de shérif du comté de Charleston. Il en surprit beaucoup d'autres en remportant l'élection haut la main. A en croire un journaliste local, Charleston était une ville étrange, amoureuse de sa propre histoire, et l'idée d'avoir un historien comme shérif avait séduit l'imagination des électeurs. Gentry ne se considérait pas comme un historien. Il se considérait comme un flic.

«... si vous n'avez plus besoin de moi, dit Haines.

– Mmmmhh? Pardon?» demanda Gentry. Il avait perdu le fil de la conversation. Il écrasa la boîte vide et la jeta dans une corbeille, où elle rebondit sur d'autres boîtes avant d'atterrir par terre.

«Je disais que j'irais parler à Gallagher et que je reprendrais ensuite l'avion de Washington si vous n'aviez plus besoin de moi. Je resterai en contact avec vous par l'intermédiaire de Terry et de l'équipe de l'administration aérienne.

– Entendu, dit Gentry. Eh bien, je vous remercie de votre aide, Dick. Terry et vous en savez davantage sur ce genre d'affaire que la totalité de mes hommes.»

Alors que Haines se levait, la secrétaire du shérif passa la tête dans l'entrebâillement de la porte. Sa coiffure était démodée depuis vingt ans et des lunettes à monture ornée de faux diamants étaient pendues à son cou. «Shérif, le psychiatre de New York vient d'arriver.

– Bon sang, j'ai failli l'oublier, celui-là, dit Gentry en quittant son siège à grand-peine. Merci, Linda Mae. Dites-lui d'entrer, voulez-vous?»

Haines se dirigea vers la porte. «Eh bien, shérif, vous avez mon numéro de téléphone si jamais…

– Dick, voulez-vous bien me rendre un service et rester encore un peu? J'avais oublié que ce type allait venir ici, mais il peut nous donner des informations sur l'affaire Fuller. Il m'a appelé hier. Il m'a dit qu'il était le psychiatre de Mrs. Drayton et qu'il était ici pour affaires. Voulez-vous bien attendre quelques minutes? Je peux vous faire ramener au motel par une voiture de patrouille si vous êtes pressé de prendre votre avion.»

Haines sourit et leva la main. «Rien ne presse, shérif. Je serais ravi d'entendre ce que ce psychiatre a à nous dire.» L'agent du F.B.I. se dirigea vers une chaise et en ôta un sac en papier blanc portant l'emblème de McDonald's.

«Merci, Dick, c'est très aimable à vous.» Gentry s'épongea le visage. Il se dirigeait vers la porte lorsqu'on y frappa, et un petit homme barbu vêtu d'un blouson de velours côtelé entra dans le bureau.

«Shérif Gentry?» Le psychiatre prononça le nom du shérif avec un «g» dur.

«Bobby Joe Gentry.» La grosse poigne du shérif se

referma autour de la main que lui tendait le nouveau
venu. «Vous êtes le Dr Laski, c'est ça?

– Saul Laski.» Le psychiatre était de taille moyenne,
mais il ressemblait à un nain à côté de Gentry. Plutôt
mince, il avait un front haut et pâle, une grosse barbe
poivre et sel, et ses yeux marron étaient si tristes qu'ils
semblaient plus vieux que le reste de sa personne. Ses
lunettes tenaient en place grâce à un morceau de sparadrap enroulé autour d'une branche.

«Voici Richard Haines, agent spécial du F.B.I., dit
Gentry avec un geste de la main. Je lui ai demandé d'assister à notre entretien, si ça ne vous dérange pas. Dick
était déjà là et j'ai pensé qu'il poserait sans doute plus de
questions intelligentes que moi.»

Le psychiatre adressa un hochement de tête à Haines.
«Je ne savais pas que le F.B.I. s'occupait d'affaires
locales», dit-il. Sa voix était douce, son anglais presque
sans accent, sa syntaxe et sa prononciation soigneusement contrôlées.

«Pas en temps normal, dit Haines. Cependant,
cette... euh... cette situation présente plusieurs points
qui sont peut-être du ressort du F.B.I.

– Ah? Lesquels?» demanda Laski.

Haines croisa les bras et s'éclaircit la gorge. «Primo,
un kidnapping, docteur. Ensuite, le viol des droits
civiques d'une ou de plusieurs victimes. En outre, nous
avons proposé l'aide de nos experts en criminologie aux
autorités policières locales.

– Et Dick est venu ici à cause de cet avion qui a
explosé en vol, dit Gentry. Hé, asseyez-vous, docteur.
Asseyez-vous. Attendez, je vais débarrasser cette
chaise.» Il posa le tas de magazines, de classeurs et de
gobelets en plastique sur la table, puis retourna s'asseoir. «Bien, vous m'avez dit hier que vous pourriez
nous aider à éclaircir cette histoire de meurtres en série.

– Les journaux à sensation de New York appellent ça
les meurtres de Mansard House», dit Laski. D'un geste
distrait, il fit remonter ses lunettes le long de son nez.

«Ah bon? dit Gentry. Eh bien, c'est moins vexant que le massacre de Charleston, je suppose, même si ce n'est pas tout à fait exact. La plupart des victimes ne se trouvaient même pas *dans* Mansard House. Je continue de penser que ça fait beaucoup de boucan pour neuf assassinats. On tue encore plus de monde chaque nuit à New York, j'imagine.

– Peut-être, dit Laski, mais la population de victimes et de suspects n'est pas aussi... euh... fascinante que dans le cas présent.

– Je vous l'accorde, dit Gentry. Nous vous serions très reconnaissants si vous pouviez éclairer notre lanterne, Docteur Laski.

– Je serais enchanté de vous aider. Malheureusement, je n'ai pas grand-chose à vous proposer.

– Vous étiez le psychiatre de Mrs. Drayton? demanda Haines.

– Euh, oui, pour ainsi dire.» Saul Laski marqua une pause et tirailla sa barbe. Ses yeux semblaient immenses, leurs paupières lourdes, comme s'il n'avait pas dormi depuis longtemps. «Je n'ai vu Mrs. Drayton que trois fois, la dernière en septembre. Elle est venue me voir à l'issue d'une conférence que j'avais donnée en août à Columbia. Nous avons eu deux... euh... séances par la suite.

– Mais *c'était* votre patiente?» La voix de Haines était à présent aussi insistante que celle d'un procureur.

«En théorie, oui, dit Laski. Cependant, je n'exerce pas de façon régulière. J'enseigne à Columbia, voyez-vous, et je donne de temps en temps des consultations à la clinique de l'université... je rencontre des étudiants qui, de l'avis d'Ellen Hightower, la psychologue en titre, ont besoin de consulter un psychiatre. Et aussi quelques membres de la faculté...

– Mrs. Drayton était donc une *étudiante?*

– Non. Non, je ne crois pas, dit Laski. Elle assistait de temps en temps aux cours et aux séminaires, comme celui que j'ai animé. Elle... euh... elle a manifesté un certain intérêt pour un livre que j'ai écrit...

– *Pathologie de la violence*», dit Gentry.

Laski cilla et ajusta ses lunettes. «Je ne crois pas en avoir mentionné le titre quand je vous ai parlé hier, shérif.»

Gentry croisa les doigts sur son estomac et sourit. «En effet, professeur. Je l'ai lu le printemps dernier. Je l'ai même lu deux fois. Je viens seulement de reconnaître votre nom. C'est un livre sacrément brillant. Vous devriez le lire, Dick.

– Je suis surpris que vous ayez pu en trouver un exemplaire», dit le psychiatre. Il se tourna vers l'agent du F.B.I. «C'est un examen assez pédant de diverses affaires criminelles. Il n'a été tiré qu'à deux mille exemplaires. Chez Academy Press. La plupart des exemplaires ont servi de support à des cours donnés à New York et en Californie.

– Selon le Dr Laski, certaines personnes sont plus sensibles que d'autres à... comment appelez-vous ça, monsieur? A un climat de violence. C'est bien ça? demanda Gentry.

– Oui.

– Certains individus... certains lieux... certaines périodes... inspirent à ces personnes sensibles des comportements qu'elles trouveraient impensables dans des circonstances normales. Bien sûr, cela n'est qu'un résumé un peu simpliste de mon cru.»

Laski cilla une nouvelle fois en regardant le shérif. «Un résumé très astucieux», dit-il.

Haines se leva et alla s'adosser à un meuble à fiches. Il croisa les bras et plissa légèrement le front. «Un instant, je crois bien que nous nous égarons. Donc, Mrs. Drayton est venue vous voir... votre livre l'intéressait... et elle est devenue votre patiente. Exact?

– J'ai accepté de la rencontrer dans le cadre de mon activité professionnelle, oui.

– Aviez-vous également avec elle des relations plus personnelles?

– Non. Je ne l'ai rencontrée que trois fois. Pendant

quelques minutes après ma conférence sur la violence dans le Troisième Reich, et lors de deux séances d'une heure à la clinique.

– Je vois», dit Haines qui, à en juger par le ton de sa voix, ne voyait pas grand-chose. «Pensez-vous que la teneur de ces séances soit de nature à nous aider à élucider la situation présente?

– Non. J'ai bien peur que non. Sans trahir le secret professionnel, je peux vous dire que Mrs. Drayton était préoccupée par ses relations avec son père, qui est décédé il y a plusieurs années. Il n'y a rien dans nos discussions qui puisse expliquer les circonstances de son assassinat.

– Mmmm», fit Haines en retournant s'asseoir. Il consulta sa montre.

Gentry sourit et alla jusqu'à la porte. «Linda Mae! Ma chérie, voulez-vous nous apporter un peu plus de café? Merci.

– Docteur Laski, peut-être savez-vous que nous connaissons l'identité de l'assassin de votre patiente, dit Haines. Ce que nous ignorons encore, c'est le mobile du crime.

– Ah, oui», dit Laski. Il se caressa la barbe. «C'était un jeune homme du coin, n'est-ce pas?

– Albert LaFollette, dit Gentry. Un portier de l'hôtel âgé de dix-neuf ans.

– Et sa culpabilité ne fait aucun doute?

– Pas des masses, non, dit Gentry. Selon nos cinq témoins oculaires, Albert est sorti de l'ascenseur, est allé jusqu'au comptoir et a tué son patron, Kyle Anderson, le directeur de Mansard House, d'une balle en plein cœur. Il lui a collé le revolver sur la poitrine. On a retrouvé des traces de poudre sur son costume. Ce revolver était un colt 45. Et pas une reproduction à bon marché, docteur, mais un authentique engin numéroté sorti des usines de Mr. Colt. Une véritable antiquité. Donc, le gosse a plaqué son arme sur la poitrine de Kyle et a appuyé sur la détente. Sans dire un seul mot, à en croire les témoins. Puis il s'est retourné et a abattu Leonard Whitney d'une balle dans le crâne.

– Qui était ce Leonard Whitney?» demanda le psychiatre.

Haines s'éclaircit la gorge et lui répondit : «Leonard Whitney était un industriel d'Atlanta en voyage d'affaires. Il venait de sortir du restaurant de l'hôtel quand il a été abattu. Jusqu'à preuve du contraire, il n'a aucun rapport avec les autres victimes.

– Ouais, dit Gentry. Ensuite, le jeune Albert a enfoncé le canon de revolver dans sa bouche et a appuyé sur la détente. Aucun de nos cinq témoins n'a tenté quoi que ce soit pour l'empêcher d'agir. Bien sûr, tout s'est déroulé en quelques secondes.

– Et c'est avec cette même arme qu'on a tué Mrs. Drayton.

– Ouaip.

– Ce meurtre-ci a-t-il eu des témoins?

– Pas exactement, dit Gentry. Mais deux ou trois personnes ont vu Albert prendre l'ascenseur. Elles se sont souvenues de lui parce qu'il semblait venir de la chambre où elles avaient entendu une détonation. Quelqu'un venait de découvrir le corps de Mrs. Drayton. Mais il y a un détail bizarre : aucun des témoins ne se souvient avoir vu le revolver dans la main du gamin. Mais ça n'a rien d'extraordinaire. S'il avait transporté un cuisseau de bœuf, ces types-là n'auraient sans doute rien vu.

– Qui a découvert le corps de Mrs. Drayton?

– Nous n'en sommes pas sûrs, dit le shérif. C'était la panique dans le couloir, et puis les réjouissances ont commencé à la réception.

– Docteur Laski, dit Haines, si vous ne pouvez nous donner aucune information sur Mrs. Drayton, je ne vois pas quel intérêt peut avoir cette conversation.» De toute évidence, l'agent du F.B.I. était prêt à mettre fin à l'entretien, mais il en fut empêché par l'arrivée de la secrétaire qui apportait du café. Haines posa son gobelet en plastique sur le meuble à fiches. Laski eut un sourire reconnaissant et sirota le breuvage tiède. Gentry se vit offrir une grosse tasse blanche sur laquelle était écrit le mot BOSS. «Merci, Linda Mae.»

Laski eut un léger haussement d'épaules. «Je souhaitais seulement vous proposer mon aide, dit-il doucement. Mais je me rends bien compte que vous êtes très occupés. Je ne vous dérangerai pas plus longtemps.» Il posa son gobelet sur le bureau et se leva.

«Holà! s'écria Gentry. Puisque vous êtes venu ici, je veux avoir votre avis sur deux ou trois détails.» Il se tourna vers Haines. «Le professeur Laski a servi de conseiller à la police de New York durant l'affaire Son-of-Sam, il y a deux ou trois ans.

– Je n'étais pas le seul, dit Laski. Notre rôle s'est borné à établir un portrait-robot psychologique de l'assassin. En fin de compte, ça n'a pas servi à grand-chose. C'est un travail de routine policière qui a permis l'arrestation du tueur.

– Ouais. Mais vous avez écrit un livre sur les tueurs en série dans son genre. Dick et moi aimerions savoir ce que vous pensez de notre affaire.» Gentry se leva et se dirigea vers un tableau noir caché par une feuille de papier d'emballage. Il la souleva et dévoila une série de diagrammes, ainsi qu'une liste de noms et d'heures. «Vous connaissez probablement toute la distribution de ce drame.

– En partie seulement, dit Laski. Les journaux de New York ont surtout parlé de Nina Drayton, de la petite fille et de son grand-père.

– Oui, Kathy», Gentry tapa le tableau à côté de son nom. «Kathleen Marie Eliot. Dix ans. J'ai vu sa photo de classe hier. Mignonne. Plus agréable à regarder que les photos de l'identité judiciaire.» Gentry marqua une pause et se frotta les joues. Laski sirota une nouvelle gorgée de café et attendit. «Nous avons quatre scènes à étudier, dit le shérif en indiquant un plan. Un citoyen tué ici, dans Calhoun Street, en plein jour. Un autre tué à un pâté de maisons de là, dans la marina de la Batterie. Trois cadavres au domicile Fuller, ici…» Il indiqua du doigt un petit carré à l'intérieur duquel se trouvaient trois croix. «… et notre bouquet final à l'hôtel Mansard House, avec quatre morts.

– Existe-t-il un rapport entre tous ces meurtres? demanda Laski.

– Là est le problème, soupira Gentry. La réponse est : oui et non, si vous voyez ce que je veux dire.» Il indiqua la liste de noms. «Mr. Preston, le gentleman noir tué à coups de couteau dans Calhoun Street, est un photographe local établi dans le Vieux Quartier depuis vingt-six ans. Nous pensons qu'il passait innocemment par là et qu'il a été tué par le cadavre suivant sur notre liste…

– Karl Thorne, lut Laski.

– Le serviteur de la femme disparue, dit Haines.

– Ouais, fit Gentry, mais en dépit de ce qu'indiquait son permis de conduire, il ne s'appelait pas Thorne. Ni Karl. Nous avons transmis ses empreintes digitales à Interpol qui nous a appris aujourd'hui qu'il était jadis connu sous le nom d'Oscar Felix Haupt, un minable rat d'hôtel suisse. Il a disparu de Berne en 1953.

– Grand Dieu, murmura le psychiatre, on conserve aussi longtemps les empreintes digitales des cambrioleurs?

– Haupt n'était pas seulement un rat d'hôtel, intervint Haines. Apparemment, on le soupçonne d'avoir participé en 1953 au meurtre atroce d'un baron français venu faire une cure en Suisse. C'est peu de temps après ce meurtre que Haupt a disparu. La police suisse pensait qu'il avait été assassiné, sans doute par des truands européens.

– Apparemment, elle se trompait, commenta Gentry.

– Qu'est-ce qui vous a donné l'idée de contacter Interpol? demanda Laski.

– Une intuition, dit Gentry en se retournant vers le tableau. Bon, nous avons trouvé le cadavre de Karl Oscar Felix Thorne-Haupt ici, dans la marina, et si les choses s'étaient arrêtées là, peut-être aurions-nous pu trouver un mobile… vol de bateau, sans doute… la balle retrouvée dans le crâne de Haupt provient du 38 du veilleur de nuit. Le problème, c'est que Haupt avait non seulement deux balles dans le corps, mais qu'il était de plus en piteux état. Il y avait deux types de taches de sang sur son corps, les siennes exceptées, et les échantillons de peau et de tissu prélevés sous ses ongles indiquent clairement que c'est lui qui a agressé Mr. Preston.

– Ça se complique, dit Saul Laski.

– Vous n'avez encore rien vu, professeur.» Gentry indiqua trois autres noms : Barrett Kramer, George Hodges et Kathleen Marie Eliot. «Connaissez-vous cette dame, professeur ?

– Barrett Kramer ? demanda Laski. Non. J'ai lu son nom dans les journaux, mais je ne la connais pas.

– Tant pis. Ça valait la peine d'essayer. C'était la compagne de voyage de Mrs. Drayton. Sa "secrétaire", d'après les gens qui sont venus de New York pour récupérer le corps de Mrs. Drayton. Brune. La trentaine. Plutôt baraquée.

– Non, dit Laski. Je ne me rappelle pas l'avoir vue. Elle n'a pas accompagné Mrs. Drayton pour ses deux séances avec moi. Peut-être a-t-elle assisté à ma conférence le jour où j'ai rencontré Mrs. Drayton, mais je ne l'ai pas remarquée.

– Okay. Bon. Miss Kramer a été abattue par le Smith & Wesson calibre 38 de Mr. Hodges. Mais le coroner est presque sûr que ce n'est pas ça qui l'a tuée. Elle semble s'être brisé la nuque en tombant dans l'escalier de la maison Fuller. Elle respirait encore lorsque l'ambulance est arrivée sur les lieux, mais elle a été déclarée décédée en salle des urgences. Pas d'ondes cérébrales ou quoi que ce soit de ce genre.

«Et le plus étrange dans tout cela, c'est que les preuves matérielles suggèrent que ce pauvre vieux Hodges n'a même pas abattu cette femme. Il a été retrouvé ici…» Gentry indiqua un nouveau diagramme. «… dans l'entrée de la maison Fuller. Son revolver a été retrouvé ici, dans la chambre de Mrs. Drayton à Mansard House. En

résumé, qu'avons-nous sur les bras ? Huit victimes, neuf
en comptant Albert LaFollette, cinq armes…

– Cinq armes ? s'étonna Laski. Excusez-moi, shérif, je
ne voulais pas vous interrompre.

– Ce n'est pas grave. Oui, cinq armes, du moins à
notre connaissance. Le vieux 45 utilisé par Albert, le 38
de Hodges, un couteau retrouvé près du corps de Haupt,
et ce foutu tisonnier avec lequel la Kramer a tué la petite
fille.

– C'est Barrett Kramer qui a tué la petite fille ?

– Eh oui. Du moins a-t-on retrouvé ses empreintes
sur ce foutu machin, et son corps était maculé du sang de
la fillette.

– Ça ne fait que quatre armes, dit Laski.

– Euh… oh, oui, il y a aussi cette canne en bois que
nous avons trouvée près de la porte de service de la
marina. Il y avait du sang dessus. »

Saul Laski secoua la tête et se tourna vers Richard
Haines. L'agent fédéral avait les bras croisés et les yeux
fixés sur le tableau noir. Il semblait épuisé et écœuré.

« Un vrai panier de crabes, hein, professeur ? »
conclut Gentry. Il retourna derrière son bureau et s'affala sur son fauteuil en soupirant. Il se pencha en arrière
et sirota une gorgée de café froid. « Des théories ? »

Laski eut un sourire piteux et secoua la tête. Il se
concentra sur le tableau noir, comme s'il essayait d'assi-
miler les informations qui y étaient inscrites. Au bout
d'une minute, il se gratta la barbe et dit à voix basse :
« Aucune théorie, j'en ai peur, shérif. Mais j'ai une question évidente à vous poser.

– Laquelle ?

– Où est passée Mrs. Fuller ? La dame chez qui s'est
déroulé ce carnage ?

– *Miz* Fuller, rectifia Gentry. A en croire ses voisins,
c'était une des vieilles filles les plus distinguées de Charleston. Et ça fait presque deux cents ans qu'on utilise le
titre de Miz dans cette région, professeur. Et pour
répondre à votre question : il n'y a aucun signe de Miz

Melanie Fuller. Un témoin prétend avoir aperçu dans l'hôtel une vieille femme non identifiée, juste après l'assassinat de Mrs. Drayton, mais personne n'a pu nous confirmer qu'il s'agissait de Miz Fuller. Nous avons lancé un avis de recherche dans trois États, mais ça n'a rien donné pour l'instant.

– Il me semble que c'est elle qui détient la clé de ce mystère, suggéra modestement Laski.

– Mouais. Peut-être. D'un autre côté, on a retrouvé son sac à main tout déchiré dans les toilettes de la marina de la Batterie. Les taches de sang qui s'y trouvaient correspondent à celles relevées sur le cran d'arrêt made in Paris de Karl-Oscar.

– Mon Dieu, murmura le psychiatre. Tout ça n'a aucun sens.»

Il y eut quelques instants de silence, puis Haines se leva. «Peut-être que cette affaire est plus simple qu'il n'y paraît, dit-il en tirant sur ses manchettes. Mrs. Drayton a rendu visite à Mrs. Fuller… excusez-moi : à Miz Fuller… la veille des meurtres. Les empreintes relevées dans la maison confirment sa présence et une voisine l'y a vue entrer le vendredi soir. Mrs. Drayton a eu la mauvaise idée d'engager cette Barrett Kramer comme secrétaire. Kramer était recherchée à Philadelphie et à Baltimore pour des faits remontant à 1968.

– Quel genre de faits ? demanda Laski.

– Affaire de mœurs et trafic de drogue, dit sèchement l'agent fédéral. Miss Kramer et le serviteur de la Fuller — ce fameux Thorne — complotaient contre leurs employeurs. Après tout, la fortune de Mrs. Drayton est évaluée à deux millions de dollars et Miz Fuller avait un compte en banque bien garni à Charleston.

– Mais comment ont-ils pu…, commença le psychiatre.

– Un instant. Donc, Kramer et Thorne — Haupt, si vous voulez — assassinent votre Miz Fuller et se débarrassent de son corps… la patrouille nautique est occupée en ce moment à fouiller la baie. Mais son voisin, le vieux veilleur de nuit, les surprend. Il abat Haupt et retourne dans la maison Fuller, pour y tomber sur Kramer. La petite-fille du vieillard le voit depuis la cour et se précipite à sa suite, pour être à son tour assassinée. Albert LaFollette, complice des deux autres, panique lorsque Kramer et Haupt ne le rejoignent pas comme prévu, il tue Mrs. Drayton et perd les pédales.»

Gentry oscillait d'avant en arrière sur son fauteuil, les doigts croisés sur son estomac. Il avait un petit sourire aux lèvres. «Et Joseph Preston, le photographe?

– Un passant innocent, comme vous l'avez dit, répliqua Haines. Peut-être a-t-il vu l'endroit où Haupt s'est débarrassé du corps de la vieille dame. Il ne fait aucun doute que c'est le Boche qui l'a tué. Les échantillons de peau et de tissu prélevés sous les ongles de Preston correspondent parfaitement aux griffures observées sur le visage de Haupt. Ou ce qui en restait.

– Ouais, et son œil? demanda Gentry.

– Son œil? L'œil de qui?» Le regard du psychiatre alla du shérif à l'agent du F.B.I.

«L'œil de Haupt, répondit Gentry. Il a disparu. Quelqu'un lui a défoncé la partie gauche du visage avec un objet contondant.»

Haines haussa les épaules. «Ça reste quand même le seul scénario valable. Deux personnes recherchées par la police et au service de deux vieilles dames fortunées. Leur tentative de kidnapping ou d'assassinat tourne mal et débouche sur une série de meurtres.

– Ouais, fit Gentry. Peut-être.»

Durant le silence qui suivit, Saul Laski entendit des rires provenant des autres bureaux de l'hôtel du Comté. Au-dehors, une sirène hurla, puis le silence revint.

«Qu'en pensez-vous, professeur? D'autres idées?» demanda Gentry.

Saul Laski secoua lentement la tête. «Je trouve tout cela très déconcertant.

– Et l'idée de "résonance de la violence" que vous évoquez dans votre livre? demanda Gentry.

– Mmmm, fit Laski, ce n'est pas exactement ce genre de situation que j'avais en tête. Il y a certainement eu une chaîne de violence, mais je ne vois pas quel en a été le catalyseur.

– Le catalyseur? répéta Haines. Qu'est-ce que vous racontez?»

Gentry posa ses pieds sur le bureau et s'essuya la nuque avec un mouchoir rouge. «Le livre du Dr Laski parle de situations qui programment les gens au meurtre.

– Je ne comprends pas, dit Haines. Qu'entendez-vous par "programmer"? Pensez-vous à ce vieil argument gauchiste qui explique le crime par la pauvreté et par les conditions sociales?» A en juger par le ton de sa voix, son opinion sur cet argument ne faisait aucun doute.

«Pas du tout, dit Laski. Je pars de l'hypothèse qu'il existe des situations, des conditions, des institutions, et même des individus, qui déclenchent chez certaines personnes des réactions de stress conduisant à des actes de violence, voire à des homicides, perpétrés sans raison apparente.»

L'agent du F.B.I. plissa le front. «Je ne comprends toujours pas.

– Bon sang, dit le shérif Gentry, vous avez vu notre petite pension de famille, Dick? Non? Bon Dieu, vous devez voir ça avant de nous quitter. En août dernier, on a repeint tous les murs en rose. Maintenant, on l'appelle le Valium Hôtel. Mais ça marche. Les bagarres ont diminué de soixante pour cent depuis que la peinture a fini de sécher et la clientèle ne s'est pas améliorée pour autant. Bien sûr, c'est exactement le contraire des cas que vous évoquiez, n'est-ce pas, professeur?»

Laski ajusta ses lunettes. Comme il levait la main, Gentry aperçut des chiffres bleu pâle tatoués sur son avant-bras, juste au-dessus du poignet. «Oui, mais c'est une application d'un autre aspect de la même théorie, dit le psychiatre. Plusieurs études ont montré que l'attitude et le comportement d'un sujet changent de façon

mesurable en fonction de la couleur de son environnement. Les raisons expliquant la diminution des actes de
violence dans un tel environnement sont au mieux très
vagues, mais il existe néanmoins des données empi-
riques sur le sujet… comme vous-même avez pu le
constater, shérif… et ces données semblent prouver que
les réactions psycho-physiologiques peuvent varier en
fonction d'une variable couleur. Ma thèse suggère que
certains des points les plus obscurs des crimes violents
résultent d'une série plus complexe de stimuli.

– Mouais», fit Haines. Il consulta sa montre et se
tourna vers Gentry. Le shérif était assis confortablement
sur son fauteuil, les pieds posés sur son bureau. Irrité,
Haines chassa un grain de poussière imaginaire de son
pantalon gris. «J'ai bien peur de ne pas voir en quoi ces
théories peuvent nous aider, docteur Laski, dit l'agent
fédéral. Le shérif Gentry enquête sur une série de
meurtres horribles, pas sur une course de souris
blanches dans un labyrinthe.»

Laski hocha la tête et eut un léger haussement
d'épaules. «J'étais de passage ici. J'ai informé le shérif
de mes relations avec Mrs. Drayton et je lui ai proposé
de l'assister dans la mesure de mes moyens. Je me rends
compte à présent que je vous ai fait perdre un temps
précieux. Merci pour le café, shérif.»

Le psychiatre se leva et se dirigea vers la porte.

«Merci de votre aide, professeur.» Gentry éternua
dans son mouchoir rouge puis s'en frotta le nez comme
pour apaiser une démangeaison. «Oh, il y a une autre
question que je voulais vous poser.»

Laski se retourna, une main sur la poignée, et attendit.

«Docteur Laski, pensez-vous que ces meurtres aient
pu résulter d'une querelle entre les deux vieilles dames
— je veux parler de Nina Drayton et de Melanie Fuller ?
Auraient-elles pu déclencher toute cette série d'assassinats ?»

Le visage de Laski était dénué de toute expression.
Ses yeux tristes cillèrent. «C'est possible, mais ça n'ex-

plique pas les meurtres de Mansard House, n'est-ce pas?

– Non, en effet.» Gentry se moucha une dernière fois dans le tissu rouge. «D'accord. Eh bien, merci, professeur. Nous vous sommes reconnaissants de nous avoir contactés. Si vous vous rappelez quoi que ce soit au sujet de Mrs. Drayton qui puisse nous aider à comprendre le comment et le pourquoi de cette histoire, téléphonez-nous en P.C.V., d'accord?

– Je n'y manquerai pas, dit le psychiatre. Bonne chance, messieurs.»

Haines attendit que la porte se soit refermée. «On devrait faire une petite enquête sur ce Laski, dit-il.

– Mmmm.» Gentry tenait sa tasse vide et la faisait lentement tourner dans ses mains. «Déjà fait. Il est bien qui il prétend être.»

Haines tiqua. «Vous vous êtes renseigné sur lui *avant* qu'il ne vienne ici?»

Gentry eut un large sourire et reposa sa tasse. «Après son coup de fil d'hier. On a si peu de suspects que j'ai estimé que je ne perdrais pas mon temps en téléphonant à New York.

– Je vais faire vérifier son emploi du temps pendant la période correspondant à…

– Il donnait une conférence à Columbia. Samedi soir. Dans le cadre d'un séminaire public sur la violence urbaine. Ensuite, il y a eu une réception qui s'est achevée après onze heures du soir. J'ai parlé au doyen.

– Je vérifierai quand même son dossier. Je ne pense pas que Nina Drayton soit allée le consulter; ça sonne faux.

– Ouais. Je vous serais reconnaissant de vous en charger, Dick.»

L'agent du F.B.I. récupéra sa gabardine et son atta-ché-case. Il marqua une pause en remarquant l'attitude du shérif. Les doigts de Gentry étaient serrés si fort que leurs phalanges étaient blanches. Dans ses yeux bleus d'ordinaire enjoués se lisait une colère proche de la rage. Gentry se tourna vers lui.

«Dick, j'aurai besoin de toute l'aide que vous pourrez m'apporter sur cette affaire.

– Bien entendu.

– Je parle sérieusement, dit Gentry en attrapant un crayon des deux mains. Personne ne peut commettre impunément neuf meurtres dans mon comté. Quelqu'un est à l'origine de toute cette merde et je finirai par savoir qui c'est.

– Naturellement.

– Je finirai par savoir qui c'est», répéta Gentry. Il leva la tête. Ses yeux étaient glacials. Le crayon se brisa entre ses doigts sans qu'il le remarque. «Et je les aurai, Dick. Je les aurai. Je le jure.»

Haines acquiesça, lui dit adieu et partit. Gentry regarda la porte verte pendant un long moment après le départ de l'homme du F.B.I. Finalement, son regard s'abaissa sur le crayon cassé qu'il tenait dans ses mains. Il se garda de sourire. Lentement, soigneusement, il entreprit de casser le crayon en morceaux de plus en plus petits.

Haines se rendit à son hôtel en taxi, fit ses valises, paya sa note, et prit le même taxi pour aller à l'aéroport international de Charleston. Il était en avance. Après avoir fait enregistrer ses bagages, il se promena dans le hall, acheta *Newsweek,* et passa sans s'arrêter devant une série de téléphones publics pour faire halte devant une rangée de cabines situées dans un couloir secondaire. Il composa un numéro dont le préfixe correspondait à la zone de Washington.

«Le numéro que vous demandez est provisoirement indisponible, dit une voix féminine préenregistrée. Veuillez faire un nouvel essai ou contacter un représentant local de Bell.

– Haines, Richard M.», dit l'homme du F.B.I. Il jeta un regard par-dessus son épaule en direction d'une femme qui revenait des toilettes avec son enfant. «Coventry. Cable. Je souhaite contacter le 779-491.»

Il y eut un déclic, un léger bourdonnement, puis le murmure d'un nouveau répondeur. «Ce bureau est fermé pour inventaire jusqu'à nouvel ordre. Si vous souhaitez laisser un message, veuillez attendre la tonalité. Vous avez tout le temps voulu.» Trente secondes de silence, puis un léger carillon.

«Ici Haines. Je vais quitter Charleston. Un psychiatre nommé Saul Laski est venu parler à Gentry aujourd'hui. Laski dit qu'il travaille à Columbia. Il a écrit un livre intitulé *Pathologie de la violence.* Academy Press. Il dit qu'il a rencontré trois fois Nina Drayton à New York. Il affirme ne pas connaître Barrett Kramer, mais peut-être qu'il ment. Laski a un numéro de camp de concentration tatoué sur le bras. 4490182.

«Gentry a fait des recherches sur Karl Thorne et sait qu'il s'agissait en réalité d'un cambrioleur suisse nommé Oscar Felix Haupt. Gentry a l'air d'un plouc, mais ce n'est pas un imbécile. Apparemment, il considère cette affaire comme un affront personnel.

«Mon rapport vous parviendra demain. En attendant, je recommande la mise en place d'une surveillance de Laski et du shérif Gentry. Peut-être serait-il souhaitable de procéder à l'annulation du contrat de ces deux messieurs. Je serai rentré à vingt heures et j'attendrai d'autres instructions. Haines. Cable. Coventry.»

L'agent Richard Haines raccrocha, ramassa son attaché-case et rejoignit d'un pas vif la foule qui se dirigeait vers les portes d'embarquement.

Saul Laski sortit de l'hôtel du Comté et regagna la petite rue où il avait garé sa Toyota de location. Une fine pluie tombait sur la ville, mais Saul fut frappé par la douceur de l'air. Il devait faire entre quinze et vingt degrés. La veille, lorsque Saul avait quitté New York, il neigeait et la température avoisinait moins dix.

Saul s'assit au volant et regarda la pluie strier le pare-brise. L'intérieur de la voiture sentait le skaï neuf et le cigare. En dépit de la douceur de l'air, il se mit à frémir.

Puis à trembler de tous ses membres. Saul saisit le volant des deux mains jusqu'à ce que son torse cesse de trembler ; seules ses jambes continuaient à frissonner doucement. Il empoigna les muscles de ses cuisses et pensa à autre chose ; au printemps, à un lac paisible qu'il avait découvert dans les Adirondacks l'été précédent, à une vallée abandonnée du Sinaï où des colonnes romaines battues par le sable se dressaient devant les falaises de schiste.

Au bout de quelques minutes, Saul démarra et erra sans but précis dans les rues luisantes de pluie. La circulation était fluide. Il envisagea de prendre la Route 25 pour regagner son motel. Au lieu de cela, il emprunta East Bay Drive et prit la direction du sud, pénétrant dans le Vieux Quartier de Charleston.

Mansard House se reconnaissait à sa marquise verte qui surmontait toute la largeur du trottoir. Saul jeta un bref regard à l'entrée sombre de l'hôtel et poursuivit sa route. Trois pâtés de maisons plus loin, il tourna à droite et s'engagea dans une étroite rue résidentielle. Des grilles en fer forgé séparaient cours et jardins des trottoirs en briques. Saul ralentit, compta à voix basse et repéra les numéros de voirie.

La maison de Melanie Fuller était plongée dans l'ombre. La cour était déserte et le bâtiment nord, avec ses fenêtres fermées par des planches, semblait condamné. Il y avait une chaîne et un cadenas au portail de la cour. Le cadenas semblait tout neuf.

Saul tourna à gauche au carrefour suivant, puis de nouveau à gauche, et trouva enfin une place non loin de Broad Street, derrière un camion de livraison. La pluie avait gagné en intensité. Saul attrapa un bob blanc sur la banquette arrière, se l'enfonça sur la tête et releva le col de son blouson de velours.

La ruelle qui conduisait au centre du pâté de maisons était bordée de minuscules garages, d'épaisses haies, de hautes barrières et d'innombrables poubelles. Saul compta les maisons comme il l'avait fait quelques ins-

tants plus tôt, mais il lui fallut retrouver les deux palmiers mourants près de la fenêtre sud pour vérifier qu'il
s'agissait du bon bâtiment. Il avançait les mains dans les
poches, sachant qu'il n'était guère discret mais incapable d'y remédier. La pluie tombait toujours. La gri-
saille de l'après-midi laissait insidieusement place à la
pénombre d'une soirée d'hiver. Il avait à peine une
demi-heure de jour devant lui. Saul inspira profondément et s'engagea sur une allée de trois mètres qui
s'achevait devant une bâtisse où on avait sans doute
jadis remisé le fiacre de la maison. Ses fenêtres étaient
peintes en noir, mais il était évident qu'elle n'avait
jamais servi de garage. Le grillage était en acier trempé
et servait de support à des plantes grimpantes et aux
branches acérées d'une haie bien fournie. Le petit portail, élément d'une grille en fer forgé aujourd'hui disparue, était fermé par une chaîne et un cadenas. Une
bande de plastique jaune passée autour de la chaîne
avertissait : ENTRÉE INTERDITE PAR ORDRE DU SHÉRIF
DU COMTÉ DE CHARLESTON.

Saul hésita. On n'entendait que le staccato de la pluie
sur le toit d'ardoise de la bâtisse et les gouttes d'eau qui
tombaient du kudzu. Il tendit la main, agrippa le sommet de la barrière, posa le pied gauche sur le portail,
resta quelques secondes en équilibre précaire au-dessus
des pointes de fer rouillé, puis atterrit sur le pavé de l'ar-
rière-cour.

Saul resta accroupi quelques secondes, les mains pla-
quées sur la pierre humide, la jambe droite immobilisée
par une crampe, et écouta les battements de son cœur et
les aboiements d'un petit chien dans une cour voisine.
Les aboiements cessèrent. Saul longea d'un pas vif un
massif de fleurs et une vasque de guingois pour se diriger vers un porche en bois qui avait de toute évidence
été greffé à la maison de briques longtemps après sa
construction. La pluie, la pénombre et l'eau dégoulinant
de la haie semblaient étouffer les bruits du voisinage et
amplifier ceux que produisait Saul. Sur sa gauche, il

aperçut des plantes vertes derrière la fenêtre, là où la serre aménagée empiétait sur le jardin. Il essaya d'ouvrir la porte grillagée du porche. Elle céda avec un soupir rouillé et Saul pénétra dans les ténèbres.

L'intérieur du porche était long et étroit, sentait la moisissure et la terre pourrissante. Saul distingua des pots en argile vides rangés sur des étagères le long du mur de briques. La porte de la maison était massive, pourvue de vitraux et de superbes moulures, et fermée à clé. Saul savait qu'elle devait être munie de plusieurs verrous. Il était pareillement persuadé que la vieille femme avait fait installer un système d'alarme, mais il était tout aussi certain que celui-ci n'était pas relié au poste de police.

Et si la police avait effectué le branchement nécessaire? Saul secoua la tête et traversa le porche obscur pour aller examiner les fenêtres étroites derrière les étagères. Il aperçut la masse pâle d'un réfrigérateur. Soudain, le tonnerre gronda dans le lointain et la pluie tomba de plus belle sur les toits et sur les haies. Saul déplaça plusieurs pots, les posant sur des étagères vides, puis essuya ses mains maculées de terre et ôta de son socle une planche longue d'un mètre. Les fenêtres qui se trouvaient devant lui étaient soigneusement fermées de l'intérieur. Saul s'accroupit, pressa ses doigts contre la vitre pendant une seconde, puis se mit à la recherche du plus lourd des pots en argile.

En se brisant, le verre sembla produire un véritable vacarme, encore plus intense que le coup de tonnerre ponctuant les feux stroboscopiques de l'éclair qui venait de transformer les vitres intactes en autant de miroirs. Saul leva une nouvelle fois le pot, fracassa la silhouette barbue de son propre reflet, écarta les échardes de verre plantées dans le châssis, et chercha le loquet à tâtons. Tel un enfant apeuré, il imagina soudain une main saisissant la sienne et sentit son sang se glacer. Il trouva une chaîne et tira. La fenêtre s'ouvrit. Il s'y faufila, posa le pied sur une surface en formica jonchée d'éclats de verre, puis atterrit bruyamment sur le sol carrelé de la cuisine.

La vieille maison était peuplée de bruits. L'eau coulait dans les gouttières tout près des fenêtres. Le réfrigérateur émit un bruit sourd qui fit sursauter Saul. Il remarqua que l'électricité était sans doute encore branchée. Il entendit un léger grattement, comme le bruit d'un ongle sur une vitre.

Il y avait trois portes battantes dans la cuisine. Saul choisit celle qui se trouvait devant lui et pénétra dans un long couloir. La pénombre ne l'empêcha pas de voir que le parquet ciré était endommagé à quelques pas de la cuisine. Il fit halte au pied du grand escalier, s'attendant à moitié à découvrir des silhouettes dessinées à la craie sur le sol, comme dans ces films policiers américains qu'il aimait tant. Il n'y en avait aucune. Saul ne vit qu'une large tache sombre sur le plancher, près de la première marche. Il jeta un bref coup d'œil dans le petit couloir conduisant à l'entrée, puis entra dans une pièce vaste mais encombrée de meubles qui semblaient tous dater du siècle dernier. Une faible lumière filtrait à travers des vitraux au-dessus d'une large baie vitrée. La pendule placée au-dessus de la cheminée était arrêtée à 3 h 26. Les fauteuils rembourrés et les armoires emplies de porcelaine et de cristal semblaient avoir absorbé tout l'oxygène de la pièce. Saul tiraillait son col et examina en hâte le petit salon. Cette pièce sentait. Elle empestait la vieillesse, la cire, le talc et la viande en décomposition, une odeur que Saul avait toujours associée à sa vieille tante Danuta et à son petit appartement de Cracovie. Danuta était morte à l'âge de cent trois ans.

De l'autre côté du couloir se trouvait une salle à manger déserte. Le lustre massif tinta au rythme des pas de Saul. Dans le hall, il vit une patère vide de tout vêtement et deux cannes noires posées contre le mur. Un camion passa dans la rue et la maison vibra.

La serre sur laquelle donnait la salle à manger était mieux éclairée que le reste de la maison. Saul s'y sentit vulnérable. La pluie avait cessé de tomber et il vit les roses qui se dressaient dans le jardin ruisselant. Il ferait noir dans quelques minutes à peine.

Une superbe vitrine en merisier avait été fracassée. Des éclats de verre jonchaient encore le sol. Saul s'avança avec précaution et s'accroupit. Quelques statuettes gisaient sur l'étagère du milieu.

Saul se releva et regarda autour de lui. La panique montait en lui sans raison apparente. L'odeur de viande morte semblait l'avoir suivi jusqu'ici. Il s'aperçut que sa main droite ne cessait de s'ouvrir et de se refermer. Il pouvait encore partir, aller directement à la cuisine et être sorti d'ici en moins de deux minutes.

Il fit demi-tour et traversa le couloir obscur jusqu'à l'escalier. La rampe était lisse et fraîche au toucher. Il y avait un petit vasistas dans le mur, en face des marches, mais l'obscurité semblait se lever comme de l'air froid pour redescendre sur le palier devant lui. Il fit halte en haut des marches. La porte qui se trouvait sur sa droite avait presque été arrachée de ses gonds. Des échardes pâles pendaient à ses montants, tels des tendons déchirés. Saul se força à entrer dans la pièce. L'odeur qui y régnait rappelait celle d'une chambre froide après plusieurs semaines sans électricité. La garde-robe qui se dressait dans un coin lui évoqua un cercueil posé à la verticale. De lourds rideaux occultaient les fenêtres donnant sur la cour. Un peigne et une brosse en ivoire, antiques et d'aspect coûteux, étaient posés sur une vieille coiffeuse au miroir terne et piqueté. Le grand lit était soigneusement fait.

Saul était prêt à repartir lorsqu'il entendit un bruit.

Il se figea sur place, serrant involontairement les poings. Rien, excepté l'odeur de viande pourrie. Il était prêt à se remettre en marche, prêt à attribuer ce bruit à l'eau qui coulait dans les gouttières bouchées, lorsqu'il l'entendit à nouveau, plus distinctement cette fois.

C'était un bruit de pas au rez-de-chaussée. Lentement, mais avec un soin délibéré, ce bruit de pas se déplaça sur l'escalier.

Saul pivota sur lui-même et s'avança vers la garde-robe. La porte n'émit aucun bruit lorsqu'il l'ouvrit et se glissa au milieu de toute une forêt laineuse de vêtements de vieille dame. Un bruit de tambour lui martelait les tympans. La porte gondolée refusa de se fermer complètement et l'entrebâillement lui permit de distinguer une fine ligne verticale de lumière grise interrompue en son milieu par la masse sombre et horizontale du lit.

L'intrus arriva en haut de l'escalier, hésita durant un long moment de silence, puis entra dans la chambre. Le bruit de ses pas était très doux.

Saul retint son souffle. Une odeur de laine et de naphtaline se mêlait dans ses narines à la puanteur de la viande pourrie, menaçant de le suffoquer. Robes longues et écharpes s'accrochaient à lui, cherchaient à atteindre ses épaules et sa gorge.

Saul ne savait pas si le bruit de pas s'était éloigné tellement ses oreilles bourdonnaient. Panique et claustrophobie s'emparèrent de lui. Il n'arrivait plus à voir la fine bande de lumière. Il se souvint de la terre tombant sur les visages tournés vers le ciel, des bras pâles qui frémissaient sous les pelletées de terre noire, de l'emplâtre blanc sur une joue mal rasée et de la jambe qui se balançait nonchalamment, laine grise noircie par la lumière hivernale, au-dessus de la Fosse où des membres blancs grouillaient comme des vers dans la terre noire…

Saul hoqueta. Il lutta contre la laine qui l'étouffait et tendit la main pour ouvrir la porte de la garde-robe.

Il ne la toucha jamais. La porte s'ouvrit violemment vers l'extérieur.

5.
Washington, D.C., mardi 16 décembre 1980

Une fois descendus d'avion, Tony Harod et Maria Chen louèrent une voiture à l'aéroport national de Washington et se rendirent directement à Georgetown. On était en début d'après-midi. Ils aperçurent les eaux grises et languides du Potomac en traversant le Mason Memorial Bridge. Les arbres dénudés projetaient des ombres étiques sur le Mail. Wisconsin Avenue était presque déserte.

«C'est là», dit Harod. Maria tourna dans M Street. Les maisons somptueuses semblaient se blottir les unes contre les autres dans la pauvre lumière hivernale. Celle qu'ils cherchaient ne se distinguait en rien de ses voisines. Il était interdit de stationner devant la porte jaune pâle de son garage. Un couple passa, elle et lui emmitouflés dans leurs manteaux de fourrure, avec un caniche frissonnant qui tirait sur sa laisse.

«Je vais vous attendre, dit Maria Chen.

– Non, dit Harod. Continuez de rouler. Repassez ici toutes les dix minutes.»

Elle hésita quelques instants tandis que Harod descendait, puis s'éloigna, coupant la route à une limousine avec chauffeur.

Harod négligea la porte d'entrée et s'approcha du garage. Il souleva un panneau métallique dissimulant une fente et quatre boutons, sortit une carte magnétique de son portefeuille et l'inséra dans la fente. Il y eut un déclic. Il s'approcha du mur et appuya quatre fois sur le troisième bouton, puis trois autres fois. La porte du garage se souleva. Harod récupéra sa carte et entra.

La porte se referma derrière lui, plongeant les lieux dans l'obscurité. On n'y sentait aucun relent d'huile ou d'essence, mais une odeur de béton froid et un vague parfum de résine émanant d'un tas de bûches. Il fit trois pas et s'arrêta, sans chercher la porte ni l'interrupteur. Un léger bourdonnement électrique lui indiqua que la caméra vidéo venait de le filmer pour s'assurer qu'il était bien seul. Il supposa que l'objectif était pourvu d'une lentille à infrarouge. En fait, il s'en souciait comme d'une guigne.

Une porte s'ouvrit avec un déclic. Harod la franchit et se retrouva dans une pièce vide qui avait jadis fait office de buanderie, à en juger par son installation électrique et sa plomberie. La caméra vidéo fixée au-dessus de la deuxième porte pivota sur son axe pour se braquer sur lui. Harod ouvrit la fermeture à glissière de son blouson d'aviateur.

«Veuillez ôter vos lunettes noires, Mr. Harod.» La voix provenait d'un interphone encastré dans le mur.

«Je vous emmerde», dit Harod d'une voix enjouée, puis il ôta ses lunettes d'aviateur. Alors qu'il les remettait, la porte s'ouvrit sur deux hommes de grande taille vêtus de costumes sombres. Le premier était chauve et massif, le stéréotype du videur ou du garde du corps. Le second était plus grand, plus mince, plus ténébreux et, pour une raison indéterminée, paraissait infiniment plus menaçant que son collègue.

«Voulez-vous avoir l'obligeance de lever les bras, monsieur? demanda le premier.

– Voulez-vous avoir l'obligeance d'aller vous faire foutre?» répliqua Harod. Il détestait que des hommes le touchent. Il détestait l'idée qu'il *puisse* les toucher. Les deux cerbères attendirent patiemment. Harod leva les bras. L'armoire à glace le palpa de façon professionnelle, impersonnelle, puis adressa un hochement de tête à son collègue.

«Par ici, Mr. Harod.» Il suivit le grand échalas dans une cuisine inutilisée, puis dans un couloir brillamment éclairé qui donnait sur plusieurs pièces nues, avant de s'arrêter au pied d'un escalier. «Première pièce à gauche, Mr. Harod, dit l'homme en indiquant l'étage. On vous attend.»

Harod gravit l'escalier sans rien dire. Les marches étaient en chêne clair et impeccablement cirées. L'écho de ses pas résonnait dans toute la maison. Elle sentait le vide et la peinture neuve.

«Mr. Harod, ravi de vous voir parmi nous.» Cinq hommes étaient assis en demi-cercle sur des sièges pliants. La pièce où ils se trouvaient avait sans doute été la chambre principale ou un vaste bureau. Le plancher était nu, les volets blancs et la cheminée froide. Harod connaissait ces hommes — du moins par leurs noms. De gauche à droite, il y avait Trask, Colben, Sutter, Barent et Kepler. Ils portaient tous des costumes coûteux de coupe classique et avaient presque tous la même attitude : dos raide, jambes et bras croisés. Trois d'entre eux avaient un attaché-case posé près de leur siège. Trois d'entre eux portaient des lunettes. Tous les cinq étaient de race blanche. Leur âge allait de la quarantaine finissante à la soixantaine bien tassée, Barent étant le doyen. Colben était presque chauve, mais les quatre autres fréquentaient apparemment le même coiffeur de Capitol Hill. C'était Trask qui avait pris la parole. «Vous êtes en retard, Mr. Harod, ajouta-t-il.

– Ouais», dit Tony Harod en s'approchant. On n'avait pas prévu de siège pour lui. Il ôta son blouson de cuir et, du bout de l'index, le jeta sur son épaule. Il portait une chemise en soie rouge vif, largement ouverte afin d'exhiber une dent de requin accrochée à une chaîne en or, un pantalon de velours noir côtelé maintenu en place par un ceinturon dont la boucle à l'effigie de R2-D2 lui avait été offerte par George Lucas, et de lourdes bottes fourrées aux talons massifs. «L'avion était en retard.»

Trask hocha la tête. Colben s'éclaircit la gorge comme s'il allait prendre la parole, mais se contenta de redresser ses lunettes cerclées d'écaille.

«Alors, qu'est-ce qu'on fait?» demanda Harod. Sans attendre une réponse, il se dirigea vers le placard, en sortit un siège pliant et compléta le cercle. Il s'assit à califourchon et posa son blouson sur le dossier. «Est-ce qu'il y a du nouveau? Ou est-ce que j'ai fait ce foutu voyage pour rien?

– C'est ce que nous allions *vous* demander», dit Barent. Sa voix était distinguée et bien modulée. Il y avait une pincée de Côte Est, voire d'Angleterre, dans la façon dont il prononçait les voyelles. De toute évidence, Barent n'avait pas coutume d'élever la voix pour se faire entendre. C'était lui que l'on écoutait.

Harod haussa les épaules. «J'ai prononcé l'oraison funèbre de Willi pendant la cérémonie. Forest Lawn. Très émouvant. Environ deux cents célébrités hollywoodiennes se sont pointées pour lui rendre hommage. En fait, il en avait peut-être *rencontré* dix ou quinze.

– Sa maison, dit Barent d'un ton patient. Avez-vous fouillé sa maison comme nous vous l'avions demandé?

– Ouais.

– Et alors?

– Alors, rien.» La bouche de Harod n'était plus qu'un trait effilé sur son visage pâle. La commissure de ses lèvres, habituée au sarcasme et à la cruauté, exprimait à présent une forte tension. «Je n'ai disposé que de deux heures. J'en ai passé une à chasser d'anciens gigolos de Willi qui avaient conservé leurs clés et étaient accourus sur les lieux comme des vautours sentant la charogne.

– Avaient-ils été Utilisés?» demanda Colben. Sa voix était empreinte d'anxiété.

«Non, je ne pense pas. Willi était en train de perdre son pouvoir, rappelez-vous. Peut-être les avait-il légèrement conditionnés. Caressés un peu. Mais ça m'étonnerait. Avec son fric et son influence auprès des studios, il n'en avait pas besoin.

– La fouille, dit Barent.

– Ouais. Donc, j'ai disposé d'une heure. Tom McGuire, l'avocat de Willi, est un de mes vieux amis, et il m'a laissé examiner les papiers qui se trouvaient dans le bureau et dans le coffre. Il n'y avait pas grand-chose. Quelques contrats et options. Quelques actions, mais pas de quoi faire un portefeuille. Willi se contentait d'investir dans le cinéma. Pas mal de lettres d'affaires, mais presque rien de personnel. La lecture du testament a eu lieu hier, vous savez. J'hérite de la maison… à condition de régler ces putains de taxes. Le gros de son fric est bloqué dans divers projets. Il a légué le reste de son compte en banque à la S.P.A. d'Hollywood.

– La S.P.A.? répéta Trask.

– Tout juste, Auguste. Ce vieux Willi était un ami des bêtes. Il se plaignait toujours de la façon dont on les traitait dans les films, et il a fait campagne pour des lois plus strictes sur l'utilisation des chevaux dans les cascades et tout ce bordel.

– Continuez, dit Barent. Vous n'avez trouvé aucun document susceptible de trahir le passé de Willi?

– Non.

– Et rien qui trahisse l'existence de son Talent?

– Non. Rien.

– Et aucune mention de l'un d'entre nous?» demanda Sutter.

Harod se redressa sur son siège. «Bien sûr que non. Vous savez bien que Willi ignorait tout du Club.»

Barent acquiesça et se croisa les doigts. «Vous en êtes absolument sûr, Mr. Harod?

– Absolument.

– Pourtant, il connaissait l'existence de votre Talent.

– Oui, bien sûr, vous avez raison. Mais vous étiez d'accord pour qu'il soit mis au courant. C'est ce que vous m'avez dit quand vous m'avez demandé de faire sa connaissance.

– Effectivement.

– Et de plus, Willi a toujours pensé que mon Talent

était faible et peu fiable comparé au sien. Parce que je n'avais pas besoin d'Utiliser un sujet aussi complètement que lui et parce que... à cause de mes préférences.

– Ne jamais Utiliser un homme, dit Trask.

– A cause de mes préférences, insista Harod. Willi ne savait foutre rien. Il me méprisait alors même qu'il lui restait à peine assez de pouvoir pour contrôler Reynolds et Luhar, ses deux âmes damnées. Il n'y réussissait même pas la moitié du temps.»

Barent acquiesça de nouveau. «Donc, vous ne pensez pas qu'il était encore capable d'Utiliser un sujet pour éliminer quelqu'un?

– Bon Dieu, non. Pas vraiment. Peut-être était-il encore capable d'Utiliser ses deux gorilles ou un de ses gitons, mais il n'était pas assez stupide pour en arriver là.

– Et vous l'avez laissé partir pour aller à cette... mmm... à cette réunion à Charleston avec ces deux femmes?» demanda Kepler.

Harod agrippa le dossier du siège à travers le cuir de son blouson. «Comment ça, "laissé partir"? Bon Dieu, oui, je l'ai laissé partir. Mon boulot, c'était de le surveiller, pas de l'empêcher de voyager. Willi voyageait dans le monde entier.

– Et, à votre avis, que faisait-il lors de ces réunions?» demanda Barent.

Harod haussa les épaules. «Il parlait du bon vieux temps. Taillait le bout de gras avec ces deux vieilles folles. Pour ce que j'en sais, il les baisait encore. Comment le saurais-je, bordel? D'habitude, il restait là-bas à peine deux ou trois jours. Ça n'a jamais posé de problème.»

Barent fit signe à Colben. Le chauve ouvrit son attaché-case et en sortit un livre marron qui ressemblait à un album de photos. Il se leva pour le tendre à Harod.

«Qu'est-ce que c'est que ce truc?

– Regardez», ordonna Barent.

Harod feuilleta l'album, assez vite tout d'abord, puis très lentement. Il lut plusieurs coupures de presse dans leur intégralité. Lorsqu'il eut fini, il ôta ses lunettes noires. Personne ne parlait. On entendit un coup de klaxon quelque part dans M Street.

«Ce n'est pas à Willi, conclut Harod.

– Non, dit Barent. Ceci appartenait à Nina Drayton.

– Incroyable. Bordel, c'est pas possible. La vioque était sûrement sénile ou mégalo. Elle se croyait encore au bon vieux temps.

– Non, dit Barent. Il semble qu'elle ait été présente au moment approprié. Elle est probablement responsable.

– Bon Dieu de merde!» Harod remit ses lunettes et se massa les joues. «Où avez-vous trouvé ça? Dans son appartement de New York?

– Non, répondit Colben. Un de nos hommes s'est rendu à Charleston samedi dernier, suite à ce qui est arrivé à l'avion de Willi. Il a réussi à pénétrer dans le bureau du coroner et à soustraire ceci des objets personnels de Nina Drayton avant que la police locale n'ait eu le temps de l'examiner.

– Vous en êtes sûr?

– Absolument.

– La question est de savoir s'ils jouaient encore à une variante de leur vieux Jeu viennois, dit Barent. Et si tel était le cas, votre ami Willi avait-il un document similaire en sa possession?»

Harod secoua la tête mais resta muet.

Colben sortit un dossier de son attaché-case. «On n'a rien trouvé de concluant dans les débris de l'appareil. Bien sûr, on n'a pas retrouvé grand-chose. Plus de la moitié des passagers sont encore portés disparus. Les corps repêchés dans les marais sont en général trop mutilés pour être identifiés sans risque d'erreur. L'explosion a été très puissante. La nature des lieux rend les opérations encore plus délicates. C'est une situation difficile pour les enquêteurs.

– Laquelle de ces deux salopes était responsable? demanda Harod.

– Nous n'en sommes pas sûrs, dit Colben. Cependant, il ne semble pas que Mrs. Fuller, la vieille amie de Willi, ait survécu au week-end. C'est la candidate la plus probable.

– Pauvre Willi, quelle mort dégueulasse, observa Harod sans s'adresser à quiconque en particulier.

– S'il est vraiment mort, intervint Barent.

– Hein?» Harod s'inclina en arrière. Il étendit les jambes et ses talons laissèrent des traînées noires sur le parquet de chêne. «Vous pensez qu'il n'est pas mort? Qu'il n'était pas à bord de l'avion?

– Le contrôleur des billets se rappelle avoir vu Willi et ses deux amis monter dans l'avion, dit Colben. Ils se disputaient, Willi et le Noir.

– Jensen Luhar, dit Harod. Ce connard sans cervelle.

– Mais il n'est pas certain qu'ils soient restés à bord, dit Barent. Le contrôleur a dû quitter son poste quelques minutes avant la fermeture des portes de l'appareil.

– Mais rien ne permet de conclure que Willi n'était pas à bord», insista Harod.

Colben reposa son dossier. «Non. Cependant, tant que nous n'aurons pas retrouvé le corps de Mr. Borden, nous ne pourrons pas avoir la certitude qu'il a été… euh… neutralisé.

– Neutralisé», répéta Harod.

Barent se leva et s'approcha de la fenêtre. Il écarta le rideau qui dissimulait les volets blancs. La lumière indirecte donnait à sa peau lisse l'éclat de la porcelaine. «Mr. Harod, est-il possible que Willi von Borchert ait connu l'existence de l'Island Club?»

Harod redressa violemment la tête comme si on venait de le gifler. «Non. Absolument pas.

– Vous en êtes sûr?

– Sûr et certain.

– Vous ne lui en avez jamais parlé? Même de façon indirecte?

– Pourquoi aurais-je fait ça, bordel? Non, bon Dieu, Willi ne savait rien.

– Vous en êtes sûr ?

– Willi était vieux, Barent. J'ai bien dit : vieux. Il était à moitié dingue depuis qu'il ne pouvait plus Utiliser les gens. Surtout les Utiliser pour tuer. Tuer, Colben, t-u-e-r, pas neutraliser, ni annuler un contrat, ni faire subir un préjudice extrême, ni aucun de vos foutus euphémismes. Willi tuait pour rester jeune, mais il n'y arrivait plus, et ce pauvre vieux débris se desséchait comme une prune laissée au soleil. S'il avait appris l'existence de votre foutu Island Club, il se serait traîné à genoux jusqu'ici pour vous supplier de l'accepter comme membre.

– C'est aussi votre Island Club, Harod, déclara Barent.

– Ouais, c'est ce qu'on m'a dit. Mais comme je n'ai jamais mis les pieds là-bas, je n'en suis pas encore sûr.

– Vous serez invité à y passer la deuxième semaine cet été. La première semaine n'est pas vraiment... euh... nécessaire, n'est-ce pas ?

– Peut-être. Mais je crois bien que j'aimerais me frotter aux riches et aux puissants. Sans parler des petites caresses que je pourrais donner moi-même. »

Barent éclata de rire. Certains de ses compagnons l'imitèrent. « Mon Dieu, Harod, dit Sutter, Hollywood ne vous suffit donc plus ?

– En outre, dit Trask, ne serait-ce pas un peu dur pour vous ? Vu la liste de nos invités pour la première semaine... et vu vos *préférences*. »

Harod se tourna vers lui, les yeux réduits à des fentes étroites percées dans un masque blafard. Il parla lentement, prononçant chacun de ses mots avec autant de précision que s'il avait placé des balles dans un chargeur. « Vous savez ce que je veux dire. Foutez-moi la paix.

– Oui », dit Barent. Sa voix était apaisante, son accent anglais plus perceptible. « Nous savons ce que vous voulez dire, Mr. Harod. Et cette année sera peut-être la bonne pour vous. Savez-vous qui se trouvera sur l'île le mois de juin prochain ? »

Harod haussa les épaules et détourna les yeux de Colben. «Les mêmes boy-scouts que d'habitude, je suppose. Henry K. va revenir faire un tour, j'imagine. Et peut-être un ex-président.

– *Deux* ex-présidents, corrigea Barent avec un sourire. Ainsi que le chancelier d'Allemagne fédérale. Mais ce n'est guère important. Nous aurons aussi le prochain président.

– Le *prochain* président? Bon Dieu, vous venez à peine d'en faire élire un!

– Oui, mais il est vieux», dit Trask, et les autres se mirent à rire comme si c'était une de leurs plaisanteries pour initiés.

«Je parle sérieusement, dit Barent, cette année sera la bonne pour vous, Mr. Harod. Quand vous nous aurez aidés à éclaircir les derniers détails de cette malheureuse histoire de Charleston, plus rien ne s'opposera à ce que vous deveniez un membre à part entière.

– Quels détails?

– Premièrement, aidez-nous à confirmer la mort de William D. Borden, alias Herr Wilhelm von Borchert. Nous allons continuer notre propre enquête. Peut-être retrouvera-t-on bientôt son corps. Vous pourrez nous aider à éliminer les autres possibilités éventuelles.

– D'accord. Quoi d'autre?

– Deuxièmement, effectuez une fouille plus poussée de la propriété de Mr. Borden avant l'arrivée de… euh… d'autres vautours. Assurez-vous qu'il n'a rien laissé qui soit de nature à embarrasser quiconque.

– Je retourne là-bas ce soir. J'irai chez Willi dès demain matin.

– Excellent. Troisièmement, et pour finir, nous aimerions que vous nous aidiez à régler un dernier détail relatif à Charleston.

– A savoir?

– La personne qui a tué Nina Drayton et qui est presque certainement responsable de la mort de votre ami Willi. Melanie Fuller.

– Vous pensez qu'elle est encore en vie?

– Oui.

– Et vous voulez que je vous aide à la retrouver?

– Non, dit Colben. Nous la retrouverons.

– Et si elle a quitté le pays? C'est ce que je ferais à sa place.

– Nous la retrouverons, répéta Colben.

– Si vous ne voulez pas que je la retrouve, que voulez-vous que je fasse?

– Nous voulons que vous soyez présent lorsqu'elle sera appréhendée, dit Colben. Nous voulons que vous annuliez son contrat.

– Que vous la neutralisiez, dit Trask avec un petit sourire.

– Que vous lui fassiez subir un préjudice extrême», ajouta Kepler.

Harod cligna des yeux et se tourna vers Barent, toujours debout près de la fenêtre. Barent le regarda en souriant. «Il est temps que vous payiez votre écot, Mr. Harod. Nous retrouverons la vieille dame. Ensuite, il faudra nous tuer cette emmerdeuse.»

Harod et Maria Chen durent se rendre à l'aéroport international de Dulles afin de prendre un vol direct pour Los Angeles partant avant la nuit. L'avion décolla avec vingt minutes de retard suite à des ennuis mécaniques. Harod avait besoin de boire un verre. Il détestait prendre l'avion. Il détestait confier son sort à un tiers, et c'était exactement ce qu'il faisait chaque fois qu'il prenait l'avion. Il connaissait par cœur les statistiques démontrant la sécurité du transport aérien. Elles ne signifiaient rien à ses yeux. Il n'avait aucune peine à imaginer les fragments de métal tordu éparpillés sur plusieurs hectares, luisant parfois encore d'un éclat incandescent, les morceaux de corps rouges et roses étalés dans l'herbe comme des tranches de saumon séchant au soleil. *Pauvre Willi*, pensa-t-il.

«Pourquoi ne sert-on jamais à boire *avant* le décollage, bordel? dit-il. C'est maintenant que j'ai besoin d'un verre.» Maria Chen sourit.

Les balises étaient allumées lorsque l'avion s'engagea enfin sur la piste, mais le soleil brillait encore quand ils eurent franchi l'épaisse couche nuageuse. Harod ouvrit son attaché-case et en sortit une liasse de scénarios. Il avait cinq projets à examiner. Deux des scripts étaient trop longs, plus de cent cinquante pages, et il les rangea sans les lire. La première page du troisième était illisible, et il l'écarta. Il avait lu huit pages du quatrième manuscrit lorsque l'hôtesse vint prendre leur commande.

«Vodka on the rocks», dit Harod. Maria Chen ne prit rien.

Harod examina la jeune hôtesse lorsqu'elle revint avec son verre. Selon lui, les compagnies aériennes avaient pris une des décisions les plus stupides de l'histoire de l'aviation lorsqu'elles avaient engagé des stewards pour mettre fin aux accusations de discrimination sexuelle lancées à leur encontre. Même les hôtesses de l'air lui semblaient plus âgées et moins belles ces temps derniers. Mais pas celle-ci. Elle était jeune, propre sur elle, ne faisait pas mannequin, et était plutôt sexy dans le genre fille de ferme. Elle devait être d'origine scandinave : cheveux blonds, yeux bleus, joues roses et parsemées de taches de rousseur. Seins opulents, peut-être un peu trop pour sa taille, et joliment moulés dans son blazer bleu à passements dorés.

«Merci, ma chère», dit Harod lorsqu'elle posa le verre sur le plateau rabattable. Il lui caressa la main au moment où elle se redressait. «Comment vous appelez-vous ?

– Kristen.» Elle lui adressa un sourire dont l'effet fut gâché par la rapidité avec laquelle elle retira sa main. «Mes amis m'appellent Kris.

– Eh bien, Kris, asseyez-vous ici quelques instants.» Harod tapota le large accoudoir de son siège. «Bavardons un peu tous les deux.»

Kristen eut un nouveau sourire, mais celui-ci était machinal, presque mécanique. «Je suis désolée, monsieur. Nous sommes en retard et je dois préparer les pla-teaux-repas.

– Je suis en train de lire un scénario de film, dit Harod. Je vais probablement le produire. Il y a là-dedans un rôle qui semble avoir été écrit pour une belle petite *Mädchen* comme vous.

– Merci, mais je dois vraiment aller aider Laurie et Curt à servir les repas.»

Harod lui agrippa le poignet alors qu'elle faisait mine de partir. «Est-ce que ça vous surmènerait de m'appor-ter une autre vodka on the rocks avant d'aller rejoindre Curt et Laurie?»

Elle retira lentement son bras, résistant visiblement à la tentation de se frictionner le poignet. Elle ne sou-riait plus.

Harod n'avait toujours pas vu venir son second verre lorsqu'une Laurie souriante lui apporta un steak au homard. Il n'y toucha pas. Il faisait noir dehors et les feux de position rouges clignotaient au bout de l'aile gauche. Harod alluma la lumière mais finit par reposer le scénario. Il regarda Kristen s'affairer dans la cabine. Ce fut Curt qui vint remporter le repas auquel il n'avait pas touché. «Désirez-vous du café, monsieur?»

Harod resta muet. Il regarda l'hôtesse blonde bavar-der avec un homme d'affaires et apporter un coussin à un petit garçon qui s'endormait deux sièges devant lui.

«Tony, dit Maria Chen.

– La ferme», dit Harod.

Il attendit que Curt et Laurie soient occupés ailleurs et que Kristen se trouve seule près des toilettes avant. Puis Harod se leva. La jeune femme s'écarta pour le lais-ser passer, mais ne sembla pas le remarquer. Les toi-lettes étaient inoccupées. Harod y entra, puis rouvrit la porte et passa la tête par l'entrebâillement.

«Excusez-moi, mademoiselle?

– Oui?» Kristen leva la tête de la pile de plateaux-repas.

«On dirait que l'eau ne coule pas là-dedans.

– Il n'y a pas de pression?

– Il n'y a pas d'eau.» Harod s'écarta pour la laisser entrer. Il regarda par-dessus son épaule et vit que tous les passagers de première classe étaient occupés à écouter de la musique, à lire ou à dormir. Seule Maria Chen regardait dans sa direction.

«On dirait qu'elle coule bien maintenant», dit l'hôtesse. Harod entra dans les toilettes derrière elle et tira le verrou. Kristen se raidit et se retourna. Harod lui agrippa le bras avant qu'elle ait eu le temps de dire un mot.

Reste tranquille. Harod approcha son visage de celui de la jeune femme. Le compartiment était minuscule et les vibrations des moteurs faisaient frémir les cloisons et le lavabo en métal.

Kristen écarquilla les yeux et ouvrit la bouche, mais Harod *poussa* et elle ne dit rien. Il la regarda dans les yeux avec une telle férocité que la force de son regard était infiniment plus intense que la pression de sa main. Harod sentit une résistance et poussa de nouveau. Il perçut le courant de ses pensées et poussa avec encore plus de force, se frayant un chemin en elle comme un nageur remontant un torrent. Harod la sentit se débattre, physiquement d'abord, puis dans le tréfonds de son esprit. Il étreignit sa conscience rétive avec autant de fermeté qu'il avait jadis étreint sa cousine Elizabeth lorsque, au cours d'une bagarre d'enfants, Harod s'était retrouvé sur elle, le bas-ventre entre ses cuisses, lui maintenant fermement les poignets plaqués au sol, résistant aux convulsions de son pelvis par la seule force de son poids, embarrassé et excité par son érection soudaine et par les efforts violents et impuissants de sa captive.

Assez. La résistance de Kristen faiblit, puis disparut. Harod ressentit la même chaleur suprême et étourdissante qui l'envahissait quand il pénétrait physiquement une femme. Il y eut un calme soudain et une décontraction presque alarmante lorsque sa volonté envahit l'esprit de sa victime. Sa conscience d'elle-même vacilla comme chandelle au vent. Harod la laissa s'éteindre. Il ne fit aucun effort pour remonter le fil de ses pensées en quête du centre de son plaisir. Il ne perdit pas de temps à la caresser. Ce n'était pas son plaisir qui l'intéressait, mais sa soumission.

Ne bouge pas. Harod rapprocha encore son visage. Un fin duvet doré tapissait les joues roses de Kristen. Ses yeux étaient immenses, très bleus, leurs pupilles dilatées à l'extrême. Ses lèvres étaient humides et ouvertes. Harod les caressa doucement de la bouche, mordilla sa lèvre inférieure gonflée, puis inséra sa langue.

Kristen n'eut aucune réaction, excepté une légère exhalaison qui aurait pu être un soupir, un gémissement ou un cri si elle avait été libre. Elle avait goût de menthe. Harod lui mordilla de nouveau la lèvre, violemment cette fois-ci, puis se retira et sourit. Une minuscule goutte de sang perla à la bouche de la jeune femme et coula lentement sur son menton. Ses yeux regardaient Harod sans le voir, passifs, dénués de passion, mais il s'y devinait une lueur de terreur, tel le mouvement quasi imperceptible d'un animal derrière les barreaux de sa cage.

Harod lâcha son bras pour lui caresser la joue. Il savoura les sursauts impuissants de sa volonté, la fermeté du contrôle qu'il exerçait sur elle. Sa panique lui emplissait les narines comme un parfum entêtant. Il ignora la supplique qu'exprimait son agitation et s'engagea sur le chemin obscur mais familier qui conduisait aux centres moteurs de son esprit. Il modela sa conscience avec l'assurance d'un sculpteur pétrissant la glaise. Elle poussa un nouveau soupir.

Tiens-toi tranquille. Harod lui ôta son blazer et le laissa tomber dans le lavabo derrière elle. Son souffle court et la vibration des moteurs résonnaient dans le minuscule compartiment. L'avion s'inclina légèrement sur le côté et Harod fut projeté tout contre elle, cuisse contre cuisse. Son excitation accrut encore le pouvoir qu'il exerçait sur elle.

Pas un mot. Une écharpe de soie rouge et bleue aux couleurs de la compagnie était nouée autour de son cou. Harod ne s'en soucia point et déboutonna son chemisier avec un parfait doigté. Elle se mit à frissonner lorsqu'il extirpa le chemisier de sa jupe, mais il resserra son étau mental et elle cessa de trembler.

Kristen portait un soutien-gorge blanc tout simple. Ses seins lourds et pâles s'arrondissaient au-dessus du tissu. Harod sentit une inévitable tendresse s'épanouir en lui, un flot d'amour et de peine qui revenait toujours dans ces moments-là. Cela n'affectait en rien son contrôle.

La bouche de la jeune femme esquissa un mouvement. Salive et sang frémirent sur sa lèvre inférieure.

Ne bouge pas. Harod lui rabattit son chemisier derrière les épaules et le laissa pendre à ses bras ballants. Ses doigts tressaillirent. Il dégrafa son soutien-gorge et le remonta. Harod ouvrit son blouson de cuir et déboutonna sa chemise afin de frotter sa poitrine contre celle de sa victime. Ses seins étaient encore plus volumineux qu'il ne l'avait cru, lourds contre sa peau, d'un blanc si vulnérable, avec des mamelons si roses et si peu développés, que Harod sentit sa gorge se nouer tellement il aimait cette femme.

Tais-toi, tais-toi, tais-toi. Tiens-toi tranquille, salope. L'avion s'inclina violemment sur la gauche. Harod s'appuya contre elle, pesa de tout son poids sur elle, et se frotta aux doux renflements de son ventre.

Du bruit dans l'allée. Quelqu'un essaya de tourner le loquet. Harod souleva la jupe de Kristen et la retroussa sur ses larges hanches. Il abaissa son collant, le coinça sous son pied gauche, puis leva le genou droit pour écarter les jambes de la jeune femme et achever de l'en dépouiller, déchirant le nylon au passage. Elle portait un petit slip blanc sous son collant. Un fin duvet doré courait aussi sur ses cuisses. Ses jambes étaient d'une douceur et d'une fermeté incroyables. Harod ferma les yeux en signe de gratitude.

«Kristen? Tu es là?» C'était la voix du steward. Le loquet s'agita de nouveau. «Kristen? C'est moi, Curt.»

Harod baissa le slip de la jeune femme et ouvrit sa braguette. Son érection lui faisait mal. Il lui caressa le ventre juste au-dessus de la ligne de sa toison et ce contact le fit frissonner. L'avion entra dans une zone de turbulence. Un signal sonore retentit au loin. Harod saisit les fesses de sa proie, lui écarta les jambes et se glissa en elle alors que l'avion se mettait à trembler. Il sentit le bord du lavabo sous ses doigts lorsque tout le poids de sa victime reposa sur ses mains. Il y eut une seconde de résistance sèche, puis, pour la seconde fois, une bouleversante impression de chaleur et de reddition. Harod se pressa violemment contre elle. La dent de requin rebondit sur les seins écrasés.

«Kristen? Qu'est-ce qui se passe, bon sang? Le temps se gâte. Kristen?» L'avion s'inclina sur la droite. Le lavabo et les cloisons vibrèrent. Harod donna un coup de reins, pressa sa proie contre lui, en donna un deuxième.

«Vous cherchez l'hôtesse de l'air?» Harod reconnut la voix de Maria Chen à travers la porte. «Elle aidait une vieille dame qui était malade… très malade, j'en ai peur.»

Il y eut un murmure inintelligible. La sueur luisait entre les seins de Kristen. Harod la serra encore plus contre lui, la pressa, l'enserra dans l'étau de sa volonté, pénétra en elle, percevant le va-et-vient de son membre par l'entremise de ses pensées en plein désarroi, goûta le sel de sa chair et l'écume amère de sa panique, la força à bouger comme une immense marionnette molle, sentit l'orgasme monter en elle, non, en lui, les deux courants de pensées et de sensations se déversant dans un unique et noir chaudron de réaction physique.

«Je ne manquerai pas de l'en informer», dit Maria Chen. On tapa doucement à la porte, à quelques centimètres du visage de Harod.

Il se tendit, explosa, sentit le médaillon les érafler tous les deux, et enfouit son visage au creux du cou de Kristen. La tête de celle-ci était rejetée en arrière. Sa bouche était grande ouverte sur un cri silencieux et ses yeux fixaient le plafond bas.

L'avion tressauta et vira. Harod embrassa la sueur qui perlait à la gorge de sa victime et se baissa pour récupérer le slip. Ses doigts tremblaient lorsqu'il reboutonna le chemisier. Le collant était filé en plusieurs endroits. Il le fourra dans la poche de son blouson et défroissa la jupe de Kristen. Ses jambes étaient assez hâlées pour dissimuler l'absence de bas.

Harod relâcha peu à peu son emprise. Les pensées de Kristen étaient désordonnées, mélange confus de souvenirs et de rêves. Il la laissa renversée sur le lavabo pendant qu'il ouvrait le verrou.

«Il faut aller attacher votre ceinture, Tony.» La mince silhouette de Maria Chen emplissait le seuil.

«Ouais.

– Hein?» dit Kristen d'une voix absente. Ses yeux étaient toujours dans le vague. «Hein?» Elle se pencha au-dessus du bassin en acier et vomit doucement.

Maria entra et prit la jeune femme par les épaules. Lorsqu'elle eut fini de vomir, Maria lui épongea le visage avec une serviette mouillée. Harod resta dans le couloir, s'accrocha au montant de la porte pendant que l'avion tanguait comme un frêle esquif sur une mer déchaînée.

«Hein? demanda Kristen en regardant Maria Chen sans la voir. Je ne… pourquoi… souviens pas?»

Maria se tourna vers Harod tout en caressant le front de la jeune femme. «Vous feriez mieux d'aller vous asseoir, Tony. Vous allez avoir des ennuis si vous n'attachez pas votre ceinture.»

Harod regagna son siège et reprit le script qu'il avait commencé à lire. Maria Chen le rejoignit quelques instants plus tard. Le temps se calma. A l'avant, on entendait la voix soucieuse de Curt par-dessus le bruit des moteurs.

«Je ne sais pas, répondait Kristen d'une voix atone. Je ne sais pas.» Harod les ignora et rédigea quelques notes en marge du manuscrit. Quelques minutes plus tard, il leva les yeux et vit que Maria Chen le regardait. Il sourit, la commissure de ses lèvres incurvée vers le bas. «Je n'aime pas attendre mon deuxième verre», dit-il doucement.

Maria Chen se détourna et fixa les ténèbres où perçait la lumière rouge clignotant au bout de l'aile.

Le lendemain matin Tony Harod se rendit chez Willi de bonne heure. Le gardien reconnut sa Ferrari de loin et le portail était déjà ouvert lorsque la voiture fit halte devant lui.

«Bonjour, Chuck.

– Bonjour, Mr. Harod. Je ne vous ai jamais vu aussi matinal.

– Moi non plus, Chuck. Je dois encore fouiller dans la paperasse. Il faut que je fasse le point sur certains projets lancés par Willi. En particulier un truc intitulé *Traite des Blanches*.

– Oui, m'sieur, on en a parlé dans la presse.

– La maison est toujours bien gardée, Chuck?

– Oui, m'sieur, au moins jusqu'à la vente aux enchères le mois prochain.

– C'est McGuire qui vous paie?

– Oui, m'sieur. Avec l'argent de la succession.

– Bien. A tout à l'heure, Chuck. Faites attention à vous.

– Vous aussi, Mr. Harod.»

Il démarra sur les chapeaux de roue et accéléra encore en s'engageant dans la longue allée. Le soleil matinal créait un effet stroboscopique à travers l'écran des peupliers. Harod fit le tour de la fontaine asséchée qui se trouvait devant l'entrée principale et se gara près de l'aile ouest, là où Willi avait ses bureaux.

La maison de Bel Air de Bill Borden ressemblait à un palais importé d'une république bananière. Ses arpents de stuc, de carrelage rouge et de vitres innombrables resplendissaient dans la lumière du matin. Ses portes s'ouvraient sur des patios bordés de galeries ombragées qui donnaient sur de vastes pièces bien aérées, reliées à d'autres patios par des couloirs carrelés. La maison semblait avoir été bâtie au fil des générations, alors qu'elle avait été édifiée durant l'été 1938 par un petit magnat du cinéma qui était mort trois ans plus tard en visionnant des rushes.

Harod se servit de sa clé pour pénétrer dans l'aile ouest. Les stores vénitiens projetaient des bandes jaunes sur la moquette du bureau des secrétaires. Celui-ci était propre et net, les tables vierges de paperasse et les machines à écrire sous leurs housses. Harod eut un petit pincement au cœur en pensant à l'agitation qui régnait d'ordinaire dans cette pièce. Le bureau de Willi était à deux portes de là, derrière la salle de conférences.

Harod sortit un bout de papier de sa poche et ouvrit le coffre-fort. Il posa les chemises de différentes couleurs et les documents sous pli au centre du large bureau blanc de Willi. Il déverrouilla le classeur et soupira. La matinée s'annonçait longue.

Trois heures plus tard, Harod s'étira, bâilla et écarta son siège du bureau en désordre. Il n'avait rien trouvé parmi les papiers de William Borden qui soit susceptible d'embarrasser quiconque, excepté quelques pique-assiette et quelques cinéphiles. Harod se leva et boxa quelques instants avec son ombre. Il se sentait agile et léger dans ses Adidas. Il portait un jogging bleu clair, ouvert aux chevilles et aux poignets. Il avait faim. Il remonta d'un pas souple et presque silencieux le couloir principal de l'aile gauche, traversa un patio orné d'une fontaine, longea une terrasse ouverte assez vaste pour abriter un congrès du syndicat des acteurs, et entra dans la cuisine par la porte sud. Le réfrigérateur était encore bien garni. Il avait débouché un magnum de champagne et se préparait une tartine de mayonnaise lorsqu'il entendit un bruit. La bouteille de champagne à la main, il traversa l'immense salle à manger et entra dans le salon.

«Hé, qu'est-ce que vous foutez ici?» cria Harod. A dix mètres de lui, un homme était occupé à fouiller les étagères où Willi rangeait ses cassettes vidéo. Il se redressa vivement et l'ombre de son torse envahit l'écran de plus de trois mètres de large.

«Oh, c'est vous», dit Harod. Il s'agissait d'un des petits amis de Willi que McGuire et lui avaient chassés de la maison quelques jours plus tôt. Il était très jeune, très blond, et arborait un bronzage que peu de personnes au monde pouvaient se permettre d'entretenir. Il mesurait plus d'un mètre quatre-vingts et n'était vêtu que d'un short moulant et de tennis. Son torse nu n'était qu'un ondoiement de muscles. Ses deltoïdes et ses pectoraux témoignaient à eux seuls des centaines d'heures qu'il avait passées à soulever des haltères et à lutter contre une machine Universal. En voyant son ventre, Harod eut l'impression qu'on pouvait casser des briques dessus.

«Ouais, c'est moi.» Harod trouva que sa voix ressemblait davantage à celle d'un Marine qu'à celle d'un minet de Malibu. «Ça vous dérange?»

Harod eut un soupir de lassitude et avala une bonne gorgée de champagne. Il s'essuya la bouche. «Foutez le camp d'ici, mon vieux. C'est une propriété privée.»

Une moue plissa le visage du bel éphèbe bronzé. «Ah ouais, et alors? Bill était un ami à moi.

— Tiens donc.

— J'ai le droit de venir ici. Une grande amitié nous liait.

— Ouais, et aussi un tube de vaseline. Maintenant, foutez le camp d'ici avant qu'on vous jette dehors.

— Ah ouais? Et qui va me jeter dehors?

— Moi.

— Tout seul comme un grand?» Le jeune homme se dressa de toute sa taille et fit rouler ses muscles. Harod ne savait pas si c'étaient des biceps ou des triceps qu'il voyait ; tous ses muscles semblaient s'entremêler comme des hamsters en train de forniquer sous une couverture.

« Moi et les flics, dit Harod en se dirigeant vers un téléphone posé près du canapé.

– Ah ouais ? » Le jeune homme prit le combiné de la main de Harod, puis arracha le cordon du téléphone. Sur sa lancée, il saisit le fil et l'arracha à la prise murale.

Harod haussa les épaules et posa la bouteille de champagne. « On se calme, mon chou. Il y a d'autres téléphones dans cette baraque. Willi avait plein de téléphones. »

En trois enjambées, le jeune homme se retrouva devant Harod, lui bloquant le passage. « Pas si vite, fumier.

– Fumier ? Bon Dieu, on ne m'avait pas dit ça depuis que j'ai quitté le lycée d'Evanston. T'as d'autres compliments en réserve, mon chou ?

– Ne m'appelle pas mon chou, connard.

– Celui-là, je l'ai souvent entendu », et Harod fit mine de contourner l'intrus. Celui-ci lui posa trois doigts sur la poitrine et poussa. Harod rebondit sur l'accoudoir du canapé. Le jeune homme se recula et se mit en position de combat, les bras levés selon des angles bizarres. « Karaté ? dit Harod. Hé, c'est pas la peine de te fâcher comme ça. » Un tremblement infime était perceptible dans sa voix.

« Connard, dit le jeune homme. Fumier, fils de pute.

– Oh-oh, tu commences à radoter. Ça doit être l'âge. » Harod fit mine de s'enfuir. Le jeune homme bondit. Lorsque Harod se retourna, la bouteille de champagne était de nouveau dans sa main. Elle décrivit un arc de cercle qui s'acheva sur la tempe gauche de l'intrus. La bouteille ne se brisa pas. Il y eut un bruit sourd évoquant curieusement celui d'une cloche dont le battant aurait été remplacé par un chat mort, et le jeune homme se retrouva à genoux, dodelinant de la tête. Harod s'avança et shoota dans un ballon imaginaire situé juste en dessous de son menton.

« Argh ! » hurla Tony Harod en saisissant son Adidas. Il sautilla à cloche-pied pendant que le jeune homme allait rebondir sur les coussins du canapé pour atterrir ensuite devant lui, agenouillé comme un pécheur repentant. Harod saisit une lourde lampe mexicaine et en frappa son beau visage. Contrairement à la bouteille, la lampe se brisa de façon tout à fait satisfaisante. Ainsi que le nez du jeune homme et divers autres détails de son visage. Il s'effondra sur l'épaisse moquette comme un homme-grenouille plongeant de son radeau.

Harod l'enjamba et se dirigea vers le téléphone de la cuisine. « Chuck ? Ici Tony Harod. Dites à Leonard de vous remplacer à votre poste et venez jusqu'ici en voiture, voulez-vous ? Willi a laissé un tas d'ordures qu'il faut emporter à la décharge. »

Plus tard, après que le petit ami de Willi eut été conduit en salle des urgences, Harod mangea un sandwich au pâté arrosé de champagne, puis retourna examiner la vidéothèque de Willi. Elle contenait plus de trois cents cassettes. Certaines étaient des copies des premiers triomphes de Willi — des films inoubliables comme *Trois sur une balançoire, La Créature de la plage* et *Souvenirs de Paris.* On y trouvait aussi les films que Harod avait coproduits avec Willi, tels que *Massacre au bal du lycée, Les enfants sont morts* et deux suites de *La Nuit de Walpurgis.* Plus des vieux classiques du cinéma de minuit, des bouts d'essai, des chutes, un téléfilm-pilote, trois épisodes de « A toi et à moi », la série télé ringarde que Willi avait tenté de lancer, une collection complète des films X de Jerry Damiano, quelques nouveautés, et d'autres cassettes au contenu indéterminé. Le petit ami en avait prélevé plusieurs et Harod s'agenouilla pour les examiner. La première était étiquetée *A & B.* Harod brancha le magnétoscope et y inséra la cassette. Un titre apparut sur l'écran : « Alexander et Byron 4/23 ».

L'immense piscine de Willi apparut à l'image. La caméra fit un travelling latéral sur la droite, s'arrêtant sur la porte de la chambre de Willi sans s'attarder sur la chute d'eau artificielle. Un jeune homme mince vêtu d'un maillot de bain rouge apparut en pleine lumière. Il fit un signe à la caméra dans le plus pur style «film de vacances», puis s'immobilisa au bord de la piscine, un peu gêné, évoquant irrésistiblement l'image d'une Vénus anémique et plate posant pour Botticelli. Soudain, le petit ami musclé jaillit de l'ombre. Il portait un maillot de bain rouge encore plus minuscule que celui de son partenaire et il prit immédiatement une série de poses de culturiste. Le jeunot élancé — Alexander? — mima son admiration. Harod savait que Willi possédait un excellent système de prise de son relié à ses caméras vidéo, mais cette bobine de cinéma-vérité était aussi muette qu'un vieux film de Charlot.

Le petit ami acheva sa démonstration par une rotation du torse à se déboîter les vertèbres. Alexander s'était mis à genoux, prosterné aux pieds du dieu Adonis. Tandis que celui-ci gardait la pose, l'adorateur tendit une main et abaissa le slip de sa divinité. Le bronzage du jeune homme était bel et bien parfait. Harod éteignit le magnétoscope.

«Byron? marmonna-t-il. Seigneur.» Il retourna près des étagères. Au bout d'un quart d'heure, il avait trouvé la cassette qu'il cherchait. Étiquetée «En cas de malheur», elle était rangée juste après *Dans la chaleur de la nuit* et *De sang-froid*. Harod alla s'asseoir sur une ottomane et manipula la cassette un long moment. Une boule lui pesait sur l'estomac et il avait envie de ficher le camp sans tarder. Il inséra la cassette dans le magnétoscope, appuya sur la touche PLAY et se pencha en avant.

«Salut, Tony, dit Willi, bonjour d'outre-tombe.» Son image était plus grande que nature. Il était assis sur une chaise longue près de sa piscine. Derrière lui, les palmiers ondoyaient sous la brise, mais personne d'autre, pas même un serviteur, ne se trouvait dans le champ. Les cheveux blancs de Willi étaient peignés vers l'avant, mais Harod distinguait des coups de soleil sur sa calvitie. Le vieil homme portait une chemise hawaiienne déboutonnée et un ample short vert. Ses genoux étaient tout blancs. Harod sentit son cœur battre plus fort. «Si vous avez trouvé cette cassette, dit la voix de Willi, je me vois obligé de supposer qu'un malheur m'a arraché à votre affection. Tony, j'espère que vous êtes le premier à avoir trouvé ce… mmm… cet ultime testament, et que vous êtes le seul à le visionner.»

Harod serra les poings. Il ne savait pas exactement quand cette cassette avait été enregistrée, mais c'était sans doute récemment.

«J'espère que vous vous êtes occupé des projets que nous pourrions avoir en cours, dit Willi. Je sais que la compagnie de production sera en de bonnes mains. Détendez-vous, mon ami, et si mon testament a déjà été lu, ne vous inquiétez pas. Cette cassette ne contient aucun codicille surprise. La maison est à vous. Ceci n'est qu'une rencontre entre deux vieux amis, *ja*?»

«Bordel», souffla Harod. Il commençait à avoir la chair de poule.

«… profitez bien de cette maison, disait Willi. Je sais que vous ne l'avez jamais aimée, mais vous n'aurez aucune difficulté à la convertir en capital si le besoin s'en fait sentir. Peut-être pourriez-vous l'utiliser pour monter notre *Traite des Blanches,* hein?»

La cassette était *très* récente. Harod frissonna en dépit de la chaleur.

«Je n'ai pas grand-chose à vous dire, Tony. Vous serez d'accord avec moi pour reconnaître que je vous ai traité comme un fils, *nicht wahr?* Enfin, sinon comme un fils, du moins comme un neveu bien-aimé. Et cela en dépit du fait que vous n'ayez pas toujours été aussi honnête avec moi que vous auriez pu l'être. Vous avez des amis dont vous ne m'avez jamais parlé… n'est-il pas vrai? Enfin, nulle amitié n'est parfaite, Tony. Peut-être ne vous ai-je pas tout dit au sujet de mes propres amis. Chacun de nous doit vivre sa vie, non?»

Harod se redressa, retenant son souffle.

«Ça n'a plus d'importance maintenant», dit Willi. Il se détourna de l'objectif pour contempler les taches de lumière qui dansaient dans la piscine. «Si vous visionnez cette cassette, cela veut dire que j'ai disparu. Personne n'est éternel, Tony. Vous le comprendrez quand vous aurez mon âge…» Willi se retourna vers la caméra. «*Si* vous atteignez mon âge.» Il sourit. Son dentier était parfait. «J'ai encore trois choses à vous dire, Tony. Premièrement, je regrette que vous n'ayez jamais appris à jouer aux échecs. Vous savez combien c'est important pour moi. C'est beaucoup plus qu'un jeu, mon ami. *Ja,* c'est beaucoup plus qu'un jeu. Vous m'avez dit un jour que vous étiez trop occupé à vivre votre vie pour perdre du temps à de tels jeux. Eh bien, vous avez encore le temps d'apprendre, Tony. Même un mort pourrait vous aider à apprendre. *Zweitens,* deuxièmement, je dois vous dire que j'ai toujours détesté ce nom, Willi. Si nous devions nous rencontrer dans l'autre monde, Tony, je vous prierais de m'appeler différemment. Herr von Borchert conviendrait parfaitement. Ou Der Meister. Croyez-vous en l'autre monde, Tony? Moi, j'y crois. Je suis sûr qu'il existe. Comment imaginez-vous un tel endroit, hein? J'ai toujours pensé que le paradis était une île merveilleuse où l'on ne manquait de rien, où l'on rencontrait des gens à la conversation intéressante, et où l'on pouvait Chasser tout son soûl. Une bien belle image, n'est-ce pas?»

Harod cilla. Il avait souvent entendu l'expression «avoir des sueurs froides», mais il n'en avait jamais fait l'expérience. Jusqu'à aujourd'hui.

«Finalement, Tony, je dois vous poser une question. Harod : quel genre de nom est-ce là, hein? Vous vous dites issu d'une famille chrétienne du Middle West et vous invoquez souvent le nom du Seigneur, mais je pense que le nom de Harod a d'autres origines, pas vrai? Je pense que mon cher neveu est peut-être juif. Enfin, ça n'a plus d'importance maintenant. Nous en reparlerons si jamais nous nous revoyons au paradis. En attendant, cette cassette ne s'arrête pas là, Tony. J'y ai ajouté quelques extraits du journal télévisé. Vous les trouverez instructifs, même si, d'habitude, vous n'avez pas le temps de vous intéresser à ce genre de choses. Adieu, Tony. Ou plutôt : *Auf Wiedersehen.* » Willi fit un signe à la caméra. L'image disparut quelques instants, puis fit place à un reportage vieux de cinq mois sur l'arrestation de l'Étrangleur d'Hollywood. D'autres documents suivirent, consacrés à des meurtres commis durant l'année écoulée. La cassette s'acheva vingt-cinq minutes plus tard et Harod éteignit le magnétoscope. Il se prit la tête dans les mains et resta immobile un long moment. Finalement, il se leva, éjecta la cassette, l'empocha et s'en fut.

Il prit le chemin des écoliers pour rentrer chez lui, roulant à vive allure, passant les vitesses avec brusquerie, pénétrant sur la Hollywood Freeway à plus de 120 km/h. Personne ne l'arrêta. Son jogging était humide de transpiration lorsqu'il entra dans son jardin et pila net sous les yeux furibonds de son satyre.

Harod alla au bar de son jacuzzi et se servit une vodka bien tassée. Il l'engloutit en quatre gorgées et sortit la cassette de sa poche. Il tira sur la bande magnétique et la déroula sur le sol, l'arrachant aux deux bobines de plastique. Il lui fallut plusieurs minutes pour brûler la bande dans le vieux barbecue de la terrasse. Un résidu fondu gisait parmi les cendres. Harod cogna à plusieurs reprises la cassette vide sur la cheminée en pierre du barbecue. Il jeta la boîte fracassée dans une poubelle et alla se servir une nouvelle vodka, coupée cette fois-ci de jus de citron.

Harod se dévêtit et s'immergea dans le jacuzzi. Il était sur le point de s'assoupir lorsque Maria Chen entra avec le courrier du jour et un magnétophone Sony.

« Laissez ça là », dit-il, et il se remit à somnoler. Un quart d'heure plus tard, il ouvrit les yeux et commença à trier le paquet d'enveloppes, s'interrompant de temps en temps pour dicter quelques brèves instructions. Quatre nouveaux scénarios étaient arrivés. Tom McGuire lui avait envoyé un tas de paperasses relatives à la maison de Willi, à la vente aux enchères et aux impôts. Il était invité à trois réceptions et il prit note de confirmer pour l'une d'elles. Dans sa lettre manuscrite, Michael May-Dreinan, ce jeune scribouillard insolent, se plaignait que Schubert Williams, le metteur en scène, était déjà en train de réécrire son scénario alors que *ce foutu truc n'était même pas encore achevé.* Harod pouvait-il intervenir ? Sinon Dreinan laisserait tomber le projet. Harod jeta la lettre au loin et ne dicta aucune réponse.

La dernière lettre était glissée dans une enveloppe rose postée à Pacific Palisades. Harod la déchira. Le papier à lettres était assorti à l'enveloppe et discrètement parfumé. La missive était rédigée d'une écriture soignée, avec des ronds en guise de points sur les i.

Cher Mr. Harod,

Je ne sais pas ce qui m'a pris samedi dernier. Je ne le comprendrai jamais. Mais je ne vous en veux pas et je vous pardonne, même si je ne peux pas me pardonner.

Loren Sayles, mon imprésario, a reçu aujourd'hui les contrats relatifs au rôle que vous m'avez proposé. J'ai dit à Loren et à ma mère qu'il devait s'agir d'une erreur. Je leur ai dit que j'avais parlé de ce film avec Mr. Borden peu de temps avant son décès, mais sans m'engager à quoi que ce soit.

Je ne saurais être associée à un tel projet à ce stade de ma carrière, Mr. Harod. Je suis *sûre* que vous comprendrez ma position. Cela ne nous empêchera pas de travailler ensemble sur un autre film à l'avenir. J'espère que vous comprendrez ma décision et que vous ne dresserez aucun obstacle — fût-ce un détail embarrassant — qui soit de nature à compromettre nos relations futures.

Je sais que je peux compter sur vous pour agir comme il convient en la circonstance, Mr. Harod. Samedi dernier, vous avez affirmé savoir que j'étais membre de l'Église de Jésus-Christ des Saints des Derniers Jours. Vous devez également comprendre que ma foi est forte et que mes responsabilités envers le Seigneur et Ses lois doivent passer avant toute autre considération.

Je prie de tout mon cœur pour que Dieu vous aide à comprendre quelle est la meilleure façon d'agir.

Très sincèrement,
Shayla Berrington

Harod remit la lettre parfumée dans son enveloppe. *Shayla Berrington.* Il l'avait presque oubliée. Il prit le petit magnétophone et colla ses lèvres au micro. « Maria, lettre à Tom McGuire. Cher Tom. Je m'occuperai de la paperasse dès que possible. Prépare la vente aux enchères comme prévu. A la ligne. Enchanté de savoir que les chutes X que je t'avais envoyées pour l'anniversaire de Cal vous ont plu. Je pensais bien que ça vous botterait. Je vous envoie une autre cassette qui risque de vous amuser. Ne me demandez pas d'où ça vient et prenez votre pied. Faites autant de copies qu'il vous plaira. Peut-être que ça fera rigoler Mary Sandborne et ses copains de Four Star. A la ligne. Je t'enverrai l'acte de cession dès que possible. Mon comptable te contactera. A la ligne. Meilleur souvenir à Sarah et aux gamins. A la ligne. Amicalement. Oh, Maria, faites-moi signer cette lettre dès aujourd'hui, d'accord ? Joignez-y la cassette VHS n°165. Et, Maria… envoyez-moi ça en exprès. »

6.
Charleston,
mardi 16 décembre 1980

La jeune femme se tenait immobile, les bras tendus, les deux mains serrées sur la crosse du pistolet braqué sur la poitrine de Saul Laski. Celui-ci savait qu'elle risquait de tirer s'il sortait de la garde-robe, mais rien au monde n'aurait pu le forcer à rester dans ce sombre réduit où la puanteur de la Fosse montait à ses narines. Il émergea en trébuchant dans la lumière grise de la chambre.

La femme recula d'un pas sans baisser son arme. Elle ne tira pas. Saul inspira profondément à plusieurs reprises et remarqua qu'elle était jeune, noire, et qu'il y avait des gouttes de pluie sur son imperméable blanc et sur ses cheveux courts coiffés à l'afro. Peut-être était-elle séduisante, mais Saul ne voyait que l'arme qu'elle braquait sur lui. C'était un petit pistolet automatique — un calibre 32, pensa-t-il — mais en dépit de sa petite taille, la gueule noire de son canon retenait totalement son attention.

«Les mains en l'air», dit-elle. Sa voix était douce, sensuelle, et son accent fleurait le Sud sans être fruste. Saul leva les mains et croisa les doigts sur sa nuque.

«Qui êtes-vous?» demanda-t-elle. Elle tenait toujours l'automatique des deux mains, mais ne semblait pas se fier à son arme. Elle était trop près de lui, à un mètre vingt environ. Saul savait qu'il aurait sans doute le temps de détourner le canon avant qu'elle n'appuie sur la détente. Mais il ne bougea pas. «Qui êtes-vous? répéta-t-elle.

« – Je m'appelle Saul Laski.

– Que faites-vous ici ?

– Je pourrais vous poser la même question.

– Répondez-moi. » Elle leva un peu plus son arme pour l'encourager. Saul savait à présent qu'il avait affaire à un amateur, une femme à qui la télévision avait fait croire que les armes à feu étaient des baguettes magiques conçues pour faire obéir les gens. Il l'étudia du regard. Elle était plus jeune qu'il ne l'avait cru de prime abord, à peine une vingtaine d'années. Elle avait un visage ovale et séduisant, des traits délicats, des lèvres pleines et de grands yeux qui paraissaient noirs dans la pénombre. Sa peau avait la couleur du café-crème.

« Je jette un coup d'œil », dit Saul. Sa voix était posée, mais il constata avec intérêt que son corps réagissait comme d'habitude dans de telles circonstances ; ses testicules s'efforçaient de remonter dans son ventre et il avait une envie irrésistible de se cacher derrière quelqu'un, derrière n'importe qui, y compris lui-même.

« Cette maison a été scellée par la police », dit-elle. Saul remarqua qu'elle n'avait pas détaché les syllabes du mot « police », contrairement à l'usage de tant de Noirs américains de New York.

« Oui, je sais.

– Que *faites-vous* ici ? »

Saul hésita. Il la regarda dans les yeux. Il y lut de l'anxiété, de la tension et une forte détermination. Ces émotions humaines le rassurèrent et le convainquirent de lui dire la vérité. « Je suis médecin. Psychiatre. Je m'intéresse aux meurtres qui ont été perpétrés ici la semaine dernière.

– Un psychiatre ? » La jeune femme semblait dubitative. Le pistolet ne trembla point. La maison, à présent presque entièrement plongée dans les ténèbres, n'était éclairée que par le réverbère de la cour. « Pourquoi êtes-vous entré par effraction ? » demanda-t-elle.

Saul haussa les épaules. « Je craignais que les autorités me refusent la permission d'examiner les lieux. J'espérais trouver quelque chose qui puisse m'aider à expliquer les événements. Je pense que je ne trouverai rien.

– Je devrais appeler la police.

– Faites. Je n'ai pas vu de téléphone au rez-de-chaussée, mais il y en a sûrement un quelque part. Appelons la police. Appelons le shérif Gentry. Je serai inculpé pour effraction. Quant à vous, vous le serez pour effraction, agression caractérisée et port d'arme prohibée. Cette arme n'est pas déclarée, je suppose ? »

La jeune femme avait sursauté en entendant le nom de Gentry. Elle passa outre à la question de Saul. « Que savez-vous sur les meurtres de samedi dernier ? » Sa voix faillit se briser lorsqu'elle prononça le mot « meurtres ».

Saul s'étira pour calmer la douleur qui lui taraudait la nuque et les bras. « Je ne sais que ce que j'en ai lu. Bien que j'aie connu une des victimes de son vivant : Nina Drayton. Je pense que cette affaire est plus complexe que ne l'imaginent le shérif Gentry et Haines, l'agent du F.B.I.

– Que voulez-vous dire ?

– Je veux dire que neuf personnes ont été tuées dans cette ville samedi dernier, et que personne ne peut expliquer leur mort. Mais je pense que ces personnes ont un point commun qui a échappé aux enquêteurs. J'ai mal aux bras, mademoiselle. Je vais les baisser, mais je ne bougerai plus ensuite. » Il baissa les mains avant qu'elle ait eu le temps de réagir. Elle fit un pas en arrière. La vieille maison craquait autour d'eux. Quelque part dans la rue, un autoradio brailla pendant une seconde, puis se tut.

« Je pense que vous mentez, dit la jeune femme. Peut-être que vous êtes un banal cambrioleur. Ou une espèce de goule en quête de souvenirs. Ou peut-être que vous êtes vous-même mêlé à cette série de meurtres. »

Saul resta muet. Il examina la jeune femme dans l'obscurité. Le petit automatique était à peine visible dans ses mains. Il percevait sans peine son indécision. Finalement, il prit la parole. « Preston. Joseph Preston, le photographe. Sa femme ? Non, pas sa femme. Le shérif Gentry m'a dit que Mr. Preston vivait ici depuis… depuis vingt-six ans, je crois. Sa fille, peut-être. Oui, sa fille.»

La jeune femme fit un autre pas en arrière.

«Votre père a été tué en pleine rue, dit Saul. Un meurtre brutal. Insensé. Les autorités ne peuvent vous donner aucune explication concluante et leurs réponses ne vous satisfont pas. Alors vous attendez. Vous observez. Peut-être surveillez-vous cette maison depuis plusieurs jours. Puis un Juif new-yorkais coiffé d'un bob escalade la barrière. *Peut-être que je vais apprendre quelque chose,* pensez-vous. Est-ce que je me trompe?» La jeune femme resta muette, mais elle abaissa son arme. Saul vit ses épaules frémir et se demanda si elle pleurait.

«Eh bien, dit-il en lui posant une main sur le bras, peut-être que je *peux* vous aider. Peut-être que nous pourrons trouver ensemble un sens à ces événements insensés. Venez, quittons cette maison. Elle pue la mort.»

La pluie avait cessé. Le jardin sentait l'humus et la terre mouillée. La jeune femme conduisit Saul jusqu'à la remise, près de laquelle elle avait ouvert une brèche dans la grille. Il se faufila derrière elle. Saul remarqua qu'elle avait rangé le pistolet dans la poche de son imperméable blanc. Ils s'avancèrent dans l'allée cendrée qui crissait doucement sous leurs pas. La nuit était fraîche.

«Comment saviez-vous qui j'étais? demanda-t-elle.

– Je ne le savais pas. Je l'ai deviné.»

Une fois dans la rue, ils restèrent silencieux une minute. «Ma voiture est garée devant la maison, dit finalement la jeune femme.

– Ah bon? Comment m'avez-vous vu entrer, alors?

– Je vous ai remarqué quand vous êtes passé devant la porte. Vous regardiez les maisons avec attention et vous avez failli vous arrêter devant celle-ci. Quand vous vous êtes éloigné, je suis allée faire un tour derrière.

– Hmmm. Je ferais un bien piètre espion.

– Vous êtes vraiment psychiatre ?

– Oui.

– Mais vous n'êtes pas d'ici.

– Non. De New York. Je travaille parfois à la clinique de l'université de Columbia.

– Vous êtes citoyen américain ?

– Oui.

– Votre accent. C'est un accent… allemand, peut-être ?

– Non. Je suis né en Pologne. Comment vous appelez-vous ?

– Natalie. Natalie Preston. Mon père était… mais vous savez déjà tout.

– Non. Je ne sais pas grand-chose. En ce moment, il y a une seule chose que je sais avec certitude.

– Laquelle ?» Le regard de la jeune femme était chargé d'intensité.

«Je suis affamé. Je n'ai rien mangé depuis le petit déjeuner, et je n'ai rien bu à part l'horrible café que m'a offert le shérif. Si vous voulez bien m'accompagner pour dîner, nous pourrions poursuivre cette conversation.

– Oui, mais à deux conditions.

– Lesquelles ?

– Premièrement, vous me donnerez toutes les informations susceptibles selon vous d'expliquer le meurtre de mon père.

– Oui ?

– Et deuxièmement, vous enlèverez ce bob tout mouillé pendant le repas.

– Accordé.»

Le restaurant s'appelait Chez Henry et se trouvait à quelques pâtés de maisons de là, près du vieux marché. Vu de l'extérieur, il ne payait pas de mine. Sa façade blanchie à la chaux était dépourvue de vitrine et de décoration, excepté une enseigne lumineuse accrochée au-dessus de la porte. L'intérieur était sombre, vieillot, et rappela à Saul une auberge des environs de Lodz que sa famille avait l'habitude de fréquenter durant son enfance. Des Noirs élancés en veste blanche allaient et venaient discrètement entre les tables. L'atmosphère était imprégnée d'un parfum stimulant de vin, de bière et de fruits de mer.

«Excellent, dit Saul. Si le goût des plats correspond à leur parfum, ce sera une merveilleuse expérience.» Il ne se trompait pas. Natalie commanda une salade de crevettes, Saul des brochettes d'espadon aux petits légumes. Ils burent du vin blanc frais et abordèrent tous les sujets, sauf celui dont ils avaient prévu de discuter. Natalie apprit que Saul vivait seul mais qu'il était persécuté par une gouvernante mi-yenta, mi-psychothérapeute. Il affirma à Natalie qu'il n'aurait jamais besoin de consulter un collègue tant que Tema continuerait à lui expliquer ses névroses et à leur chercher des remèdes.

«Vous n'avez pas de famille, alors? demanda Natalie.

— Rien qu'un neveu aux États-Unis, dit Saul en adressant un hochement de tête au garçon qui venait débarrasser la table. J'ai un cousin en Israël, ainsi que plusieurs parents éloignés.»

Saul parvint à apprendre que la mère de Natalie était morte quelques années auparavant et que Natalie poursuivait actuellement des études supérieures. «Vous dites que vous fréquentez une faculté du Nord? demanda-t-il.

— Ce n'est pas tout à fait le Nord. C'est à Saint Louis. L'université Washington.

— Pourquoi avez-vous choisi un établissement aussi éloigné? Il y a une fac à Charleston. Un de mes amis a donné des cours dans une université de Caroline du Sud... Columbia, c'est ça?

— Oui.

— Et le collège de Wofford. C'est en Caroline du Sud, n'est-ce pas?

— Bien sûr. Et il y a aussi l'université Bob Jones à Greenville, mais mon père voulait que j'aille le plus loin possible de ce qu'il appelait la Ceinture des Bouseux. L'université Washington à Saint Louis a un excellent centre de formation des enseignants… un des meilleurs parmi ceux qui acceptent les diplômés en arts plastiques. Ou du moins les boursiers.

– Vous êtes artiste ?

– Photographe. Parfois cinéaste. Un peu dessinatrice et peintre. J'ai aussi un diplôme de lettres. J'ai étudié à Oberlin, dans l'Ohio. Ça vous dit quelque chose ?

– Oui.

– Bref, une de mes amies — une excellente aquarelliste du nom de Diana Gold — m'a convaincue que le métier d'enseignante était formidable. Mais pourquoi suis-je en train de vous raconter tout ça ? »

Saul sourit. Le garçon vint leur apporter la note et Saul insista pour payer. Il laissa un généreux pourboire.

« Vous n'allez rien me dire, n'est-ce pas ? » demanda Natalie. Sa voix avait des accents peinés.

« Au contraire. Je vais probablement vous en dire plus que je n'en ai jamais dit à quiconque. La question est : pourquoi ?

– Que voulez-vous dire ?

– Je veux dire… pourquoi avons-nous une telle confiance l'un dans l'autre ? Vous surprenez un inconnu qui entre par effraction dans une maison, et deux heures plus tard nous voilà en train de bavarder après un excellent repas. Je rencontre une jeune femme qui me menace d'un pistolet, et en moins de quelques heures je suis prêt à partager avec elle des choses que j'ai gardées secrètes pendant plusieurs années. Pourquoi, Ms. Preston ?

– Miss Preston. Natalie. Je ne peux que parler pour moi.

– Alors allez-y, je vous en prie.

– Vous avez un visage honnête, docteur Laski. Peut-être le mot "honnête" est-il mal choisi. Un visage *compatissant*. Vous avez connu la tristesse… » Natalie s'interrompit.

« Nous avons tous connu la tristesse », dit doucement Saul.

La jeune Noire hocha la tête. « Mais il y a certaines

personnes auxquelles elle n'a rien appris. Je pense que ce n'est pas votre cas. C'est… c'est dans vos yeux. Je ne sais pas comment l'exprimer autrement.

– C'est donc là-dessus que nous fondons nos jugements et notre avenir? Les yeux d'une personne?»

Natalie se tourna vers lui. «Pourquoi pas? Existe-t-il un meilleur moyen?» Ce n'était pas un défi mais une question sérieuse.

Saul secoua lentement la tête. «Non. Peut-être n'existe-t-il pas de meilleur moyen. Du moins au début.»

Ils sortirent du Charleston historique et prirent la direction du sud-ouest, Saul suivant la Nova verte de la jeune femme au volant de sa Toyota de location. Ils traversèrent l'Ashley River sur l'autoroute 17 et firent halte quelques minutes plus tard dans un quartier du nom de Saint Andrews. Les maisons étaient en majorité blanches, d'aspect modeste mais bien entretenues. Saul se gara dans l'allée derrière la voiture de Natalie Preston.

L'intérieur de la maison était propre et confortable : un vrai foyer. Dans la salle de séjour, un fauteuil à oreillettes et un canapé bien rembourré se disputaient l'espace disponible. La cheminée était prête à accueillir un feu; au-dessus d'elle se trouvaient une plante verte et plusieurs photos de famille encadrées. Il y avait d'autres cadres sur le mur, mais ils abritaient des œuvres d'art, pas des instantanés. Saul les examina une par une tandis que Natalie allumait les lumières et rangeait son imperméable.

«Ansel Adams», dit Saul en contemplant une superbe photo en noir et blanc montrant un petit village désert et son cimetière baigné par la lumière du soir sous une lune pâlotte. «J'ai entendu parler de lui.» Sur une autre épreuve, un banc de brume envahissait une ville nichée sur le flanc d'une colline.

«Minor White, dit Natalie. Mon père l'a bien connu dans les années 50.»

Il y avait des œuvres signées Imogen Cunningham, Sebastian Milito, George Tice, André Kertész et Robert Frank. Saul tomba en arrêt devant la photo due à ce dernier. Un homme vêtu d'un costume sombre, une canne à la main, se tenait sous la véranda d'un vieil immeuble, maison ou hôtel. Un escalier conduisant à une seconde véranda dissimulait le visage du sujet. Saul avait envie de faire deux pas de côté pour l'identifier. Quelque chose dans cette photo suscitait en lui une profonde tristesse. «Je regrette de ne pas connaître tous ces noms, dit-il. Ce sont des photographes célèbres?

— Certains. Ces épreuves valent aujourd'hui cent fois le prix que mon père les a payées, mais il ne les vendra jamais.»

Silence. Saul prit un instantané montrant une famille noire en train de pique-niquer. L'épouse avait un sourire chaleureux et ses cheveux étaient coiffés dans le style du début des années 60. «Votre mère?

— Oui. Elle est morte dans un accident bizarre en juin 1968. Deux jours après l'assassinat de Robert Kennedy. J'avais neuf ans.»

Sur la photographie, une petite fille était debout sur la table de pique-nique, tout sourire, lorgnant son père. A côté de cette photo se trouvait un portrait du père de Natalie à un âge plus avancé, sérieux et plutôt bel homme. En voyant sa petite moustache et ses yeux brillants, Saul pensa à Martin Luther King en plus maigre. «C'est un très beau portrait, dit-il.

— Merci. Je l'ai fait l'été dernier.»

Saul regarda autour de lui. «Il n'y a aucune œuvre de votre père?

— Par ici, dit Natalie en le conduisant vers la salle à manger. Papa ne voulait pas les accrocher dans la même pièce que les autres.» Quatre photographies en noir et blanc décoraient un large mur au-dessus d'une épinette. Les deux premières étaient des études de lumière sur de vieilles maisons en brique. La troisième était une vue au grand angle d'une plage et d'un océan s'étendant à l'infini sous une lumière fabuleuse. La quatrième, qui montrait un sentier forestier, était un chef-d'œuvre de composition.

«Elles sont merveilleuses, dit Saul, mais on ne voit personne dessus.»

Natalie eut un petit rire. «C'est vrai. Papa gagnait sa vie en faisant des portraits et il refusait de consacrer ses loisirs à cette activité. De plus, c'était un homme timide. Il détestait photographier les gens par surprise… et il a toujours insisté pour que j'aie leur autorisation écrite quand je le faisais. Il détestait s'immiscer dans la vie privée des gens. Et puis Papa était… eh bien… tout simplement *timide*. Quand il voulait se faire livrer une pizza à domicile, il me demandait toujours de téléphoner.» La voix de Natalie se brisa et elle détourna les yeux pendant quelques secondes. «Voulez-vous un peu de café?

– Oui. Volontiers.» Il y avait une chambre noire attenante à la cuisine. A l'origine, ce devait être un réduit ou une petite salle de bains. «C'est là que votre père et vous développiez vos photos?» demanda Saul. Natalie hocha la tête et alluma une lampe monochromatique. La petite pièce était impeccablement organisée: bacs, agrandisseurs, produits chimiques, tout était rangé et étiqueté. Une dizaine d'épreuves étaient suspendues à un fil de nylon. Saul les étudia. Elles montraient toutes la maison Fuller, photographiée sous divers angles et à diverses heures de la journée.

«C'est vous qui les avez prises?

– Oui. Je sais que c'est idiot, mais ça valait mieux que de rester toute la journée dans la voiture en attendant qu'il se passe quelque chose.» Elle haussa les épaules. «Je suis allée au bureau du shérif chaque jour, et ça ne m'a servi à rien. Voulez-vous de la crème? Du sucre?»

Saul secoua la tête. Ils se rendirent dans la salle de séjour et s'assirent près de la cheminée, Natalie sur le fauteuil, Saul sur le canapé. Les tasses de café étaient d'une porcelaine si fine qu'elle semblait presque transparente. Natalie s'affaira près des bûches et des brindilles, puis alluma un bout de papier. Le feu prit aussitôt. Ils passèrent tous deux un long moment à contempler les flammes.

«Samedi dernier, je faisais mes achats de Noël à Clayton, avec des amies, dit finalement Natalie. Clayton est une banlieue de Saint Louis. Nous sommes allées voir un film… *Popeye,* avec Robin Williams. Je suis rentrée à mon appartement de la cité universitaire vers onze heures et demie. Dès que le téléphone a sonné, j'ai su qu'il était arrivé quelque chose de grave. Je ne sais pas pourquoi. Je reçois souvent des appels tard le soir. Frederick, un de mes meilleurs amis, ne sort jamais du centre d'informatique avant onze heures, et il a souvent envie d'aller manger une pizza avec moi. Mais cette fois-ci, je savais qu'on m'appelait de loin pour m'annoncer de mauvaises nouvelles. C'était Mrs. Culver, qui habite la maison voisine. Ma mère et elle étaient de très bonnes amies. Bref, elle n'arrêtait pas de dire qu'il y avait eu un accident — c'est le mot qu'elle a employé : "accident". Il m'a fallu une ou deux minutes pour comprendre que Papa était mort, qu'on l'avait tué.

«Le dimanche matin, j'ai pris le premier avion. Ici, tout était fermé. J'avais appelé les pompes funèbres depuis Saint Louis, mais quand je suis arrivée là-bas, j'ai trouvé porte close. J'ai dû faire le tour des bureaux avant de tomber sur quelqu'un qui veuille bien m'ouvrir, et rien n'était prêt. Mrs. Culver était venue m'attendre à l'aéroport, mais elle ne cessait de pleurer et elle était restée dans la voiture.

«Ça ne ressemblait pas à Papa. Et la façon dont on l'a maquillé pour la cérémonie de mardi n'a rien arrangé. J'étais complètement déboussolée. Le dimanche, à la police, personne n'était au courant de rien. On m'a promis qu'un certain inspecteur Holman me rappellerait ce soir-là, mais il ne l'a pas fait, il ne m'a téléphoné que le lundi après-midi. Par contre, le shérif du comté — Mr. Gentry, je crois que vous l'avez déjà rencontré — est venu aux pompes funèbres le dimanche. Il m'a raccompagnée chez moi et a essayé de répondre à mes questions. Tous les autres n'ont fait que me *poser* des questions.

«Bref, le lundi, ma tante Leah et mes cousins sont arrivés, et j'ai été trop occupée pour réfléchir jusqu'au mercredi. Beaucoup de gens sont venus aux obsèques. J'avais oublié que Papa avait tant d'amis. Il y avait beaucoup de commerçants et d'habitants du Vieux Quartier. Le shérif Gentry était là.

«Leah voulait rester ici une semaine ou deux, mais Floyd, son fils, devait retourner à Montgomery. Je lui ai dit que tout irait bien. Que j'irais peut-être passer Noël chez elle.» Natalie marqua une pause. Saul était penché en avant, les mains jointes. Elle reprit son souffle et indiqua la fenêtre d'un geste vague. «C'est à ce moment de l'année que Papa et moi mettons l'arbre dans le jardin. C'est un peu tard, mais Papa disait toujours que c'était plus amusant si l'arbre arrivait peu de temps avant Noël. En général, on va l'acheter au Dairy Queen de Savannah. Vous savez, je lui avais acheté une chemise Pendleton samedi, une chemise écossaise rouge. Je l'ai emportée avec moi. Je ne sais pas pourquoi. Il va falloir que je la rapporte au magasin.» Elle s'interrompit et baissa la tête. «Excusez-moi.» Elle se précipita dans la cuisine.

Saul contempla le feu quelques minutes, les doigts croisés. Puis il alla la rejoindre. Elle était appuyée contre l'évier, un Kleenex serré dans la main gauche, les bras rigides. Saul s'arrêta à un mètre d'elle.

«Ça me rend tellement *furieuse,* dit-elle sans regarder Saul.

– Oui.

– Je veux dire, c'est comme s'il ne *comptait* même pas. Comme s'il n'était pas important. Vous me comprenez?

– Oui.

– Quand j'étais petite, je regardais souvent les westerns à la télévision. Et quand quelqu'un se faisait tuer — ni le héros ni le méchant, un type ordinaire —, c'était comme s'il n'avait jamais existé, vous voyez? Et ça m'embêtait. Je n'avais que six ou sept ans, mais ça m'embêtait. Je pensais toujours à lui, à ses parents, à son enfance, à sa jeunesse, à la façon dont il avait choisi de s'habiller ce jour-là, et puis, bang! il n'existe plus, tout ça parce que le scénariste voulait montrer que le bon tirait vite, ou quelque chose comme ça. Oh, *merde,* je raconte n'importe quoi…» Natalie frappa le bord de l'évier de la main.

Saul s'avança et lui toucha le bras. «Non, ce n'est pas n'importe quoi.

— Ça me rend tellement *enragée.* Mon père était *réel.* Il n'avait jamais fait de mal à personne. *Jamais.* C'était l'homme le plus adorable que j'aie jamais connu, et quelqu'un l'a tué, et personne ne sait pourquoi. Ils ne *savent* rien. Bon sang, je suis désolée…» Saul la prit dans ses bras et la serra contre lui pendant qu'elle pleurait.

Natalie avait fait réchauffer leurs cafés. Elle s'assit sur le fauteuil. Saul resta debout près de la cheminée, caressant machinalement les feuilles de la plante verte. «Ils étaient trois, dit-il. Melanie Fuller, Nina Drayton et un Californien du nom de Borden. C'étaient des tueurs, tous les trois.

— Des tueurs? Mais la police dit que Miz Fuller était une vieille dame… une très vieille dame… et que Mrs. Drayton faisait partie des victimes.

— Oui, dit Saul, et c'étaient des tueurs tous les trois.

— Personne n'a mentionné le nom de Borden.

— Il était là. Et il était à bord de l'avion qui a explosé vendredi… dans la nuit de vendredi à samedi, exactement. Ou plutôt, il était censé être à bord.

— Je ne comprends pas. C'est arrivé plusieurs heures avant le meurtre de mon père. Comment ce Borden — ou les deux autres, d'ailleurs — peuvent-ils être responsables de la mort de mon père?

— Ils utilisaient les gens, dit Saul. Ils… *contrôlaient* les gens. Chacun d'eux avait des employés à sa disposition. C'est difficile à expliquer.

– Vous voulez dire qu'ils étaient en rapport avec la Mafia ou quelque chose de ce genre?»

Saul sourit. «Si seulement c'était aussi simple.»

Natalie secoua la tête. «Je ne comprends pas.

– C'est une longue histoire. En grande partie fantastique, incroyable même. Il vaudrait mieux que vous ne l'écoutiez pas. Soit vous allez penser que je suis fou, soit vous allez vous retrouver impliquée dans quelque chose d'horrible.

– Je suis déjà impliquée, dit Natalie d'une voix ferme.

– Oui.» Saul hésita. «Mais il est inutile de vous impliquer davantage.

– Je *resterai* impliquée, du moins tant qu'on n'aura pas retrouvé l'assassin de mon père. Si vous ne me communiquez pas vos informations, je m'en passerai, docteur Laski. Je le jure.»

Saul regarda la jeune femme pendant un long moment. Puis il soupira. «Oui. Je vous crois. Mais peut-être changerez-vous d'avis après avoir entendu mon histoire. Si je dois vous expliquer ce que je sais sur ces trois vieillards — les trois tueurs responsables de la mort de votre père —, j'ai bien peur d'être obligé de vous raconter ma propre histoire. Je ne l'ai jamais racontée à personne. C'est une très longue histoire.

– Allez-y. J'ai tout mon temps.»

«Je suis né en 1925, à Lodz, en Pologne, commença Saul. Ma famille était relativement aisée. Mon père était médecin. Nous étions juifs, mais nous n'étions pas des Juifs orthodoxes. Ma mère avait pensé se convertir au catholicisme dans sa jeunesse. Mon père se considérait d'abord comme un médecin, ensuite comme un Polonais, puis comme un citoyen de l'Europe, et enfin comme un Juif. Peut-être même accordait-il encore moins d'importance à sa judaïté.

«A cette époque, Lodz était une ville relativement accueillante pour les Juifs. Un tiers de ses six cent mille habitants étaient juifs. Nombre de ses citoyens les plus

importants, artisans et hommes d'affaires, étaient juifs.
Ma mère comptait beaucoup d'artistes parmi ses amis.
Son oncle a fait partie de l'orchestre symphonique pendant plusieurs années. Lorsque j'ai fêté mon dixième
anniversaire, les choses avaient changé. Certains politiciens locaux s'étaient fait élire en promettant de chasser
les Juifs de la ville. Le pays semblait se retourner contre
nous, contaminé par l'antisémitisme qui faisait rage chez
nos voisins allemands. Mon père attribuait ce phénomène à la dure période que nous venions de vivre. Il
répétait sans cesse que les Juifs européens avaient pris
l'habitude de vivre des années de pogroms suivies par
des générations de progrès. "Nous sommes tous des
êtres humains, disait-il, en dépit des différences qui nous
séparent temporairement." Je suis sûr que mon père a
conservé cette croyance jusqu'à l'heure de sa mort.»

Saul s'interrompit. Il se mit à arpenter la pièce, s'arrêtant finalement près du canapé, les mains posées sur le
dossier. «Vous voyez, Natalie, je n'ai pas l'habitude
de raconter tout cela. Je ne sais pas faire le tri entre
le nécessaire et le superflu. Peut-être devrions-nous
attendre un autre jour.

— Non, continuez. Prenez tout votre temps. Vous
m'avez dit que votre histoire m'aiderait à comprendre la
mort de mon père.

— Oui.

— Continuez. Racontez-moi tout.»

Saul hocha la tête et vint s'asseoir à côté d'elle. Il posa
les coudes sur ses genoux. Ses larges mains s'agitaient
pour souligner ses paroles. «J'avais quatorze ans quand
les Allemands sont entrés dans notre ville. C'était en
septembre 1939. Tout d'abord, ce ne fut pas si grave. Ils
créèrent un Conseil juif pour les assister dans l'administration de ce nouvel avant-poste du Reich. A en croire
mon père, cela prouvait que des négociations civilisées
permettaient de s'entendre avec tout le monde. Il ne
croyait pas aux démons. En dépit des protestations de
ma mère, mon père a proposé sa candidature au conseil.

Elle n'a pas été retenue. Trente et un notables juifs avaient déjà été désignés. Un mois plus tard, en novembre, les Allemands ont envoyé les membres du conseil dans un camp de déportation et ont incendié notre synagogue.

«Notre famille a alors envisagé de rejoindre notre oncle Moshe dans sa ferme, près de Cracovie. Il y avait déjà des restrictions de nourriture à Lodz. Nous avions l'habitude de passer l'été à la ferme et l'idée de retrouver le reste de la famille nous séduisait. Oncle Moshe nous a appris que sa fille Rebecca avait épousé un Juif américain et qu'ils comptaient aller s'établir en Palestine pour y devenir fermiers. Elle avait souvent tenté de convaincre ses jeunes frères et cousins de se joindre à elle. Personnellement, j'aurais été enchanté d'aller vivre à la ferme. J'avais déjà été renvoyé de mon école, ainsi que tous les élèves juifs. Oncle Moshe avait jadis enseigné à l'université de Varsovie et je savais qu'il aurait été heureux de devenir mon précepteur. Les nouvelles lois obligeaient mon père à ne soigner que des Juifs, et la plupart de ses patients habitaient très loin de chez nous, dans les quartiers pauvres de la ville. Nous avions peu de raisons de rester à Lodz, beaucoup d'en partir.

«Mais nous sommes restés. Nous avions prévu de rendre visite à l'oncle Moshe en juin, comme d'habitude, et de prendre notre décision à ce moment-là. Comme nous étions naïfs!

«En mars 1940, la Gestapo nous a chassés de notre maison et a créé un ghetto juif dans la ville. Le jour de mon anniversaire, le 5 avril, le ghetto était complètement scellé. Tout déplacement était formellement interdit aux Juifs.

«Les Allemands ont créé un nouveau conseil, le *Judenrat,* et cette fois-ci mon père a été choisi pour en faire partie. Chaim Rumkowski, un des doyens, venait souvent chez nous — nous vivions à huit dans une chambre minuscule — et passait des nuits entières à discuter avec mon père de l'administration du ghetto. Si incroyable que cela puisse paraître, l'ordre régnait malgré la surpopulation et la famine. Je suis retourné à l'école. Quand mon père n'assistait pas aux réunions du conseil, il travaillait seize heures par jour dans l'un des hôpitaux que Rumkowski et lui avaient créés à partir de rien.

«Nous avons survécu ainsi pendant un an. J'étais petit pour mon âge, mais j'ai vite appris à survivre dans le ghetto, même s'il me fallait pour cela voler, stocker, ou marchander de la nourriture et des cigarettes avec les soldats allemands. A partir de l'automne 1941, les Allemands ont transféré dans notre ghetto des milliers de Juifs de l'Ouest. Certains chassés de pays aussi éloignés que le Luxembourg. Beaucoup étaient des Juifs allemands qui nous regardaient de haut. Je me rappelle m'être battu avec un garçon plus âgé que moi, un Juif de Francfort. Il était beaucoup plus grand que moi. J'avais seize ans à ce moment-là, mais on m'en aurait donné treize. N'empêche que je l'ai battu. Quand il a voulu se relever, je l'ai frappé avec une planche et lui ai fait une large entaille au front. Il était arrivé la semaine précédente dans un wagon plombé et il était encore très faible. Je ne me souviens plus pourquoi nous nous sommes battus.

«Cet hiver-là, ma sœur Stefa est morte du typhus. Ainsi que plusieurs milliers d'autres malheureux. Nous avons vu arriver le printemps avec joie, en dépit de l'avance des armées allemandes sur le front de l'Est. Mon père considérait la chute imminente de la Russie comme un bon signe. Il pensait que la guerre serait finie en août. Il s'attendait à voir la plupart des Juifs relogés dans des villes nouvelles à l'est du pays. "Peut-être deviendrons-nous fermiers afin de nourrir leur nouveau Reich, disait-il. Mais ce n'est pas si mal d'être fermier."

«En mai, la plupart des Juifs venus d'Allemagne et de l'étranger ont été déportés à Oswiecim. Auschwitz. Peu d'entre nous avaient entendu parler d'Oswiecim avant l'établissement d'une ligne régulière au départ de notre ghetto.

«Jusqu'à ce printemps-là, notre ghetto avait servi de gigantesque enclos. Désormais, il en partait quatre trains par jour. En tant que membre du *Judenrat,* mon père était obligé de superviser les rafles et les expulsions de milliers de personnes. Tout se déroulait dans un ordre parfait. Mon père détestait ça. Il travaillait vingt-quatre heures sur vingt-quatre à l'hôpital comme pour faire acte de pénitence.

«Notre tour est venu à la fin du mois de juin, à peu près à l'époque où nous partions d'ordinaire pour la ferme de l'oncle Moshe. On nous a ordonné à tous les sept de nous présenter à la gare. Ma mère et mon jeune frère Josef ont pleuré. Mais nous y sommes allés. Je pense que mon père était soulagé.

«On ne nous a pas envoyés à Auschwitz. Nous sommes allés à Chelmno, un petit village situé à une soixantaine de kilomètres au nord de Lodz. J'avais eu un camarade, un petit garçon nommé Mordechai, dont la famille était originaire de Chelmno. Beaucoup plus tard, j'ai appris que c'était à Chelmno que les Allemands avaient effectué leurs premières expériences sur les chambres à gaz… durant l'hiver où ma pauvre Stefa avait péri du typhus.

«On nous avait raconté beaucoup d'horribles histoires sur ces wagons plombés, mais notre voyage ne fut pas désagréable et ne dura que quelques heures. Nous étions entassés dans les wagons, mais c'étaient des wagons de passagers et non des wagons de marchandise. Il faisait très beau ce jour-là. C'était le 24 juin. A notre arrivée, c'était comme si nous étions allés chez l'oncle Moshe. La gare de Chelmno était minuscule, un petit dépôt de campagne au sein d'une épaisse forêt verdoyante. Les soldats allemands nous ont conduits vers des camions, mais ils semblaient détendus, presque joviaux. Nous n'étions nullement bousculés, contrairement à ce qui se passait à Lodz. Nous avons roulé plusieurs kilomètres avant de découvrir une immense propriété aménagée en camp. Une fois arrivés là, on nous a enregistrés — je me souviens encore des bureaux alignés sur le gravier et du chant des oiseaux —, puis on nous a séparés en fonction de notre sexe pour nous envoyer aux douches. J'étais impatient de rejoindre les autres hommes, et je n'ai jamais vu ma mère et mes quatre sœurs disparaître derrière la barrière du quartier des femmes.

«On nous a dit de nous déshabiller et de nous mettre en rang. J'étais très embarrassé, car je venais juste d'atteindre ma puberté. Je ne me rappelle pas avoir eu peur. Il faisait chaud, on nous avait promis un repas après la douche, et la proximité de la forêt et du camp donnait à cette journée une atmosphère de fête. Dans une clairière, un peu plus loin, on pouvait voir un grand fourgon sur les flancs duquel étaient peints des arbres et des animaux. Nous commencions à nous diriger vers lui lorsqu'un S.S., un jeune lieutenant aux verres épais et au visage timide, a entrepris de séparer les malades, les vieillards et les enfants en bas âge des hommes mûrs. Le lieutenant a hésité quand il est arrivé devant moi. J'étais encore petit pour mon âge, mais j'avais été relativement bien nourri durant l'hiver et j'avais fait une crise de croissance au début du printemps. Il a souri et m'a fait signe de sa matraque de me joindre à la file des hommes valides. Mon père a été sommé de m'y joindre peu après. Josef, qui n'avait que huit ans, devait rester avec les enfants et les vieillards. Il s'est mis à pleurer et mon père a refusé de le quitter. Je suis retourné dans la file pour me placer à côté de mon père et de Josef. Le jeune S.S. a fait signe à un garde. Mon père m'a ordonné de rejoindre les autres. J'ai refusé.

«C'est la seule fois de ma vie où mon père m'a frappé. Il m'a poussé et m'a dit : "Va-t'en!" J'ai secoué la tête et suis resté dans la file. Le garde, un sergent massif, s'avançait vers nous, le visage cramoisi. Mon père m'a donné une gifle, une seule, très violente, et a répété : "Va-t'en!" Choqué, vexé, j'ai rejoint la seconde file avant l'arrivée du garde. Le S.S. a continué son inspection. J'étais en colère contre mon père. Je ne voyais pas pourquoi nous n'aurions pas pu nous doucher ensemble. Il m'avait humilié en public. Pleurant des larmes de rage, je l'ai vu partir, son dos nu tout pâle dans la lumière du matin, portant dans ses bras Josef qui avait cessé de sangloter et regardait autour de lui. Mon père m'a adressé un dernier regard avant de disparaître au milieu des enfants et des vieillards.

«Le reste d'entre nous, environ un cinquième du contingent de la journée, ne fut pas désinfecté. On nous a conduits dans un baraquement où on nous a donné des uniformes de prisonniers.

«Je n'ai pas revu mon père cet après-midi-là, ni ce soir-là, et je me rappelle avoir pleuré de solitude avant de m'endormir dans ce baraquement sordide. J'étais persuadé qu'en me rejetant ainsi, mon père m'avait obligé à rester en dehors de la partie du camp où séjournaient les familles.

«Le matin, on nous a servi de la soupe aux patates et on nous a répartis en groupes de travail. Le mien a été conduit dans la forêt. On avait creusé une fosse dans une clairière. Elle faisait soixante mètres de long, douze mètres de large et au moins cinq mètres de profondeur. La terre fraîchement remuée m'a appris que d'autres fosses identiques avaient été récemment comblées. L'odeur aurait dû me faire comprendre, mais j'ai continué de nier la vérité jusqu'à l'arrivée des premiers fourgons de la journée. C'étaient ces mêmes fourgons que j'avais vus la veille.

«Chelmno était un terrain d'expériences, voyez-vous. Himmler devait ordonner par la suite d'y installer des chambres à gaz à l'acide prussique, mais cet été-là ils utilisaient encore du monoxyde de carbone qu'ils envoyaient dans des chambres scellées et dans ces fourgons bariolés.

«Notre travail consistait à séparer les corps, à les détacher les uns des autres en fait, à les jeter dans la fosse et à les recouvrir de chaux et de terre avant l'arrivée des chargements suivants. Les fourgons n'étaient pas très efficaces. La plupart du temps, la moitié des victimes survivaient aux émanations de gaz et devaient être abattues au bord de la fosse par les *Totenkopfverbände* — les Troupes à Tête de Mort — qui attendaient l'arrivée des fourgons en fumant et en plaisantant. Certains survivaient même à ce coup de grâce et bougeaient encore lorsqu'on les enterrait.

«Ce soir-là, je suis retourné à mon baraquement couvert de sang et d'excréments. Durant la nuit, j'ai pensé à me laisser mourir, mais j'ai fini par décider de vivre. Vivre en dépit de tout, vivre au sein de cette horreur, vivre pour vivre, tout simplement.

«J'ai prétendu être le fils d'un dentiste et avoir reçu de mon père un début de formation. Les kapos ont bien ri en découvrant un dentiste si jeune, mais dès la semaine suivante on m'a transféré au service de récupération des dents. En compagnie de trois autres Juifs, je fouillais les cadavres nus en quête de bagues, de bijoux et d'objets de valeur. On leur sondait l'anus et le vagin avec des crochets en acier. Puis, à l'aide d'une paire de tenailles, je leur arrachais leurs dents en or. On m'envoyait souvent travailler à la Fosse. Un sergent S.S. s'amusait à me jeter des mottes de terre sur le crâne. Lui-même avait deux dents en or.

«Les Juifs chargés de l'ensevelissement des cadavres étaient d'ordinaire fusillés au bout d'une ou deux semaines, pour être remplacés par de nouveaux arrivants. Je suis resté neuf semaines à la Fosse, peut-être parce que j'étais rapide et efficace. Chaque matin, j'étais sûr que ça allait être mon tour. Chaque soir, dans le baraquement, pendant que les plus vieux récitaient leur Kaddish et se lançaient des "Elie, Elie" d'un lit à l'autre, je passais des marchés désespérés avec un Dieu en qui je ne croyais plus. "Encore un jour, disais-je. Rien qu'un jour." Mais c'était en *ma propre* volonté de survivre que je croyais le plus. Peut-être souffrais-je du solipsisme propre à l'adolescence, mais j'étais convaincu que si je

croyais assez fort en la continuation de ma propre existence, celle-ci ne cesserait pas.

«En août, le camp a été agrandi et, pour une raison
inconnue, j'ai été transféré au *Waldkommando,* la brigade forestière. Nous abattions des arbres, arrachions
des souches et transportions des pierres destinées à la
construction des routes. De temps en temps, tout un
groupe d'ouvriers était envoyé aux fourgons ou directement à la Fosse dès la fin de la journée. C'était ainsi que
tournaient les effectifs de la brigade. Lorsque les premiers flocons sont tombés, en novembre, j'étais le plus
ancien du *Waldkommando,* à l'exception de Karski, le
vieux kapo.

– Qu'est-ce qu'un kapo ? demanda Natalie.

– Un kapo est un Juif armé d'un fouet.

– Ils assistaient les Allemands ?

– Il existe toute une littérature sur les kapos et sur
leurs relations avec leurs maîtres nazis, dit Saul. Stanley
Elkins et d'autres ont étudié ce genre de soumission
propre aux camps de concentration et ses rapports avec
la docilité des esclaves noirs d'Amérique. En septembre
dernier, j'ai participé à un débat portant sur le prétendu
syndrome de Stockholm, ce syndrome qui frappe les victimes de prises d'otages et les force à s'identifier à leurs
tortionnaires et même à les soutenir.

– Comme dans l'affaire Patty Hearst.

– Oui. Et cette… cette *domination* par la seule force
de la volonté est un phénomène qui m'obsède depuis
plusieurs années. Mais nous en reparlerons plus tard.
Pour le moment, je me contenterai de préciser que si
l'on peut dire quelque chose en ma faveur, c'est que
durant tout le temps que j'ai passé dans les camps *je ne
suis jamais devenu un kapo.*

«En novembre 1942, l'aménagement du camp était
terminé et on m'a fait quitter les baraquements provi-
soires pour me transférer dans la partie principale. On
m'a de nouveau affecté à la Fosse. Les fours crématoires
étaient prêts, mais on avait sous-estimé le nombre de

Juifs amenés par les trains, si bien que les fourgons et la Fosse étaient toujours en activité. On n'avait plus besoin de mes services en tant que dentiste des morts. Je répandais de la chaux, frissonnais dans l'air hivernal et attendais. Je savais que ce n'était plus qu'une question de jours avant que je rejoigne ceux que j'ensevelissais quotidiennement.

«Puis, un jeudi soir, le 19 novembre 1942, il s'est passé quelque chose.» Saul s'interrompit. Au bout de quelques secondes de silence, il se leva et alla près de la cheminée. Le feu était presque éteint. «Natalie, pourriez-vous me servir quelque chose de plus fort que le café? Un xérès, peut-être?

– Bien sûr. Voulez-vous du cognac?

– Ce sera parfait.»

Lorsqu'elle revint quelques instants plus tard avec un verre à cognac presque plein, Saul avait attisé les braises, remis quelques bûches dans la cheminée et ranimé les flammes.

«Merci, ma chère.» Il agita le liquide ambré et le huma longuement avant d'en avaler une gorgée. Le feu crépita et crachota. «Un jeudi soir — je suis raisonnablement sûr que c'était le 19 novembre 1942 —, cinq Allemands sont entrés dans mon baraquement tard dans la nuit. Ils étaient déjà venus. A chaque fois, ils avaient emmené quatre hommes. On n'avait jamais revu ces hommes. Les occupants des sept autres baraquements que comprenait notre section nous avaient dit que la même chose s'était produite chez eux. Nous ne savions pas pourquoi les nazis avaient choisi cette forme d'élimination alors que des milliers d'hommes étaient envoyés à la Fosse chaque jour, mais il y avait quantité de choses que nous ne comprenions pas. Certains parlaient à mots couverts d'expériences médicales.

«Cette nuit-là, il y avait un jeune Oberst, un colonel, parmi les gardes. Et cette nuit-là, ils m'ont choisi.

«J'avais décidé de me battre si jamais ils venaient me chercher. Je me rends compte que cela semble contraire à la décision que j'avais prise de vivre en dépit de tout, mais l'idée d'être emporté en pleine nuit me paniquait, m'enlevait tout espoir. J'étais prêt à me battre. Lorsque les gardes m'ont ordonné de quitter ma couche, je savais qu'il ne me restait que quelques secondes à vivre. J'étais résolu à tenter de tuer une de ces ordures avant qu'ils ne m'assassinent.

«Il en est allé autrement. L'Oberst m'a ordonné de me lever *et je lui ai obéi.* Ou plutôt, mon corps m'a désobéi. Ce n'était pas seulement de la lâcheté ou de la soumission, l'Oberst *a pénétré dans mon esprit.* Je ne vois aucune autre façon d'exprimer ce qui m'est arrivé. Je l'ai senti, tout comme j'étais prêt à sentir les balles qui ne sont jamais venues. Je l'ai senti, *lui,* faire bouger mes muscles, faire traîner mes pieds sur le sol et faire sortir mon corps du baraquement. Et pendant ce temps-là, les S.S. riaient.

«Il est impossible de décrire ce que j'ai éprouvé à ce moment-là. On pourrait qualifier cela de viol mental, mais même cette expression est trop faible. A cette époque, je ne croyais pas à la possession démoniaque et aux phénomènes surnaturels — pas plus que je n'y crois aujourd'hui. Ce qui m'est arrivé résultait d'un talent psychique ou psychologique permettant de contrôler directement l'esprit d'autrui, un talent monstrueux mais *réel.*

«On nous a embarqués dans un camion. Ce détail était proprement incroyable. Les Juifs n'étaient jamais autorisés à monter dans un véhicule, sauf lorsqu'ils arrivaient de la gare de Chelmno. Cet hiver-là, en Pologne, les esclaves coûtaient moins cher que l'essence.

«Nous sommes entrés dans la forêt. Nous étions seize dans le camion, y compris une jeune femme. Le viol mental s'était interrompu, mais il m'avait laissé au fond de l'esprit un résidu plus répugnant et plus humiliant que les excréments dont mon corps était maculé quand je travaillais à la Fosse. A en juger par les murmures et l'attitude des autres Juifs, cette expérience leur avait été épargnée. Pour être tout à fait honnête, je commençais à douter de ma raison.

«Le trajet a duré moins d'une heure. Il y avait un garde auprès de nous pour nous surveiller. Il était armé d'un pistolet mitrailleur. Les gardes n'avaient jamais d'armes automatiques dans l'enceinte du camp, car ils redoutaient que nous nous en emparions. Si je n'avais pas été en train de me remettre de ma terrible expérience, j'aurais été tenté de maîtriser l'Allemand ou au moins de sauter de la remorque. Mais la seule présence invisible de l'Oberst dans la cabine m'emplissait d'une terreur plus aiguë que tout ce que j'avais pu ressentir jusque-là.

«Il était minuit passé lorsque nous sommes arrivés devant un bâtiment encore plus grand que celui autour duquel on avait édifié le camp. Il était au cœur de la forêt. Un Américain l'aurait qualifié de château, mais c'était à la fois plus et moins qu'un château. C'était un de ces anciens manoirs comme on en trouve parfois dans les forêts de mon pays : un immense tas de pierres, plus ancien que notre histoire, entretenu et agrandi durant plusieurs générations par des familles de reclus dont l'origine remonte plus loin que la christianisation du pays. Le camion a fait halte et on nous a conduits dans une cave située non loin de la grande salle. Plusieurs véhicules militaires étaient garés dans les ruines d'un jardin jadis majestueux, on entendait des rires et des chants dans l'édifice, et je supposais que les Allemands avaient réquisitionné les lieux pour les transformer en pension pour soldats privilégiés. En fait, une fois dans la cave, un Juif lituanien arrivé dans un second camion a affirmé avoir reconnu l'insigne figurant sur les véhicules. C'était celui du *Einsatzgruppen 3* — un groupe d'action spéciale — qui avait massacré des villages entiers de Juifs près de Dvensk, sa ville natale. Même les *Totenkopfverbände,* les S.S. des camps d'extermination, redoutaient ces troupes d'élite.

«Quelque temps plus tard, les gardes sont revenus avec des torches. Nous étions trente-deux dans la cave. On nous a divisés en deux groupes de seize et on nous a conduits au rez-de-chaussée. Là, les membres de mon groupe ont dû revêtir des tuniques rouges portant des insignes blancs sur le devant. Ce sont les gardes qui ont choisi nos uniformes. L'insigne que je portais — une tour ou un lampadaire de forme bizarre — ne signifiait rien pour moi. Mon voisin le plus proche portait la silhouette d'un éléphant blanc en train de lever sa patte antérieure droite.

«On nous a conduits dans la grande salle. Là nous attendait un spectacle médiéval revu et corrigé par Jérôme Bosch; des centaines de S.S. et d'assassins du *Einsatzgruppen* en train de boire, de jouer et de lutiner les servantes. Celles-ci, des paysannes polonaises parfois à peine pubères, étaient traitées comme des esclaves par les hommes en gris. Les torches accrochées au mur qui éclairaient ce tableau infernal le faisaient ressembler à un rêve fiévreux. Des reliefs de nourriture pourrissaient sur le sol. Les tapisseries vieilles de plusieurs siècles étaient souillées de vin et de suie. Une table immense et jadis somptueuse était recouverte de graffiti gravés à la baïonnette. Des hommes ivres morts ronflaient sur le parquet. Sous mes yeux, deux soldats ont uriné sur un tapis qui devait avoir été ramené de Terre sainte à l'époque des croisades.

«La salle était gigantesque, mais en son centre se trouvait un carré d'environ onze mètres de côté qui était curieusement resté vide. Le sol était revêtu de dalles noires et blanches, dont chacune mesurait dans les un mètre quarante. De chaque côté de ce carré, juste en dessous des balcons, on avait disposé deux immenses fauteuils sur des estrades de pierre. Le jeune Oberst était assis sur l'un de ces trônes. Il était pâle, blond, le parfait Aryen. Ses mains étaient fines et blanches. En face de lui se trouvait un vieil homme qui paraissait aussi antique que les pierres du manoir. Il était également vêtu d'un uniforme de S.S., un uniforme de général, mais il ressemblait à un mannequin en cire que des enfants facétieux auraient affublé de vêtements trop grands pour lui.

«Les Juifs du second camion sont entrés par une autre porte. Ils étaient vêtus de tuniques bleu pâle arborant des insignes noirs semblables aux nôtres. J'ai remarqué que dans ce groupe se trouvait une femme vêtue d'une robe bleu pâle sur laquelle figurait une couronne. J'ai alors compris ce qui se passait. J'étais dans un tel état d'épuisement et de terreur qu'aucune bizarrerie ne me semblait trop incroyable.

«On nous a ordonné de prendre place sur les cases. J'étais un pion, le pion du fou du roi blanc. Je me trouvais à trois mètres du trône de l'Oberst, face au Juif lituanien terrorisé qui était le pion du fou du roi noir.

«Les cris et les chants ont cessé. Les soldats se sont rassemblés autour de l'échiquier, jouant du coude pour se placer le plus près possible du bord. Certains d'entre eux ont préféré se masser sur les balcons ou sur les escaliers. Suivirent trente secondes de silence uniquement troublé par le crachotement des torches et le souffle de la foule. Nous étions immobiles sur les cases qu'on nous avait indiquées : trente-deux Juifs affamés, terrifiés, livides, le souffle court, attendant la suite des événements.

«Le vieil homme s'est légèrement penché en avant et a fait un signe à l'Oberst. Celui-ci a eu un petit sourire et a hoché la tête. La partie a commencé.

«L'Oberst a de nouveau hoché la tête et le pion placé à ma gauche, un vieillard émacié à la barbe grise, a avancé de deux rangées. En réponse, le vieil homme a fait avancer de deux rangées le pion de son roi. J'ai vu aux gestes et à l'embarras des malheureux prisonniers qu'ils ne contrôlaient pas les mouvements de leur corps.

«J'avais fait quelques parties d'échecs avec mon père et avec mon oncle. Je connaissais les ouvertures les plus classiques. Celle-ci n'était guère surprenante. L'Oberst a jeté un coup d'œil sur sa droite et un Polonais massif portant l'insigne du cavalier est venu se placer devant moi. Le vieil homme a déplacé le cavalier de sa reine.

L'Oberst a envoyé le fou qui se trouvait derrière moi, un vieillard au bras gauche bandé, à cinq rangées de la ligne du cavalier. L'autre a fait avancer d'une case le pion de sa reine.

«Je regrettais à ce moment-là d'avoir revêtu une tunique de pion. Le corps massif du cavalier-paysan qui se trouvait devant moi ne me donnait aucune impression de sécurité. A ma droite, un autre pion a jeté un coup d'œil par-dessus son épaule, puis a grimacé de douleur lorsque l'Oberst l'a forcé à regarder devant lui. Je ne me suis pas retourné. Mes jambes commençaient à trembler.

«L'Oberst a fait avancer de deux rangées le pion de notre reine, le plaçant à côté du vieux pion en face du roi adverse. Le pion de notre reine était un tout jeune homme, un adolescent, et il ne cessait de regarder furtivement à droite et à gauche sans tourner la tête. Le cavalier qui se trouvait devant moi était ma seule protection.

«Le vieil homme a fait un geste de la main gauche et son fou s'est placé devant sa reine, une Juive hollandaise. Le visage du fou était très pâle. Au cinquième coup, l'Oberst a déplacé son autre cavalier. Je ne pouvais distinguer son visage. Les S.S. s'étaient mis à crier et à applaudir comme s'ils avaient assisté à un match de football. J'entendais des bribes de conversation dans leurs rangs : l'adversaire de l'Oberst était désigné sous le nom de *Der Alte,* le vieil homme. L'Oberst était *Der Meister.*

«*Der Alte* s'est penché en avant, telle une araignée blafarde au centre de sa toile, et le cavalier de son roi s'est placé devant le pion du fou. Ce cavalier était jeune et fort, trop fort pour avoir passé plus de quelques jours dans le camp. Il avait un sourire stupide aux lèvres, à croire qu'il goûtait ce jeu de cauchemar. Comme en réaction à son sourire, l'Oberst a fait avancer notre fou mal en point sur la case qu'il occupait. Je le reconnaissais à présent. C'était un charpentier de notre baraquement qui s'était blessé deux jours plus tôt en sciant des planches pour le sauna des gardes. Le petit homme a levé son bras valide et a tapoté le cavalier noir sur l'épaule, comme une sentinelle venant relever un camarade.

«Je n'ai pas vu le coup de feu. Il est parti du balcon derrière moi, mais avec un tel bruit que j'ai sursauté et commencé à me retourner avant de sentir l'étau mental de l'Oberst se resserrer sur ma nuque. Le crâne du jeune cavalier a explosé et son sourire a disparu dans une brume grise et rouge. Les pions placés derrière lui ont fait mine de se jeter à terre mais on les a obligés à se redresser. Le corps du cavalier a glissé en arrière et failli retourner dans sa case initiale. Une flaque de sang maculait déjà la case du pion blanc. Deux S.S. se sont avancés et ont évacué le cadavre. Quelques pièces voisines étaient aspergées d'éclats d'os et de fragments de cervelle, mais personne n'avait été blessé. La grande salle croulait sous les applaudissements.

«Le vieil homme s'est de nouveau penché en avant et son fou s'est déplacé en diagonale vers le nôtre. Le fou noir a légèrement touché le bras bandé du charpentier. Cette fois-ci, il y a eu une pause avant la détonation. La balle a touché notre fou sous l'omoplate gauche, le petit homme a fait deux pas en avant, puis il est resté immobile une seconde, a fait mine de se gratter le dos, et s'est effondré sur le carreau. Un sergent s'est avancé, a appuyé le canon de son luger sur le crâne du charpentier, a tiré, puis a traîné le cadavre encore tressautant loin de l'échiquier. La partie a repris son cours.

«L'Oberst a fait avancer notre reine de deux rangées. Seule une case vide la séparait à présent de moi, et j'ai vu qu'elle s'était rongé les ongles jusqu'à la chair. Cela m'a rappelé ma sœur, Stefa, et je me suis aperçu avec surprise que mes yeux se brouillaient de larmes. C'était la première fois que je pleurais Stefa.

«Lorsque le vieil homme a joué son coup suivant, la meute a rugi de satisfaction. Le pion de son roi a pris le pion de notre reine. Notre pion était un Polonais barbu, de toute évidence un Juif orthodoxe. Deux coups de feu ont retenti. Le pion du roi noir était couvert de sang lorsqu'il a pris la place du mort sur sa case.

«Il n'y avait plus personne devant moi. A trois rangées de là, je voyais le visage du cavalier noir. Les torches projetaient des ombres longilignes. Les S.S. hurlaient leurs conseils tactiques depuis les bords de l'échiquier. Je n'osais pas me retourner vers l'Oberst, mais je voyais le vieil homme s'agiter sur son trône. Il avait dû se rendre compte qu'il perdait le contrôle du centre de l'échiquier. Il a tourné la tête et le pion du cavalier de son roi s'est avancé d'une case. L'Oberst a déplacé d'une case notre fou survivant, bloquant le pion ennemi et menaçant le fou de son adversaire. La foule a applaudi.

«L'ouverture était achevée et les deux joueurs ont commencé à développer leur tactique. Tous deux ont roqué. Les deux tours sont entrées en jeu. L'Oberst a placé notre reine devant moi. Je contemplais ses omoplates osseuses sous le mince tissu de sa tunique, les mèches bouclées qui retombaient sur sa nuque. Je ne cessais de nouer et de dénouer mes mains. Je n'avais pas bougé d'un pouce depuis le début de la partie. Une horrible migraine faisait danser des phosphènes devant mes yeux et je redoutais de m'évanouir. Que se passerait-il alors? L'Oberst me laisserait-il m'effondrer ou mon corps inconscient serait-il obligé de rester debout? Je respirais par à-coups et me forçais à regarder la lueur des torches jouer sur une tapisserie ornant le mur du fond.

«Lors du quatorzième coup des noirs, le vieil homme a envoyé son fou prendre notre cavalier-paysan au centre de l'échiquier. Pas de détonation cette fois-ci. Le sergent S.S. s'est avancé sur l'échiquier et a tendu son poignard d'apparat au fou noir. Silence dans la salle. La lueur des torches se reflétait sur la lame d'acier. Le cavalier-paysan tremblait et se tortillait. Je voyais les muscles de ses bras se tendre dans un effort désespéré pour échapper au contrôle de l'Oberst. Vaine tentative. Le fou lui a tranché la gorge d'un seul coup de lame. Le sergent a récupéré son poignard et fait signe à deux soldats de venir emporter le cadavre. La partie a repris son cours.

«Une de nos tours a pris le fou noir. De nouveau, le couteau a parlé. Debout derrière la jeune reine, je me suis forcé à fermer les yeux. Je les ai ouverts plusieurs coups plus tard, lorsque l'Oberst a fait avancer ma reine d'une case. J'ai eu envie de pleurer, de crier, quand elle m'a ainsi abandonné. Le vieil homme a immédiatement déplacé sa reine hollandaise en diagonale, l'immobilisant sur la cinquième case de la ligne de sa tour. Seule une case vide me séparait de la reine adverse. Rien ne l'empêchait de me prendre. J'ai senti mes entrailles se nouer de terreur.

«L'Oberst est alors passé à l'attaque. Tout d'abord, il a fait avancer le pion de son cavalier sur la gauche. Son adversaire a déplacé le pion de sa tour, un homme au visage rougeaud qui avait fait partie de la brigade de la forêt avec moi, pour contrer notre pion. En réponse, l'Oberst a déplacé le pion de notre tour. J'avais du mal à distinguer tous les mouvements. La plupart des autres prisonniers étaient plus grands que moi et je voyais des dos, des épaules, des crânes rasés et des hommes suants et terrifiés plutôt que des pièces. J'essayais de visualiser l'échiquier en esprit. Je savais qu'il n'y avait plus derrière moi que le roi et une tour. La seule autre pièce placée sur ma rangée était le pion du roi. Devant moi, sur ma gauche, se trouvait un groupe formé de la reine, d'un pion, d'une tour et d'un fou. Un peu plus à gauche, notre cavalier survivant, isolé. A sa gauche, deux pions adverses se bloquaient mutuellement. Sur ma droite, la reine noire continuait de me menacer.

«Notre roi, un Juif émacié d'une soixantaine d'années, a avancé en diagonale sur sa droite. Le vieil homme a renforcé la position de ses tours. Soudain, notre reine a reculé sur la deuxième rangée. A présent, j'étais seul. Quatre cases devant moi, le Juif lituanien me regardait fixement. J'ai lu dans ses yeux une panique animale.

«Soudain, voilà que j'avançais, mes pieds traînant sur le marbre. Il y avait dans mon esprit une terrible et indéniable *présence* qui me poussait en avant, me maîtrisait, me serrait les mâchoires pour étouffer le cri qui montait de ma gorge. Je me suis immobilisé sur la case noire où notre reine s'était trouvée quelques instants plus tôt, entouré de deux pions blancs. Le vieil homme a déplacé le cavalier noir, dont seule une case blanche me séparait. La foule hurlait plus fort que jamais. J'entendais les soldats scander : "Meister! Meister!"

«J'ai de nouveau avancé — d'une seule case cette fois-ci. A présent, j'étais la seule pièce dans le camp adverse. Quelque part derrière moi, sur ma droite, se trouvait la reine noire. Je sentais sa présence avec autant de force que celle du tireur invisible sur le balcon. Quelques dizaines de centimètres devant moi se trouvaient le visage et les yeux égarés du cavalier noir. Derrière lui se tapissait le Juif lituanien.

«La tour noire est passée sur ma gauche. Lorsqu'elle a mis le pied sur la case du pion blanc, les deux hommes se sont agrippés. J'ai d'abord cru que l'Oberst ou le vieil homme avaient perdu le contrôle de leurs pièces, puis je me suis rendu compte que cela faisait partie du jeu. Les soldats allemands hurlaient leur soif de sang. La tour noire était plus forte, ou moins maîtrisée, et le pion blanc s'est effondré sous ses coups. La tour noire l'a serré à la gorge, accentuant son emprise. Un long râle sec et le pion est tombé à terre.

«On n'avait pas plus tôt évacué son cadavre que l'Oberst déplaçait son cavalier sur sa case et que la lutte reprenait. Cette fois-ci, c'était la tour noire qu'on emportait, les pieds traînant sur le marbre, les yeux fixes et exorbités.

«Le cavalier noir est passé près de moi et ç'a été une nouvelle lutte. Les deux hommes se sont jetés l'un sur l'autre, cherchant à crever les yeux de leur adversaire, jusqu'à ce que le cavalier blanc se retrouve sur la case vide derrière moi. Le tireur devait être posté sur le balcon juste devant moi. J'ai senti le souffle de la balle et entendu l'impact. Le cavalier mourant s'est effondré tout près de moi. L'espace d'une seconde, sa main a enserré faiblement ma cheville, comme pour quémander de l'aide. Je ne me suis pas retourné.

«Ma reine se trouvait de nouveau derrière moi. Sur ma droite, un pion noir est venu la menacer. J'aurais pu l'attraper à la gorge si on me l'avait permis. On ne m'a pas fait agir. La reine a battu en retraite de trois cases. Le vieil homme a fait avancer d'une case le pion de sa reine. L'Oberst a fait entrer en jeu le pion de notre fou.

«La meute scandait : *"Meister! Meister!"* Le vieil homme a fait reculer sa reine de deux cases.

«On m'a de nouveau forcé à bouger. Je me suis retrouvé face à face avec le Juif lituanien. Il était raide, paralysé par la peur. Savait-il que je ne pouvais rien contre lui tant que nous étions sur la même ligne? Peut-être pas, mais je savais avec certitude que la reine noire pouvait m'éliminer d'une seconde à l'autre. Seule la présence invisible de ma propre reine, cinq cases derrière moi, me procurait une sensation de sécurité. Et si *Der Alte* était prêt à échanger les reines? Au lieu de cela, il a déplacé sa tour sur la case initialement occupée par le roi.

«J'ai perçu de l'agitation sur ma gauche : le pion de notre fou éliminait un pion noir, puis était pris par le fou noir survivant. Pendant quelques instants, je suis demeuré seul en territoire ennemi. Puis l'Oberst a déplacé la reine blanche sur la case derrière moi. Quoi qu'il arrive par la suite, je ne serais pas seul. J'ai retenu mon souffle et attendu.

«Rien ne s'est passé. Ou plutôt, le vieil homme est descendu de son trône, a fait un geste et s'est éloigné. Il venait de reconnaître sa défaite. Les *Einsatzgruppen* ivres ont hurlé leur admiration. Un contingent de soldats portant l'insigne de la Tête de Mort s'est précipité vers l'Oberst et l'a porté en triomphe autour de la salle. Je suis resté immobile, face au Lituanien, clignant stupidement des yeux comme lui. La partie était terminée et je savais confusément que c'était grâce à moi que l'Oberst l'avait gagnée, mais j'étais trop étourdi pour comprendre pourquoi. Je ne voyais que des Juifs épuisés, soulagés et confus au milieu de cette salle résonnant de cris et de chants. Six hommes étaient morts parmi les blancs. Six pièces noires avaient disparu. Les survivants pouvaient de nouveau bouger, se mêler. Je me suis retourné pour embrasser la femme derrière moi. Elle pleurait. "Shalom, lui ai-je dit en lui baisant les mains. Shalom." Le Juif lituanien était tombé à genoux sur sa case. Je l'ai aidé à se relever.

«Un peloton de soldats armés de pistolets mitrailleurs nous a conduits au milieu de la cohue vers une pièce vide. Ils nous ont ordonné de nous déshabiller et ont fait un tas de nos tuniques. Puis ils nous ont emmenés dans la nuit pour nous fusiller.

«On nous a ordonné de creuser nous-mêmes nos tombes. Une demi-douzaine de pelles nous attendaient dans une clairière située quarante mètres derrière le manoir, et nous avons ouvert une large tranchée, peu profonde, pendant que les soldats nous éclairaient ou fumaient dans le noir. Le sol était couvert de neige. La terre gelée et dure comme la pierre. A peine si nous sommes arrivés à creuser plus de cinquante centimètres. Entre deux pelletées, des rires nous parvenaient de la grande maison. Les hautes fenêtres étaient éclairées et découpaient des rectangles jaunes sur les pignons d'ardoise. Seuls l'exercice et notre terreur nous ont empêchés de geler sur place. Mes pieds nus avaient pris une horrible couleur bleutée et je ne sentais plus mes orteils. Nous avions presque fini de creuser et je savais qu'il me fallait prendre une décision. Il faisait très sombre et ma meilleure chance, pensais-je, était de fuir vers la forêt. Il aurait été préférable de nous enfuir tous en même temps, mais les plus âgés d'entre nous étaient trop épuisés pour courir et on nous avait interdit de parler. Les deux femmes se tenaient à quelques mètres de la tranchée, tentant vainement de dissimuler leur nudité tandis que les gardes les éclairaient de leurs torches en proférant des obscénités.

«Je n'arrivais pas à me décider : devais-je tenter de m'enfuir, ou bien essayer d'assommer un garde avec ma pelle et de m'emparer de son arme ? C'étaient des *Einsatzgruppen,* des *Totenkopfverbände,* mais ils étaient ivres et semblaient d'humeur coulante. Je devais me décider.

«La pelle. J'ai sélectionné un garde : un jeune homme de petite taille qui semblait somnoler à quelques pas de moi. J'ai raffermi mon étreinte sur le manche de l'outil.

« *"Halt! Wo ist denn mein Bauer?"* C'était l'Oberst blond qui s'avançait vers nous en faisant crisser la neige sous ses pas. Il portait un épais manteau et était coiffé d'une casquette d'officier. Il a pénétré dans le disque de lumière et regardé autour de lui. Il avait demandé son pion. *Quel* pion ?

« *"Du! Komm her!"* Il a fait un geste dans ma direction. Je me suis recroquevillé sur moi-même, m'attendant à un nouveau viol mental, mais rien de tel ne s'est produit. Je suis sorti de la tranchée, ai tendu ma pelle à un garde et me suis placé, nu et frissonnant, devant celui qu'ils avaient appelé *Der Meister.*

«Il s'est adressé au sergent responsable du peloton : "Finissez-en. *Schnell!"*

«Le sergent a acquiescé et placé les Juifs ensemble au bord de la tranchée. Les deux femmes étaient blotties au bout de la rangée, dans les bras l'une de l'autre. Le sergent a ordonné aux prisonniers de se coucher dans la tranchée. Trois d'entre eux ont refusé et ont été aussitôt abattus. Celui qui avait été le roi noir s'est effondré en tressautant à deux mètres de moi. J'ai baissé les yeux sur mes pieds exsangues et me suis efforcé de ne pas bouger, mais mes tremblements se sont intensifiés. On a ordonné aux autres Juifs de tirer les cadavres vers la fosse où ils se trouvaient déjà. Silence. Les dos et les fesses pâles de mes amis prisonniers luisaient à la lueur des torches. Le sergent a donné un ordre et la fusillade a commencé.

« Cela a pris moins d'une minute. Le vacarme des carabines et des pistolets mitrailleurs semblait étouffé, insignifiant : un léger *pop* et une nouvelle forme blafarde se convulsait dans le trou avant de s'immobiliser. Les deux femmes sont mortes dans les bras l'une de l'autre. Le Juif lituanien a poussé un cri en hébreu et lutté pour se redresser, levant les bras vers les gardes ou vers le ciel — je ne saurais le dire —, puis il a été presque coupé en deux par une rafale.

« Durant tout ce temps-là, je suis resté debout, tremblant, contemplant mes pieds et priant pour devenir invisible. Mais avant même qu'ils en aient fini, le sergent s'est tourné vers moi et a dit : "Celui-ci, *mein Oberst ?*

« — *Mein zuverlässiger Bauer ?*" a dit l'Oberst. *Mon fidèle pion.* "Nous allons organiser une chasse, a-t-il ajouté.

« — *Eine Jagd ?* s'est étonné le sergent. *Heute Nacht ?*

« — *Wenn est dämmert.*

« — *Auch Der Alte ?*

« — *Ja.*

« — *Jawohl, mein Oberst.*" J'ai vu que le sergent était dégoûté. Il n'aurait pas le temps de dormir cette nuit-là.

« Pendant que les gardes recouvraient les cadavres d'une mince couche de terre gelée, on m'a reconduit au manoir et enchaîné dans la cave où j'avais été enfermé à mon arrivée. Mes pieds ont commencé à me picoter, puis à brûler. C'était très douloureux. Mais je commençais néanmoins à m'assoupir lorsque le sergent est revenu, m'a ôté mes chaînes et m'a tendu une tenue : sous-vêtements, pantalon de laine bleue, chemise, pullover, chaussettes de laine, et une paire de bottes à peine trop petites pour moi. Ces humbles vêtements me semblaient merveilleux après les mois que j'avais passés au camp vêtu de haillons.

« Le sergent m'a conduit au-dehors, où quatre S.S. attendaient dans la neige. Ils portaient des lampes-torches et des fusils. L'un d'eux tenait un berger allemand en laisse et l'animal m'a soigneusement reniflé pendant plusieurs minutes. La grande salle était plongée dans l'ombre, les clameurs s'étaient tues pour la nuit. Une pointe de gris signalait l'imminence de l'aube.

« Les autres gardes venaient d'éteindre leurs lampes lorsque l'Oberst et le vieux général sont apparus. Ils n'étaient pas en uniforme, mais vêtus de lourdes vestes de chasse et de capes. Chacun d'eux portait un fusil de gros calibre muni d'un viseur longue distance. C'est alors que j'ai compris. Je savais exactement ce qui allait arriver, mais j'étais trop épuisé pour m'en soucier.

« L'Oberst a fait un geste et les gardes se sont écartés de moi pour se placer à côté des deux officiers. Je suis resté là pendant une bonne minute, hésitant, refusant de faire ce qu'ils attendaient de moi. Le sergent s'est adressé à moi en mauvais polonais : "Cours ! Cours, vermine juive ! Va-t'en !" Et je ne bougeais toujours pas. Le chien tirait sur sa laisse en grondant. Le sergent a levé son fusil et tiré une balle qui a fait exploser la neige à mes pieds. Je n'ai pas bougé. Puis j'ai senti les premières caresses d'approche dans mon esprit.

« *Va, kleiner Bauer. Va !* Ce murmure soyeux en moi m'a donné la nausée. Je me suis retourné et j'ai couru vers la forêt.

« Je n'étais pas en état de courir très longtemps. Au bout de quelques minutes, je suffoquais et titubais. La trace de mes pas était clairement visible sur la neige, mais je ne pouvais rien y faire. Le ciel s'est éclairci tandis que j'avançais péniblement vers le sud, du moins l'espérais-je. J'ai entendu des aboiements frénétiques derrière moi et j'ai su que les chasseurs s'étaient lancés sur ma piste.

« J'avais franchi à peine un kilomètre lorsque je suis

arrivé dans une zone dégagée. Une bande de terre large
d'une centaine de mètres avait été déboisée et débrous-
saillée. Des rouleaux de fil de fer barbelé avaient été
placés au milieu de ce no man's land, mais ce n'est pas
cet obstacle qui m'a forcé à faire halte. Au centre de la
clairière, une pancarte annonçait en allemand et en
polonais : DANGER! CHAMP DE MINES!

«Les aboiements se rapprochaient. J'ai obliqué sur la
gauche et adopté un petit trot douloureux. Je savais à
présent qu'il n'y avait aucune issue. Le périmètre miné
entourait sûrement la totalité de la propriété — leur
réserve de chasse privée. Mon seul espoir était de
retrouver la route par laquelle j'étais arrivé la veille, il y
avait une éternité de cela. Il y aurait certainement des
gardes en poste au portail, mais j'ai quand même décidé
de tenter le coup. Je préférais être abattu par les gardes
que par les monstres lancés à mes trousses. J'étais même
prêt à affronter le champ de mines avant d'offrir une
cible aux chasseurs.

«Je venais d'atteindre un petit ruisseau lorsque j'ai
été à nouveau victime d'un viol mental. J'étais immobile, en train de contempler le courant à moitié gelé,
lorsque je l'ai *senti* me pénétrer. J'ai lutté quelques
secondes, les mains sur les tempes, à genoux dans la
neige, puis l'Oberst a été en moi, a empli mon esprit
comme l'eau les narines, la bouche et les poumons d'un
homme qui se noie. C'était encore pire. On aurait dit
qu'un immense ver était entré dans mon crâne et me
taraudait le cerveau. J'ai hurlé, mais aucun son n'est
sorti de ma bouche. Je me suis péniblement relevé.

«*Komm her, mein kleiner Bauer!* La voix de l'Oberst
m'adressait ses murmures muets. Ses pensées se
mêlaient aux miennes, plongeaient ma volonté dans une
fosse de ténèbres. J'apercevais des images confuses :
visages, lieux, uniformes, pièces. J'étais ballotté par des
vagues de haine et d'arrogance. Son amour de la violence m'emplissait la bouche et je sentais le goût cuivré
du sang. *Komm!* Le murmure mental était séduisant,

écœurant, comme si un homme avait insinué sa langue dans ma bouche.

«Je me suis regardé courir dans le ruisseau, reprendre la direction de l'ouest, courir *vers* les chasseurs, courir à vive allure, le souffle court, les poumons en feu. L'eau glacée m'aspergeait les jambes et alourdissait mes pantalons. Mon nez s'est mis à saigner, m'inondant les joues et le cou.

«*Komm her!*

«Je suis sorti du courant et j'ai gagné un tas de rochers sous les arbres. Mon corps tressautait comme une marionnette lorsque j'ai escaladé les rocs pour me dissimuler dans une anfractuosité. Je suis resté là, la joue contre la pierre, mon sang dégoulinant sur la mousse gelée. Des voix s'approchaient. Les chasseurs n'étaient qu'à cinquante pas de moi, derrière le rideau des arbres. Je supposais qu'ils allaient encercler mon abri rocheux, puis que l'Oberst me forcerait à me relever afin que je leur fournisse une cible bien visible. J'ai lutté pour bouger les bras, pour bouger les jambes, mais on aurait dit que quelqu'un avait tranché les câbles reliant mon esprit à mon corps. J'étais coincé ici aussi sûrement que si les rochers étaient tombés sur moi.

«J'ai entendu des bruits de conversation, puis, à ma grande surprise, les hommes ont emprunté le chemin que j'avais pris dix minutes plus tôt. J'ai entendu le chien aboyer en suivant ma piste. Pourquoi l'Oberst jouait-il ainsi avec moi? Je me suis efforcé de saisir ses pensées, mais il a repoussé mes pitoyables sondes mentales comme il aurait chassé un moustique agaçant.

«Soudain, je bougeais de nouveau, je courais à croupetons le long des arbres, puis rampais sur le ventre à travers la neige. J'ai senti l'odeur de leurs cigarettes avant de les voir. Le vieil homme et le sergent se trouvaient dans une clairière. Le vieil homme était assis sur un tronc d'arbre, son fusil de chasse posé sur les genoux. Le sergent était debout près de lui, le dos tourné, tapotant machinalement la crosse de son fusil.

«Alors je me suis mis à courir, plus vite que je n'avais jamais couru. Le sergent s'est retourné au moment précis où je bondissais sur lui et le cognais de l'épaule. J'étais plus petit et moins lourd que lui, mais le choc l'a jeté à terre. J'ai roulé sur moi-même, hurlant en silence, souhaitant de tout mon cœur reprendre le contrôle de mon corps et m'enfuir dans la forêt, puis je me suis retrouvé avec le fusil du vieil homme dans les mains et je me suis mis à frapper le sergent en plein visage, utilisant la crosse superbement ouvragée en guise de gourdin. Le sergent a tenté de se relever et je l'ai terrassé une nouvelle fois. Il a cherché à prendre son fusil ; je lui ai écrasé la main, puis asséné des coups de crosse au visage jusqu'à ce qu'il n'en reste plus rien. Ensuite, j'ai lâché le fusil et me suis tourné vers le vieil homme.

«Il était toujours assis sur le tronc d'arbre, une cigarette encore plantée entre ses lèvres minces, mais il tenait dans sa main un luger qu'il avait sorti de son holster. Il paraissait âgé de mille ans, mais il y avait un sourire sur son visage de caricature.

«"*Sie !*" a-t-il dit, et j'ai su que ce n'était pas à moi qu'il s'adressait.

«"*Ja, Alte*", ai-je dit, tout étonné d'entendre ces mots sortir de ma bouche. "*Das Spiel ist beendet.*

«– Nous allons voir", a dit le vieil homme en levant son arme. J'ai bondi sur lui et la balle a transpercé mon pull-over, m'éraflant les côtes. J'ai agrippé son poignet avant qu'il ait pu tirer une seconde fois, et il s'est levé pour entamer une danse grotesque avec moi : un jeune Juif émacié au nez pissant le sang et un vieillard perdu dans son grand manteau de laine. Son luger a craché une nouvelle balle qui est allée se perdre en l'air, puis j'ai saisi son arme et tâché tant bien que mal de prendre du recul pour la braquer sur lui.

«"*Nein !*" a crié le vieil homme, puis j'ai senti sa présence tel un coup de marteau résonnant dans mon crâne. L'espace d'une seconde, j'ai sombré dans le néant pendant que ces deux obscènes parasites luttaient pour le contrôle de mon corps. Puis il m'a semblé que j'observais la scène de haut, que j'avais quitté mon corps. J'ai vu le vieil homme rigide et mon corps comme agité par de terribles convulsions. Mes yeux roulaient dans leurs orbites et j'avais la bouche grande ouverte, comme un débile mental. De la vapeur montait de l'urine qui avait coulé dans son pantalon.

«Puis j'ai retrouvé l'usage de mes yeux et le vieil homme n'était plus dans mon esprit. Il a reculé de trois pas et s'est affaissé sur le tronc d'arbre. "*Willi*, a-t-il dit. *Mein Freund…*"

«Mon bras s'est levé et j'ai abattu le vieil homme de deux balles au visage et d'une balle dans le cœur. Il est tombé en arrière et je me suis retrouvé devant les semelles cloutées de ses bottes.

«*Nous arrivons, pion,* a murmuré l'Oberst. *Attends-nous.*

«Je suis resté immobile jusqu'à ce que j'entende leurs cris et les grondements du berger allemand derrière les arbres. Je tenais toujours le pistolet à la main. J'ai essayé de me détendre, de concentrer toute ma volonté et toute mon énergie sur l'index de ma main droite, sans penser à ce que j'allais faire. Les chasseurs étaient presque en vue lorsque le contrôle de l'Oberst s'est relâché, juste assez pour me permettre d'agir. Ç'a été la lutte la plus cruciale et la plus difficile de ma vie. Je devais seulement bouger un doigt de quelques millimètres, mais j'ai eu besoin pour cela de toute l'énergie et de toute la détermination qui subsistaient encore dans mon esprit et mon corps.

«J'y suis arrivé. Le luger a tiré et la balle m'a éraflé toute la longueur de la cuisse avant d'emporter le petit orteil de mon pied droit. La douleur ressemblait à un feu purificateur. Elle a semblé prendre l'Oberst par surprise et j'ai senti sa présence se retirer quelques secondes.

«J'ai fait demi-tour et me suis mis à courir, laissant des empreintes de sang sur la neige. Des cris ont retenti derrière moi. Une rafale d'arme automatique a déchiré l'air et j'ai entendu les projectiles passer près de moi en vrombissant comme des abeilles. *Mais l'Oberst ne me contrôlait pas.* Je suis arrivé devant le champ de mines et m'y suis précipité sans hésitation. J'ai écarté les barbelés de mes mains nues, m'en suis dépêtré d'un coup de pied et j'ai repris ma course. Si incroyable que cela paraisse, j'ai réussi à atteindre sain et sauf l'autre bout de la clairière. C'est à ce moment-là que l'Oberst a de nouveau pénétré mon esprit.

«*Halt!* Je me suis immobilisé. Je me suis retourné pour voir l'Oberst et les quatre gardes qui me faisaient face de l'autre côté de la zone mortelle. *Reviens, petit pion,* a murmuré la voix de la créature. *La partie est terminée.*

«J'ai essayé de coller le luger à ma tempe. Impossible. Mon corps s'est mis à marcher vers eux, vers le champ de mines, vers leurs armes levées. C'est alors que le berger allemand a échappé au garde qui le tenait en laisse et foncé sur moi. Le chien venait tout juste de pénétrer dans le champ, il était à six ou sept mètres de l'Oberst, lorsque la mine a explosé. C'était une mine antichar, un modèle très puissant. Un nuage de terre, de métal et de chair a envahi l'air. J'ai vu les cinq hommes se jeter à terre, puis un objet mou m'a frappé en pleine poitrine et m'a fait tomber par terre.

«Je me suis relevé et j'ai vu la tête du berger allemand gisant à mes pieds. L'Oberst et deux des soldats étaient à quatre pattes, étourdis, secouant la tête. Les deux autres ne bougeaient plus. *L'Oberst n'était plus en moi.* J'ai levé le luger et vidé son chargeur sur lui. Il était trop loin. Je tremblais trop. Aucune de mes balles n'a atteint sa cible. J'ai fait demi-tour et me suis mis à courir.

«Je ne sais toujours pas pourquoi l'Oberst m'a permis de m'échapper. Peut-être avait-il été blessé par l'explosion. Ou peut-être qu'une démonstration trop poussée du contrôle qu'il exerçait sur moi aurait prouvé aux soldats que la mort du vieil homme était son œuvre. Je n'en sais rien. Mais j'ai toujours pensé que si j'ai réussi à m'enfuir ce jour-là, c'est parce que ma fuite servait les buts de l'Oberst…»

Saul s'interrompit. Le feu était éteint et minuit était largement passé. Natalie Preston et lui étaient assis dans le noir. Depuis une demi-heure, la voix de Saul n'était plus qu'un murmure rauque.

«Vous êtes épuisé», observa Natalie.

Saul ne tenta pas de la contredire. Cela faisait deux nuits qu'il n'avait pas dormi — depuis qu'il avait vu la photo de «William Borden» dans le journal du dimanche matin.

«Mais votre histoire ne s'arrête pas là, n'est-ce pas? reprit Natalie. Tout cela a un rapport avec les gens qui ont tué mon père, n'est-ce pas?»

Saul acquiesça.

Natalie quitta la pièce et y revint quelques instants plus tard avec des draps, des couvertures et un oreiller bien épais. Elle se mit à déplier le canapé-lit. «Restez ici cette nuit. Vous finirez votre histoire demain matin. Je nous préparerai un bon petit déjeuner.

– J'ai loué une chambre dans un motel», articula Saul d'une voix rauque. L'idée de reprendre la route 52 pour rejoindre son motel lui donnait envie de fermer les yeux et de s'endormir sur place.

«Mais je vous serais reconnaissante de rester ici. Je veux entendre… non, je *dois* entendre le reste de votre histoire.» Elle marqua un temps. «Et je ne veux pas rester seule dans cette maison cette nuit.»

Saul acquiesça.

«Bien. Il y a une brosse à dents neuve au-dessus du lavabo. Je peux sortir un des pyjamas de Papa si vous voulez…

– Non. C'est inutile.

– Entendu.» Natalie s'immobilisa devant la porte du couloir. «Saul…» Elle s'interrompit et se frotta les bras. «Tout ce que vous m'avez raconté… c'est vrai, n'est-ce pas?

– Oui.

– Et votre Oberst était ici, à Charleston, la semaine dernière, n'est-ce pas ? C'est un des responsables du meurtre de mon père.

– Je le pense. »

Natalie hocha la tête, fit mine de parler, se mordilla la lèvre et se contenta de dire : « Bonne nuit, Saul.

– Bonne nuit, Natalie. »

Tout fatigué qu'il était, Saul ne trouva pas le sommeil tout de suite. Il observa les rectangles de lumière qui couraient le long du mur couvert de photographies chaque fois que passait une voiture. Il essaya de penser à des choses agréables : à une lumière dorée caressant les branches d'un saule ployant au-dessus d'un ruisseau, à un champ de pâquerettes blanches près d'une ferme où il avait joué étant enfant. Mais lorsqu'il finit par s'endormir, Saul rêva d'une belle journée de juin, de son frère Josef, et d'un cirque planté dans un joli pré où des wagons joliment décorés conduisaient des groupes d'enfants rieurs vers la Fosse qui les attendait.

7.
Charleston,
mercredi 17 décembre 1980

Le shérif Bobby Joe Gentry fut tout d'abord enchanté de constater qu'on le suivait. A sa connaissance, c'était la première fois que ça lui arrivait. Lui-même avait déjà filé bien des gens. Pas plus tard que la veille, il avait suivi Laski, le psychiatre, l'avait regardé entrer par effraction dans la maison Fuller, avait attendu patiemment dans la Dodge de Linda Mae que Laski et la petite Preston aient fini de dîner, puis avait passé une bonne partie de la nuit dans le quartier de Saint Andrews, à boire du café et à surveiller la maison de Natalie Preston. La nuit s'était avérée singulièrement froide et décevante. Le matin, il était repassé devant la maison et avait vu que la Toyota du psychiatre était toujours garée dans l'allée. Quel rapport y avait-il entre ces deux-là ? Laski avait fait une impression bizarre à Gentry — et ce dès son premier coup de fil —, une impression qui s'était vite transformée en un picotement intuitif entre les omoplates que l'expérience lui avait appris à considérer comme un des meilleurs outils du flic consciencieux. Il avait donc filé Laski la veille. Et aujourd'hui, c'était lui — le shérif Bobby Joe Gentry, du Comté de Charleston — qu'on avait pris en filature.

Tout d'abord, il eut du mal à le croire. Il s'était levé à six heures du matin, comme d'habitude, fatigué par le manque de sommeil et l'abus de caféine. Il était allé faire un tour à Saint Andrews pour vérifier que Laski avait bien passé le reste de la nuit dans la maison Preston, puis il avait mangé un beignet chez Sarah Dixon, sur Rivers Avenue, et s'était ensuite rendu à Hampten Park pour aller interroger une certaine Mrs. Lewellyn. Le mari de cette dernière avait quitté la ville quatre jours plus tôt, le jour des meurtres de Mansard House, et il était mort dans un accident de la route le dimanche, près d'Atlanta. Lorsqu'un policier géorgien avait appelé Mrs. Lewellyn pour lui apprendre qu'elle était veuve et que son mari avait percuté un pilier de pont à 130 km/h sur la rocade de l'I-285, elle lui avait posé la question suivante : «Que diable Arthur faisait-il à Atlanta? Il était sorti hier soir pour aller acheter le journal et un cigare.»

C'était une bonne question, avait pensé Gentry. Elle était toujours sans réponse lorsqu'il sortit de la maison Lewellyn à neuf heures, après avoir interrogé la veuve pendant une demi-heure. Ce fut à ce moment-là qu'il remarqua la Plymouth verte garée un peu plus loin à l'ombre des arbres immenses plantés le long du trottoir.

Il avait déjà remarqué cette Plymouth en sortant du parking du restaurant moins d'une heure plus tôt. Il n'y avait prêté attention que parce qu'elle était immatriculée dans le Maryland. Gentry savait d'expérience que les flics étaient obsédés par ce genre de détails anodins, la plupart du temps totalement inutiles. En se glissant au volant de sa voiture de patrouille, il régla le rétroviseur pour mieux observer la Plymouth. C'était bien la même voiture. Le soleil se reflétait sur son pare-brise et il était impossible de voir si elle était occupée. Gentry haussa les épaules et démarra, tournant à gauche au premier carrefour. La Plymouth quitta sa place juste avant que la voiture de Gentry ne soit hors de vue. Celui-ci tourna de nouveau à gauche et prit la direction du sud, ne sachant s'il devait retourner à Saint Andrews ou aller remplir des paperasses à l'hôtel du Comté. Il remarqua que la conduite intérieure verte restait à deux voitures de distance de lui.

Gentry roulait lentement. Il tapotait le volant de ses

grosses mains rouges tout en sifflotant doucement un air de country. Il écouta d'une oreille distraite les messages transmis par la radio et s'interrogea sur les raisons susceptibles de pousser quelqu'un à le filer. Il n'en trouva guère. Si l'on exceptait quelques voyous qu'il avait mis derrière les barreaux ces deux dernières années, personne n'avait de comptes à régler avec Bobby Joe Gentry, et il ne voyait pas qui irait perdre son temps à le suivre dans ses vagabondages quotidiens. Il se demanda s'il n'avait pas peur de son ombre. Il y avait plus d'une Plymouth verte à Charleston. *Avec une plaque du Maryland ?* ricana la partie la plus méfiante de son esprit de flic. Gentry décida de prendre le chemin des écoliers pour regagner son bureau.

Il obliqua à gauche pour s'engager dans Cannon Street. La Plymouth le suivit à trois voitures de distance. S'il ne s'était pas attendu à la voir, il n'aurait jamais remarqué sa présence. Seule la relative tranquillité de la rue où vivait Mrs. Lewellyn lui avait permis de repérer son suiveur. Il prit la bretelle d'accès à l'Interstate 26, roula un peu moins de deux kilomètres en direction du nord, puis quitta l'autoroute, empruntant les petites rues pour rejoindre Meeting Street. La Plymouth ne quitta pas son rétroviseur une seule seconde, s'abritant derrière d'autres véhicules quand c'était possible, demeurant à une distance respectable quand la chaussée était déserte.

«Tiens, tiens, tiens», fit Gentry. Il prit la direction de Charleston Heights et passa devant la base navale. Les masses grises des navires étaient visibles derrière l'enchevêtrement des grues. Il tourna à gauche, remonta Dorchester Road et rejoignit l'I-26, en direction du sud cette fois-ci. La Plymouth avait disparu. Il était prêt à sortir de l'autoroute, pensant qu'il regardait trop de séries policières à la télé, lorsqu'un semi-remorque changea de file huit cents mètres derrière lui, lui permettant d'entrevoir un capot vert.

Gentry quitta l'autoroute à la sortie 221 et se

retrouva dans les rues étroites avoisinant l'hôtel du
Comté. Il s'était mis à bruiner. Le conducteur de la Plymouth avait actionné ses essuie-glaces à la même
seconde que Gentry. Le shérif chercha une loi que son
poursuivant soit susceptible d'avoir violée. Il n'en
trouva aucune. Bien, pensa-t-il, comment puis-je arriver
à le semer? Il songea à toutes les scènes de poursuite
qu'il avait vues au cinéma. Non merci. Il tenta de se rappeler une ruse figurant dans un des nombreux romans
d'espionnage qu'il avait lus, mais n'arriva à se souvenir
que d'un brusque changement de rame dans le métro
moscovite. Merci bien. Le fait d'être au volant d'une
voiture de patrouille clairement identifiée comme
appartenant au shérif du Comté de Charleston ne faisait
qu'aggraver la situation.

Gentry savait qu'il lui suffisait de lancer un appel radio
et de faire le tour du pâté de maisons, et dès qu'il revien-
drait à ce carrefour la moitié de ses hommes seraient là
pour réceptionner le pigeon. Et ensuite? Il s'imagina en
face du juge Trantor, accusé de persécuter un touriste
cherchant le ferry conduisant à Fort Sumter et ayant
décidé de suivre le shérif de la ville pour y parvenir.

La solution la plus intelligente, il le savait, était celle
de l'attente. Que ce type continue de le suivre — pendant des jours, des semaines, des années — jusqu'à ce
que Gentry comprenne à quel jeu il jouait. Le conducteur — ou la conductrice — de la Plymouth était peut-
être un huissier, un journaliste, un témoin de Jéhovah
têtu, ou un membre de la police des polices récemment
fondée par le gouverneur. La solution la plus intelligente, Gentry en était absolument certain, était de
retourner à son bureau, de ne plus penser à ça et de laisser la situation se décanter toute seule.

«Et puis merde», dit-il. La patience n'était pas son
fort. Il fit faire une tête-à-queue à sa voiture sur la
chaussée mouillée, brancha son gyrophare et sa sirène,
et fonça vers la Plymouth qui venait de s'engager dans
l'étroite rue en sens unique. Il déboucla la gaine du hol-

ster où était glissé son pistolet non réglementaire et jeta
un coup d'œil par-dessus son épaule pour vérifier que sa
matraque était bien à sa place sur la banquette arrière.
Puis il accéléra, donnant du klaxon pour accroître
encore le vacarme produit par son véhicule.

La calandre de la Plymouth eut l'air toute surprise.
Gentry vit qu'il n'y avait qu'un homme dans la voiture.
Celle-ci fit une embardée sur sa droite. Gentry donna un
coup de volant à gauche pour lui bloquer le passage. La
Plymouth feignit d'obliquer sur sa gauche, puis monta
sur le trottoir de droite, tentant de se faufiler entre les
immeubles et la voiture du shérif. Gentry donna un violent coup de volant à gauche, décolla de son siège en
montant sur le trottoir et se prépara à la collision.

La Plymouth dérapa, accrocha une rangée de poubelles métalliques avec son pare-chocs arrière et
emboutit un poteau téléphonique. Gentry immobilisa sa
voiture devant le radiateur fumant de la conduite intérieure, de façon à lui bloquer le passage si le conducteur
tentait de s'enfuir. Puis il descendit, acheva d'ouvrir son
holster et saisit sa matraque de la main gauche.

«Pourrais-je voir votre permis de conduire et votre
attestation d'assurance, monsieur?» demanda-t-il. Un
visage pâle et émacié le regardait fixement. Le choc
avait été tout juste assez violent pour tordre la portière
avant gauche et secouer le conducteur. Celui-ci avait un
front haut et des cheveux noirs. Gentry lui donna une
quarantaine d'années. Il était vêtu d'un costume foncé,
d'une chemise blanche et d'une cravate sombre et
étroite qui semblait dater de l'époque Kennedy.

Gentry observa les mouvements de l'homme pendant
qu'il cherchait son portefeuille. «Voulez-vous sortir
votre permis de conduire, s'il vous plaît, monsieur?»
L'homme s'immobilisa, cilla, puis fit mine de s'exécuter.

Gentry s'avança vivement et ouvrit la portière de la
main gauche, laissant la lanière de sa matraque pendre à
son poignet. Sa main droite était posée sur la crosse de
son Ruger Blackhawk. «Monsieur! Veuillez descendre
de... merde!»

Le conducteur de la Plymouth se retourna, son pistolet automatique braqué sur le visage de Gentry. Les cent
vingt kilos du shérif s'engouffrèrent dans la voiture
quand il plongea sur le poignet de son adversaire. Il y
eut deux coups de feu : la première balle passa en sifflant
près de l'oreille du shérif et traversa le toit, la seconde
transforma le pare-brise de la Plymouth en toile d'araignée poudreuse. Puis Gentry enserra le poignet de
l'homme de ses deux mains et tous deux se retrouvèrent
couchés sur la banquette comme des adolescents en
train de se peloter dans un drive-in. Ils suffoquaient et
haletaient tous les deux. La matraque de Gentry s'était
coincée dans le volant et la Plymouth beuglait comme
un cerf blessé. Le conducteur tenta de labourer les joues
du shérif à coups de griffes. Gentry abaissa sa tête massive et lui assena un coup de boule, deux, entendit le
troisième lui couper le souffle. L'automatique dégrin-
gola de la main du type, rebondit sur le levier de vitesse
et la jambe de Gentry, et alla atterrir bruyamment sur la
chaussée. Redoutant les armes qui tombent comme tout
bon chasseur qui se respecte, Gentry s'attendit à
entendre partir l'automatique et à recevoir la moitié du
chargeur dans le dos, mais rien de tel ne se produisit.

«Amène-toi par ici», dit Gentry, et il se redressa,
entraînant dans le même mouvement le conducteur hors
de la voiture. Il l'avait empoigné au collet de la main
droite et, après avoir vérifié que l'automatique était à
moitié sous la voiture, il jeta l'homme sur le sol à plus de
deux mètres de distance. Lorsqu'il réussit à se relever,
Gentry avait dégainé le Ruger Blackhawk que son oncle
lui avait offert le jour où il avait pris sa retraite. L'arme
avait une consistance rassurante dans sa main.

«Plus un geste. On ne bouge pas d'un poil», ordonna
Gentry. Une douzaine de curieux étaient sortis des boutiques et des bureaux pour observer la scène. Gentry
vérifia qu'ils étaient tous hors de portée de son arme
et que seul un mur de briques se trouvait derrière le
conducteur. Il eut une violente nausée en se rendant

compte qu'il était prêt à abattre ce pauvre type. Gentry n'avait jamais tiré sur un être humain. Au lieu d'empoigner le revolver à deux mains et d'écarter les jambes comme on le lui avait appris, il se redressa de toute sa taille, pointant le canon de son arme vers le ciel. La pluie était une brume caressante sur son visage rougeaud. «La bagarre est finie, haleta-t-il. Détendez-vous une minute, mon vieux. Et discutons un peu de tout ça.»

Il y avait un couteau dans la main du conducteur lorsqu'elle jaillit de sa poche. La lame sortit du manche avec un déclic parfaitement audible. L'homme se mit en position de combat, en équilibre sur la pointe des pieds, les doigts de son autre main bien écartés. Le shérif fut navré de constater qu'il tenait son couteau parfaitement, dangereusement, le pouce posé sur le manche à la naissance de la lame. Le morceau d'acier long d'une douzaine de centimètres décrivait déjà des arcs courts et fluides. D'un coup de pied, Gentry propulsa l'automatique sous la Plymouth, puis il recula de trois pas.

«Allons, mon vieux, dit Gentry. Ne faites pas de bêtises. Rangez ce couteau.» Il ne sous-estimait nullement la vitesse avec laquelle l'homme pourrait franchir les cinq mètres qui les séparaient. Et il savait qu'à une telle distance, un couteau pouvait être aussi fatal qu'une balle. Mais il se rappelait aussi les trous creusés par le Blackhawk dans une cible noire placée à quarante pas. Il ne voulait pas imaginer les dégâts que causeraient les balles de .357 à cette distance.

«Baissez votre arme», dit Gentry. Sa voix était douce et unie, ne contenait aucune menace, n'admettait aucune discussion. «Réfléchissons quelques instants et parlons de tout ça.» L'homme n'avait ni parlé ni émis d'autre son que deux ou trois grognements depuis que Gentry s'était approché de la Plymouth. A présent, un étrange sifflement sortait de sa bouche crispée, pareil à celui d'une bouilloire en train de refroidir. Il commença à lever le couteau à la verticale.

«*Stop!*» Gentry abaissa son pistolet, visant le centre

de la cravate de l'homme. Si le couteau se mettait en position de lancer, Gentry serait obligé de tirer. Son doigt était tellement crispé sur la détente que le percuteur était prêt à se lever.

Gentry vit alors quelque chose qui lui bloqua douloureusement le cœur. Le visage de l'homme sembla frémir, trembler, ou plutôt *se liquéfier*, comme si un masque de caoutchouc mal ajusté glissait pour révéler ses véritables traits. Ses yeux s'écarquillèrent, comme pour exprimer la surprise ou la terreur, puis ils roulèrent, telles des petites bêtes prises de panique. L'espace d'un instant, Gentry vit une autre personnalité émerger sur ce visage mince, une expression d'horreur et de confusion apparaître dans ces yeux captifs, puis les muscles du visage et du cou se raidirent, comme si le masque venait de se rajuster. Le couteau se leva jusqu'à toucher le menton de l'homme, assez haut pour être correctement lancé.

«Hé!» cria Gentry. Il relâcha la pression de son doigt sur la détente.

Le conducteur inséra le couteau dans sa propre gorge. Il ne se poignarda pas, il ne se tailladada pas, il *inséra* les douze centimètres d'acier comme un chirurgien pratiquant une incision ou une ménagère perçant soigneusement une pastèque avant de la couper en tranches. Puis, avec une force et une lenteur délibérées, il fit aller la lame de droite à gauche sous ses mâchoires.

«Doux Jésus!» murmura Gentry. Un des spectateurs poussa un cri.

Le sang coula sur la chemise blanche de l'homme comme si un ballon plein de peinture rouge venait d'exploser. L'homme dégagea sa lame et resta immobile pendant une bonne dizaine de secondes, les jambes écartées, le corps rigide, le visage sans expression, pendant qu'une cascade de sang inondait son torse et coulait à grosses gouttes sur le trottoir mouillé. Puis il s'effondra sur le dos, les jambes agitées de spasmes.

«Restez à l'écart, bon sang!» hurla Gentry en direction des badauds, et il se précipita vers le mourant. Il écrasa le poignet droit de l'homme sous sa botte et dégagea le couteau d'un coup de matraque. La tête du conducteur était rejetée en arrière et la plaie écarlate de sa gorge béait comme le sourire obscène d'un requin. Gentry aperçut des cartilages déchiquetés et des lambeaux de tissu gris avant que le sang ne bouillonne à nouveau. La poitrine de l'homme commença à s'élever et à s'abaisser lorsque ses poumons se remplirent.

Gentry retourna près de sa voiture et appela une ambulance. Puis il ordonna une nouvelle fois à la foule de s'écarter et récupéra l'automatique sous la Plymouth à l'aide de sa matraque. C'était un browning 9 mm muni d'un chargeur supplémentaire qui l'alourdissait considérablement. Il trouva le cran de sûreté, le bloqua, passa l'arme à son ceinturon et alla s'agenouiller près du mourant.

Le conducteur avait roulé sur son flanc droit, les genoux relevés, les bras autour du torse, les poings serrés. Son sang s'étalait en une flaque d'un bon mètre de large et continuait de couler à chaque battement de cœur. Gentry s'agenouilla dedans et essaya de refermer la blessure avec ses mains nues, mais la plaie était trop large et trop irrégulière. Sa chemise fut trempée de sang en moins de cinq secondes. Les yeux de l'homme avaient pris une nuance vitreuse que Gentry avait déjà vue sur nombre de cadavres.

La respiration entrecoupée et le bouillonnement cessèrent au moment où la sirène d'une ambulance se faisait entendre au loin.

Gentry recula, se redressa sur les genoux et s'essuya les mains sur les cuisses. Le portefeuille du conducteur avait atterri sur la chaussée durant leur brève lutte, et Gentry le saisit avant qu'il soit maculé de sang. Ignorant la procédure en vigueur dans un tel cas, il l'ouvrit et passa son contenu en revue. Il s'y trouvait neuf cents dollars en liquide, une photo en noir et blanc du shérif Bobby Joe Gentry, et rien d'autre. Rien. Ni permis de conduire, ni carte de crédit, ni photo de famille, ni carte de sécurité sociale, ni carte de visite, ni vieille facture — rien.

« Qu'est-ce que c'est que cette histoire », murmura Gentry. La pluie avait cessé de tomber. Le corps du conducteur gisait sur le macadam. Son mince visage était si blanc qu'il semblait de cire. Gentry secoua la tête et regarda sans les voir les badauds et les policiers et ambulanciers qui approchaient. « Quelqu'un serait-il assez aimable pour me dire *ce qui se passe ici ?* » hurla-t-il.

Personne ne lui répondit.

8.
Bayerisch-Eisenstein,
jeudi 18 décembre 1980

Tony Harod et Maria Chen prirent la direction du nord en sortant de Munich, passèrent près de Deggendorf et de Regen, puis s'enfoncèrent dans la région montagneuse et forestière située près de la frontière tchèque. Harod n'avait aucune pitié pour sa B.M.W. de location; il changeait de vitesse avec nervosité pour négocier les virages en dérapage contrôlé, accélérant jusqu'à 120 km/h dans les lignes droites. Même la concentration nécessitée par cette activité ne suffisait pas à dissiper la tension consécutive au long voyage en avion. Il avait tenté de dormir durant cette interminable traversée de l'Atlantique, mais il n'avait pu oublier une seule seconde qu'il était enfermé dans un tube fragile et pressurisé suspendu à des milliers de pieds au-dessus de l'océan. Harod frissonna, poussa le chauffage de la B.M.W. et doubla deux voitures. A mesure qu'ils prenaient de l'altitude, la neige tapissait les champs et s'amoncelait au bord de la route.

Deux heures plus tôt, alors qu'ils sortaient de Munich sur une *autobahn* encombrée, Maria avait étudié sa carte routière Shell et s'était exclamée : «Oh, Dachau n'est qu'à quelques kilomètres d'ici.

– Et alors?

– Et alors, c'est là que se trouvait un de ces camps de la mort. Là où on envoyait les Juifs pendant la guerre.

– Et alors? C'est de l'histoire ancienne, bordel.

– Pas si ancienne que ça.»

Harod avait pris une sortie numérotée 92, échangeant une *autobahn* encombrée contre une autre. Il prit la file de gauche et l'aiguille du compteur se maintint à 100. « Quand êtes-vous née ? demanda-t-il.

– En 1948.

– Ça ne sert à rien d'imaginer ce qui a pu arriver avant votre naissance. C'est de l'histoire ancienne. »

Maria Chen s'était tue et avait contemplé le ruban glacé de l'Isar. Une lumière grise tombait du ciel de cet après-midi finissant.

Harod jeta un regard à sa secrétaire et se rappela leur première rencontre, quatre ans plus tôt, durant l'été 1976, alors que Harod se trouvait à Hong Kong pour convaincre les frères Foy de financer un film de kung fu débile que Willi voulait produire. Harod avait été ravi de quitter les U.S.A. plongés dans la folie du Bicentenaire. Le plus jeune Foy l'avait accompagné dans une boîte de Kowloon.

Quelque temps s'était écoulé avant que Harod s'aperçoive que le night-club où ils se trouvaient, situé au huitième étage d'un gratte-ciel de Kowloon, était en fait un bordel, et que les jeunes femmes superbes et sophistiquées qui leur tenaient compagnie étaient des putes.

Harod avait perdu tout intérêt pour elles à ce moment-là, et il aurait quitté les lieux sur-le-champ s'il n'avait pas remarqué une superbe Eurasienne assise toute seule au bar, dont le regard exprimait une indifférence trop profonde pour être feinte. Lorsqu'il demanda des renseignements sur elle à Two-Bit Foy, l'Asiatique obèse eut un large sourire et dit : « Ah, très intéressant. Une histoire très triste. Sa mère était une missionnaire américaine, son père un professeur sur le continent. Sa mère est morte peu de temps après être venue à Hong Kong. Son père aussi est mort. Maria Chen est restée ici et elle est devenue un mannequin très célèbre et très cher.

– Un mannequin ? dit Harod. Qu'est-ce qu'elle fiche ici ? »

Foy haussa les épaules et sourit de nouveau, exhibant sa dent en or. «Elle gagne beaucoup d'argent, mais ça ne lui suffit pas. Elle a des goûts très coûteux. Elle veut aller en Amérique — c'est une citoyenne américaine —, mais ses goûts coûteux l'empêchent d'y aller.»

Harod hocha la tête. «Cocaïne?

— Héroïne, dit Foy en souriant. Vous aimeriez la rencontrer?»

Harod répondit que oui. Une fois les présentations faites, lorsqu'ils se retrouvèrent tout seuls au bar, Maria Chen dit : «J'ai entendu parler de vous. Vous avez bâti votre carrière sur vos mauvais films et vos mauvaises manières.»

Harod acquiesça de la tête. «Et j'ai entendu parler de vous, dit-il. Vous êtes une pute accro à l'héroïne.»

Il vit venir la gifle et tendit son esprit pour la bloquer. En vain. La claque fit un bruit retentissant. Toutes les personnes présentes se turent et se tournèrent vers eux. Lorsque les conversations reprirent, Harod sortit un mouchoir de sa poche et le posa sur sa bouche. La bague de l'Eurasienne lui avait coupé la lèvre.

Harod avait déjà rencontré des Neutres : des hommes et des femmes sur lesquels le Talent n'avait aucune prise. Mais rarement. Très rarement. Et jamais dans une situation où son ignorance s'était retournée contre lui. «Bien, dit-il. Les présentations sont faites. Maintenant, j'ai une proposition à vous faire.

— Rien de ce que vous pourrez me proposer ne m'intéressera.» La sincérité de Maria Chen ne faisait aucun doute. Mais elle resta assise sur son tabouret de bar.

Harod acquiesça. Il réfléchissait à toute allure, repensant à l'inquiétude qu'il éprouvait depuis maintenant des mois. Willi le terrifiait. Le vieillard n'utilisait son Talent que rarement, mais son pouvoir était incontestablement plus développé que le sien. Même si Harod passait des années à conditionner un assistant, Willi n'aurait aucune difficulté à retourner ce pion contre lui. Harod se sentait de plus en plus angoissé depuis que ce foutu

Island Club l'avait convaincu de devenir un des proches du vieil assassin. Si Willi apprenait la vérité, il utiliserait le premier instrument venu…

«Je vous offre un travail aux U.S.A., dit Harod. Vous serez ma secrétaire personnelle et la secrétaire de direction de la compagnie que je représente.»

Maria Chen le toisa du regard. Ses superbes yeux marron n'exprimaient aucun intérêt.

«Cinquante mille dollars américains par an, ajouta-t-il, plus d'autres avantages.»

Elle ne cilla même pas. «Je gagne beaucoup plus que ça ici, à Hong Kong. Pourquoi échangerais-je ma carrière de mannequin contre un boulot de secrétaire mal payé?» La façon dont elle insista sur le mot «secrétaire» traduisait clairement le mépris que lui inspirait cette proposition.

«Les autres avantages.» Comme Maria Chen restait muette, Harod poursuivit à voix basse : «Une réserve permanente de… ce dont vous avez besoin. Vous n'aurez plus à faire les démarches nécessaires pour vous approvisionner.»

Cette fois-ci, Maria Chen cilla. Son assurance la déserta comme un voile arraché à son visage. Elle baissa les yeux.

«Réfléchissez-y, reprit Harod. Je suis à l'Hôtel Victoria & Albert jusqu'à mardi matin.»

Elle ne leva pas la tête lorsque Harod sortit du night-club. Le mardi matin, il se préparait à partir, le portier avait déjà pris ses valises, et il examinait une dernière fois son reflet dans la glace, achevant de boutonner sa veste de safari taillée dans le plus pur style république bananière, lorsque Maria Chen apparut sur le seuil.

«Quelles seront mes obligations, en dehors de celles d'une secrétaire?» demanda-t-elle.

Harod se retourna lentement, résista à son envie de sourire, et haussa les épaules. «Toutes celles que je pourrai vous indiquer.» Il daigna sourire. «Mais pas celles auxquelles vous pensez. Je n'ai pas besoin de putes.

– J'accepte, mais à une condition. »

Harod la regarda sans rien dire.

« L'année prochaine, il faut que… que je m'arrête. » Une pellicule de sueur apparut sur son front lisse. « Que je… comment dit-on en Amérique ? Que je décroche. Et quand je vous le demanderai, le moment venu, vous devrez prendre… des dispositions. »

Harod réfléchit durant une minute. Il ne savait pas si une Maria Chen libérée de l'influence de la drogue servirait ses buts, mais il ne croyait pas vraiment qu'elle tenterait de décrocher. Si c'était le cas, il aviserait à ce moment-là. En attendant, il aurait à son service une secrétaire belle et intelligente à laquelle Willi ne pourrait pas toucher. « Entendu, dit-il. Maintenant, il faut prendre les dispositions nécessaires pour que vous obteniez votre visa.

– C'est inutile. » Maria Chen s'écarta pour le laisser passer et lui emboîta le pas en direction de l'ascenseur. « Toutes les dispositions ont déjà été prises. »

Trente kilomètres après Deggendorf, ils approchèrent de Regen, une cité médiévale bâtie à l'ombre de pics rocheux. Alors qu'ils descendaient une route de montagne vers ses faubourgs, Maria Chen désigna l'endroit où, l'espace d'un instant, les phares de la voiture avaient éclairé une planche ovale plantée sous les arbres au bord de la chaussée. « Vous avez remarqué ces trucs près de la route ? demanda-t-elle.

– Ouais, dit Harod en rétrogradant pour négocier un virage en épingle à cheveux.

– Selon le guide, c'est sur ces planches qu'on portait les cercueils lors des enterrements. On y inscrivait le nom du défunt ainsi qu'une invitation à prier pour le salut de son âme.

– Charmant. » La route traversa une ville. Harod entrevit des lampadaires perçant la pénombre hivernale, des pavés mouillés dans les rues latérales et un édifice sombre dressé au-dessus de la ville sur une crête boisée.

«Ce château a jadis appartenu au comte Hund, lut Maria Chen. Il a ordonné que son épouse soit enterrée vivante après qu'elle eut noyé leur bébé dans la rivière.»

Harod resta muet.

«Une curieuse histoire, n'est-ce pas?» dit Maria Chen.

Harod rétrograda et tourna à gauche, suivant l'autoroute 11 en direction de la montagne. La neige était visible à la lueur des phares. Harod tendit une main pour s'emparer du guide de Maria Chen et pour éteindre la veilleuse qui lui permettait de le lire. «Rendez-moi un service, dit-il. Fermez votre gueule.»

Il était neuf heures passées lorsqu'ils arrivèrent au petit hôtel de Bayerisch-Eisenstein, mais leurs chambres les attendaient et le dîner était encore servi dans une minuscule salle contenant à peine cinq tables. Celle-ci était chauffée par une immense cheminée qui fournissait également la quasi-totalité de l'éclairage. Ils mangèrent en silence.

Bayerisch-Eisenstein avait paru minuscule et désert à Harod d'après les quelques aperçus qu'il en avait eus avant de trouver l'hôtel. Une grand-rue, quelques immeubles de style bavarois blottis dans une étroite vallée entre des collines noires; cet endroit lui rappelait une ville frontière dans les Catskills. A l'entrée de l'agglomération, une pancarte les avait informés qu'ils n'étaient qu'à quelques kilomètres de la frontière tchèque.

Lorsqu'ils regagnèrent leurs chambres adjacentes au deuxième étage, Harod dit : «Je vais descendre jeter un coup d'œil au sauna. Préparez les affaires pour demain.»

L'hôtel comprenait vingt chambres, occupées en majorité par des skieurs de fond venus explorer les pistes de la Grosse Arber, une montagne haute de quatorze cents mètres située quelques kilomètres plus au nord. Plusieurs couples étaient assis dans le petit salon du rez-de-chaussée, buvant de la bière ou du chocolat chaud et riant de ce rire jovial et typiquement allemand qui semblait toujours forcé à Harod.

Le sauna se trouvait au sous-sol et n'était guère plus qu'un caisson en cèdre muni de bancs. Harod augmenta la température, ôta ses vêtements dans le minuscule vestiaire et pénétra dans la chaleur, vêtu d'une simple serviette. Il sourit en lisant la pancarte rédigée en allemand et en anglais : LES VISITEURS SONT AVISÉS QUE LES VÊTEMENTS NE SONT PAS OBLIGATOIRES DANS LE SAUNA. De toute évidence, certains touristes américains avaient été surpris par l'absence de pudeur des Allemands en pareille circonstance.

Il s'était presque assoupi lorsque les deux filles entrèrent. Elles étaient jeunes — pas plus de dix-neuf ans —, allemandes et gloussantes. Elles n'eurent aucune réaction en voyant Harod. «*Guten Abend*», dit la plus grande des deux blondes. Elles gardèrent les serviettes dont elles s'étaient enveloppées. Harod portait également une serviette; il ne dit mot et, les yeux mi-clos, observa les deux filles.

Il se rappela le jour où, trois ans plus tôt, Maria Chen lui avait annoncé que le moment était venu pour lui de l'aider à décrocher.

«Pourquoi ferais-je cela? avait-il dit.

– Parce que vous l'avez promis», avait-elle répliqué.

Harod l'avait regardée fixement en pensant aux mois de tension sexuelle qu'il avait endurés, à la façon dont elle repoussait froidement la moindre de ses avances, et à la nuit durant laquelle il était allé doucement devant la porte de sa chambre et l'avait ouverte. Il était deux heures passées, mais elle était en train de lire au lit. Lorsqu'il était apparu sur le seuil, elle avait calmement reposé son livre, avait sorti un .38 du tiroir de sa table de nuit, l'avait calé sur ses cuisses et avait demandé : «Oui, qu'y a-t-il, Tony?» Il avait secoué la tête et battu en retraite.

«D'accord, chose promise, chose due, dit Harod. Que voulez-vous que je fasse?»

Maria Chen le lui expliqua.

Elle n'avait pas quitté la cave fermée à clé pendant trois semaines. Dans un premier temps, elle avait déchiré de ses ongles le capitonnage qu'il l'avait aidée à installer sur les murs et sur la porte. Elle avait hurlé, tapé sur les murs, déchiqueté le sommier et le matelas auxquels se réduisait le mobilier de la pièce, puis hurlé de nouveau. Harod, assis dans la salle de projection adjacente à la cave, était le seul à entendre ses hurlements.

Elle avait refusé de manger les repas qu'il lui glissait sous la porte. Au bout de deux jours, elle avait cessé de se lever, restant étendue sur le matelas, recroquevillée sur elle-même, tantôt à transpirer, tantôt à trembler, gémissant faiblement pour se mettre l'instant d'après à hurler d'une voix inhumaine. En fin de compte, Harod avait passé trois jours et trois nuits à ses côtés dans la pièce minuscule, l'aidant à aller aux toilettes quand elle arrivait à se lever, la lavant et prenant soin d'elle quand elle n'y arrivait pas. Finalement, le quinzième jour, elle avait dormi pendant vingt-quatre heures, puis Harod l'avait lavée et avait pansé les plaies qu'elle s'était infligées. En épongeant ses joues pâles, ses seins parfaits et ses cuisses en sueur, il avait repensé à toutes les fois où il avait vu son corps vêtu de soie et regretté amèrement qu'elle soit Neutre.

Après l'avoir baignée et séchée, il lui avait fait enfiler un pyjama propre, avait changé les draps et les couvertures, puis l'avait laissée dormir.

Elle avait émergé de la cave la troisième semaine : son maintien et ses manières légèrement distantes étaient aussi intacts, aussi parfaits que ses cheveux, sa mise et son maquillage. Ni l'un ni l'autre n'avait jamais parlé de ces trois semaines.

La plus jeune des deux Allemandes gloussa, leva les bras au-dessus de sa tête et murmura quelque chose à son amie. Harod les observa à travers les nuages de vapeur. Ses yeux noirs étaient deux trous sombres sous ses paupières lourdes.

L'aînée des deux filles cligna des yeux à plusieurs reprises et dénoua sa serviette. Ses seins étaient lourds et fermes. La cadette eut un mouvement de surprise, les bras toujours levés. Harod vit une masse de poils drus sous ses bras et se demanda pourquoi les Allemandes ne se rasaient pas les aisselles. La cadette fit mine de dire quelque chose, se ravisa et dénoua sa serviette. Ses doigts étaient hésitants, comme s'ils étaient à moitié endormis ou peu habitués à cette tâche. La serviette tomba alors que l'aînée tendait les mains vers les seins de sa sœur.

Des sœurs, comprit Harod alors qu'il plissait les yeux pour mieux savourer le flot de sensations. *Kirsten* et *Gabi*. Ce n'était pas facile avec deux sujets. Il devait constamment aller de l'une à l'autre, contrôlant la première tout en veillant à ce que la seconde ne lui échappe pas. C'était comme s'il avait joué au tennis contre lui-même : ce genre de partie ne devait pas se prolonger. Mais les parties les plus courtes sont parfois les meilleures. Harod ferma les yeux et sourit.

Lorsqu'il remonta, il trouva Maria Chen près de la fenêtre, en train de regarder un groupe de choristes chanter des chants de Noël autour d'un traîneau tiré par un cheval. Elle se retourna alors que des rires et des fragments de «*Oh Tannenbaum*» emplissaient l'air glacé.

«Où est-il?» demanda Harod. Il était vêtu d'un pyjama en soie et d'un peignoir doré. Ses cheveux étaient mouillés.

Maria Chen ouvrit sa valise et en sortit un pistolet automatique de calibre .45. Elle le posa sur une table basse.

Harod prit l'arme à feu, fit mine de tirer et hocha la tête. «Je me doutais qu'on ne vous emmerderait pas à la douane. Où est le chargeur?»

Maria Chen sortit trois magasins de sa valise et les posa sur la table. Harod fit glisser l'arme sur le verre jusqu'à ce qu'elle s'immobilise près de la main de sa secrétaire.

«Okay, dit-il. Voyons un peu la gueule qu'a ce foutu pays.» Il déroula une carte topographique sur la table, calant ses quatre coins avec le pistolet et les trois chargeurs. Son index se posa sur un groupe de points situés de part et d'autre d'une ligne rouge. «Bayerisch-Eisenstein. Nous sommes ici.» Son doigt se planta deux centimètres plus au nord-ouest. «La propriété de Willi est ici, derrière cette colline…

– La Grosse Arber, dit Maria Chen.

– Peu importe. Ici, en plein milieu de la forêt…

– Le Bayerischer Wald», dit Maria Chen.

Harod la regarda en silence pendant deux bonnes minutes, puis se repencha sur la carte. «Ça fait partie d'un parc national… mais c'est quand même une propriété privée. N'importe quoi!

– Il existe des propriétés privées dans l'enceinte des parcs nationaux américains, lui rappela Maria Chen. De plus, cette propriété est censée être vide.

– Ouais.» Harod enroula la carte et se rendit dans sa chambre par la porte de communication. Une minute plus tard, il revenait avec un verre de scotch prélevé sur la bouteille qu'il avait achetée à la Duty Free Shop de Heathrow. «Bien, dit-il, vous savez ce que vous avez à faire demain matin?

– Oui, dit Maria Chen.

– S'il n'est pas là, ça baigne. S'il est là, s'il est tout seul et s'il a envie de parler, pas de problème.

– Et s'il y a un problème?»

Harod s'assit, posa son verre sur la table et inséra un magasin dans la crosse de l'automatique. Il lui tendit le pistolet et attendit qu'elle le prenne. «Alors, vous l'abattez. Vous l'abattez, ainsi que toute personne se trouvant en sa compagnie. Visez la tête. Tirez plusieurs balles si vous en avez le temps.» Il retourna à la porte, puis hésita. «D'autres questions?

– Non.»

Harod entra dans sa chambre et ferma la porte. Maria Chen entendit le déclic du verrou. Elle resta assise un long moment, l'automatique dans ses mains, écoutant les échos de *Gemütlichkeit* qui lui parvenaient de temps en temps de la rue tout en contemplant la mince bande de lumière jaune sous la porte de la chambre de Tony Harod.

9

Washington, D.C., jeudi 18 décembre 1980

C. Arnold Barent prit congé du président élu, sortit du Mayflower Hotel et alla jusqu'à l'aéroport national en passant par l'immeuble du F.B.I. Sa limousine était précédée par une Mercedes grise et suivie par une Mercedes bleue ; ces deux véhicules appartenaient à l'une de ses compagnies et leurs occupants étaient aussi bien entraînés que les agents peu discrets en poste au Mayflower.

« Je trouve que la conversation s'est très bien passée », dit Charles Colben, le seul autre passager de la limousine.

Barent acquiesça.

« Le président a très bien accueilli vos suggestions, poursuivit Colben. Apparemment, il risque de venir à la retraite de l'Island Club en juin. Ce serait intéressant. Nous n'avons jamais reçu un président en exercice jusqu'ici.

– Le président élu, corrigea Barent.

– Hein ?

– Vous avez dit que le président avait très bien accueilli mes suggestions, dit Barent. Vous voulez dire : le président élu. Carter reste notre président jusqu'en janvier. »

Colben eut un petit ricanement moqueur.

« Que disent vos informateurs au sujet des otages ? demanda Barent à voix basse.

– Que voulez-vous dire ?

– Seront-ils libérés durant les dernières heures du mandat de Carter ou bien pendant celui de son successeur?»

Colben haussa les épaules. «Nous, c'est le F.B.I., pas la C.I.A. Nous travaillons sur le territoire national, pas à l'étranger.»

Barent hocha la tête, un petit sourire aux lèvres. «Et une partie de votre travail sur le territoire national consiste à espionner la C.I.A. Je vous demande donc: quand les otages vont-ils rentrer chez nous?»

Colben plissa le front et contempla les arbres nus du Mail. «A notre avis, dans les vingt-quatre heures qui précéderont ou suivront la prise d'investiture. Mais vu la façon dont l'ayatollah a baisé Carter pendant un an et demi, ça m'étonnerait qu'il lui fasse une fleur au dernier moment.

– Je l'ai rencontré une fois. Un personnage très intéressant.

– Hein? Qui ça?» dit Colben, déconcerté. Au cours des quatre dernières années, Barent avait souvent invité les Carter dans sa propriété de Palm Springs et dans son château de Thousand Islands.

«L'ayatollah Khomeiny, dit patiemment Barent. J'étais à Paris et je suis allé le voir à Neauphle-le-Château peu de temps après son départ en exil. Un de mes amis m'avait dit que je trouverais cet imam fort amusant.

– Amusant? dit Colben. Ce connard fanatique?»

Barent se renfrogna légèrement devant un tel langage. Il n'aimait guère les grossièretés. Quelques jours plus tôt, il avait utilisé le mot «emmerdeuse» en s'adressant à Tony Harod, pensant qu'une expression vulgaire était nécessaire pour se faire comprendre d'un homme vulgaire. Charles Colben était également vulgaire. «Ce fut très amusant, continua Barent, regrettant à présent d'avoir abordé ce sujet. Nous avons eu un entretien d'un quart d'heure avec le chef religieux — il y avait un interprète, bien qu'on m'ait dit que l'Ayatollah comprenait parfaitement le français —, et vous ne devinerez jamais ce que ce petit bonhomme a fait juste avant la fin de notre audience.

– Il vous a demandé de financer sa révolution ? proposa Colben d'une voix qui trahissait sa totale indifférence.

– Il a essayé de m'Utiliser, dit Barent en souriant de nouveau, sincèrement amusé par ce souvenir. Je l'ai senti sonder mon esprit à l'aveuglette, à l'instinct. J'ai eu l'impression qu'il se croyait le seul être au monde doué du Talent. J'ai également eu l'impression qu'il se prenait pour Dieu. »

Colben eut un nouveau haussement d'épaules. « Il se serait senti un peu moins divin si Carter avait eu assez de couilles pour lui envoyer quelques B-52 dès la première semaine de la prise d'otages. »

Barent changea de sujet. « Et où est notre ami Mr. Harod aujourd'hui ? »

Colben sortit un inhalateur de sa poche, se l'appliqua sur les deux narines et grimaça. « Lui et sa secrétaire — si c'en est bien une — se sont envolés hier soir pour l'Allemagne.

– Afin de voir si notre ami Willi ne serait pas bien vivant et de retour au Vaterland, je présume.

– Exact.

– Avez-vous envoyé quelqu'un pour l'accompagner ? »

Colben secoua la tête. « Inutile. Trask a demandé à ses vieux contacts de Francfort et de Munich de garder un œil sur le château. Harod ira sûrement y faire un tour. Nous surveillerons de loin les manœuvres de la C.I.A.

– Y trouvera-t-il quelque chose ? »

Charles Colben haussa les épaules.

« Vous ne pensez pas que notre Mr. Borden soit encore en vie, n'est-ce pas ? demanda Barent.

– Non, je ne vois pas comment il aurait pu être assez malin pour s'en tirer. Je veux dire, c'est *nous* qui avons eu l'idée de contacter la Drayton pour qu'elle élimine *Borden*. Ses actes devenaient trop publics, nous en avons décidé à *l'unanimité*, pas vrai ?

– Pour découvrir ensuite les petites indiscrétions de Nina Drayton. Ah, quel dommage !

– Quel dommage ? »

Barent se tourna vers le bureaucrate chauve. « Quel dommage qu'ils n'aient pas été membres de l'Island Club tous les deux. C'étaient des individus exceptionnels.

– Conneries, dit Colben. C'étaient des dingues. »

La limousine s'arrêta. Les verrous de la portière se débloquèrent du côté de Colben. Barent regarda l'entrée de service du nouvel immeuble du F.B.I., un monument de laideur. « Vous êtes arrivé », dit-il, puis, lorsque Colben fut descendu et alors que le chauffeur se préparait à refermer la porte, il ajouta : « Il faudra vraiment que vous surveilliez votre langage, Charles. » Il laissa l'homme chauve debout sur le trottoir, les yeux fixés sur la limousine qui s'éloignait.

Il ne fallut que quelques secondes à Barent pour atteindre l'aéroport national. Son 747 reconverti l'attendait devant son hangar privé ; les moteurs de l'avion tournaient, l'air conditionné était branché et un verre d'eau minérale glacée attendait Barent près de son fauteuil préféré. Don Mitchell, le pilote, entra dans le compartiment avant et le salua. « Tout est prêt, Mr. Barent, dit-il. Il ne reste plus qu'à communiquer le plan de vol à la tour. Quelle est notre destination, monsieur ?

– J'aimerais aller sur mon île », dit Barent en sirotant son eau minérale.

Mitchell eut un petit sourire. C'était une vieille plaisanterie. C. Arnold Barent possédait plus de quatre cents îles dans le monde entier et des résidences sur une vingtaine d'entre elles. « A vos ordres, monsieur », dit le pilote, puis il attendit.

« Informez la tour que nous suivrons le plan de vol E. » Barent se leva, gardant son verre à la main, et alla vers la porte de sa chambre. « Je vous ferai savoir quand je serai prêt.

– A vos ordres, monsieur. Nous avons l'autorisation de décoller dans le quart d'heure qui vient. »

Barent congédia Mitchell d'un hochement de tête et attendit qu'il soit parti.

L'agent spécial Richard Haines était assis sur l'immense lit lorsque Barent entra. Il se leva, mais fut invité à se rasseoir par Barent, qui finit son verre et ôta son veston, sa cravate et sa chemise. Il jeta la chemise froissée dans un panier et prit une chemise propre dans un tiroir encastré dans la cloison.

«Quoi de neuf, Richard?» dit Barent en boutonnant sa chemise.

Haines cilla et prit la parole. «Mr. Colben et Mr. Trask se sont de nouveau rencontrés ce matin avant votre rendez-vous avec le président élu. Trask fait partie de l'équipe de transition…

— Oui, oui, dit Barent, toujours debout. Et où en est la situation à Charleston?

— Le F.B.I. surveille toujours son évolution. L'équipe chargée d'enquêter sur la catastrophe aérienne est persuadée que l'avion a été détruit par une bombe. Un des passagers — enregistré sous le nom de George Hummel — a payé son billet avec une carte de crédit volée à Bar Harbor, dans le Maine.

— Dans le Maine», répéta Barent. Nieman Trask était un des «assistants» du principal sénateur du Maine. «Très maladroit.

— Oui, monsieur. Quoi qu'il en soit, Mr. Colben n'a pas apprécié votre directive selon laquelle il ne fallait pas interférer avec l'enquête du shérif Gentry. Hier, il a rencontré Mr. Trask et Mr. Kepler au Mayflower, et je suis presque sûr qu'ils ont envoyé une ou plusieurs personnes à Charleston hier soir.

— Un des plombiers de Trask?

— Oui, monsieur.

— D'accord, continuez, Richard.

— Aujourd'hui, à environ neuf heures vingt, heure locale, le shérif Gentry a intercepté un homme qui l'avait pris en filature dans une Plymouth Volare 1976. Gentry a tenté d'appréhender l'homme. Celui-ci a commencé par résister, puis il s'est tranché la gorge avec un couteau à cran d'arrêt de fabrication française. Il a été déclaré mort à son arrivée à l'Hôpital général de Charleston. Ni ses empreintes digitales ni la plaque d'immatriculation de sa voiture n'ont permis d'obtenir le moindre renseignement. On a lancé des recherches à partir de ses empreintes dentaires, mais elles prendront plusieurs jours.

— Ils ne trouveront rien si c'est un des plombiers de Trask, dit Barent d'une voix songeuse. Le shérif a-t-il été blessé ?

— Non, monsieur, si l'on s'en rapporte à notre équipe de surveillance. »

Barent hocha la tête. Il prit une cravate en soie accrochée à un râtelier et se mit à la nouer. Il laissa son esprit se tendre vers la conscience de l'agent spécial Richard Haines. Il sentit le bouclier mental qui faisait de Haines un Neutre, une coque solide abritant le flot de pensées, d'ambitions et de sombres pulsions qu'était Richard Haines. Comme la plupart des personnes douées du Talent, tel Barent lui-même, Colben avait choisi un Neutre comme bras droit. Bien qu'incapable d'être conditionné, Haines ne risquait pas non plus d'être dévoyé par une personne douée d'un Talent plus puissant. Du moins Colben le croyait-il.

Barent glissa le long de la surface du bouclier mental jusqu'à ce qu'il ait trouvé l'inévitable faille, pénétra plus avant dans le pitoyable labyrinthe des défenses de Haines, fit courir sa volonté le long des fils qui formaient la trame de la conscience de l'agent du F.B.I. Il toucha le centre du plaisir de Haines et l'agent ferma les yeux comme si un courant avait traversé son corps.

« Où est la Fuller ? » demanda Barent.

Haines ouvrit les yeux. « Aucune nouvelle depuis l'incident de lundi soir à l'aéroport d'Atlanta.

— Avez-vous pu remonter à la source de l'appel téléphonique ?

— Non, monsieur. Selon l'opérateur de l'aéroport, c'était un appel local.

– Pensez-vous que Colben, Kepler ou Trask puissent obtenir des informations sur l'endroit où elle se trouve… et sur celui où se trouve Willi?»

Haines hésita une seconde. «Non, monsieur, dit-il enfin. Quand on les retrouvera, je pense que ce sera grâce au travail du F.B.I. Je le saurai en même temps que Mr. Colben.

– Avant lui, de préférence, dit Barent avec un sourire. Merci, Richard. Comme toujours, j'ai trouvé votre compagnie extrêmement stimulante. Lester se trouvera à l'endroit habituel si jamais vous avez besoin de me contacter. Je veux être informé dès que vous saurez où se trouvent la Fuller ou notre ami allemand.

– Oui, monsieur.» Haines fit mine de partir.

«Oh, Richard.» Barent était en train d'enfiler un blazer en cachemire bleu. «Pensez-vous toujours que le shérif Gentry et ce psychiatre…

– Laski, dit Haines.

– Oui, fit Barent en souriant. Pensez-vous toujours qu'il soit nécessaire d'annuler définitivement les contrats de ces messieurs?

– Oui.» Haines plissa le front et formula sa réponse avec soin. «Gentry est trop intelligent pour son bien. J'ai cru tout d'abord que les meurtres de Mansard House l'avaient troublé parce qu'ils affectaient son image de marque dans le comté, mais j'ai fini par acquérir la conviction qu'il les considérait comme un affront *personnel*. C'est un gros péquenot de flic buté.

– Mais intelligent.

– Oui.» Haines plissa de nouveau le front. «Pour Laski, je ne sais pas, mais il est déjà trop… *impliqué*. Il connaissait Mrs. Drayton et…

– Oui, oui, l'interrompit Barent. Eh bien, peut-être avons-nous d'autres plans pour le Dr Laski.» Il regarda l'agent du F.B.I. pendant un long moment. «Richard?

– Oui, monsieur?»

Barent joignit les extrémités de ses doigts. «Il y a une chose que je voulais vous demander, Richard. Vous avez travaillé pour Mr. Colben pendant plusieurs années avant qu'il n'adhère au Club. Est-ce exact?

– Oui, monsieur.»

Barent se tapota la lèvre inférieure avec le sommet du prisme formé par ses doigts. «Ma question, Richard, est la suivante : pourquoi?»

Haines plissa le front en signe d'incompréhension.

«Je veux dire, poursuivit Barent, pourquoi faire toutes les choses que vous demandait Colben... qu'il vous demande encore... si vous avez le choix?»

Le visage de Haines s'éclaira. Son sourire révéla des dents superbes. «Oh, dit-il. Je pense que j'aime mon travail. Est-ce que ce sera tout pour aujourd'hui, Mr. Barent?»

Barent regarda fixement l'autre pendant une seconde, puis répondit : «Oui.»

Cinq minutes après le départ de Haines, Barent appela le pilote par l'interphone. «Donald, veuillez décoller maintenant. J'aimerais aller sur mon île.»

10.
Charleston,
mercredi 17 décembre 1980

Saul fut réveillé par les cris des enfants qui jouaient dans la rue et fut tout d'abord incapable de se rappeler où il était. Il ne se trouvait pas chez lui ; il était couché dans un canapé-lit sous des fenêtres aux rideaux jaunes. L'espace d'une seconde, ces rideaux lui rappelèrent sa maison de Lodz, les cris des enfants… Stefa et Josef…

Non, ces enfants-ci criaient en anglais. Charleston. Natalie Preston. Il se rappela lui avoir raconté son histoire et se sentit soudain embarrassé, comme s'il s'était montré nu à la jeune Noire. Pourquoi lui avait-il raconté tout ça ? Après toutes ces années, pourquoi…

«Bonjour.» Natalie passa la tête par la porte de la cuisine. Elle était vêtue d'un sweat-shirt rouge et d'un blue-jean délavé.

Saul s'assit et se frotta les yeux. Sa chemise et son pantalon étaient soigneusement pliés sur l'accoudoir du canapé. «Bonjour.

– Œufs au bacon avec toasts, ça vous va ?» demanda-t-elle. L'air embaumait le café chaud.

«Formidable, mais pas de bacon pour moi.»

Natalie serra le poing et fit mine de se taper sur la tête. «Bien sûr. C'est à cause de votre religion ?

– Non, à cause de mon cholestérol.»

Ils échangèrent des banalités pendant le petit déjeuner : quel effet ça faisait de vivre à New York, d'aller à la fac à Saint Louis, de grandir dans le Sud.

«C'est difficile à expliquer, dit Natalie, mais il est plus

facile d'être Noir ici que dans le Nord. Il y a toujours du racisme par ici, mais… je ne sais pas comment expliquer ça… c'est en train de changer. Les gens ont joué leurs rôles respectifs pendant si longtemps… le fait qu'ils doivent à présent en changer les rend peut-être un peu plus honnêtes. Dans le Nord, c'est beaucoup plus dur, beaucoup plus méchant.

– Je ne considère pas Saint Louis comme une ville nordiste», dit Saul en souriant. Il avala la dernière bouchée de son toast et sirota son café.

Natalie éclata de rire. «Non, et ce n'est pas non plus une ville *sudiste*. Je pense que c'est une ville du Middle West, tout simplement. Je pensais plutôt à Chicago.

– Vous avez vécu à Chicago?

– J'y ai passé quelques semaines en été. Un ami de Papa m'avait trouvé un job de photographe au *Sun Times*.» Natalie s'interrompit et contempla sa tasse en silence.

«C'est dur, n'est-ce pas? dit doucement Saul. On oublie pendant quelques minutes, puis on mentionne le nom du défunt sans y penser, et ça vous revient tout d'un coup…»

Natalie acquiesça.

Saul regarda les branches du palmier visibles derrière la fenêtre de la cuisine. Celle-ci était entrouverte et laissait pénétrer une douce brise. Il avait peine à croire qu'on était à la mi-décembre.

«Vous étudiez pour devenir enseignante, mais la photographie est votre passion.»

Natalie acquiesça de nouveau et se leva pour leur resservir du café. «J'avais passé un accord avec Papa.» Cette fois-ci, elle sourit. «Il devait m'aider à apprendre la photographie si j'acceptais d'étudier pour trouver ce qu'il appelait "du travail honnête".

– Est-ce que vous allez enseigner?

– Peut-être.»

Elle lui sourit de nouveau et Saul remarqua la perfection de ses dents. Son sourire était à la fois timide et chaleureux, une bénédiction.

Saul l'aida à faire la vaisselle du petit déjeuner, puis ils se servirent à nouveau du café et se rendirent dans la petite véranda côté rue. Les voitures étaient rares et on n'entendait plus les rires des enfants. Saul se rappela qu'on était mercredi; les enfants devaient être à l'école. Ils s'assirent l'un en face de l'autre sur des fauteuils en osier blanc. Natalie avait passé un léger sweater sur ses épaules et Saul avait enfilé le vieux blouson confortable qu'il portait la veille.

«Vous m'avez promis de me raconter la suite de votre histoire», dit doucement Natalie.

Saul acquiesça. «Le début ne vous a pas paru trop fantastique? Genre élucubrations d'un dément?

– Vous êtes psychiatre. Vous ne pouvez pas être fou.»

Saul éclata de rire. «Ah! je pourrais vous raconter de ces histoires…»

Natalie sourit. «Oui, mais d'abord, la suite de celle-ci.»

Saul se tut et contempla la surface noire de son café.

«Vous aviez échappé à l'Oberst», souffla Natalie.

Saul ferma les yeux pendant une minute, les rouvrit et s'éclaircit la gorge. Lorsqu'il prit la parole, il n'y avait presque aucune trace d'émotion dans sa voix — à peine quelques accents de tristesse.

Natalie ferma les yeux au bout de quelques minutes, comme pour visualiser les scènes que lui décrivait Saul de sa voix douce, étrangement agréable, légèrement triste.

«Un Juif ne pouvait s'échapper nulle part en Pologne durant l'hiver 1943. J'ai erré pendant des semaines dans les forêts situées au nord et à l'ouest de Lodz. Mon pied a fini par cesser de saigner, mais l'infection était inévitable. Je l'ai pansé avec de la mousse, bandé avec des lambeaux de tissu, et j'ai continué à marcher. Les plaies de mon flanc et de ma cuisse m'ont élancé pendant plusieurs jours, mais elles ont fini par se cicatriser. Je volais de la nourriture dans les fermes, je restais à l'écart des routes et j'évitais les quelques groupes de partisans polonais opérant dans cette région. Ils étaient capables de fusiller un Juif aussi vite que des Allemands.

«Je ne sais pas comment j'ai survécu à cet hiver. Je me souviens de deux familles de fermiers — des chrétiens — qui m'ont permis de me cacher dans la paille de leur grange et m'ont apporté de la nourriture alors qu'eux-mêmes n'avaient presque rien à manger.

«Le printemps venu, j'ai pris la direction du sud pour tenter de rejoindre la ferme d'oncle Moshe, près de Cracovie. Je n'avais pas de papiers, mais j'ai réussi à me joindre à un groupe d'ouvriers qui venaient de bâtir des défenses à l'est pour le compte des Allemands. Au printemps 1943, il ne faisait plus aucun doute que l'Armée rouge foulerait bientôt le sol polonais.

«Je n'étais plus qu'à huit kilomètres de la ferme d'oncle Moshe quand un des ouvriers m'a dénoncé. J'ai été arrêté par la police polonaise, qui m'a interrogé pendant trois jours d'affilée, mais les flics ne cherchaient pas vraiment à obtenir des renseignements, ils ne cherchaient qu'une excuse pour me passer à tabac. Puis ils m'ont livré aux Allemands.

«La Gestapo ne s'est pas intéressée à moi, pensant sans doute que j'étais un des nombreux Juifs ayant fui les villes ou s'étant évadé d'un train. Il y avait beaucoup de trous dans la nasse que les Allemands avaient lancée pour capturer les Juifs. Et comme dans la majorité des pays occupés, seule la collaboration des Polonais a fait qu'il était impossible aux Juifs d'éviter d'échouer dans un camp.

«Pour je ne sais quelle raison, on m'a expédié à l'est. On ne m'a pas envoyé à Auschwitz, ni à Chelmno, ni à Belzec, ni à Treblinka, qui étaient pourtant les camps les plus proches, mais à l'autre bout de la Pologne. Nous avons passé quatre jours dans un wagon plombé — quatre jours durant lesquels le tiers des passagers a péri —, puis les portes se sont ouvertes et nous sommes sortis en titubant, les yeux pleins de larmes sous l'effet de la lumière, pour nous retrouver à Sobibor.

«C'est à Sobibor que j'ai revu l'Oberst.

«Sobibor était un camp de la mort. Il n'y avait pas d'usines ici, contrairement à Auschwitz ou à Belsen, pas de trompe-l'œil comme à Theresenstadt ou à Chelmno, pas de slogan proclamant ironiquement *Arbeit Macht Frei* au-dessus des portes de tant d'antichambres de l'enfer nazi. En 1942 et 1943, les Allemands avaient établi seize immenses camps de concentration comme Auschwitz, cinquante camps plus petits, des centaines de camps de travail, mais seulement trois *Vernichtungslager*, des camps conçus uniquement pour l'extermination : Belzec, Treblinka et Sobibor. Durant leurs vingt mois d'existence, ces camps ont vu mourir plus de deux millions de Juifs.

«Sobibor était un petit camp — plus petit que Chelmno situé sur le fleuve Bug. Ce fleuve avait matérialisé la frontière orientale de la Pologne avant la guerre et, durant l'été 1943, l'Armée rouge en était à faire reculer la Wehrmacht jusqu'à ses berges. A l'ouest de Sobibor se trouvait la forêt de Parczew, la forêt des Hiboux, une immense étendue sauvage.

«La surface totale de Sobibor n'était pas plus grande que celle de trois ou quatre terrains de football américain. Mais on y œuvrait avec efficacité à l'accomplissement de la solution finale imaginée par Himmler.

«Je m'attendais à mourir ici. Quand nous sommes sortis des wagons, on nous a conduits derrière une immense haie de barbelés. On l'avait recouverte de paille afin que nous ne puissions rien voir de ce qu'elle dissimulait, excepté un mirador, la cime des arbres et deux cheminées de brique. A la gare, on avait accroché trois pancartes indiquant les directions suivantes : CANTINE, DOUCHES, ROUTE DU CIEL. Le sens de l'humour des S.S. s'en donnait à cœur joie. On nous a envoyés aux douches.

«Les Juifs venus de France et de Hollande se sont montrés plutôt dociles ce jour-là, mais je me rappelle qu'il a fallu donner des coups de crosse aux Juifs polonais pour les faire avancer. Près de moi, un vieillard hurlait des obscénités et menaçait du poing les S.S. qui nous obligeaient à nous dévêtir.

«Je ne saurais vous dire exactement ce que j'ai ressenti en entrant dans la salle des douches. Je n'éprouvais aucune colère, et seulement très peu de crainte. Peut-être était-ce le soulagement qui dominait en moi. Pendant presque quatre ans, j'avais obéi à un unique impératif — *je vivrai* —, et pour satisfaire à cet impératif, j'avais regardé mes compatriotes, mes coreligionnaires et les membres de ma famille se faire broyer et massacrer par cette obscène machine allemande. Je les avais regardés. Peut-être même avais-je aidé la machine. A présent, j'allais trouver le repos. J'avais fait de mon mieux pour survivre, mais tout était fini. Je ne regrettais qu'une chose : ne pas avoir tué l'Oberst comme j'avais tué le vieil homme. A ce moment-là, l'Oberst représentait à mes yeux tout le mal qui m'avait conduit en ce lieu. C'était le visage de l'Oberst que je voyais en esprit lorsqu'on a refermé les lourdes portes de cette salle des douches en ce mois de juin 1943.

«Nous étions entassés les uns sur les autres. Ce n'étaient que bousculades, hurlements et gémissements. Pendant une minute, il ne s'est rien passé, puis les tuyaux se sont mis à vibrer. Les douches sont entrées en action et les prisonniers s'en sont écartés. Je n'ai pas bougé. J'étais juste en dessous d'un pommeau et j'ai levé mon visage. J'ai pensé à ma famille. Je regrettais de ne pas avoir pu dire adieu à ma mère et à mes sœurs. C'est à cette seconde précise que la haine m'a envahi. Je me suis concentré sur le visage de l'Oberst tandis que la colère brûlait en moi comme une flamme, que les hommes criaient, que les tuyaux vibraient, que leur contenu se déversait sur nous.

«C'était de l'eau. De l'eau. Les douches — ces mêmes douches qui tuaient des milliers de malheureux chaque jour — étaient aussi utilisées en tant que douches pour quelques groupes chaque mois. La salle n'était pas scellée. On nous a conduits dehors pour nous épouiller. On nous a rasé la tête. On m'a donné un uniforme de prisonnier. On a tatoué un numéro sur mon bras. Je ne me rappelle pas avoir souffert.

«A Sobibor, on traitait plusieurs milliers de prisonniers chaque jour, mais on en épargnait quelques-uns chaque mois pour les employer à l'entretien du camp et à divers autres travaux. Notre chargement avait été choisi.

«C'est à ce moment-là — toujours engourdi, n'arrivant pas à croire que je venais à nouveau d'émerger à la lumière — que j'ai compris que j'avais été choisi pour accomplir une certaine tâche. Je refusais toujours de croire en Dieu… un Dieu qui trahissait Son Peuple ne méritait pas que je croie en Lui… mais j'ai été convaincu dès cet instant qu'il y avait une raison à mon existence. Cette raison trouvait son expression dans le visage de l'Oberst, avec l'image duquel je m'étais préparé à mourir. L'immensité du mal qui avait englouti mon peuple était trop démesurée pour que quiconque puisse la comprendre — et encore moins un gamin de dix-sept ans. Mais je n'avais aucun mal à comprendre l'obscénité que représentait l'existence de l'Oberst. Il *fallait* que je vive. Que je vive tout en ayant cessé de réagir à tout impératif de survie. Que je vive pour accomplir le destin qui m'attendait, quel qu'il soit. Que je m'oblige à vivre, à tout supporter afin de pouvoir un jour effacer cette obscénité.

«Durant les trois mois qui ont suivi, j'ai vécu dans le Camp I de Sobibor. Le Camp II n'était qu'un point de passage et personne ne revenait du Camp III. Je mangeais ce qu'on me donnait, je dormais quand on m'y autorisait, je déféquais quand on me l'ordonnait, et j'accomplissais mes devoirs de *Banhofkommando*. Je portais une casquette bleue et un uniforme bleu frappé des lettres BK. Nous allions accueillir les trains plusieurs fois par jour. Aujourd'hui encore, lorsque je n'arrive pas à m'endormir, je revois les lieux d'origine de ces wagons écrits à la craie sur leurs flancs : Turobin, Gorzkow, Wlodawa, Siedlce, Izbica, Markugzow, Kamorow, Zamosc. Nous prenions les bagages de ces Juifs déboussolés et leur remettions des reçus. Comme les Juifs polonais manifestaient une certaine résistance qui ralentissait tout le processus, on a pris de nouveau l'habitude de dire aux survivants que Sobibor n'était qu'une étape, un lieu où ils pourraient se reposer en attendant d'être répartis dans d'autres centres de déportation. On a même installé à la gare des pancartes indiquant la distance les séparant de ces centres mythiques. Les Juifs polonais ne se laissaient que rarement berner, mais ils finissaient par aller aux douches avec les autres. Et les trains continuaient d'arriver : Baranow, Ryki, Dubienka, Biala-Polaska, Uchanie, Demblin, Rejowiec. Au moins une fois par jour, nous devions distribuer des cartes postales aux Juifs en provenance de certains ghettos. Le texte était déjà imprimé : NOUS SOMMES BIEN ARRIVÉS AU CENTRE DE DÉPORTATION. LE TRAVAIL A LA FERME EST DUR, MAIS IL Y A DU SOLEIL ET NOUS MANGEONS TRÈS BIEN. NOUS ESPÉRONS VOUS VOIR BIENTÔT. Les Juifs devaient adresser et signer ces cartes avant d'aller se faire gazer. Vers la fin de l'été, alors que les ghettos étaient presque vides, cette ruse est devenue inutile. Konskowola, Jozefow, Michow, Grabowic, Lublin, Lodz. Certains trains arrivaient sans survivants. Nous devions alors remiser nos reçus et évacuer les cadavres nus des wagons puants. Cela me rappelait les fourgons à gaz de Chelmno, sauf que ces corps-là étaient restés enfermés durant plusieurs jours, voire plusieurs semaines, pendant que le train cuisait au soleil dans un quelconque dépôt rural. Un jour, alors que je tirais sur le cadavre d'une jeune femme étreignant celui d'un enfant et celui d'une femme plus âgée, son bras m'est resté dans les mains.

« Je maudissais Dieu, puis je revoyais le visage pâle et ricanant de l'Oberst. *Je vivrais*.

« En juillet, Heinrich Himmler est venu visiter le camp de Sobibor. Ce jour-là, il y a eu une importante

arrivée de Juifs de l'Ouest afin qu'il puisse inspecter la
totalité du processus. Moins de deux heures se sont
écoulées entre le moment où le train est arrivé et celui
où la fumée a cessé de sortir des cheminées des fours.
Durant ces deux heures, toutes les possessions des Juifs
avaient été confisquées, triées, enregistrées et stockées.
Au Camp II, on rasait les femmes afin que leurs cheveux
puissent être utilisés pour les besoins des Allemands,
par exemple comme rembourrage dans les U-Boots.

« J'étais en train de trier les bagages à la gare lorsque
le Kommandant y a fait entrer Himmler et son entourage. Je ne me rappelle pas grand-chose de Himmler
— c'était un petit homme avec une moustache et des
lunettes de bureaucrate —, mais derrière lui s'avançait
un jeune officier blond que j'ai remarqué tout de suite.
C'était l'Oberst. Il s'est penché à deux reprises pour
murmurer quelque chose à Himmler, et la seconde fois
le S.S. Reichsführer a rejeté la tête en arrière pour éclater d'un rire curieusement féminin.

« Ils sont passés à moins de cinq mètres de moi. Penché sur ma tâche, j'ai levé les yeux et vu que l'Oberst me
dévisageait. Je ne pense pas qu'il m'ait reconnu. Il ne
s'était écoulé que huit mois depuis les événements de
Chelmno, mais je n'étais à ses yeux qu'un Juif anonyme
en train de trier les valises des morts. A ce moment-là,
j'ai hésité. J'avais une chance, j'ai hésité, et j'ai tout
perdu. Je pense que j'aurais pu lui sauter dessus à ce
moment-là. J'aurais pu l'étrangler avant qu'on me tire
dessus. Peut-être même aurais-je pu m'emparer du pistolet d'un officier et abattre l'Oberst avant qu'il ait eu
conscience du danger.

« Je me suis demandé depuis lors si cette occasion
manquée était seulement due à la surprise et à l'indécision. Je ne ressentais nulle peur à ce moment-là, j'en suis
sûr. Toute peur était morte en moi depuis plusieurs
semaines, depuis le jour où j'étais entré dans les douches
sans broncher. Mais quelles qu'en soient les raisons, j'ai
hésité pendant plusieurs secondes, peut-être pendant

une bonne minute, et l'occasion s'est envolée à jamais. Himmler et sa suite se sont éloignés vers le quartier général du Kommandant, une zone baptisée la Puce Joyeuse. Alors que je regardais fixement la porte qu'ils venaient de franchir, le sergent Wagner m'a ordonné de me remettre au travail si je ne voulais pas me retrouver à l'"hôpital". Personne ne revenait jamais de l'hôpital. J'ai baissé la tête et obéi.

«J'ai observé la suite des événements durant le reste de la journée, je n'ai pas pu dormir de la nuit, et j'ai attendu ma chance le lendemain, mais je n'ai plus jamais revu l'Oberst. Himmler et sa suite étaient repartis pendant la nuit.

«Le 14 octobre, les Juifs de Sobibor se sont révoltés. J'avais entendu des rumeurs annonçant un soulèvement, mais elles m'avaient paru si absurdes que je ne leur avais prêté aucune attention. Au bout du compte, leurs plans soigneusement conçus ont abouti à la mort de quelques gardes et à la fuite désordonnée d'un millier de Juifs. La plupart d'entre eux ont été fauchés par les mitraillettes en moins d'une minute. D'autres ont profité de la confusion pour se glisser sous les barbelés à l'arrière du camp. Mon groupe de travail revenait de la gare lorsque la révolte a éclaté. Le caporal qui nous encadrait a été assommé par l'avant-garde des évadés et j'ai bien été obligé de me joindre à ceux-ci. J'étais sûr que mon uniforme bleu allait attirer le feu des Ukrainiens en poste dans le mirador. Mais j'ai réussi à atteindre les premiers arbres alors que les deux femmes qui me suivaient étaient abattues. Une fois à l'abri, j'ai échangé mon uniforme contre la tenue grise d'un vieux prisonnier qui n'était parvenu à la lisière de la forêt que pour tomber sous une balle perdue.

«Je pense que deux cents d'entre nous ont réussi à s'évader du camp ce jour-là. Nous étions seuls ou par petits groupes, sans chef pour nous organiser. Ceux qui avaient fomenté la révolte n'avaient pris aucune disposition pour survivre une fois libres. La plupart des prisonniers, juifs ou russes, ont été par la suite capturés par les Allemands ou tués par les partisans polonais. Nombre d'entre eux ont cherché un abri dans les fermes des environs, dont les occupants les ont aussitôt dénoncés. Quelques-uns ont réussi à survivre dans la forêt, et quelques autres ont traversé le Bug pour rejoindre l'Armée rouge. Quant à moi, j'ai eu plus de chance. Le troisième jour, j'ai été découvert par les membres d'un groupe de partisans juifs appelé le *Chil*. Ils étaient commandés par un homme courageux et résolu nommé Yechiel Greenshpan, qui m'a accepté dans son groupe et a ordonné à son médecin de me faire recouvrer la santé. Pour la première fois depuis l'hiver précédent, mon pied a été convenablement soigné. J'ai accompagné le *Chil* dans la forêt des Hiboux pendant cinq mois. J'ai aidé le médecin, le Dr Yaczyk, à sauver des vies lorsque c'était possible, même des vies allemandes.

« Les nazis ont fermé le camp de Sobibor peu de temps après la révolte. Ils ont détruit les baraquements, ont démonté les fours, et ont planté des patates dans les champs où les Fosses avaient recueilli les milliers de Juifs qui n'avaient pas été incinérés. Lorsque mon groupe de partisans a fêté la Hanukkah, la Pologne était plongée dans le chaos et la Wehrmacht battait en retraite vers l'ouest et vers le sud. En mars, l'Armée rouge a libéré notre zone d'opérations et la guerre s'est achevée pour moi.

« J'ai été emprisonné et interrogé par les Soviétiques pendant plusieurs mois. Certains membres du *Chil* ont été déportés dans des camps russes, mais j'ai été libéré en mai et je suis retourné à Lodz. Il ne restait plus rien. Le ghetto juif n'avait pas seulement été décimé, il avait été éliminé. Notre vieille maison de l'ouest de la ville avait été détruite au cours des combats.

« En août 1945, je suis allé à Cracovie, puis j'ai loué une bicyclette pour me rendre à la ferme d'oncle Moshe. C'était une autre famille qui l'occupait — une famille chrétienne. Elle avait acheté la propriété aux autorités civiles pendant la guerre. Ses membres ne savaient rien du sort des précédents propriétaires.

«C'est au cours de ce même voyage que je suis retourné à Chelmno. Les Soviétiques avaient déclaré cette région zone interdite et je n'ai pas eu l'autorisation de m'approcher du camp. J'ai passé cinq jours à camper dans la forêt et à parcourir toutes les routes et tous les sentiers des environs. Finalement, j'ai trouvé les ruines du manoir. Il avait été détruit par les bombardements ou par les Allemands eux-mêmes, et il n'en restait que quelques moellons, quelques poutres calcinées et le monolithe noir de la grande cheminée. Je n'ai vu aucune trace de l'échiquier de la grande salle.

«En revanche, j'ai trouvé des traces d'excavations récentes dans la clairière où avait été creusée la fosse. Des mégots de cigarettes russes étaient dispersés un peu partout à cet endroit. Quand j'ai interrogé les clients de l'auberge locale, ils m'ont affirmé avec insistance tout ignorer d'une quelconque exhumation. Et ils ont ajouté — avec une certaine colère — que les gens du pays avaient toujours pensé que Chelmno n'était qu'un camp de détention provisoire pour les criminels et les prisonniers politiques, la version officielle des Allemands. J'étais las de camper et j'aurais bien voulu passer la nuit à l'auberge avant de repartir vers le sud, mais cela m'a été impossible. Les Juifs y étaient interdits de séjour. Le lendemain, j'ai pris le train de Cracovie pour aller y chercher du travail.

«L'hiver 1945-46 a été presque aussi rude que l'hiver 1941-42. Le nouveau gouvernement était en formation, mais les citoyens étaient surtout préoccupés par le rationnement de nourriture, le manque de carburant, le marché noir, les réfugiés qui revenaient par milliers pour essayer de reprendre le cours de leur vie, et l'occupation soviétique. Surtout l'occupation soviétique. Nous avions combattu les Russes pendant des siècles, nous les avions dominés, nous avions résisté à leurs invasions, nous avions vécu sous leur menace, et puis nous les avions accueillis comme des libérateurs. Nous étions en train de nous éveiller du cauchemar de l'occupation allemande pour découvrir le matin glacé de la libération russe. Tout comme mon pays, j'étais épuisé, engourdi, quelque peu surpris d'avoir survécu, et je ne me souciais plus que de survivre à ce nouvel hiver.

« Au printemps 1946, j'ai reçu une lettre de ma cousine Rebecca. Elle vivait à Tel-Aviv, avec son époux américain. Elle avait passé des mois à écrire, à contacter des officiels, à envoyer des câbles à diverses agences et institutions, s'efforçant de localiser ce qui restait de sa famille. Elle avait retrouvé ma trace grâce à des amis travaillant pour la Croix-Rouge internationale.

« Je lui ai répondu et un câble m'est parvenu : elle m'invitait à la rejoindre en Palestine. David et elle m'ont proposé de m'envoyer l'argent nécessaire au voyage.

« Je n'avais jamais été sioniste — en fait, notre famille n'avait jamais cru qu'un état juif puisse être fondé en Palestine —, mais lorsque je suis descendu de ce cargo turc en juin 1946 pour poser le pied sur ce qui allait devenir l'État d'Israël, j'ai eu l'impression que mes épaules étaient libérées d'un lourd fardeau et, pour la première fois depuis le 8 septembre 1939, j'ai pu enfin respirer librement. Je le confesse : ce jour-là, je suis tombé à genoux et j'ai pleuré à chaudes larmes.

« Peut-être que je me suis cru libre trop tôt. Quelques jours après mon arrivée en Palestine, il y a eu une explosion au King David Hotel de Jérusalem, où se trouvait le commandement de l'armée britannique. Comme je n'ai pas tardé à l'apprendre, Rebecca et son mari David participaient activement à la Haganah.

« Un an et demi plus tard, je les ai rejoints dans la guerre d'Indépendance, mais en dépit de mon expérience de partisan, je suis allé à la guerre en tant que médecin. Ce n'étaient pas les Arabes que je haïssais.

« Rebecca a insisté pour que je poursuive mes études. David était à cette époque le directeur local d'une importante compagnie américaine, et l'argent n'était

pas un problème. C'est ainsi qu'un écolier médiocre de
Lodz — un gamin dont la scolarité avait été interrompue pendant cinq ans — est retourné en classe à l'âge
d'homme, un homme cynique et mûr, un vieillard de
vingt-trois ans.

«Si incroyable que cela puisse paraître, j'ai réussi. Je
suis entré à l'université en 1950 et j'ai entamé des études
médicales trois ans plus tard. J'ai étudié à Tel-Aviv
pendant deux ans, à Londres pendant quinze mois, à
Rome pendant un an, et à Zurich pendant tout un printemps pluvieux. Je retournais en Israël chaque fois que
c'était possible, pour travailler dans le kibboutz situé
près de la ferme de David et de Rebecca, et pour
renouer de vieilles amitiés. J'avais une dette inestimable
envers ma cousine et son mari, mais Rebecca affirmait
que le seul survivant de la branche Laski de la famille
Eshkol devait bien compter pour quelque chose.

«J'ai opté pour la psychiatrie. Mes études médicales
me paraissaient être un prologue indispensable à l'étude
de l'esprit. Je suis bientôt devenu obsédé par les théories sur la violence et la domination dans les relations
humaines. J'ai été stupéfait de constater que ce terrain
de recherche était quasiment vierge. Il existait nombre
de données expliquant avec précision les mécanismes de
domination hiérarchiques dans une famille de lions,
toute une littérature sur l'ordre de préséance chez quantité d'espèces d'oiseaux, les primatologues recueillaient
de plus en plus d'informations sur le rôle de la domination et de l'agression dans les groupes sociaux de nos
plus proches cousins, mais on ne savait presque rien sur
les mécanismes de la violence humaine dans le cadre de
la domination et de l'ordre social. J'ai rapidement commencé à développer mes propres théories et mes
propres spéculations.

«Durant ces années d'études, je me suis livré à de
nombreuses enquêtes au sujet de l'Oberst. J'avais sa
description, je savais qu'il appartenait à l'*Einsatzgruppe*
3, je l'avais vu en compagnie de Himmler, et je me rap-

pelais que les derniers mots que lui avait adressés *Der Alte* étaient : "Willi, mon ami". J'ai contacté les diverses branches de la Commission alliée des crimes de guerre, la Croix-Rouge, le Tribunal du peuple soviétique chargé des crimes fascistes, le Comité juif et d'innombrables ministères et administrations diverses. Je n'ai rien trouvé. Au bout de cinq ans, je suis allé voir le Mossad, les services secrets israéliens. Ils se sont montrés très intéressés par mon récit, mais à cette époque le Mossad n'était pas encore devenu l'organisation efficace que l'on connaît aujourd'hui. Et ils avaient du plus gros gibier à traquer : Eichmann, Murer et Mengele étaient plus importants à leurs yeux qu'un Oberst connu d'un seul survivant de l'Holocauste. En 1955, je me suis rendu en Autriche afin de rencontrer Simon Wiesenthal, le chasseur de nazis.

«Le "centre de documentation" de Wiesenthal occupait un étage dans un immeuble miteux des quartiers pauvres de Vienne. On aurait dit un abri temporaire édifié pendant la guerre. Wiesenthal disposait de trois pièces, dont deux étaient pleines à craquer d'armoires débordantes de paperasses, et on marchait directement sur le béton dans son bureau. C'était un homme passionné, nerveux, aux yeux troublants. Il y avait quelque chose de familier dans ces yeux. J'ai cru de prime abord que c'étaient des yeux de fanatique, puis je me suis rappelé où je les avais vus. Les yeux de Simon Wiesenthal me rappelaient ceux que je voyais chaque matin en me rasant.

«Je lui ai raconté une version abrégée de mon histoire, me contentant de suggérer que l'Oberst avait commis des atrocités à Chelmno dans le seul but de distraire ses soldats. Wiesenthal m'a écouté avec attention lorsque je lui ai dit que j'avais revu l'Oberst à Sobibor, en compagnie de Heinrich Himmler. "Vous en êtes sûr ? m'a-t-il demandé. — Sûr et certain."

«En dépit de son emploi du temps chargé, Wiesenthal a passé deux journées entières à m'aider dans mes recherches. Le caveau chaotique qui lui tenait lieu de bureau contenait des centaines de dossiers, des douzaines d'index et plus de vingt-deux mille noms de S.S. Nous avons étudié des photographies d'*Einsatzgruppen*, des photos de promotion de l'Académie militaire, des coupures de journaux, et des photos extraites de la revue officielle des S.S., *Le Corps noir*. Au bout de la première journée, je n'y voyais déjà plus clair. Cette nuit-là, j'ai rêvé de photographies montrant des officiers de la Wehrmacht recevant des médailles de la main de chefs nazis ricanants. Il n'y avait aucune trace de l'Oberst.

«C'est à la fin de la seconde journée que j'ai trouvé. La coupure de presse était datée du 23 novembre 1942. La photo était celle d'un baron von Büler, un aristocrate prussien, héros de la Grande Guerre, qui avait repris du service actif et avait le grade de général. A en croire l'article, le général von Büler était mort au combat alors qu'il commandait une contre-attaque héroïque destinée à repousser une division russe sur le front de l'Est. J'ai passé un long moment à contempler le visage ridé, osseux, que montrait ce bout de papier jauni. C'était le vieil homme. *Der Alte*. Puis j'ai rangé la photo dans son dossier et repris mes recherches.

«"Si seulement nous connaissions son nom", a dit Wiesenthal ce soir-là, alors que nous dînions dans un petit restaurant situé non loin de la cathédrale Saint-Étienne. "Je suis sûr que nous pourrions le retrouver si nous connaissions son nom. Les S.S. et la Gestapo tenaient un registre exhaustif de leurs officiers. Si seulement nous connaissions son nom."

«J'ai haussé les épaules et lui ai dit que je repartirais pour Tel-Aviv le lendemain matin. Nous avions fouillé la quasi-totalité des archives de Wiesenthal relatives aux *Einsatzgruppen* et au front de l'Est, et mes études allaient bientôt exiger que je leur consacre tout mon temps.

«"Mais non! s'est exclamé Wiesenthal. Vous avez

survécu au ghetto de Lodz, à Chelmno et à Sobibor. Vous devez avoir quantité d'informations sur d'autres officiers, d'autres criminels de guerre. Passez au moins une semaine ici. Je vous interrogerai et transcrirai vos réponses pour mes dossiers. Qui sait quelles informations cruciales sont en votre possession ?

« – Non. Les autres ne m'intéressent pas. Je veux seulement retrouver l'Oberst."

« Wiesenthal a contemplé sa tasse de café, puis s'est de nouveau tourné vers moi. Il y avait un étrange éclat dans ses yeux. "Ainsi, seule la vengeance vous intéresse.

« – Oui. Tout comme vous."

« Wiesenthal a secoué la tête avec tristesse. "Non. Peut-être sommes-nous obsédés tous les deux, mon ami. Mais ce n'est pas la vengeance que je recherche, c'est la justice.

« – Mais dans un cas pareil, c'est sûrement la même chose."

« Wiesenthal a secoué la tête une nouvelle fois. "Justice doit être rendue", a-t-il dit, si doucement que c'est à peine si j'ai pu l'entendre. "Elle est réclamée par les millions de voix qui s'élèvent des tombes anonymes, des fours rouillés, des maisons vides peuplant des milliers de villes. Mais pas la vengeance. La vengeance est indigne.

« – Indigne de quoi ? ai-je sèchement rétorqué, plus sèchement que je ne l'aurais voulu.

« – De nous. D'eux. De leur mort. De la continuation de notre existence."

« J'ai fait non de la tête, mais j'ai souvent repensé à cette conversation par la suite.

« Wiesenthal était déçu, mais il a accepté de rechercher toutes les informations relatives à l'Oberst à partir de la description que je lui en avais donnée. Quinze mois plus tard, quelques jours après que j'eus obtenu mon diplôme, j'ai reçu une lettre de Simon Wiesenthal. Elle contenait des photocopies de bulletins de paye émis à l'intention des "conseillers spéciaux" des *Einsatzgruppen* par la Section IV des *Sonderkommando*, Sous-

Section IV-B. Wiesenthal avait entouré le nom de
l'Oberst Wilhelm von Borchert, un officier envoyé par
Reinhard Heydrich en mission spéciale auprès de l'*Einsatzgruppe Drei*. Agrafée à ces photocopies se trouvait
une coupure de presse provenant des archives de Wiesenthal. Sept jeunes officiers souriaient sur une photo
prise lors d'une soirée musicale donnée par le Philhar-
monique de Berlin au profit de la Wehrmacht. La coupure était datée du 23/6/41. On jouait du Wagner. Les
noms des officiers étaient indiqués sous la photo. Le cinquième à partir de la gauche, à peine visible derrière les
épaules de ses camarades, la casquette enfoncée sur son
crâne, avait un visage pâle que j'ai aussitôt reconnu. Il
s'agissait de l'Oberleutnant Wilhelm von Borchert.

«Deux jours plus tard, j'étais à Vienne. Wiesenthal
avait ordonné à ses correspondants de faire des
recherches sur von Borchert, mais les résultats étaient
décevants. La famille von Borchert appartenait à l'aris-
tocratie du pays et avait des racines en Prusse et en
Bavière orientale. Elle avait fait fortune grâce aux
investissements fonciers, à l'industrie minière et à l'ex-
portation d'objets d'art. Les agents de Wiesenthal
avaient fait des recherches dans l'état civil en remontant
jusqu'à 1880, sans trouver trace de la naissance ou du
baptême d'un Wilhelm von Borchert. Ils avaient cependant trouvé sa notice nécrologique. Selon une annonce
publiée dans le *Regen Zeitung* du 19 juillet 1945,
l'Oberst Wilhelm von Borchert, seul héritier du comte
Klaus von Borchert, était mort au combat en défendant
héroïquement Berlin contre l'envahisseur soviétique.
Le vieux comte et son épouse avaient appris la nouvelle
alors qu'ils se trouvaient dans leur résidence d'été,
Waldheim, située non loin de Bayerisch-Eisenstein. La
famille avait sollicité auprès des Forces alliées la permission de fermer leur propriété afin de se rendre à leur
maison de Brême, où devaient se dérouler les funérailles. Wilhelm von Borchert, poursuivait l'article, avait
reçu la Croix de fer en récompense de sa bravoure, et il

avait été proposé au grade de S.S. Oberstgruppenführer peu de temps avant sa mort.

«Wiesenthal avait ordonné à ses agents de suivre toutes les autres pistes. Il n'y en avait aucune. En 1956, la famille von Borchert se composait en tout et pour tout d'une vieille tante demeurant à Brême et de deux neveux ayant dilapidé la quasi-totalité de la fortune familiale en investissements mal avisés. Leur propriété de Bavière était fermée depuis plusieurs années et la majorité de leur terres de chasse avait dû être vendue pour payer des arriérés d'impôts. Wiesenthal avait quelques contacts derrière le Rideau de fer, mais selon eux, les Soviétiques et les Allemands de l'Est n'avaient en leur possession aucune information relative à la vie et à la mort de Wilhelm von Borchert.

«Je suis allé à Brême pour interroger la tante de l'Oberst, mais elle était complètement sénile et ne se souvenait d'aucun neveu nommé Willi. Elle croyait que j'étais envoyé par son frère pour la conduire aux fêtes estivales de Waldheim. Un des deux neveux a refusé de me recevoir. J'ai rattrapé l'autre, un jeune homme efféminé, alors qu'il se trouvait à Bruxelles, en route vers une station thermale française, et il m'a dit qu'il n'avait rencontré son oncle Willi qu'une seule fois, en 1937. Il avait neuf ans à l'époque. Il se souvenait seulement du superbe costume en soie porté par son oncle et du canotier planté sur son crâne. Il était persuadé que son oncle était un héros mort à la guerre, une victime de la lutte contre les communistes. Je suis retourné à Tel-Aviv.

«J'ai pratiqué ma profession durant plusieurs années en Israël, apprenant comme tous les psychiatres que mon diplôme me permettait seulement de *commencer* à étudier les mécanismes et les errements de la personnalité humaine. En 1960, ma cousine Rebecca est morte d'un cancer. David m'a poussé à aller en Amérique afin d'y poursuivre mes recherches sur les mécanismes de la domination humaine. Lorsque je lui disais que j'avais tout le matériel nécessaire à Tel-Aviv, il me répliquait en riant que c'était aux États-Unis que l'éventail de la violence était le plus complet. Je suis arrivé à New York en janvier 1964. La nation se remettait de la perte de son président et se préparait à noyer son chagrin dans des crises d'hystérie adolescente suscitées par un groupe de rock appelé The Beatles. L'université de Columbia m'avait proposé un poste de professeur pour une durée d'un an. En fait, je devais rester là-bas le temps d'achever mon livre sur la pathologie de la violence, et j'allais finir par devenir citoyen américain.

« C'est en novembre 1964 que j'ai pris la décision de rester aux États-Unis. Je me trouvais en visite chez des amis de Princeton, dans le New Jersey, et un soir, après dîner, ils m'ont demandé en s'excusant si cela me dérangerait de regarder la télévision avec eux. Je ne possédais pas de poste et je leur ai assuré que ce serait pour moi une expérience distrayante. En fait, l'émission qu'ils voulaient regarder était un documentaire commémorant le premier anniversaire de l'assassinat du président Kennedy. Cela m'intéressait énormément. Même en Israël, tout obsédés que nous étions par nos propres problèmes, la mort du président américain nous avait causé à tous un grand choc. J'avais vu des photographies de la voiture présidentielle à Dallas, j'avais été touché par la photographie maintes fois reproduite du jeune fils de Kennedy saluant le cercueil de son père, j'avais lu des reportages sur Jack Ruby, l'assassin du meurtrier présumé, mais je n'avais jamais vu le film de la mort d'Oswald. Et ce documentaire le diffusait : le petit homme souriant vêtu d'un pull-over sombre, les policiers en civil de Dallas, aux visages si typiquement américains, l'homme massif qui surgit de la foule, le pistolet qu'il enfonce dans le ventre d'Oswald, la détonation sèche qui m'a rappelé le bruit des corps nus tombant dans la Fosse, Oswald qui grimace et qui agrippe son estomac. J'ai vu les policiers maîtriser Ruby. Dans la confusion, la caméra s'est mise à balayer la foule des témoins.

« "Grand Dieu!" me suis-je exclamé en polonais, bondissant de mon siège. L'Oberst était dans cette foule.

«Incapable d'expliquer mon agitation à mes hôtes, je suis reparti cette nuit-là pour New York. Dès le lendemain matin, je me suis rendu aux bureaux new-yorkais de la chaîne qui avait diffusé le documentaire. J'ai utilisé mes contacts dans le milieu universitaire et dans celui de l'édition pour accéder aux films, aux bandes vidéo et aux "chutes" de la chaîne. Le visage m'apparaissait tel qu'au cours des quelques secondes de film que j'avais vues à la télévision. Un de mes étudiants a accepté de prendre quelques photos à partir de la table de montage et les a agrandies le plus possible avant de me les transmettre.

«Sur ces documents, le visage était encore moins reconnaissable que sur l'écran, où il n'était pourtant apparu qu'une seconde et demie : une masse floue entre deux stetsons, la vague impression d'un sourire filiforme, des orbites aussi sombres que celles d'un squelette. Aucune cour au monde n'aurait accepté cette image comme preuve, mais je savais que c'était l'Oberst.

«Je me suis rendu à Dallas. Les autorités locales ne s'étaient pas encore remises des critiques de la presse et de l'opinion mondiale. Rares ont été les personnes qui ont accepté de me parler, encore plus rares celles qui ont accepté d'évoquer ce qui s'était passé dans ce parking souterrain. Personne n'a reconnu mes photos — ni celles extraites du film, ni la vieille coupure berlinoise. J'ai parlé à des journalistes. J'ai parlé à des témoins. J'ai essayé de parler à Jack Ruby, l'assassin de l'assassin, mais je n'ai pas pu obtenir l'autorisation nécessaire. La piste de l'Oberst était vieille d'un an et elle était aussi froide que le cadavre de Lee Harvey Oswald.

«Je suis retourné à New York. J'ai contacté des connaissances à l'ambassade d'Israël. Elles m'ont affirmé que jamais des agents israéliens n'opéreraient sur le territoire américain, mais elles ont accepté de faire une enquête discrète. J'ai engagé un détective privé de Dallas. Il m'a envoyé une facture de sept mille dollars et un rapport qui aurait pu se résumer en un seul mot : rien. L'ambassade ne m'a adressé aucune facture pour son rapport négatif, mais je suis sûr que mes contacts ont pensé que j'étais fou de chercher un criminel de guerre sur les lieux de l'assassinat d'un président. L'expérience leur avait appris que la plupart des anciens nazis en exil recherchaient surtout l'anonymat.

« J'ai commencé à douter de ma raison. Le visage qui avait hanté mes rêves durant tant d'années était de toute évidence devenu la principale obsession de ma vie. En tant que psychiatre, je comprenais parfaitement l'ambiguïté de cette obsession : gravée au fer rouge sur ma conscience dans les douches de Sobibor, puis trempée par l'hiver glacial de ma détermination, la fixation que m'inspirait l'Oberst était devenue ma *raison de vivre*; si j'effaçais l'une, l'autre disparaîtrait. Si j'admettais la mort de l'Oberst, autant admettre la mienne.

« En tant que psychiatre, je comprenais parfaitement mon obsession. Je la comprenais, mais je ne croyais pas en ma propre explication. Et même si j'y avais cru, cela n'aurait pas suffi pour me "guérir". *L'Oberst était bien réel. La partie d'échecs était bien réelle.* L'Oberst n'était pas homme à mourir dans un bunker de fortune des faubourgs de Berlin. C'était un monstre. Les monstres ne meurent pas. Il faut les *tuer*.

« Durant l'été 1965, j'ai finalement réussi à obtenir l'autorisation de rencontrer Jack Ruby. Cela ne m'a pas servi à grand-chose. Ruby n'était plus qu'une coquille vide aux yeux tristes. Il avait perdu du poids en prison, et la peau pendait sur son visage et ses bras comme des lambeaux sales. Il avait un regard vague, absent, et une voix rauque. J'ai tenté de le faire sortir de son hébétude durant toute une journée de novembre, mais il se contentait de hausser les épaules et de répéter ce qu'il avait déjà dit si souvent lors de ses interrogatoires. Non, il ne savait pas qu'il allait abattre Oswald avant de passer à l'acte. Si on l'avait laissé entrer dans ce parking souterrain, c'était par accident. Quelque chose s'était emparé de lui quand il avait vu Oswald, une pulsion incontrôlable. C'était l'homme qui avait tué son président bien-aimé.

«Je lui ai montré les photographies de l'Oberst. Il a secoué la tête avec lassitude. Il connaissait plusieurs personnes parmi les policiers et les journalistes présents sur les lieux, mais il n'avait jamais vu cet homme. Avait-il ressenti quelque chose *d'étrange* juste avant d'abattre Oswald? Lorsque je lui ai posé cette question, Ruby a levé sa tête de basset épuisé pendant une seconde et j'ai aperçu une lueur d'embarras dans ses yeux, mais cette lueur s'est estompée et il m'a répondu de la même voix monocorde que précédemment. Non, rien d'étrange, rien que la colère à l'idée qu'Oswald soit encore en vie alors que le président Kennedy était mort et que cette pauvre Mrs. Kennedy et les enfants étaient désormais tout seuls.

«Je n'ai guère été surpris lorsque, un an plus tard, en décembre 1966, Ruby a été admis à l'hôpital de Parkland pour y suivre un traitement contre le cancer. Il m'avait fait l'effet d'un mourant lorsque je l'avais rencontré. Peu de gens l'ont pleuré lorsqu'il est mort en janvier 1967. La nation était allée au bout de son chagrin et Jack Ruby n'était qu'une relique d'une époque qu'il valait mieux oublier.

«Durant la fin des années 60, je me suis de plus en plus impliqué dans mes recherches et dans mes cours. J'ai essayé de me convaincre que mon travail théorique me permettrait d'exorciser le démon symbolisé par le visage de l'Oberst. Mais au fond de moi, je savais que c'était faux.

«J'ai continué d'étudier la violence durant ces années de violence. Comment était-il possible que certaines personnes puissent si facilement en dominer d'autres? Au cours de mes recherches, je rassemblais des petits groupes d'hommes et de femmes, des gens qui ne se connaissaient pas et qui étaient chargés d'accomplir ensemble une tâche quelconque, et une esquisse de hiérarchie se mettait inévitablement en place dans la demi-heure qui suivait. Les participants n'étaient parfois même pas conscients de la mise en place de cette hiérarchie, mais lorsqu'on les interrogeait par la suite, ils pouvaient presque tous identifier le membre le "plus important" ou le "plus dynamique" du groupe. Avec mes étudiants, j'ai procédé à quantité d'interrogatoires, lu quantité de transcriptions, visionné quantité de cassettes vidéo. Nous avons simulé des affrontements entre nos sujets et diverses figures d'autorité : doyens de faculté, officiers de police, professeurs, inspecteurs des impôts, directeurs de prison, ecclésiastiques. Dans tous les cas de figure, les problèmes de hiérarchie et de domination étaient plus complexes que n'auraient pu le laisser croire les questions de position sociale.

« C'est à cette époque que j'ai commencé à travailler avec la police de New York sur la psychologie des assassins. Les données que je recueillais étaient fascinantes. Les interrogatoires que je dirigeais étaient déprimants. Les résultats que j'obtenais étaient inexploitables.

« Quelle est la cause première de la violence chez l'homme ? Quels rôles jouent la violence et la menace dans nos relations quotidiennes ? En essayant de répondre à ces questions, j'espérais naïvement pouvoir expliquer un jour comment un psychopathe de génie comme Adolf Hitler avait pu transformer une des nations les plus civilisées du monde en une machine à tuer obtuse et dénuée de sens moral. J'ai commencé par constater que nombre d'espèces animales possèdent un mécanisme leur permettant d'établir une hiérarchie dominante dans un groupe donné. En général, ce processus se déroule sans drame. Même des prédateurs aussi féroces que les loups ou les tigres connaissent des signaux de soumission qui mettent immédiatement fin à tout affrontement violent avant qu'un des membres du groupe ne meure ou ne soit gravement blessé. Mais *quid* de l'homme ? Sommes-nous, ainsi que certains le supposent, privés de ce genre d'instinct et par conséquent condamnés à faire éternellement la guerre ? Existe-t-il une folie génétique propre à l'espèce humaine ? Je ne le pensais pas.

«Durant les années que j'ai passées à rassembler mes données et à tenter d'établir les bases de ma réflexion, j'ai soutenu en secret une théorie si bizarre et si peu scientifique qu'elle aurait ruiné ma réputation professionnelle si j'en avais fait part à mes collègues, même sous le sceau du secret. Et si l'humanité avait évolué jusqu'au point où l'établissement de la domination était devenu un phénomène psychique — ou, comme le diraient les plus irrationnels de mes amis, un phénomène *parapsychologique*? Il est certain que la séduction exercée par certains politiciens, ce que les médias appellent le *charisme* faute d'un terme plus approprié, n'est fondée ni sur la taille, ni sur la fertilité, ni sur l'agressivité. Et s'il se trouvait, quelque part dans un lobe ou dans un hémisphère du cerveau, une zone consacrée à la projection de cette volonté de domination personnelle? Je connaissais parfaitement les études neurologiques suggérant que le sens de la hiérarchie était une fonction des parties les plus primitives de notre esprit — le prétendu cerveau reptilien. Mais supposons que soit intervenue une extraordinaire progression — une *mutation* — douant certaines personnes d'un talent similaire à l'empathie ou à la télépathie, mais infiniment plus puissant et plus utile en termes de survie. Et supposons que ce talent, nourri par sa propre soif de domination, ait trouvé dans la violence son ultime moyen d'expression. Les êtres humains possesseurs d'un tel talent seraient-ils encore des êtres humains?

«En fin de compte, je ne pouvais qu'émettre théorie sur théorie pour expliquer ce que j'avais *ressenti* lorsque la volonté de l'Oberst m'avait pénétré. A mesure que les années passaient, les détails de ces horribles journées s'estompaient dans mon esprit, mais la *douleur* causée par ce viol mental, la révulsion et la terreur que j'avais éprouvées, m'empêchaient toujours de dormir en paix. Je continuais d'enseigner, de faire des recherches, de vivre ma petite existence grise et monotone. Le printemps dernier, je me suis réveillé un beau matin pour constater que j'avais vieilli. Il s'était presque écoulé seize ans depuis le jour où j'avais vu cette bande vidéo. Si l'Oberst était bien réel, s'il était encore en vie quelque part, c'était sûrement un très vieil homme. J'ai pensé aux criminels de guerre que l'on retrouvait encore de temps en temps : de pitoyables vieillards édentés. L'Oberst était probablement mort.

« J'avais oublié que les monstres ne meurent pas. Il faut les tuer.

« Il y a moins de cinq mois de cela, j'ai aperçu l'Oberst dans une rue de New York. C'était un soir étouffant de juillet. Je me promenais près de Central Park tout en composant mentalement un article sur la réforme pénitentiaire lorsque l'Oberst est sorti et a hélé un taxi à quelques mètres à peine de moi. Il était en compagnie d'une femme, une femme d'un certain âge mais encore très séduisante, dont les cheveux blancs retombaient sur une superbe robe de soirée. L'Oberst était vêtu d'un costume sombre. Il était bronzé et semblait en pleine forme. Il avait perdu la quasi-totalité de ses cheveux, et ceux qui lui restaient étaient passés du blond au gris, mais son visage, bien qu'empâté et rougi par l'âge, continuait d'afficher les rudes méplats de la cruauté et de l'arrogance.

« Après quelques secondes durant lesquelles je suis resté figé sur place, je me suis mis à courir derrière le taxi. Il s'est engagé dans la circulation et j'ai évité plusieurs voitures en tentant de le rattraper. Les occupants de la banquette arrière ne se sont pas retournés une seule fois. Le taxi s'est éloigné et j'ai regagné le trottoir au bord de l'épuisement.

« Le directeur du restaurant n'a pas pu m'aider. Oui, un couple fort distingué avait dîné chez lui ce soir-là, mais il ignorait son nom. Non, leur table n'avait pas été réservée à l'avance.

« J'ai hanté durant des semaines le quartier de Central Park, fouillant les rues, cherchant le visage de l'Oberst dans tous les taxis qui passaient. J'ai de nouveau engagé un détective, et j'ai de nouveau payé une facture pour un rapport négatif.

« C'est à ce moment-là que j'ai souffert de ce que j'identifie à présent comme une grave dépression nerveuse. Je ne dormais plus. Je ne pouvais plus travailler, et les cours que je donnais à l'université ont été supprimés, ou assurés par des maîtres-assistants anxieux. Je restais plusieurs jours sans me changer, ne retournant chez moi que pour manger et faire les cent pas. La nuit, j'errais dans les rues, et la police m'a interpellé à plusieurs reprises. Seuls ma position à Columbia et le mot magique de "Docteur" m'ont évité de me retrouver interné à Bellevue. Puis, une nuit, alors que j'étais étendu sur le plancher de mon appartement, j'ai soudain pris conscience d'un détail que j'avais jusque-là ignoré. *Le visage de la femme m'était familier.*

« Durant cette nuit-là, et durant la journée qui a suivi, je me suis efforcé de me rappeler où j'avais déjà vu son visage. C'était sur une photographie, j'en étais sûr. J'associais à cette image un sentiment de lassitude, une vague anxiété et une musique lénifiante.

« Cet après-midi-là, à cinq heures et quart, j'ai appelé un taxi et je me suis précipité chez mon dentiste. Il venait de partir, son cabinet était fermé, mais j'ai réussi à convaincre la réceptionniste de me laisser entrer dans la salle d'attente pour y consulter les magazines. Il y avait des vieux numéros de *Seventeen, Gentleman's Quarterly, Mademoiselle, U.S. News and World Report, Time, Newsweek, Vogue, Consumer Reports* et *Tennis World*. Je les ai tous feuilletés une première fois, puis une deuxième, sentant que mon comportement commençait à paniquer sérieusement la réceptionniste. Seules la profondeur de mon obsession et la certitude qu'un dentiste ne changeait son stock de revues que quatre fois par an me poussaient à continuer mes recherches pendant que la pauvre femme menaçait d'appeler la police.

« Et j'ai fini par trouver. Sa photo en noir et blanc était imprimée dans ce paquet de publicités sophistiquées et d'adjectifs mirobolants qu'est le magazine *Vogue*. Elle était placée en tête d'un billet consacré à l'achat d'accessoires de mode. Ce billet était signé NINA DRAYTON.

« Il ne m'a fallu que quelques heures pour retrouver sa trace. Mon détective privé était enchanté de travailler sur un sujet plus accessible que mon fantôme habituel. En moins de vingt-quatre heures, Harrington m'avait fourni un épais dossier sur cette femme. La plupart de ses informations provenaient de sources publiques.

« Mrs. Nina Drayton était un nom bien connu dans les milieux de la mode new-yorkais : c'était une riche veuve qui possédait une chaîne de boutiques. Elle avait épousé Parker Allan Drayton, un des fondateurs d'American Airlines, en août 1940. Il était décédé dix mois plus tard et sa veuve avait repris le flambeau, faisant des investissements judicieux et participant à des conseils d'administration jusque-là exempts de toute présence féminine. Mrs. Drayton s'était retirée des affaires pour se consacrer exclusivement à sa chaîne de boutiques, mais elle participait à plusieurs œuvres de charité parmi les plus prestigieuses, fréquentait politiciens, artistes et écrivains, avait eu une liaison avec un célèbre compositeur et chef d'orchestre new-yorkais, et possédait un appartement de seize pièces sur Park Avenue ainsi que plusieurs résidences secondaires.

« Je n'ai eu aucune difficulté à arranger une rencontre. J'ai consulté la liste de mes patients et j'y ai trouvé le nom d'une riche matrone maniaco-dépressive qui vivait dans le même immeuble que Nina Drayton et fréquentait le même milieu qu'elle.

« J'ai rencontré Nina Drayton le deuxième week-end du mois d'août, lors d'une garden-party organisée par mon ex-patiente. Les invités étaient peu nombreux. La plupart des New-Yorkais sensés avaient fui la ville pour aller au bord de la mer ou dans les Rocheuses. Mais Mrs. Drayton était là.

« Avant même de lui serrer la main ou de contempler

ses yeux bleu clair, je savais sans l'ombre d'un doute que c'était l'une d'entre *eux*. Elle ressemblait à l'Oberst. Sa présence semblait emplir le patio, faisait briller les lampes japonaises avec plus d'intensité. Ma certitude m'a fait l'effet d'une main glacée enserrant ma gorge. Peut-être a-t-elle perçu ma réaction, peut-être aimait-elle provoquer les psychiatres, toujours est-il que Nina Drayton s'est livrée avec moi à une véritable joute verbale, faisant montre d'un mélange de mépris amusé et de défi malicieux, aussi subtile qu'un chat faisant patte de velours tout en se préparant à sortir ses griffes.

«Je l'ai invitée à assister à une conférence publique que je devais prononcer à Columbia durant la semaine. A ma grande surprise, elle y est venue, traînant derrière elle une petite femme à l'air méchant nommée Barrett Kramer. Ma conférence portait sur la politique de violence délibérée du Troisième Reich et ses ressemblances avec certains régimes dictatoriaux du tiers-monde. J'ai délibérément adapté mon discours dans le sens d'une hypothèse contraire aux théories généralement admises : la brutalité inexplicable manifestée par des millions d'Allemands était due, au moins en partie, à une manipulation exercée par un petit groupe secret formé de puissantes personnalités. Mrs. Drayton n'a cessé de me sourire durant toute la conférence. C'est ce genre de sourire qu'une souris doit voir sur la gueule d'un chat qui s'apprête à la dévorer.

«Une fois la conférence achevée, Mrs. Drayton souhaitait me parler en privé. Elle m'a demandé si j'exerçais encore mon activité professionnelle et a manifesté le désir de me voir en tant que patiente. J'ai hésité, mais nous savions tous deux quelle serait ma réponse.

«Je l'ai vue deux fois, chaque fois en septembre. Nous avons fait mine de jeter les bases d'une thérapie. Nina Drayton était convaincue que son insomnie chronique était la conséquence directe du décès de son père, survenu plusieurs dizaines d'années auparavant. Elle m'a révélé qu'elle faisait un cauchemar récurrent au cours duquel elle *poussait* son père sous les roues du tramway de Boston qui l'avait écrasé, alors qu'elle se trouvait à plusieurs kilomètres de là le jour de sa mort. Lors de notre seconde séance, elle m'a posé la question suivante : "Docteur Laski, est-il vrai que nous tuons toujours ceux que nous aimons?" Je lui ai répondu qu'à mon avis c'était tout le contraire; que nous cherchions, du moins inconsciemment, à tuer ceux que nous prétendions aimer mais que nous méprisions en secret. Nina Drayton s'est contentée de me sourire.

«Je lui avais suggéré d'utiliser l'hypnose au cours de notre troisième séance, afin qu'elle puisse revivre ses réactions à l'annonce de la mort de son père. Elle a accepté, mais je n'ai guère été surpris lorsque sa secrétaire m'a appelé début octobre pour annuler tous nos futurs rendez-vous. A ce moment-là, j'avais engagé un détective privé pour surveiller Mrs. Drayton vingt-quatre heures sur vingt-quatre.

«Quand je parle de détective privé, je devrais être un peu plus précis. Plutôt que d'engager un ex-policier cynique, j'avais contacté, sur les conseils de quelques amis, un ancien étudiant de Princeton âgé de vingt-quatre ans qui écrivait des poèmes durant ses loisirs. Cela faisait deux ans que Francis Xavier Harrington était devenu enquêteur privé, mais il s'est trouvé obligé de s'acheter un costume neuf pour pouvoir entrer dans les restaurants fréquentés par Mrs. Drayton. Lorsque je lui ai demandé de la surveiller vingt-quatre heures sur vingt-quatre, Harrington a dû engager deux anciens camarades de fac pour étoffer son personnel. Mais ce n'était pas un imbécile; il travaillait vite, avec beaucoup de sérieux, et il me faisait parvenir un rapport écrit tous les lundis et vendredis matin. Il lui arrivait parfois de contourner la loi, comme lorsqu'il a réussi à se procurer une copie de la facture téléphonique de Nina Drayton. Elle appelait beaucoup de gens. Et Harrington de relever les numéros d'appel ne figurant pas sur la liste rouge et de me communiquer les noms et adresses de leurs détenteurs. Certains de ces noms étaient très connus. D'autres étaient assez étonnants. Aucun ne m'a conduit à l'Oberst.

« Plusieurs semaines s'étaient écoulées. J'avais dépensé la quasi-totalité de mes économies pour apprendre quelles étaient les habitudes de Nina Drayton, ses restaurants préférés, ses associés en affaires et ses correspondants au téléphone. Le jeune Harrington savait que mes ressources étaient limitées, et il m'a proposé d'intercepter le courrier adressé à la vieille dame et de mettre son téléphone sur table d'écoute. J'ai décliné son offre, du moins dans un premier temps. Je ne tenais pas à nous faire repérer.

« Puis, il y a à peine quinze jours, Mrs. Drayton m'a appelé. Elle m'a invité à une réception qui devait se tenir chez elle le 17 décembre. Elle m'appelait personnellement, m'a-t-elle dit, afin que je n'aie aucune excuse pour décliner son invitation. Elle voulait que je rencontre un de ses amis les plus *chers* venu tout droit de Hollywood, un producteur qui était impatient de faire ma connaissance. Elle venait de lui envoyer un exemplaire de mon livre, *Pathologie de la violence*, et il n'avait pas tari *d'éloges* à mon égard.

« "Comment s'appelle-t-il ? je lui demande. — Aucune importance, répond-elle. Peut-être le reconnaîtrez-vous en le voyant."

« Je tremblais tellement lorsque j'ai raccroché qu'il m'a fallu une bonne minute avant de pouvoir composer le numéro de Harrington. Ce soir-là, j'ai retrouvé mes trois jeunes alliés pour une conférence stratégique. Nous avons de nouveau épluché les factures téléphoniques. Cette fois-ci, nous avons appelé tous les numéros de Los Angeles figurant sur la liste rouge. Au sixième appel, une voix de jeune homme nous a répondu : "Résidence de Mr. Borden. — Je suis bien chez Thomas Borden ? demande Francis. — Vous avez fait un faux numéro, lui répond-on d'un ton sec. Ici, c'est la résidence de Mr. William Borden."

«J'ai écrit les deux noms sur le tableau noir de mon bureau. Wilhelm von Borchert. William Borden. C'était si typique de la nature humaine ; un homme commettant un adultère inscrit toujours un nom proche du sien sur le registre de l'hôtel ; un criminel recherché par la police adopte six faux noms différents, dont cinq flanqués du même prénom que le sien. Notre nom nous est tellement précieux que nous avons peine à y renoncer complètement, même si les circonstances l'exigent.

«Le lundi suivant, quatre jours avant les événements de Charleston, Harrington s'est envolé pour Los Angeles. J'avais initialement prévu d'y aller moi-même, mais Francis m'avait fait remarquer qu'il vaudrait mieux qu'il parte en avant-garde afin d'enquêter sur ce Borden, de le photographier et de vérifier qu'il s'agissait bien de von Borchert. Je souhaitais l'accompagner, mais je me suis rendu compte que je n'avais pas réfléchi à ce que je devrais faire une fois que j'aurais retrouvé l'Oberst.

«Ce soir-là, Harrington m'a téléphoné pour m'apprendre qu'il avait vu un film médiocre durant le vol, que son hôtel n'était vraiment pas de la classe du Beverly Wilshire, et que la police de Bel Air avait tendance à stopper les automobilistes qui se promenaient dans le quartier ou avaient la témérité de se garer dans les rues tortueuses pour regarder les maisons des stars. Le mardi, il m'a appelé pour me demander s'il y avait du nouveau au sujet de Mrs. Drayton. Je lui ai appris que ses deux amis, Dennis et Selby, étaient moins actifs que lui mais que Mrs. Drayton n'avait rien changé à ses habitudes. De son côté, Francis m'a appris qu'il avait visité le studio auquel la carrière de Mr. Borden avait été associée — une visite fort peu enthousiasmante —, et que Mr. Borden avait beau avoir encore un bureau dans l'immeuble, personne ne savait quand il s'y trouverait. La dernière fois qu'on l'y avait vu remontait à 1979. Francis avait espéré obtenir une photo de Borden, mais aucune n'était disponible. Il avait envisagé de montrer aux employés du studio la photographie de von Borchert prise à Berlin, mais avait fini par décider, je le cite, que "ça n'aurait pas été très cool de ma part". Il projetait de se munir de son appareil photo à téléobjectif lorsqu'il retournerait à Bel Air le lendemain.

«Le mercredi, Harrington n'a pas appelé à l'heure prévue. J'ai téléphoné à son hôtel, où on m'a appris qu'il était toujours inscrit au registre mais qu'il n'avait pas retiré sa clé ce soir-là. Le jeudi matin, j'ai appelé la police de Los Angeles. Elle a accepté de me renseigner mais, vu les maigres informations que je lui avais données, elle ne pensait pas qu'il y ait des raisons de suspecter un coup fourré. "Il se passe beaucoup de choses dans cette ville, m'a dit le sergent qui avait pris mon appel. Les gens sont parfois trop occupés pour penser à appeler leurs amis."

«Durant toute la journée, j'ai essayé d'entrer en contact avec Dennis ou avec Selby. Impossible. Même le répondeur de l'agence de Francis avait été débranché. Je suis allé dans l'immeuble de Nina Drayton, sur Park Avenue. Le gardien m'a appris que Mrs. Drayton était en vacances. Je n'ai pas pu aller plus loin que le rez-de-chaussée.

«Durant toute la journée du vendredi, je suis resté bouclé dans mon appartement et j'ai attendu. La police de Los Angeles a appelé à onze heures et demie. Elle avait fait ouvrir la chambre que Mr. Harrington occupait au Beverly Hills Hotel. Ses vêtements et ses bagages avaient disparu, mais il n'y avait aucun signe suspect. Savais-je à qui il fallait transmettre la note de 329 dollars et 48 *cents*?

«Ce soir-là, je me suis obligé à aller dîner chez un ami, comme prévu. Une distance interminable semblait séparer l'arrêt de bus de sa maison de Greenwich Village. Le samedi soir, le soir où votre père a été tué ici, à Charleston, je suis allé à l'université pour y participer à un débat sur la violence en milieu urbain. Plus de deux cents personnes y assistaient, parmi lesquelles plusieurs candidats à des élections diverses. Durant toute la discussion, je n'ai cessé de parcourir le public du regard, m'attendant à découvrir le sourire de cobra de Nina Drayton ou les yeux glacés de l'Oberst. J'avais l'impression d'être redevenu un pion — mais dans quel jeu?

«Dimanche dernier, en lisant le journal du matin, j'ai eu connaissance des meurtres de Charleston. Un peu plus loin, en pages intérieures, un bref entrefilet annonçait que le producteur hollywoodien William D. Borden se trouvait à bord de l'avion qui s'était écrasé samedi matin quelque part en Caroline du Sud. Le journal avait réussi à dénicher une photo du producteur reclus. Elle datait des années 60. L'Oberst était tout sourire.»

Saul cessa de parler. Leurs tasses, oubliées sur la rambarde de la véranda, ne contenaient plus que du café froid. L'ombre de la grille avait rampé le long des jambes de Saul durant son récit. Le silence qui se fit était si soudain que les rumeurs de la rue redevinrent audibles.

«Lequel d'entre eux a tué mon père?» demanda Natalie. Elle avait resserré son sweater autour d'elle et se frictionnait les bras comme si elle avait froid.

«Je ne sais pas.

— Cette Melanie Fuller, elle était l'une d'entre eux?

— Oui, j'en suis presque sûr.

— Et c'est peut-être elle qui a tué mon père?

— Oui.

— Et vous êtes sûr que cette Nina Drayton est morte?

— Oui. Je suis allé à la morgue. J'ai vu des photos prises sur le lieu du crime. J'ai lu le rapport d'autopsie.

— Mais elle aurait pu tuer mon père avant de mourir?»

Saul hésita. «C'est possible.

— Et Borden — l'Oberst — est censé avoir péri vendredi soir, quand l'avion a explosé.»

Saul hocha la tête.

«Pensez-vous qu'il soit mort?

– Non.»

Natalie se leva et se mit à arpenter la minuscule véranda. «Avez-vous une preuve quelconque vous permettant de le penser?

– Non.

– Mais vous le croyez en vie.

– Oui.

– Et il aurait très bien pu tuer mon père, ainsi que Miz Fuller?

– Oui.

– Et vous êtes toujours résolu à le retrouver? Ce Borden... ou von Borchert?

– Oui.

– Bon Dieu.» Natalie regagna l'intérieur de la maison et en revint peu après avec deux verres de cognac. Elle en tendit un à Saul et avala l'autre cul sec. Elle sortit un paquet de cigarettes de la poche de son sweater, trouva des allumettes, et alluma une cigarette d'une main tremblante.

«Ce n'est pas bon pour votre santé», dit doucement Saul.

Natalie eut un petit reniflement sec. «Ces types sont des vampires, n'est-ce pas?

– Des vampires?» Saul secoua la tête en signe d'incompréhension.

«Ils utilisent les gens, puis ils les jettent comme des emballages en plastique. Ils ressemblent à ces vampires ringards qu'on voit dans les vieux films d'horreur, mais ces types-là sont bien *réels*.

– Des vampires...» Saul se rendit compte qu'il venait de parler en polonais. «Oui, reprit-il en anglais, c'est une analogie qui convient à merveille.

– Bon, alors, que faisons-nous à présent?

– Nous?» Saul était surpris. Il se frictionna les genoux.

«Nous, insista Natalie d'une voix où perçaient des accents de colère. Vous et moi. Nous. Si vous m'avez raconté toute cette histoire, ce n'était pas pour tuer le temps. Vous avez besoin d'un allié. Bon, alors, quelle est l'étape suivante ? »

Saul secoua la tête et se gratta la barbe. « Je ne sais pas exactement pourquoi je vous ai raconté tout ça, mais...

– Mais quoi ?

– C'est très dangereux. Francis et les autres... »

Natalie alla jusqu'à lui, s'accroupit et lui posa une main sur le bras. « Mon père s'appelait Joseph Leonard Preston, dit-elle doucement. Il avait quarante-huit ans... il aurait eu quarante-neuf ans le 6 février. C'était un homme bon, un bon père, un bon photographe et un commerçant médiocre. Quand il riait... » Natalie s'interrompit. « Quand il riait, il était très difficile de ne pas rire avec lui. »

Elle resta immobile durant plusieurs secondes, la main posée sur le poignet de Saul, tout près de son tatouage aux chiffres bleu pâle. Puis elle reprit : « Qu'allez-vous faire à présent ? »

Saul inspira. « Je ne sais pas trop. Je dois retourner à Washington samedi pour rencontrer quelqu'un qui aura peut-être des informations à me transmettre... des informations grâce auxquelles nous saurons peut-être si l'Oberst est encore en vie. Il est très possible que mon... contact n'ait aucune information.

– Et ensuite ? insista Natalie.

– Ensuite, il faudra attendre. Attendre et veiller. Fouiller les journaux.

– Les journaux ? Pour quoi faire ?

– Pour y chercher d'autres meurtres », dit Saul.

Natalie tiqua et se balança sur ses talons. La cigarette qu'elle tenait de la main droite s'était presque entièrement consumée. Elle l'écrasa sur le plancher. « Vous parlez sérieusement ? L'Oberst et Miz Fuller ont tout intérêt à quitter le pays... à aller se cacher... quelque part. Pourquoi se retrouveraient-ils si vite mêlés à une nouvelle affaire criminelle ? »

Saul haussa les épaules. Il se sentait soudain épuisé.

«C'est dans leur nature. Les vampires doivent se nourrir.»

Natalie se redressa et alla jusqu'au coin de la véranda.
«Et quand vous… quand *nous* les aurons retrouvés, que
ferons-nous?

– Nous aviserons le moment venu. D'abord, il faut les
retrouver.

– Pour tuer un vampire, il faut lui planter un pieu
dans le cœur», dit Natalie.

Saul resta muet.

Natalie prit une autre cigarette, mais ne l'alluma pas.
«Supposons que vous vous approchiez de trop près et
qu'ils découvrent que vous cherchez à leur nuire, dit-
elle. Ils seraient capables de s'en prendre à *vous*.

– Ça me simplifierait les choses.»

Natalie allait reprendre la parole lorsqu'une automobile portant l'insigne du comté s'arrêta devant la maison. Un homme massif au visage rougeaud, coiffé d'un
stetson, en descendit. «Le shérif Gentry», dit Natalie.

Ils virent l'officier bedonnant les dévisager, puis s'approcher lentement, presque avec hésitation. Gentry fit
halte devant la véranda et ôta son chapeau. Son visage
cuivré ressemblait à celui d'un petit garçon venant de
voir quelque chose d'horrible.

«Bonjour, Ms. Preston, professeur Laski.

– Bonjour, shérif», dit Natalie.

Saul regarda attentivement Gentry, cette caricature
de flic sudiste, et perçut la même intelligence et la même
sensibilité qui l'avaient marqué la veille. Les yeux de cet
homme démentaient l'impression suggérée par son
apparence.

«J'ai besoin d'aide, dit Gentry d'une voix où perçaient des accents de douleur.

– Quel genre d'aide?» demanda Natalie. Saul décela
une certaine affection dans sa voix.

Gentry contempla son chapeau. Il en caressa les
bords d'un mouvement gracieux de ses doigts roses et
boudinés, puis leva les yeux. «J'ai neuf citoyens morts

sur les bras, dit-il. Les circonstances de leur mort sont totalement insensées, quel que soit l'angle sous lequel on les examine. Il y a deux heures, j'ai voulu arrêter un type dont le portefeuille ne contenait qu'une photo de moi. Plutôt que de discuter avec moi, ce type s'est tranché la gorge.» Il regarda Natalie, puis Saul. «Pour une raison que j'ignore, reprit-il, pour une raison qui est sans doute aussi insensée que le reste de cette affaire délirante, j'ai l'impression que vous êtes en mesure de m'aider, tous les deux.»

Saul et Natalie le regardèrent sans mot dire.

«Pouvez-vous m'aider? demanda finalement Gentry. *Voulez*-vous m'aider?»

Natalie se tourna vers Saul. Celui-ci se gratta la barbe pendant quelques secondes, puis il ôta ses lunettes, les remit, se tourna vers Natalie et eut un léger hochement de tête.

«Entrez donc, shérif, dit Natalie en ouvrant la porte. Je vais préparer le déjeuner. Ça risque de prendre un peu de temps.»

11.
Bayerisch-Eisenstein,
vendredi 19 décembre 1980

Tony Harod et Maria Chen prirent leur petit déjeuner dans la minuscule salle à manger de l'hôtel. Ils descendirent dès sept heures, mais les amateurs de ski de fond étaient déjà partis explorer les pistes. Le feu crépitait dans la cheminée et Harod apercevait le blanc de la neige et le bleu du ciel par la petite fenêtre du mur sud.

«Pensez-vous qu'il sera là?» demanda Maria Chen alors qu'ils finissaient leur café.

Harod haussa les épaules. «Comment le saurais-je, bordel?» La veille, il était persuadé que Willi ne se trouverait pas dans la maison de ses ancêtres, que le vieux producteur était bien mort lors de l'accident d'avion. Willi lui avait appris l'existence de cette propriété cinq ans plus tôt. Ce jour-là, Harod était ivre; Willi, de retour d'un voyage de trois semaines en Europe, s'était soudain exclamé, les larmes aux yeux : «Qui a dit qu'on ne pouvait jamais revenir chez soi, hein, Tony? Qui a dit ça?» Puis il lui avait décrit la maison de sa mère en Allemagne du Sud. C'était sûrement par erreur qu'il avait mentionné le nom de la ville la plus proche. Harod avait décidé de faire le voyage par acquit de conscience. Mais aujourd'hui, sous la lumière crue du matin, assis en face de Maria Chen qui avait glissé le Browning 9 mm dans son sac à main, l'improbable ne lui semblait que trop possible.

«Et si Tom et Jensen étaient là?» demanda Maria Chen. Elle portait un pantalon en velours bleu, des

chaussettes montantes, un pull-over à col roulé rose et
un blouson de ski rose et bleu qui lui avait coûté six
cents dollars. Elle s'était fait une queue de cheval pour
retenir ses cheveux noirs et semblait toute fraîche en
dépit de son maquillage. Elle ressemblait, pensa Harod,
à une jeune girl-scout eurasienne se préparant à aller
skier avec des amis.

   «Si vous devez les éliminer, occupez-vous d'abord de
Tom, lui dit-il. Willi a tendance à Utiliser Reynolds plutôt que le Nègre. Mais Luhar est fort… très fort. Assurez-vous de ne pas le rater. Si les choses se gâtent, c'est
Willi qu'il faudra éliminer en premier. D'une balle dans
la tête. Une fois qu'il sera hors course, Reynolds et
Luhar ne représenteront plus aucun danger. Ils sont si
bien conditionnés qu'ils ne peuvent même pas aller pis-
ser sans l'autorisation de Willi.»

   Maria Chen cilla et regarda autour d'elle. Les quatre
autres tables étaient occupées par des couples d'Allemands riant et parlant avec animation. Personne ne
semblait avoir entendu les instructions que Harod
venait de formuler à voix basse.

   Harod fit signe à la serveuse de leur apporter un peu
plus de café, sirota le breuvage noir et fronça les sourcils. Il ne savait pas si Maria Chen était capable de tuer
quelqu'un sur ses instructions. Il *supposait* qu'elle le
ferait — elle n'avait jamais désobéi à ses ordres —, mais
il regretta brièvement qu'elle soit Neutre. D'un autre
côté, si elle n'avait pas été Neutre, Willi n'aurait eu
aucune peine à l'Utiliser contre lui. Harod ne se faisait
aucune illusion sur le Talent du vieux Boche : le fait que
Willi ait pu avoir en permanence deux pions près de lui
montrait l'étendue de son pouvoir. Harod avait pensé
que le Talent de Willi s'était estompé — sous l'effet de
l'âge, de la drogue et de la débauche —, mais vu les
récents événements, il aurait été stupide et dangereux
de continuer à agir d'après cette hypothèse. Harod
secoua la tête. Bon sang. Ce foutu Island Club le tenait
déjà par les couilles. Harod n'avait aucune intention de

s'intéresser au sort de la vieille de Charleston. Il n'avait aucune envie de contrarier quelqu'un qui avait passé cinquante ans à jouer à ce foutu petit jeu avec Willi Borden — ou von Borchert, si c'était là son nom. Et qu'allaient faire Barent et sa clique s'ils apprenaient que Willi était encore en vie ? S'il était encore en vie. Harod se rappela sa réaction lorsqu'il avait appris la mort de Willi, six jours plus tôt. Il avait d'abord été ennuyé — qu'allaient devenir tous les projets que Willi avait lancés ? Qu'allait devenir son fric ? —, puis il avait ressenti du soulagement. Ce vieux fils de pute était enfin mort. Harod avait passé des années à redouter que le vieil homme apprenne l'existence de l'Island Club, apprenne que Tony l'espionnait…

   «J'ai toujours pensé que le paradis était une île merveilleuse où l'on pouvait chasser tout son soûl, pas vrai, Tony?» Willi avait-il vraiment dit ça sur la cassette vidéo? Harod se rappela avoir eu l'impression de plonger dans des eaux glacées lorsque l'image de Willi avait prononcé ces mots. Mais il était impossible que Willi ait su. De plus, cette cassette avait été enregistrée avant l'accident. Willi était mort.

   Sinon, il le serait bientôt, pensa Harod. «Prête?» dit-il.

   Maria Chen s'essuya les lèvres avec une serviette en papier et hocha la tête.

   «Alors, allons-y», dit Tony Harod.

   «Alors, c'est ça, la Tchécoslovaquie?» dit Harod. Comme ils sortaient de la ville, il avait aperçu derrière la gare une barrière, un petit bâtiment blanc et plusieurs gardes portant des uniformes verts et des casques de forme bizarre. Un petit panneau routier indiquait : *übergangstelle*.

   «C'est ça, acquiesça Maria Chen.

   — Foutrement intéressant.» Il s'engagea sur la route tortueuse, ignorant les panneaux indiquant la direction de la Grosse Arber et de la Kleine Arbersee. Il aperçut au loin la bande blanche d'une piste de ski et les points noirs des télésièges. Des petites voitures munies de pneus à chaîne et de galeries fonçaient sur les routes transformées en couloirs de neige et de glace. Harod frissonna lorsqu'un courant d'air froid pénétra dans la voiture par les vitres arrière. Les deux paires de skis de fond que Maria Chen avait louées le matin à l'hôtel émergeaient de la vitre arrière droite. «Vous croyez qu'on aura besoin de ces foutus machins?» demandat-il en indiquant la banquette arrière d'un mouvement du menton.

Maria Chen sourit et leva ses ongles vernis. «Peutêtre.» Elle consulta la carte routière Shell, puis une carte topographique. «La prochaine à gauche, dit-elle. Ensuite, il reste six kilomètres avant le chemin d'accès privé.»

La B.M.W. eut quelques difficultés à négocier les quinze cents derniers mètres du «chemin d'accès», qui n'était guère plus qu'une piste d'ornières creusées dans la neige. «Quelqu'un est passé par là il n'y a pas longtemps, dit Harod. C'est encore loin?

– Plus qu'un kilomètre après le pont.»

La route obliqua pour s'engager dans un épais bosquet d'arbres dénudés, puis le pont apparut devant eux : un petit ouvrage d'art protégé par une barrière apparemment plus solide que celle du poste-frontière tchèque. Un petit chalet alpin s'élevait vingt mètres en aval. Deux hommes en sortirent et se dirigèrent lentement vers la voiture. Harod s'attendait à les voir vêtus de costumes typiques, version hivernale, mais ils portaient un pantalon de velours brun et une veste fourrée aux couleurs éclatantes. Le plus jeune, âgé d'une vingtaine d'années, était sans doute le fils de l'autre. Il tenait un fusil de chasse au creux de son bras.

«*Guten Morgen, haben Sie sich verfahren*? demanda le plus âgé des deux en souriant. *Das hier ist ein Privatgrundstick.*»

Maria Chen traduisit : «Ils nous souhaitent le bonjour

et nous demandent si nous sommes perdus. Ils disent que ceci est une propriété privée.»

Harod sourit aux deux hommes. Le plus âgé lui rendit son sourire, montrant ses dents en or; le plus jeune garda un visage inexpressif. «Nous ne sommes pas perdus, dit Harod. Nous sommes venus voir Willi — Herr von Borchert. Il nous a invités ici. Nous sommes venus de Californie exprès pour le voir.»

Le vieil homme le regarda sans comprendre et Maria Chen remplit à nouveau son rôle d'interprète.

«*Herr von Borchert lebt hier nicht mehr*, dit le vieil homme. *Schon seit vielen Jahren nicht mehr. Das Gut ist schon seit sehr langer Zeit geschlossen. Niemand geht mehr dorthin.*

– Il dit que Herr von Borchert est mort, traduisit Maria Chen. Depuis plusieurs années. La propriété est fermée. Ça fait très longtemps qu'elle est fermée. Personne ne vient jamais ici.»

Harod sourit et secoua la tête. «Alors comment se fait-il que vous montiez la garde, hein?

– *Warum lassen Sie es noch bewachen?*» demanda Maria Chen.

Le vieil homme sourit. «*Wir werden von der Familie bezahlt, so dadort kein Vandalismus ensteht. Bald wird all daein Teil des Nationalwaldes werden. Die Halten Häuser werden abgerissen. Bis dahin schickt der Neffe uns Schecks aus Bonn, und wir halten alle Wilddiebe und Unbefugte fern, so wie es mein Vater vor mir getan hatte. Mein Sohn wird sich andere Arbeit suchen müssen.*

– La famille nous paie pour empêcher le vandalisme, traduisit Maria Chen. Euh… bientôt… un de ces jours, cette propriété fera partie du parc national. La maison sera détruite. En attendant, le neveu… celui de von Borchert, je présume… le neveu nous envoie des chèques de Bonn et nous écartons les intrus et les braconniers, comme mon père l'a fait avant moi. Mon fils devra chercher un autre travail. Ils ne vont pas nous laisser entrer, Tony», ajouta-t-elle.

Harod tendit à l'homme trois pages concernant le prochain projet de Willi, *Traite des Blanches*. Un billet de cent marks avait été glissé, bien visible, entre deux pages. «Dites-lui que nous sommes venus exprès de Hollywood pour faire des repérages. Dites-lui que la vieille maison ferait un merveilleux château hanté.»

Maria Chen s'exécuta. Le vieil homme regarda les feuilles de papier et le billet, puis les rendit à Harod d'un geste machinal. «*Ja, es wäre eine wunderbare Kulisse fur einer Grusefilm. Es besteht kein Zweifel, daes hier spukt. Aber ich glaube, da es keine weiteren Gespenster braucht. Ich schlage vor, daSie umdrehen, so daSie hier nicht stecken bleiben. GrüGott!*

– Qu'est-ce qu'il a dit? demanda Harod.

– Il trouve lui aussi que cette propriété ferait un décor idéal pour un film d'horreur, dit Maria Chen. Il dit qu'elle est effectivement hantée. Il ne pense pas qu'elle ait besoin de nouveaux fantômes. Il nous dit de faire demi-tour ici tant que c'est encore possible et nous souhaite une bonne journée.

– Dites-lui d'aller se faire foutre, dit Harod tout en souriant aux deux hommes.

– *Vielen Dank für Ihre Hilfe*, dit Maria Chen.

– *Bitte sehr*, dit le vieil homme.

– Il n'y a pas de quoi», dit le jeune homme au fusil.

La B.M.W reprit la longue allée en sens inverse, tourna à l'ouest pour s'engager sur l'équivalent allemand d'une route de campagne, puis roula huit cents mètres avant de s'immobiliser sur la neige à cinq mètres d'une clôture. Harod prit des cisailles dans le coffre et découpa le grillage en quatre endroits. Il acheva d'ouvrir la brèche à coups de botte. On ne risquait guère de la voir de la route en raison des arbres et la circulation était pratiquement inexistante. Harod retourna près de la B.M.W. et troqua ses bottes contre des chaussures de ski aux motifs comiques, puis Maria Chen l'aida à enfiler ses skis.

Harod n'avait skié que deux fois dans sa vie, à Sun Valley, dont une en compagnie d'Ann-Margret et de la nièce de Dino de Laurentiis, et il avait détesté ça.

Maria Chen laissa son sac à main dans la voiture, glissa le Browning dans la ceinture de son pantalon, mit un chargeur de rechange dans la poche de sa veste, se passa une paire de jumelles autour du cou, et s'engouffra dans la brèche. Harod se propulsa tant bien que mal derrière elle.

Il tomba à deux reprises durant les quinze cents premiers mètres, se relevant chaque fois en faisant fuser un chapelet de jurons sous le regard amusé de Maria Chen. On n'entendait aucun bruit, excepté le bruissement de leurs skis sur la neige, le bavardage occasionnel d'un écureuil et les halètements de Harod. Lorsqu'ils eurent parcouru environ trois kilomètres, Maria Chen fit halte pour consulter sa boussole et la carte topographique.

«Voilà le ruisseau. Nous pouvons le traverser ici. La maison se trouve dans une clairière, à environ un kilomètre dans *cette* direction.» Elle indiqua une partie de la forêt particulièrement dense.

Encore trois terrains de foot, pensa Harod en s'efforçant de reprendre son souffle. Il se rappela le fusil de chasse que portait le jeune homme et se rendit compte que le Browning ne serait pas à la hauteur au cours d'un éventuel affrontement. Et pour ce qu'il en savait, Reynolds et Luhar, ainsi qu'une douzaine d'autres esclaves, les attendaient dans le bois, armés d'Uzi et de Mac-10. Harod se força à inhaler une bouffée d'air glacé et s'aperçut qu'il avait l'estomac noué. Et puis merde, pensa-t-il. Il s'était cassé le cul pour venir jusqu'ici. Il ne repartirait pas avant de savoir si Willi était là.

«Allons-y», dit-il. Maria Chen acquiesça, rempocha sa carte et s'avança gracieusement sur ses skis.

Il y avait deux cadavres devant la maison.

Tapis derrière l'abri précaire d'une rangée d'épicéas, Harod et Maria Chen observèrent les corps à tour de

rôle à l'aide des jumelles. A cinquante mètres de distance, les deux masses sombres gisant sur la neige
auraient pu être n'importe quoi — des paquets de linge
abandonnés, peut-être —, mais les jumelles permettaient de distinguer la courbe d'une joue pâle et des
membres figés dans une position qu'un dormeur aurait
trouvée pénible. Ces deux-là ne dormaient pas.

Harod les examina une nouvelle fois. Deux hommes.
Manteaux noirs. Gants de cuir. L'un des cadavres avait
porté un feutre brun ; il gisait sur la neige à deux mètres
de lui. La neige était tachée de sang tout autour des
deux corps. Une traînée écarlate reliait les empreintes
de leurs pas à la grande porte-fenêtre du vieux manoir.
Trente mètres plus loin, à l'est, se trouvaient des sillages
parallèles, des traces de pas se dirigeant vers la maison
ou s'en éloignant, et de larges amas circulaires de neige
poudreuse, comme si un immense ventilateur avait été
pointé vers le sol. *Un hélicoptère*, pensa Harod.

Aucune trace d'automobile, de chasse-neige ou de
ski. L'allée qui reliait le bâtiment au chemin d'accès sur
lequel Maria et lui avaient été arrêtés un peu plus tôt
n'était qu'un ruban de neige sinuant entre les arbres.
Impossible de voir le chalet et le pont d'où ils étaient.

Quoique plus vaste qu'une demeure typique, l'édifice
principal ne pouvait cependant prétendre au nom de
château. Il s'agissait d'une immense masse de pierres
sombres et de fenêtres étroites, formée de plusieurs
ailes et de plusieurs niveaux, dans le genre manoir impo-
sant agrandi au fil des générations. La couleur de la
pierre et la taille des fenêtres variait par endroits, mais
l'effet d'ensemble demeurait lugubre : pierre sombre,
verre rare, portes étroites, murs épais décorés par les
ombres d'arbres dénudés. Harod estima que cette maison reflétait davantage la personnalité de Willi que sa
villa de Bel Air.

«Qu'est-ce qu'on fait maintenant ? murmura Maria
Chen.

– Fermez-la.» Harod leva les jumelles pour observer

à nouveau les deux cadavres. Ils gisaient tout près l'un de l'autre. Le visage du premier était tourné de l'autre côté, à moitié enfoui dans la neige, si bien que Harod n'en apercevait qu'une touffe de cheveux noirs faiblement agitée par la brise, mais le second, étendu sur le dos, laissait voir une joue pâle et un œil vitreux fixé sur les arbres, comme dans l'attente de leur arrivée. Ils n'étaient pas morts depuis longtemps, estima Harod. Apparemment, les petits animaux de la forêt ne s'étaient pas encore intéressés à eux.

« Allons-nous-en, Tony.

– Fermez votre gueule. » Harod rabaissa ses jumelles et réfléchit. Ils ne voyaient pas l'autre côté du manoir de l'endroit où ils se trouvaient. S'ils devaient s'approcher de la maison, mieux valait rester dans la forêt et contourner le bâtiment afin de l'examiner sous tous les angles. Les yeux plissés, Harod inspecta la vaste clairière. Le rideau d'arbres se prolongeait des deux côtés de façon plus ou moins régulière ; il leur faudrait une bonne heure pour regagner la forêt et effectuer leur manœuvre d'approche. Le soleil était masqué par les nuages et un vent froid s'était levé. De petits flocons commençaient à tomber. Le blue-jean de Harod était trempé de neige fondue et ses jambes lui faisaient atrocement mal. Il n'était pas encore midi, mais la lumière était carrément crépusculaire.

« Allons-nous-en, Tony. » La voix de Maria Chen n'était ni suppliante ni terrifiée, seulement insistante.

« Passez-moi le flingue. » Elle dégagea le pistolet, le lui tendit, et il le pointa sur la maison grise et la masse noire des cadavres. « Allez là-bas, ordonna-t-il. Sur vos skis. Je reste ici pour vous couvrir. Je pense que cette foutue maison est vide. »

Maria Chen le regarda. On ne lisait ni interrogation ni défi dans ses yeux noirs, seulement de la curiosité, comme si elle n'avait jamais vu Harod auparavant.

« *Allez-y* », dit sèchement Harod en baissant l'automatique, ne sachant ce qu'il ferait si elle refusait.

Maria Chen se retourna, écarta les branches d'épicéa d'un élégant mouvement de bâton de ski, et se dirigea vers la maison. Harod s'accroupit et s'éloigna de quelques mètres, s'immobilisant derrière un large érable entouré de jeunes pins. Il leva ses jumelles. Maria Chen était arrivée près des corps. Elle fit halte, enfonça ses deux bâtons dans la neige, et se tourna vers la maison. Puis elle jeta un bref regard vers l'endroit où elle avait laissé Harod et se dirigea vers la maison, s'arrêtant un instant devant les portes-fenêtres avant d'obliquer sur la droite pour longer la façade. Elle disparut au coin droit de l'édifice, le plus proche du chemin d'accès; Harod ôta ses skis et s'accroupit sur un coin sec près de l'arbre.

Une éternité sembla s'écouler avant son retour. Elle apparut à gauche de la façade, revint se placer devant les portes-fenêtres et agita les bras vers l'endroit où Harod était censé se trouver.

Celui-ci attendit encore deux minutes, puis il se courba et se mit à courir vers la maison. Il avait cru pouvoir se débrouiller sans skis. C'était une erreur. La neige ne lui arrivait qu'aux genoux, mais elle le ralentissait et gênait sa progression; à peine avait-il franchi trois mètres que la croûte céda sous son poids, l'obligeant à balayer la neige devant lui. Il tomba à trois reprises, allant jusqu'à lâcher son automatique. Il vérifia que le canon n'était pas bouché, épousseta la crosse, et reprit sa course hasardeuse.

Il s'arrêta près des corps.

Tony Harod avait produit vingt-huit films, dont vingt-cinq avec Willi. Tous faisaient largement appel au sexe et à la violence, et souvent aux deux réunis. Les cinq films de la série *La Nuit de Walpurgis* — la plus grande réussite commerciale de Harod — se résumaient plus ou moins à une succession de meurtres dont les victimes étaient le plus souvent des jeunes gens séduisants surpris en pleine copulation ou juste après. Ces meurtres étaient en majorité filmés à la caméra subjective, du point de vue du meurtrier. Harod avait souvent débarqué sur le plateau de tournage et y avait vu des gens se faire poignarder, tirer dessus, empaler, brûler, éviscérer et décapiter. A force de fréquenter les techniciens des effets spéciaux, il n'ignorait plus rien des mystères des poches de sang, des sacs pneumatiques, des yeux crevés et des pompes hydrauliques. Il avait personnellement écrit la scène de *La Nuit de Walpurgis V : Le cauchemar continue* où la tête de la baby-sitter explosait en mille morceaux après qu'elle avait avalé la capsule explosive que Golon, l'assassin masqué, avait substituée à sa pilule.

En dépit de tout cela, Tony Harod n'avait jamais vu de victime d'un vrai meurtre. Les seuls cadavres qu'il avait approchés étaient celui de sa mère et de sa tante Mira, qu'il avait découverts dans des cercueils impeccables, au milieu des parents éplorés rassemblés dans une chapelle ardente. Harod avait neuf ans le jour des funérailles de sa mère; treize le jour de celles de tante Mira. Personne ne faisait jamais allusion à la mort du père de Harod.

Un des deux hommes gisant devant la demeure familiale de Willi Borden avait reçu cinq ou six balles dans le corps; le second avait la gorge arrachée. Tous deux avaient copieusement saigné. La quantité de sang parut absurde à Harod, comme si un metteur en scène trop zélé avait déversé des baquets de peinture rouge sur le plateau. Rien qu'en jetant un coup d'œil aux corps, au sang et aux traces de pas, Harod pensa pouvoir reconstituer la scène. Un hélicoptère s'était posé à une trentaine de mètres de la maison. Ces deux-là en étaient descendus, chaussés de souliers vernis, et s'étaient dirigés vers les portes-fenêtres. Ils avaient commencé à s'affronter ici, sur les dalles. Harod vit en esprit le plus petit, celui qui gisait face contre terre, bondir soudain sur son équipier, toutes griffes dehors. Le plus grand des deux hommes avait battu en retraite — Harod distingua des empreintes de talon dans la neige —, puis il avait brandi son luger et tiré plusieurs coups de feu. Le petit homme avait continué d'avancer, peut-être même après avoir été touché au visage : il avait deux impacts de balle sur la joue droite, un bout de muscle et de chair était coincé entre ses mâchoires. Le plus grand avait fait quelques pas hésitants après avoir abattu son équipier; puis, comme s'il venait de prendre conscience qu'on lui avait déchiré la gorge, que son sang jaillissait dans l'air glacé, que son larynx était déchiqueté, il était tombé, avait roulé sur lui-même et était mort les yeux fixés sur les conifères au milieu desquels Harod et Maria Chen devaient apparaître quelques heures plus tard. Son bras était à moitié levé, sculpté par la rigidité cadavérique. Harod savait que celle-ci se manifestait un certain temps après la mort et durait quelques heures; il ne se rappelait pas combien. Il s'en fichait. Il avait supposé que les deux hommes étaient des équipiers, qu'ils étaient descendus ensemble de l'hélicoptère, qu'ils étaient morts ensemble. Les traces de pas ne le prouvaient pas de façon absolue. Harod s'en fichait. A en juger par d'autres traces de pas allant des portes-fenêtres au point d'atterrissage, plusieurs personnes étaient sorties de la maison pour partir à bord de l'hélicoptère. Il était impossible de déduire d'où était venu l'appareil, qui le pilotait, qui y était monté et quelle était sa destination. Harod s'en fichait.

« Tony ? demanda doucement Maria Chen.

– Un instant. » Harod se retourna, s'éloigna en titubant de la flaque de sang et vomit dans la neige. Il se pencha, goûtant une nouvelle fois au café et à la saucisse qu'il avait pris au petit déjeuner. Lorsqu'il eut fini, il ramassa une poignée de neige propre, se rinça la bouche, se redressa et, faisant un large détour pour éviter les cadavres, rejoignit Maria Chen sur les dalles.

« La porte n'est pas fermée », murmura-t-elle.

Harod ne distinguait que des rideaux derrière les vitres. La neige tombait dru à présent, et les flocons occultaient les arbres à cinquante mètres de distance.

Harod hocha la tête et inspira. «Allez récupérer le flingue de ce type, dit-il. Et trouvez-moi leurs papiers.»

Maria Chen regarda Harod pendant une seconde, puis elle se dirigea vers les cadavres. Elle dut écarter les doigts du plus grand des deux pour saisir son pistolet. Ses papiers étaient rangés dans son portefeuille; l'autre avait son passeport, ainsi qu'une liasse de billets, dans la poche de son manteau. Maria Chen dut faire rouler les cadavres dans la neige avant de trouver ce que Harod lui avait demandé. Lorsqu'elle revint près de lui, son pull rose et sa veste étaient tachés de sang. Elle ôta ses skis d'un geste vif et passa de la neige sur ses vêtements.

Harod examina son butin. Le grand se nommait Frank Lee, ainsi que l'attestaient son permis de conduire international, son adresse temporaire à Munich et son permis de conduire américain vieux de trois ans. L'autre se nommait Ellis Robert Sloan, trente-deux ans, demeurant à New York, possesseur d'un passeport visé pour l'Allemagne fédérale, l'Autriche et la Belgique. Il avait sur lui huit cents dollars et six cents marks. Harod secoua la tête et laissa tomber argent et papiers sur les dalles. Son butin ne lui avait rien appris d'important : il savait qu'il temporisait, qu'il retardait l'instant où il allait falloir pénétrer dans la maison.

«Suivez-moi», dit-il, et il entra.

La maison était vaste, froide, sombre et — du moins Harod l'espérait-il avec ferveur — vide. Il n'avait plus envie de parler à Willi. Il savait que s'il voyait son vieux mentor hollywoodien, sa première réaction serait de lui vider le chargeur du browning dans la tête. Si Willi le laissait faire. Tony Harod ne se faisait plus aucune illusion sur son propre Talent comparé à celui de Willi. Peut-être avait-il affirmé à Barent et aux autres que le pouvoir de Willi était sur le déclin — et peut-être l'avait-il cru en partie —, mais il savait au fond de ses tripes que, même affaibli, Willi Borden était capable de maîtriser mentalement Tony Harod en dix secondes. Ce vieux salopard était un monstre. Harod se prit à regretter d'être venu en Allemagne, d'avoir quitté la Californie, d'avoir permis à Barent et à sa clique de l'obliger à s'associer à Willi. «Tenez-vous prête», murmura-t-il d'une voix stupidement tendue, et il précéda Maria Chen dans les profondeurs de la masse de pierres sombres.

Les meubles étaient recouverts de draps blancs dans toutes les pièces. Harod avait déjà vu des scènes identiques au cinéma, tout comme il y avait déjà vu des cadavres, mais l'effet produit était beaucoup plus troublant dans la réalité. Il se surprit à braquer son automatique sur chaque chaise et chaque lampe, s'attendant à voir les meubles se dresser et foncer sur lui comme la silhouette drapée de blanc dans le premier *Halloween* de Carpenter.

L'entrée principale était immense, carrelée en noir et blanc, et vide. Harod et Maria Chen avançaient à pas de loup, mais l'écho de leurs pas était néanmoins perceptible. Harod se sentit ridicule de marcher dans une maison avec ses chaussures de ski. Maria Chen le suivait calmement, le Luger ensanglanté pendant au bout de son bras. Elle semblait détendue, comme si elle fouillait la maison hollywoodienne de Harod en quête d'un magazine égaré.

Un quart d'heure s'écoula avant que Harod acquière la certitude que le rez-de-chaussée et l'immense cave étaient également vides. La monumentale maison semblait abandonnée; s'il n'y avait pas eu les cadavres dehors, Harod aurait été persuadé que personne n'était entré ici depuis plusieurs années. «On monte», dit-il, l'automatique toujours levé. Ses phalanges étaient blêmes.

L'aile ouest était sombre, froide et dépourvue de tout ameublement, mais lorsqu'ils entrèrent dans le couloir conduisant à l'aile est, Harod et Maria Chen se figèrent. Le passage leur parut tout d'abord bloqué par un immense rideau de glace ondoyante — Harod repensa à la scène où Jivago et Lara retournent dans la maison de campagne ravagée par l'hiver —, mais Harod s'avança prudemment et découvrit que la faible lumière se reflétait sur un mince rideau de plastique translucide accroché au plafond et fixé le long d'un mur. Deux mètres plus loin, ils découvrirent un rideau identique. Ils avaient été installés pour assurer l'isolation thermique de l'aile est. Le couloir était sombre, mais une lueur pâle se glissait par plusieurs portes ouvertes le long de ses quinze mètres. Harod adressa un hochement de tête à Maria Chen, puis s'avança avec souplesse, tenant l'automatique des deux mains, les jambes écartées. Il pivota sur lui-même devant chaque porte, prêt à tirer, en alerte, tendu comme un chat à l'affût. Des images de Clint Eastwood et de Charles Bronson dansaient dans sa tête. Maria Chen resta près du rideau en plastique et le regarda faire.

«Merde», lâcha Harod au bout de dix minutes. On aurait dit qu'il était déçu et — compte tenu du flot d'adrénaline qui avait parcouru son organisme quelques minutes plus tôt — il était effectivement un peu déçu.

A moins qu'il n'existât des pièces secrètes, la maison était vide. Quatre des pièces donnant sur ce couloir semblaient avoir été récemment occupées : lits défaits, réfrigérateurs garnis, vaisselle, papiers sur les bureaux. En examinant l'une d'elles, un immense bureau pourvu d'étagères, d'un vieux canapé et d'une cheminée aux cendres encore chaudes, Harod pensa qu'il avait raté Willi de quelques heures à peine. Peut-être étaient-ce les visiteurs descendus d'hélicoptère qui l'avaient obligé à partir à l'improviste. Mais il ne restait ni vêtements ni objets personnels; l'occupant des lieux s'était tenu prêt à partir. Dans le bureau, près d'une étroite fenêtre, un échiquier était posé sur une table basse, ses pièces ouvragées déployées pour une partie en cours. Harod alla jusqu'au secrétaire et dispersa du bout de son automatique les quelques papiers qui y traînaient. L'adrénaline désertait son organisme, remplacée par un souffle court, des tremblements de plus en plus accentués et une envie dévorante d'être ailleurs.

Les papiers étaient en allemand. Harod ne parlait pas
cette langue, mais il eut l'impression qu'ils se rappor-
taient à des problèmes banals : taxes foncières, rapports
d'exploitation agricole, débits et crédits. Il les jeta
à terre, ouvrit quelques tiroirs vides et décida que le
moment était venu de décamper.

«Tony!»

En entendant la voix de Maria Chen, il fit volte-face,
le browning levé.

Elle était près de l'échiquier. Harod s'approcha, pensant qu'elle avait vu quelque chose par la fenêtre, mais
c'était le grand échiquier qu'elle regardait. Harod fit de
même. Au bout d'une minute, il baissa son arme, se mit
à genoux et murmura : «Bon Dieu de merde.»

Harod ne connaissait pas grand-chose aux échecs, n'y
avait joué qu'en de rares occasions durant son enfance,
mais il vit que la partie en cours sur cet échiquier était
dans ses premières phases. Seules quelques pièces, deux
noires et une blanche, avaient été perdues et posées sur
la table. Harod s'approcha un peu plus, toujours à
genoux, jusqu'à ce que ses yeux ne soient qu'à quelques
centimètres des pièces les plus proches.

Les pièces étaient en ivoire et en ébène sculptés.
Délicatement ouvragées, elles mesuraient une douzaine
de centimètres de haut et avaient dû coûter une fortune
à Willi. Le maigre savoir de Harod en matière d'échecs
lui permit de déduire que la partie en cours n'était guère
orthodoxe. Le gamin qui l'avait battu lors de sa seconde
et dernière partie, trente ans auparavant, avait éclaté de
rire lorsque Harod avait déplacé sa reine en début de
partie. Il avait prétendu que seuls les amateurs utilisaient leur reine si tôt dans le jeu. Mais ici, de toute évidence, les deux reines avaient déjà été jouées. La reine
blanche se trouvait au centre de l'échiquier, juste devant
un pion blanc. La reine noire avait quitté le jeu et repo-
sait à côté de l'échiquier. Harod se pencha un peu plus.
Le visage d'ébène était élégant, aristocratique, toujours
séduisant en dépit de ses rides méticuleusement gra-

vées. Harod avait vu ce visage cinq jours plus tôt, à Washington, D.C., lorsque C. Arnold Barent lui avait montré une photo de la vieille dame qui s'était fait abattre à Charleston et avait eu l'imprudence de laisser traîner son album macabre dans sa chambre d'hôtel. Tony Harod avait devant lui Nina Drayton.

Harod s'empressa d'examiner toutes les pièces. Il ne reconnut pas la plupart des visages, mais certains lui sautèrent aux yeux comme s'il avait utilisé un zoom ainsi qu'il aimait le faire dans ses films.

Le roi blanc n'était autre que Willi; cela ne faisait aucun doute, bien que son visage fût plus jeune, ses traits plus anguleux, ses cheveux plus abondants, et qu'il portât un uniforme à présent illégal en Allemagne. Le roi noir était C. Arnold Barent, costume trois-pièces et tout. Harod reconnut Charles C. Colben dans le fou noir. Le fou blanc n'était autre que le révérend Jimmy Wayne Sutter. Kepler était en place dans la rangée des pions noirs, mais le cavalier noir s'était avancé pour se lancer dans la bataille. Harod le fit tourner de quelques degrés et reconnut les traits pincés de Nieman Trask.

Harod ne reconnut pas le visage âgé et boulot de la reine blanche, mais il devina facilement son identité. «Nous la retrouverons, avait dit C. Arnold Barent. Ensuite, il faudra nous tuer cette emmerdeuse.» La reine blanche était bien engagée dans le camp des noirs, ainsi que deux pions blancs. Harod ne reconnut pas celui qui semblait entouré de toutes parts par des pions noirs; on aurait dit un homme âgé de cinquante ou soixante ans, avec une barbe et des lunettes. En détaillant son visage, Harod pensa : *Juif*. Mais l'autre pion blanc, celui qui se trouvait quatre cases devant le cavalier de Willi, apparemment exposé aux attaques simultanées de plusieurs pièces noires… ce pion, il le retourna et n'eut aucune peine à l'identifier. Tony Harod avait devant lui son propre visage.

«Bordel!» Les échos de son cri résonnèrent dans l'immense maison. Il se remit à hurler et balaya l'échiquier avec le canon de son browning, une fois, deux fois, trois fois, dispersant les pièces d'ébène et d'ivoire sur le sol.

Maria Chen recula et se tourna vers la fenêtre. Au-dehors, la lumière semblait avoir fui sous la pression des nuages, la forêt n'était plus qu'un banc de brume grise, et la neige recouvrait les deux cadavres gisant comme des pièces d'échecs sur la pelouse du manoir.

12.
Charleston,
jeudi 18 décembre 1980

«Ça m'étonne qu'il n'ait pas encore neigé», dit Saul Laski.

Ils étaient tous les trois assis dans la voiture du shérif, Saul et Gentry à l'avant, Natalie à l'arrière. Il bruinait et la température avoisinait les dix degrés. Natalie et Gentry ne portaient qu'une veste. Saul avait enfilé un pull-over bleu sous son vieux blouson en tweed. Du bout de l'index, il remonta ses lunettes sur son nez et regarda la rue à travers le pare-brise strié de pluie. «Dans six jours, c'est Noël, et il ne neige toujours pas. Je me demande comment vous pouvez vous y faire.

– J'avais sept ans la première fois que j'ai vu de la neige, dit Bobby Joe Gentry. On a fermé l'école en milieu d'après-midi. Il y en avait à peine deux centimètres, mais nous avons tous couru chez nous comme si c'était la fin du monde. J'ai lancé une boule de neige… la première boule de neige de ma vie… et j'ai brisé la fenêtre du salon de la vieille Miz McGilvrey. Ça a *failli* être la fin du monde pour moi. Quand mon père est rentré à la maison, ça faisait trois heures que je l'attendais, j'avais même sauté le dîner. J'ai été enchanté de recevoir une raclée et de m'en tirer à si bon compte.» Gentry appuya sur un bouton et les essuie-glaces balayèrent deux fois le pare-brise avant de s'immobiliser avec un bruit sec. De nouvelles gouttes vinrent aussitôt consteller la vitre. «Eh oui, dit Gentry d'une voix basse et agréable que Saul commençait à bien connaître. Chaque fois que je vois de la neige, je repense à cette raclée et aux efforts que je faisais pour ne pas pleurer. Il me semble que les hivers deviennent de plus en plus froids, que la neige tombe de plus en plus souvent.

– Est-ce que le docteur est arrivé ? demanda Natalie.

– Non. Il n'est que quatre heures moins trois, dit Gentry. Calhoun se fait vieux et à ce qu'on m'a dit, il a ralenti son activité, mais il est aussi ponctuel qu'une horloge suisse. Comme un chat à l'heure de la pâtée. S'il a dit qu'il serait là à quatre heures, il y sera. »

Comme pour confirmer cette remarque, une longue Cadillac noire apparut devant eux et alla se garer à quelques mètres de la voiture de Gentry.

Saul examina la rue. Le quartier où ils se trouvaient, situé à plusieurs kilomètres du Vieux Quartier chic, était séduisant, associant l'élégance de l'âge à l'aspect pratique de l'architecture moderne. Une vieille conserverie avait été convertie en immeuble de bureaux et d'habitation ; on y avait ajouté des garages et des fenêtres, on avait décapé ses murs de briques à la sableuse et complété, réparé ou repeint ses boiseries. La restauration avait dû être effectuée avec beaucoup de soin, pensa Saul. « Êtes-vous sûr que les parents d'Alicia sont disposés à collaborer ? » demanda-t-il.

Gentry ôta son chapeau et passa un mouchoir sur le cuiret. « Tout à fait disposés. Mrs. Kaiser est folle d'inquiétude pour sa fille. Elle dit qu'Alicia ne mange plus, qu'elle se réveille en hurlant chaque fois qu'elle essaie de s'endormir, et qu'elle passe ses journées à regarder dans le vide.

– Ça fait à peine six jours qu'elle a vu sa meilleure amie se faire assassiner, dit Natalie. Pauvre petite.

– Ainsi que le grand-père de sa meilleure amie, ajouta Gentry. Et peut-être d'autres personnes, pour ce que nous en savons.

– Vous pensez qu'elle était à Mansard House ? demanda Saul.

– Les témoins ne se rappellent pas l'y avoir vue, mais

ça ne veut pas dire grand-chose. S'ils n'ont pas reçu un entraînement adéquat, la plupart des gens ne remarquent rien de ce qui se passe autour d'eux. Il existe des exceptions, bien sûr — des gens qui remarquent tout. Malheureusement, ce ne sont jamais ceux que l'on trouve sur les lieux d'un crime.

– On a retrouvé Alicia non loin de là, n'est-ce pas ? demanda Saul.

– En plein milieu du périmètre des meurtres. Une voisine l'a vue au coin d'une rue, les yeux hagards et en larmes, à peu près à mi-chemin de Mansard House et de la maison Fuller.

– Est-ce que son bras va mieux ?» demanda Natalie.

Gentry se tourna vers la banquette arrière. Il sourit à la jeune femme ; ses petits yeux bleus semblaient plus éclatants que la faible lumière hivernale. «Bien sûr, m'dame. Ce n'était qu'une simple fracture.

– Si vous m'appelez encore une fois m'dame, shérif, je vous casse le bras.

– Oui, m'dame», dit Gentry, apparemment sans malice. Il se retourna vers le pare-brise. «C'est bien ce vieux Dr C. Il a acheté cette monstruosité noire quand il est allé en Angleterre avant la Seconde Guerre mondiale. Il devait donner des conférences au London City Hospital, je pense. Il faisait partie de l'équipe chargée des préparatifs en cas de guerre. Il y a quelques années, il a raconté à mon oncle Lee que les médecins britanniques ont eu cent fois moins de blessés que prévu pendant le Blitz. Je ne veux pas dire qu'ils s'étaient préparés à en avoir une grosse quantité… mais ils en attendaient davantage.

– Votre Dr Calhoun a-t-il une bonne expérience de l'hypnose ? demanda Saul.

– Je crois bien que oui, grasseya Gentry. C'est de ça qu'il est allé parler aux Anglais en 1939. Apparemment, certains experts locaux pensaient que les bombardements seraient si traumatisants qu'ils risquaient de plonger certains citoyens dans un état de choc. Ils ont estimé que Jack pourrait les aider grâce à ses connaissances en matière de suggestions post-hypnotiques.» Il ouvrit la portière. «Vous venez, Miz Preston?

– Bien sûr», et Natalie sortit sous la pluie.

Gentry descendit de voiture et s'immobilisa. La pluie tambourina doucement sur les bords de son chapeau. «Vous êtes sûr de ne pas vouloir venir avec nous, professeur?

– Non, je ne veux pas assister à ça. Je ne tiens pas à orienter les résultats de cette expérience. Mais il me tarde d'entendre ce que cette petite fille va vous dire.

– Moi aussi. J'essaierai de garder un esprit ouvert, quoi qu'il arrive.» Il referma la portière et se mit à courir — d'une foulée élégante pour un homme de sa corpulence — afin de rattraper Natalie Preston.

Un esprit ouvert, songea Saul. *Oui, je pense que vous avez cette qualité. Je le pense sincèrement.*

«Je vous crois», avait dit le shérif la veille, lorsque Saul était parvenu au terme de son histoire.

Saul s'était efforcé de condenser son récit, transformant une narration de plusieurs heures en un synopsis de quarante-cinq minutes. Natalie l'avait interrompu à plusieurs reprises pour lui demander de mentionner certains détails qu'il avait omis. Gentry lui avait posé quelques questions concises. Ils avaient déjeuné pendant que Saul poursuivait son récit. En moins d'une heure, récit et déjeuner avaient été achevés et Gentry avait hoché la tête et dit : «Je vous crois.»

Saul avait tiqué. «Vous me croyez?»

Gentry acquiesça. «Ouaip.» Il se tourna vers Natalie. «Est-ce que vous l'avez cru, Miz Preston?»

La jeune femme n'hésita qu'une seconde. «Oui.» Elle regarda Saul. «Je le crois toujours.»

Gentry n'ajouta rien.

Saul tirailla sa barbe, ôta ses lunettes pour les nettoyer, puis les remit en place. «Ne pensez-vous pas que mon histoire est quelque peu… fantastique?

– Oh que oui! Mais il est tout aussi fantastique d'avoir sur les bras neuf assassinats dont les victimes n'ont aucun lien apparent les unes avec les autres.» Le shérif se pencha en avant. «Avez-vous déjà raconté cette histoire à quelqu'un? Toute l'histoire, je veux dire.»

Saul se gratta la barbe. «Je l'ai racontée à ma cousine Rebecca, dit-il doucement. En 1960, peu de temps avant sa mort.

– Est-ce qu'elle vous a cru?»

Saul regarda le shérif droit dans les yeux. «Elle m'aimait. Elle m'avait recueilli après la guerre et elle m'avait aidé à retrouver la raison. Elle m'a cru. Elle m'a *dit* qu'elle me croyait, et j'ai choisi de la croire. Mais pourquoi accepteriez-vous de me croire?»

Natalie restait muette. Gentry s'adossa à son siège et en fit craquer le bois. «Eh bien, en ce qui me concerne, Professeur, je dois confesser que j'ai deux gros défauts. Premièrement, j'ai tendance à juger les gens en fonction de *l'impression* qu'ils me font quand je les rencontre et que je les entends parler. Prenez cet agent du F.B.I. que vous avez vu dans mon bureau hier, Dickie Haines. Tout ce qu'il *raconte* est exact, logique et sensé. Il a *l'air* réglo. Bon Dieu, même son *odeur* est réglo. Mais il y a quelque chose chez ce type qui le rend à peu près aussi digne de confiance qu'un blaireau affamé. Ce cher Mr. Haines n'est pas vraiment présent parmi nous, en quelque sorte. La lumière est allumée mais il n'y a personne à la maison, si vous voyez ce que je veux dire. Il existe quantité de gens comme lui. Quand je rencontre quelqu'un que je crois, je le crois jusqu'au bout, voilà tout. Ça m'attire pas mal d'ennuis.

«Deuxième défaut : je lis énormément. Je suis célibataire. Je n'ai aucun violon d'Ingres en dehors de mon boulot. Il y a eu un temps où je voulais devenir historien… puis écrivain spécialisé dans la vulgarisation historique, comme Catton ou Tuchman… puis romancier. Je suis trop paresseux pour y avoir réussi, mais je continue à lire des tonnes de bouquins. J'adore la littérature populaire. J'ai donc passé un accord avec moi-même : pour trois livres sérieux que je lis, je m'autorise un livre distrayant. Des livres bien écrits, hein, mais des livres de distraction. Je lis des polars — John D. MacDonald, Robert Parker, Donald Westlake —, je lis des suspenses — Robert Ludlum, Trevanian, John Le Carré, Len Deighton — et je lis de l'épouvante — Stephen King, Steve Rasnic Tem, ce genre de types.» Il regarda Saul en souriant. «Votre histoire n'est pas si étrange…»

Saul regarda le shérif en fronçant les sourcils. «Mr. Gentry, vous voulez dire que c'est parce que vous êtes un amateur de fantastique que mon histoire fantastique ne vous semble pas si fantastique que ça ?»

Gentry secoua la tête. «Non, m'sieur, je veux dire que votre récit concorde avec les faits et que c'est la seule explication que j'ai pour l'instant de cette série de meurtres.

— Haines avait une théorie au sujet de Thorne. Le serviteur de la vieille dame aurait conspiré avec Miss Kramer pour dépouiller leurs employeurs respectifs.

— Haines déconne, excusez l'expression, m'dame. Et il est impossible que ce pauvre Albert LaFollette, le groom qui est devenu enragé à Mansard House, ait été le complice de quiconque. Je connaissais bien le père d'Albert. Ce gamin était à peine assez malin pour lacer ses souliers tout seul, mais c'était un brave gars. Il a refusé de faire partie de l'équipe de foot de son lycée et il a dit à son père que c'était parce qu'il ne voulait blesser personne.

— Mais mon récit est illogique… surnaturel, même», dit Saul. Il se sentait stupide d'argumenter ainsi, mais il n'arrivait pas à se convaincre que le shérif le croyait.

Gentry haussa les épaules. «Je déteste les films de vampires où on voit des tas de cadavres avec deux petits trous dans la gorge qui ressuscitent et où le héros met une heure et demie à convaincre ses alliés que les vampires sont bien réels.»

Saul se frotta la barbe.

«Écoutez, reprit doucement Gentry, quelles que soient vos raisons, vous nous avez *raconté* votre histoire. Trois hypothèses se présentent à moi. Premièrement : vous êtes impliqué dans ces meurtres. D'accord, je sais que vous ne les avez pas commis personnellement. Samedi après-midi et samedi soir, vous participiez à un débat à Columbia. Mais peut-être êtes-vous quand même impliqué. Peut-être avez-vous hypnotisé Mrs. Drayton. Je sais, je sais, l'hypnotisme ne marche pas comme ça — mais les gens n'ont pas non plus l'habitude de dominer mentalement leur prochain.

«Deuxièmement : vous êtes fou à lier. Comme un de ces dingues qui viennent se confesser à la police chaque fois qu'un meurtre est commis.

«Troisièmement : vous dites la vérité. Pour l'instant, j'adopte cette dernière hypothèse. De plus, il est arrivé d'autres trucs bizarres qui concordent avec votre histoire et avec elle seule.

– Quels trucs bizarres ? demanda Saul.

– Par exemple, il y a ce type qui m'a suivi ce matin et qui a préféré se tuer plutôt que de me parler. Et il y a l'album de la vieille dame.

– L'album ? dit Saul.

– Quel album ?» ajouta Natalie.

Gentry ôta son chapeau, en lissa les bords et le regarda en plissant le front. «J'ai été le premier flic à entrer dans la chambre où Mrs. Drayton a été tuée. Les infirmiers étaient en train d'évacuer le corps et les flics en civil de la ville étaient occupés à compter les cadavres au rez-de-chaussée, aussi ai-je jeté un petit coup d'œil dans la chambre de la dame. Je n'aurais peut-être pas dû. C'est contraire à la procédure en vigueur. Mais je ne suis qu'un flic bouseux, après tout. Bref, il y avait un gros bouquin dans l'une de ses valises et je l'ai feuilleté. Il ne contenait que des coupures de presse relatives à des assassinats celui de John Lennon et un tas d'autres. Survenus à New York pour la plupart. Les plus anciens remontaient au mois de janvier. Le lendemain, la brigade criminelle avait pris l'enquête en main, le F.B.I. mettait son nez partout bien que ce ne soit pas leur genre d'affaire, et quand je suis allé à la morgue dimanche soir, plus d'album, personne ne l'avait vu, il ne figurait sur aucun rapport, sur aucun reçu, rien.

– Vous en avez parlé à quelqu'un ? demanda Saul.

– Oh que oui ! A tout le monde, depuis les infirmiers jusqu'aux flics de la criminelle. Personne ne l'a vu. Tous les autres objets trouvés dans la chambre avaient été transférés à la morgue et inventoriés le dimanche matin — les sous-vêtements de la victime, ses vêtements, ses pilules pour le cœur —, mais il n'y avait aucune trace d'un album relatif à une vingtaine de meurtres.

– Qui a effectué l'inventaire ? demanda Saul.

– La brigade criminelle et le F.B.I. Mais Tobe Hartner un des employés de la morgue — m'a dit que ce cher Mr. Haines avait examiné les objets prélevés sur le lieu du crime une heure environ avant l'arrivée des autres flics. Dickie s'est rendu directement à la morgue à sa descente d'avion. »

Saul s'éclaircit la gorge. « Vous pensez que le F.B.I. a délibérément tenté de vous soustraire une preuve ? »

Gentry ouvrit de grands yeux innocents. « Mais pourquoi diable le F.B.I. ferait-il une chose pareille ? »

Un ange passa. Finalement, Natalie Preston dit : « Shérif, si une de ces… de ces créatures est responsable de la mort de mon père, que faisons-nous à présent ? »

Gentry se croisa les mains sur le ventre et se tourna vers Saul. Les yeux du shérif étaient d'un bleu intense. « C'est une excellente question, Miz Preston. Qu'en pensez-vous, docteur Laski ? Supposez que nous réussissions à capturer votre Oberst ou cette Fuller. Pensez-vous qu'il serait facile de les inculper ? »

Saul écarta les mains. « Ça a l'air dingue, je l'admets. Si vous croyez mon récit, alors tout devient possible. Aucun assassin ne peut être reconnu coupable s'il reste l'ombre d'un doute. Aucune preuve ne suffit à distinguer le coupable de l'innocent. Je vois où vous voulez en venir, shérif.

— Non. Ce n'est pas si grave. Je veux dire, la *plupart* des meurtres sont encore des meurtres, exact? Ou bien pensez-vous que ces vampires psychiques se comptent par centaines de milliers?»

Saul ferma les yeux à cette pensée. «Je prie sincèrement pour que tel ne soit pas le cas.»

Gentry acquiesça. «Nous avons donc à résoudre une énigme d'un genre spécial, n'est-ce pas? Ce qui nous ramène à la question de Miz Preston. Que faisons-nous à présent?»

Saul inspira profondément. «Il faut que vous m'aidiez à... les *guetter*. Il y a une chance — une chance infime — pour que l'un ou l'autre des deux survivants revienne à Charleston. Peut-être que Melanie Fuller n'a pas eu le temps d'emporter de sa maison des objets importants à ses yeux. Peut-être que William Borden... s'il est encore en vie... reviendra la chercher.

— Et ensuite? demanda Natalie. Ils ne peuvent pas être châtiés. Pas par les tribunaux. Que se passe-t-il si *nous* les retrouvons? Que pouvez-*vous* faire?»

Saul pencha la tête, rajusta ses lunettes et passa des doigts tremblants sur son front. «Ça fait quarante ans que je réfléchis à cette question, dit-il à voix basse, et j'en ignore toujours la réponse. Mais j'ai l'impression que l'Oberst et moi sommes destinés à nous revoir.

— Ils sont mortels, observa Gentry.

— Hein? fit Saul. Oui, bien sûr, ils sont mortels.

— Quelqu'un pourrait s'approcher en douce de l'un d'eux et lui faire sauter la tête, pas vrai? Ils ne sortent pas de leur tombe à la pleine lune ou je ne sais quoi.»

Saul considéra l'officier de police pendant une bonne minute. «Où voulez-vous en venir, shérif? demanda-t-il finalement.

— A ça: en supposant que ces types ont effectivement les pouvoirs que vous leur attribuez... ce sont les créatures les plus terrifiantes que j'aie jamais rencontrées.

Autant essayer de capturer des serpents venimeux à mains nues la nuit dans les marais. Mais une fois que vous en avez identifié un, vous disposez d'une cible aussi visible que vous, moi, John Kennedy ou John Lennon. Il suffit d'avoir un bon fusil et de savoir s'en servir pour abattre une de ces créatures, pas vrai, professeur?»

Saul regarda le shérif d'un air placide. «Je ne possède pas de fusil.»

Gentry opina. «Avez-vous apporté une arme à feu avec vous?»

Saul secoua la tête.

«*Possédez*-vous une arme à feu, professeur?

– Non.»

Gentry se tourna vers Natalie. «Mais vous en avez une, m'dame. Vous avez dit tout à l'heure que vous l'aviez suivi dans la maison Fuller et que vous étiez prête à le menacer d'une arme pour l'arrêter.»

Natalie rougit. Saul fut surpris de constater à quel point sa peau couleur café pouvait s'assombrir quand elle rougissait.

«Ce pistolet n'est pas à moi, dit-elle. Il était à mon père. Il le gardait à son magasin. Il avait un permis en règle. Il y a eu plusieurs cambriolages dans le quartier. Je suis allée le chercher lundi.

– Pourrais-je le voir?» demanda doucement Gentry.

Natalie alla dans l'entrée et prit le pistolet dans la poche de son imperméable. Elle le posa sur la table devant le shérif. Gentry le fit pivoter du bout du doigt afin qu'il ne vise personne.

«Vous vous y connaissez en armes à feu, professeur? demanda-t-il.

– Je ne connais pas ce modèle.

– Et vous, Miz Preston? Êtes-vous familiarisée avec les armes à feu?»

Natalie se frictionna les bras comme si elle avait froid. «J'ai un ami à Saint Louis qui m'a appris à tirer. On vise et on appuie sur la détente. Ce n'est pas compliqué.

– Vous connaissez bien ce pistolet?» demanda Gentry.

Natalie secoua la tête. «Papa l'a acheté après mon départ à la fac. Je ne pense pas qu'il s'en soit jamais servi. Je ne pense pas qu'il aurait été capable de tirer sur *quelqu'un*.»

Gentry haussa les sourcils et prit l'automatique; il le braqua sur le sol en le tenant fermement par le pontet. «Est-ce qu'il est chargé?

– Non, dit Natalie. J'ai vidé le chargeur hier, avant de sortir.»

Ce fut au tour de Saul de hausser les sourcils.

Gentry hocha la tête et appuya sur un levier pour éjecter le chargeur de la crosse. Il le tendit à Saul pour lui montrer qu'il était bien vide.

«Calibre trente-deux, n'est-ce pas? dit Saul.

– Modèle Llama automatique trente-deux, acquiesça le shérif. Un joli petit objet. Il a dû coûter trois cents dollars à Mr. Preston s'il l'a acheté neuf. Miz Preston, personne n'aime recevoir des conseils, mais je me sens obligé de vous en donner quelques-uns, d'accord?»

Natalie acquiesça d'un bref mouvement de tête.

«Premièrement, ne braquez jamais une arme à feu sur quelqu'un si vous n'avez pas l'intention de lui tirer dessus. Deuxièmement, ne braquez jamais un pistolet vide sur quiconque. Et troisièmement, si vous voulez que votre arme soit vide, assurez-vous qu'elle est *vide*.» Gentry désigna le pistolet. «Vous voyez ce petit indicateur, m'dame? Ce petit indicateur rouge? Ça s'appelle un indicateur de charge et, comme son nom l'indique, il veut vous indiquer quelque chose.» Gentry secoua le pistolet et une cartouche tomba de la crosse sur la table.

Natalie blêmit et sa peau prit une couleur cendrée. «C'est impossible, dit-elle d'une voix à peine audible. J'ai compté les balles quand je les ai éjectées. Il y en avait sept.

– Votre papa en avait sûrement coincé une dans la chambre avant de rabaisser le percuteur. Certaines personnes ont cette habitude. Comme ça, elles peuvent tirer huit balles au lieu de sept.» Le shérif inséra le chargeur vide et appuya sur la détente.

Natalie tiqua en entendant le déclic. Elle jeta un regard à l'«indicateur de charge», ainsi que l'avait appelé Gentry, et vit qu'il n'était plus au rouge. Elle repensa au moment où elle avait braqué son arme sur Saul… persuadée qu'elle n'était pas chargée… et se sentit un peu malade.

«Où voulez-vous en venir cette fois-ci, shérif?» demanda Saul.

Gentry haussa les épaules et reposa le petit pistolet sur la table. «Je pense que si nous nous lançons aux trousses de ces assassins, il vaudrait mieux que quelqu'un s'y connaisse un peu en armes à feu.

– Vous ne comprenez pas, dit Saul. Les armes à feu sont impuissantes contre ces types. Ils peuvent vous obliger à retourner votre arme contre vous. Ils peuvent vous transformer en arme. Si nous nous lancions à la poursuite de l'Oberst… ou de la Fuller… aucun des membres de notre équipe ne pourrait se fier entièrement aux autres.

– J'ai bien compris. Et j'ai également compris que si nous les retrouvons, ils seront vulnérables. S'ils sont dangereux, c'est surtout parce que personne ne sait qu'ils existent. A présent, *nous* le savons.

– Mais nous ne savons *pas* où ils se trouvent. Je pensais être si près. *J'étais* si près…

– Borden n'est pas un inconnu. Il a une histoire, une compagnie de production, des associés, des amis. C'est un début.»

Saul secoua la tête. «Je pensais que Francis Harrington ne courait aucun danger. Il devait seulement recueillir quelques renseignements. Si Borden était bien l'Oberst, il risquait de me reconnaître. Je pensais que Francis ne courait aucun danger et il est probablement mort à l'heure qu'il est. Non, je ne veux pas impliquer d'autres personnes…

– Nous sommes *déjà* impliqués, dit sèchement Gentry. Nous sommes *déjà* mêlés à cette affaire.

– Il a raison», approuva Natalie.

Les deux hommes se tournèrent vers elle. Sa voix était de nouveau résolue. «Saul, si vous n'êtes pas fou, ces salauds ont tué mon père sans la moindre raison. Que ce soit avec vous ou sans vous, je retrouverai ces assassins séniles et je trouverai un moyen de les amener devant la justice.

– Agissons comme si nous étions intelligents, dit Gentry. Saul, est-ce que lors de vos séances, Nina Drayton vous a dit quelque chose qui soit susceptible de nous aider?

– Pas vraiment. Elle m'a surtout parlé de la mort de son père. J'ai déduit qu'elle avait utilisé son talent pour l'assassiner.

– Elle ne vous a parlé ni de Borden ni de Melanie Fuller?

– Pas directement, bien qu'elle ait mentionné des amis qu'elles avait connus à Vienne durant les années 30. D'après la description qu'elle m'en a faite, peut-être s'agissait-il de l'Oberst et de Miz Fuller.

– Quelque chose d'utile là-dedans?

– Non. Il était surtout question entre eux de compétition et de jalousie sexuelle.

– Saul, *vous* avez été utilisé par l'Oberst, dit le shérif.

– Oui.

– Mais vous ne l'avez pas oublié. N'avez-vous pas dit tout à l'heure que Jack Ruby et les autres souffraient d'un genre d'amnésie après avoir été utilisés?

– Oui. A mon avis, les personnes utilisées par l'Oberst et ses semblables se souviennent de leurs actes — à condition qu'elles s'en souviennent — comme on se souvient d'un rêve.

– N'est-ce pas ainsi que les psychotiques se souviennent de leurs actes de violence?

– Parfois. Dans d'autres cas, le psychotique considère sa vie quotidienne comme un rêve et ne se sent vivant *que* lorsqu'il inflige la douleur et la mort. Mais les personnes utilisées par l'Oberst et ses semblables ne sont pas nécessairement des psychotiques — ce ne sont que des victimes.

– Mais *vous* vous souvenez de tout ce qui vous est arrivé pendant que l'Oberst vous a… possédé. Pourquoi?»

Saul ôta ses lunettes et les nettoya. «Ce n'est pas pareil. C'était la guerre. J'étais un prisonnier juif. Il savait que je ne survivrais pas. Il était inutile de gaspiller de l'énergie à effacer mes souvenirs. De plus, j'ai réussi à m'échapper, j'ai pris l'Oberst par surprise en me tirant une balle dans le pied…

– Je voulais vous poser une question à ce sujet, dit Gentry. Selon vous, l'Oberst, surpris par la douleur, a relâché son contrôle pendant une minute ou deux…

– Pendant quelques secondes.

– Okay, pendant quelques secondes. Mais *tous* les gens qu'ils ont utilisés ici, à Charleston, ont dû souffrir horriblement. Haupt… Thorne, l'ex-cambrioleur que Melanie Fuller avait pris à son service, a perdu un œil et ça ne l'a pas arrêté. La petite fille — Kathleen — a été battue à mort. Barrett Kramer est tombée du haut de l'escalier et a reçu plusieurs balles dans le corps. Mr. Preston a été… enfin, vous voyez ce que je veux dire…

– Oui, j'y ai beaucoup réfléchi. Par chance, quand l'Oberst était… dans mon esprit, impossible de le formuler autrement… j'ai eu un aperçu de ses pensées…

– Télépathie? demanda Natalie.

– Non, pas vraiment. Pas comme on décrit la chose dans les romans de science-fiction. C'était un peu comme un rêve dont on essaye de se souvenir une fois réveillé. Mais j'ai suffisamment perçu les pensées de l'Oberst pour comprendre qu'il n'avait pas coutume de fusionner avec ses pions comme il l'avait fait avec moi en m'utilisant pour tuer *der Alte* — le vieux S.S. Il voulait jouir de cette expérience en totalité, en savourer la moindre des nuances et des sensations. J'ai eu l'impression qu'il utilisait d'ordinaire ses pions comme tampons entre lui-même et la douleur éprouvée par ses victimes.

– Comme si on regardait la télé en coupant le son? dit Gentry.

– Peut-être, mais dans ce cas de figure, il ne perdait aucune information, seulement le choc consécutif à la douleur. J'ai eu l'impression que l'Oberst *jouissait* non seulement de la douleur de ses victimes, mais aussi de celle des marionnettes qu'il *utilisait* pour commettre ses meurtres...

– Pensez-vous qu'on puisse vraiment occulter de tels souvenirs ? demanda Gentry.

– Dans l'esprit de ceux qu'il utilisait ?» Gentry acquiesça et Saul reprit : «Non. On peut peut-être les enfouir. Tout comme la victime d'un grave traumatisme en enfouit le souvenir au fond de son subconscient.»

Gentry se leva alors, un large sourire aux lèvres, et tapa Saul sur l'épaule. «Professeur, vous venez de nous donner le moyen de trier le vrai du faux, les fous des sains d'esprit.

– Vraiment?» demanda Saul. Il commença à comprendre alors même que Gentry répondait par un sourire au regard interrogateur de Natalie Preston.

«Vraiment, répéta le shérif, et dès demain nous procéderons à un test qui nous fixera les idées pour de bon.»

Assis dans la voiture du shérif, Saul écoutait la pluie tomber. Environ une heure s'était écoulée depuis que Gentry et Natalie étaient entrés dans la clinique en compagnie du vieux médecin. Quelques minutes plus tard, une Toyota bleue s'était garée au bord du trottoir et Saul avait aperçu une fillette blonde, le bras gauche en écharpe et les yeux épuisés, escortée par un homme et une femme vêtus dans le style aussi impeccable que prévisible des yuppies.

Saul attendait. C'était une chose qu'il savait bien faire; il avait acquis ce talent durant son adolescence passée dans les camps de la mort. Pour la vingtième fois, il réexamina les raisons qui l'avaient poussé à impliquer Natalie Preston et le shérif Gentry. Elles paraissaient bien faibles : l'impression d'être arrivé dans une

impasse, la confiance que lui inspiraient ces deux improbables alliés après tant d'années de solitude et de soup-
çons et, finalement, le simple besoin de raconter son
histoire.

Saul secoua la tête. Il savait pertinemment que c'était
une erreur, mais le fait de raconter son histoire lui
avait fait énormément de bien. Rassuré par l'idée qu'il
avait des alliés, que d'autres personnes avaient décidé
de *s'impliquer activement*, Saul était tout disposé à
se contenter d'attendre la suite des événements dans
la voiture.

Il était épuisé. Il savait que son épuisement n'était pas
uniquement causé par le manque de sommeil et l'excès
d'adrénaline dans son organisme; c'était une fatigue
aussi douloureuse qu'un os meurtri et aussi vieille que
Chelmno. Un épuisement aussi permanent chez lui que
le tatouage sur son avant-bras. Il emporterait cet épuisement dans la tombe, ainsi que le tatouage, pour l'éternité. Saul secoua de nouveau la tête, ôta ses lunettes et
se frotta le nez. *Laisse tomber, vieil imbécile,* se dit-il. *Le
Weltschmerz est un état d'esprit des plus pénibles. Plus
pénible encore pour les autres que pour soi-même.* Il
pensa à la ferme de David, en Israël, à ses neuf arpents
de terre loin des champs et des vergers, au pique-nique
que David et Rebecca y avaient organisé peu de temps
avant son départ pour l'Amérique. Aaron et Isaac, les
jumeaux de David et Rebecca, alors âgés de sept ans,
avaient joué aux cow-boys et aux Indiens parmi les
pierres et les fossés où les légionnaires romains avaient
jadis traqué les partisans israélites.

Aaron, pensa Saul. Il devait le retrouver samedi
après-midi à Washington. Saul sentit aussitôt son estomac se nouer à l'idée d'impliquer une nouvelle personne dans son cauchemar. Et un membre de sa famille,
cette fois. *Qu'a-t-il pu découvrir?* se demanda-t-il. *Et
comment faire pour ne pas l'impliquer davantage?*

La fillette et ses parents sortirent de la clinique; le
médecin les suivit, serra la main du père, et la famille

s'en fut. Saul s'aperçut qu'il avait cessé de pleuvoir. Gentry et Natalie apparurent, échangèrent quelques mots avec le médecin, puis se dirigèrent vers la voiture.

«Eh bien? demanda Saul lorsque le shérif se fut glissé au volant et la jeune femme sur la banquette arrière. Qu'est-ce que ça a donné?»

Gentry ôta son chapeau et s'essuya le front avec un mouchoir. Il baissa sa vitre et Saul sentit l'odeur de mimosa et d'herbe mouillée apportée par la brise. Gentry se tourna vers Natalie. «Racontez-lui donc.»

Natalie inspira et hocha la tête. Elle paraissait secouée, troublée, mais sa voix était ferme. «Il y a une salle d'observation attenante au cabinet du Dr Calhoun. Avec un miroir sans tain. Les parents d'Alicia et nous-mêmes avons pu observer la séance sans interférer avec son déroulement. Le shérif m'a présentée comme étant son assistante.

– Ce qui est théoriquement exact dans le cadre de cette enquête, dit Gentry. Je n'ai le droit de nommer des adjoints que lorsque l'état d'urgence est décrété dans le comté, sinon vous auriez été le *Deputy Preston*.»

Natalie sourit. «Les parents d'Alicia ne se sont pas opposés à notre présence. Le docteur a utilisé un appareil ressemblant à un métronome lumineux pour hypnotiser la petite fille…

– Oui, oui», dit Saul, luttant pour maîtriser son impatience. «Qu'est-ce qu'elle a *dit*?»

Les yeux de Natalie regardèrent dans le vague tandis qu'elle se remémorait la scène. «Le docteur l'a amenée à se rappeler en détail la journée de samedi. Le visage d'Alicia était inexpressif à son arrivée, avant qu'elle soit hypnotisée. Mais il s'est brusquement éclairé, animé. Elle parlait à son amie Kathleen… la petite fille qui s'est fait tuer.

– Oui, dit Saul, sans la moindre impatience cette fois-ci.

– Kathleen et elle étaient en train de jouer dans la salle de séjour de Mrs. Hodges. Debra, la sœur de Kathleen, regardait la télévision dans la pièce voisine. Soudain, Kathleen a lâché la poupée Barbie avec laquelle elle jouait et s'est précipitée dehors... de l'autre côté de la cour et dans la maison de Mrs. Fuller. Alicia l'a appelée, est allée dans la cour et s'est mise à crier...» Natalie frissonna. «A ce moment-là, elle s'est tue. Son visage est redevenu inexpressif. Elle a dit qu'il lui était interdit d'en dire davantage.

– Était-elle toujours sous hypnose? demanda Saul.

– Elle était toujours sous hypnose, lui répondit Gentry, mais elle était incapable de décrire ce qui s'est produit ensuite. Le Dr Calhoun a tenté à plusieurs reprises de l'aider à surmonter son blocage. Elle a continué de regarder dans le vide et de répondre qu'il lui était interdit d'en dire davantage.

– Et c'est tout? demanda Saul.

– Pas tout à fait», dit Natalie. Elle regarda la rue lavée par la pluie, puis se tourna de nouveau vers Saul. Ses lèvres pleines étaient pincées tant elle était tendue. «Le Dr Calhoun lui a alors demandé : "A présent, vous entrez dans la maison de l'autre côté de la cour. Dites-nous *qui* vous êtes." Et Alicia n'a pas hésité une seule seconde. Elle a dit — et sa voix était différente, plus vieille, presque chevrotante : "Je suis Melanie Fuller."»

Saul se redressa de toute sa hauteur. Sa peau le picotait comme si des doigts glacés venaient de se poser sur sa colonne vertébrale.

«Puis le Dr Calhoun lui a demandé si elle — Melanie Fuller — pouvait nous dire quelque chose, poursuivit Natalie. Et le visage de la petite Alicia a changé — il a en quelque sorte *ondoyé* —, des rides sont apparues sur sa peau là où il n'y en avait aucune quelques secondes auparavant... et elle a dit, toujours avec cette voix de petite vieille : "Je viens te chercher, Nina." Elle n'a cessé de répéter cette phrase, de plus en plus fort — "Je viens te chercher, Nina" — jusqu'à finir par la hurler.

– Grand Dieu, dit Saul.

– Le Dr Calhoun était tout secoué. Il a calmé la fillette et l'a fait sortir d'hypnose, lui disant qu'elle se sentirait heureuse et apaisée à son réveil. Elle ne l'était guère… heureuse, je veux dire. Quand elle est sortie de sa transe, elle s'est mise à pleurer et à dire que son bras lui faisait mal. Sa mère m'a dit que c'était la première fois qu'elle se plaignait de son bras cassé depuis qu'on l'avait retrouvée dans la rue le jour des meurtres.

– Qu'est-ce que ses parents ont pensé du travail du Dr Calhoun? demanda Saul.

– Ils étaient troublés, répondit Natalie. Sa mère a failli aller la rejoindre quand elle s'est mise à hurler. Mais ils semblaient soulagés à la fin de la séance. Son père a dit à Calhoun que les larmes et les plaintes d'Alicia étaient une amélioration notable par rapport à son apathie de ces derniers jours.

– Et que dit le Dr Calhoun?» demanda Saul.

Gentry posa un bras sur le dossier de son siège. «Que ça ressemble à un cas de "transfert consécutif à un traumatisme". Il leur a recommandé de prendre rendez-vous avec un psychiatre — un type de Savannah que le toubib connaît bien —, un spécialiste de la psychologie des enfants. Ça a pas mal discuté parce que les Kaiser se demandaient si les soins leur seraient remboursés.»

Saul hocha la tête et ils restèrent silencieux un moment. Au-dehors, le soleil transperça les nuages et inonda de lumière les arbres, l'herbe et les buissons constellés de gouttes de pluie. Saul respira un parfum de pelouse fraîchement tondue et tenta de se rappeler qu'on était en décembre. Il se sentait perdu dans l'espace et le temps, égaré sur un courant qui l'emportait de plus en plus loin de tout rivage connu.

«Je propose que nous allions dîner et que nous reparlions de tout cela, dit soudain Gentry. Professeur, vous prenez l'avion pour Washington demain de bonne heure, exact?

– Oui.

– Eh bien, allons-y. C'est le Comté qui régale.»

Ils mangèrent dans un excellent restaurant de fruits

de mer situé sur Broad Street, dans le Vieux Quartier. La file d'attente était longue, mais dès que le directeur aperçut Gentry, il les conduisit dans une salle adjacente où une table libre apparut comme par magie. L'établissement étant plein à craquer, ils parlèrent de tout et de rien, évoquant tour à tour le climat de New York, celui de Charleston, la photographie, la crise des otages en Iran, la vie politique du comté de Charleston, celle de New York et celle des États-Unis en général. Aucun d'eux ne semblait enchanté du résultat des dernières élections. Après le café, ils allèrent chercher des vêtements chauds dans la voiture de Gentry puis se promenèrent le long de la Batterie.

La nuit était fraîche et le ciel dégagé. Les derniers nuages s'étaient dissipés et les constellations hivernales étaient visibles en dépit du halo des lumières de la ville. A l'est, de l'autre côté du port, on apercevait les réverbères de Mount Pleasant. Un petit bateau aux feux de position rouges et verts faisait route vers l'ouest, suivant les bouées de navigation. Derrière Saul, Natalie et Gentry, les hautes fenêtres des imposantes demeures brillaient d'une clarté orangée dans la nuit.

Ils firent halte devant le mur de la Batterie. L'eau venait lécher les pierres trois mètres plus bas. Gentry regarda autour de lui, ne vit personne et dit à voix basse : « Et maintenant, professeur ?

— Excellente question. Des suggestions ?

— Votre rendez-vous de samedi à Washington a-t-il un rapport avec ce dont nous avons discuté ? demanda Natalie.

— Peut-être. Probablement. Je ne le saurai qu'après. Je regrette de ne pas pouvoir vous en dire plus. Cela concerne… ma famille.

— Et ce type qui me filait le train ? dit Gentry.

— Oui. Le F.B.I. a-t-il pu vous apprendre son nom ?

— Négatif. Sa voiture a été volée il y a cinq mois à Rockville, dans le Maryland. Mais on ne sait rien du tout sur cet homme. Les empreintes digitales n'ont rien donné, les empreintes dentaires non plus… rien.

– N'est-ce pas inhabituel? demanda Natalie.

– C'est presque inouï», dit Gentry. Il ramassa un caillou et le jeta dans la baie. «De nos jours, *tout le monde* laisse des empreintes d'un genre ou d'un autre.

– Peut-être que le F.B.I. n'a pas cherché à fond, intervint Saul. Est-ce là votre théorie?»

Gentry lança un autre caillou et haussa les épaules. Il portait des vêtements civils — pantalon de toile et chemise écossaise —, mais en sortant du restaurant il avait pris dans le coffre de sa voiture son lourd manteau de shérif et un stetson taché de sueur, et il ressemblait de nouveau à la caricature d'un shérif sudiste. «Je ne pense pas que le F.B.I. utiliserait les services d'un vagabond comme ce type, dit-il. Et s'il ne travaillait pas pour eux, alors qui donc l'utilisait? Et pourquoi a-t-il préféré se tuer plutôt que de se faire arrêter?

– Cela ressemble à la façon dont l'Oberst utilise ses victimes, dit Saul. A moins que ce ne soit Melanie Fuller.»

Gentry lança un autre caillou et tourna les yeux vers Fort Sumter, à trois kilomètres de là. «Ouais, mais ça n'a aucun sens. Pourquoi votre Oberst s'intéresserait-il à moi?… Bon sang, je n'avais jamais entendu parler de lui avant que vous me racontiez votre histoire, Saul. Et si Miz Fuller redoute des poursuivants éventuels, elle ferait mieux de surveiller les patrouilles de l'autoroute, la brigade criminelle et le F.B.I. Ce type n'avait rien dans son portefeuille, excepté une photo de *moi*.

– Est-ce que vous avez cette photo sur vous?» demanda Saul.

Gentry hocha la tête, la sortit de sa poche et la tendit au psychiatre. Celui-ci se dirigea vers un réverbère tout proche afin d'avoir un peu plus de lumière. «Intéressant, dit-il. C'est bien la façade de l'hôtel du Comté derrière vous?

– Ouais.

– Vous est-il possible de dire quand cette photo a été prise?

— Ouaip. Vous voyez ce bout de sparadrap sur ma joue?

— Oui.

— J'utilise le rasoir à main de mon père — il appartenait à son père — mais il m'arrive rarement de me couper en me rasant. Or, je me suis coupé dimanche matin, quand Lester… un de mes adjoints… m'a appelé de bonne heure. J'ai porté ce sparadrap pendant presque toute la journée.

— Dimanche, dit Natalie.

— Oui, m'dame.

— Donc, la personne souhaitant vous faire suivre a pris cette photo… c'est du 35 mm, on dirait, pas vrai? dit Saul.

— Ouaip.

— A pris une photo de vous depuis l'autre côté de la rue, puis quelqu'un a commencé à vous filer jeudi.

— Ouaip.

— Pourrais-je voir cette photo, s'il vous plaît?» demanda Natalie. Elle l'étudia une minute, puis déclara : «La personne qui a pris cette photo avait un appareil automatique… votre visage est moins exposé que la porte derrière vous. Sans doute un objectif de 200 mm. C'est relativement grand. Cette photo a été développée dans une chambre noire privée plutôt que dans un laboratoire commercial.

— Comment le savez-vous? demanda Gentry.

— Vous avez remarqué la découpe du papier? Pas assez nette pour un travail de professionnel. Je parierais qu'il n'a même pas été massicoté… c'est pour ça que je pense qu'il s'agit d'un téléobjectif… mais le développement a été fait à la hâte. Les amateurs pouvant faire des travaux couleur ne sont pas rares de nos jours, mais à moins que l'Oberst ou Miz Fuller ne demeurent chez une personne bien équipée, ils n'ont pas pu développer ce truc dans le coffre d'une voiture. Shérif, avez-vous vu récemment une personne possédant un SLR automatique avec téléobjectif?»

Gentry eut un large sourire. «Dickie Haines avait un

machin comme ça. Un minuscule Konika avec un énorme objectif Bushnell.»

Natalie lui rendit la photo et se tourna vers Saul en plissant le front. «Est-il possible qu'il y en ait... d'autres? D'autres créatures comme ces monstres?»

Saul croisa les bras et se tourna vers la ville. «Je ne sais pas. J'ai cru pendant des années que l'Oberst était le seul. Un monstre engendré par le Troisième Reich, si une telle chose est possible. Puis mes recherches m'ont amené à penser que la faculté d'influer sur les actes d'autrui était peut-être beaucoup plus répandue. J'ai bien étudié l'histoire, et je me demande si des personnages historiques aussi divers que Hitler, Raspoutine et Gandhi ne possédaient pas ce pouvoir. Peut-être que ce pouvoir existe chez chacun de nous, à des degrés divers, et qu'il s'est développé au maximum chez l'Oberst, chez Melanie Fuller, chez Nina Drayton et chez d'autres, Dieu sait combien d'autres...

– Il *pourrait* donc en exister d'autres?

– Oui, dit Saul.

– Et pour une raison inconnue, ils s'intéressent à ma petite personne.

– Oui.

– Okay, retour au point de départ, alors, dit le shérif.

– Pas tout à fait. Demain, je vais essayer d'en apprendre davantage à Washington. Quant à vous, shérif, peut-être pourriez-vous continuer de rechercher Mrs. Fuller et essayer de voir où en est l'enquête sur l'accident d'avion.

– Et moi?» demanda Natalie.

Saul hésita. «Peut-être serait-il plus sage que vous retourniez à Saint Louis et...

– Pas si je peux servir à quelque chose ici, insista la jeune femme. Que puis-je faire pour vous aider?

– J'ai quelques idées à ce sujet, dit Gentry. Nous en parlerons demain, quand nous emmènerons le professeur à l'aéroport.

– Entendu, dit Natalie. Je compte rester ici au moins jusqu'au premier de l'an.

– Je vais vous donner le numéro de téléphone de mon domicile et de mon bureau, dit Saul. Nous devrions nous contacter au moins tous les deux jours. Et même si notre enquête ne donne rien, shérif, nous pourrons toujours les retrouver grâce aux médias…

– Ah oui? Et comment?

– Miss Preston n'est pas très loin de la vérité quand elle les qualifie de vampires. Tout comme les vampires, ces créatures obéissent à de sombres pulsions. Quand elles les assouvissent, cela ne passe pas inaperçu.

– Vous voulez dire que nous devons faire attention si on signale de nouveaux meurtres?

– Exactement.

– Mais il se commet plus de meurtres dans ce pays en une journée qu'en Angleterre pendant un an! s'exclama Gentry.

– Oui, mais l'Oberst et ses semblables ont un penchant pour… le bizarre, dit doucement Saul. Cela m'étonnerait qu'ils changent leurs habitudes au point que la marque de leur perversité ne soit plus perceptible.

– D'accord. Dans le pire des cas, nous n'aurons qu'à attendre que ces… ces *vampires* se remettent à tuer, puis nous remonterons jusqu'à eux. Nous les retrouverons. Et *ensuite*?»

Saul sortit un mouchoir de la poche de son pantalon, ôta ses lunettes et lorgna les lumières du port tout en nettoyant ses verres. Les lueurs lui apparaissaient comme des prismes flous, la nuit lui semblait diffuse et envahissante. «Nous les retrouverons, nous les suivrons et nous les capturerons. Et ensuite, nous les traiterons comme on doit traiter les vampires.» Il remit ses lunettes et adressa un sourire glacial à Natalie et au shérif. «Nous leur planterons un pieu dans le cœur, dit-il. Nous leur planterons un pieu dans le cœur, nous leur couperons la tête et nous leur bourrerons la bouche d'ail. Et si ça ne marche pas…» Le sourire de Saul se fit encore plus froid. «… nous trouverons autre chose.»

13.
Charleston,
mercredi 24 décembre 1980

C'était le soir de Noël le plus solitaire que Natalie Preston ait jamais connu, et elle décida de réagir. Elle prit son sac à main et son Nikon avec l'objectif portrait 135 mm, se mit au volant de sa voiture et alla se promener dans le Vieux Quartier de Charleston. Il était à peine quatre heures de l'après-midi mais la nuit commençait déjà à tomber.

Longeant les vieilles maisons et les boutiques de luxe, elle écouta des chants de Noël à l'autoradio et laissa son esprit vagabonder.

Son père lui manquait. Elle l'avait vu de moins en moins fréquemment ces dernières années, mais l'idée qu'il ne soit plus là — qu'il ne soit plus *nulle part* —, qu'il ne pense plus à elle, qu'il n'attende plus son retour, lui donnait l'impression que quelque chose s'était éteint en elle, que l'essence même de son être était menacée de disparition. Elle avait envie de pleurer.

Elle n'avait pas pleuré en apprenant la nouvelle au téléphone. Ni lorsque Fred l'avait conduite à l'aéroport de Saint Louis — il avait insisté pour l'accompagner, elle avait insisté pour qu'il n'en fasse rien, il s'était laissé convaincre. Elle n'avait pas pleuré pendant l'enterrement, ni durant les jours de confusion qui avaient suivi, entourée de ses parents et de ses amis. Mais une nuit, cinq jours après le meurtre de son père, quatre jours après son retour à Charleston, incapable de s'endormir, elle avait cherché un livre dans la maison et était tombée sur un ouvrage humoristique de Jean Shepherd. Celui-ci s'était ouvert sur une page dans la marge de laquelle son père avait écrit, de son écriture ronde et généreuse : *A raconter à Nat le jour de Noël*. Et elle avait lu l'histoire hilarante et terrifiante d'un petit garçon rendant visite au père Noël dans un grand magasin — alors que Natalie avait quatre ans, ses parents l'avaient emmenée en ville dans le même but, et elle avait attendu patiemment durant une heure avant de s'enfuir à l'instant crucial. Arrivée à la fin du récit, Natalie s'était mise à rire, puis son rire s'était transformé en pleurs, ses pleurs en sanglots ; elle avait passé presque toute la nuit à pleurer, ne dormant qu'une heure ou deux avant l'aube, et quand elle s'était réveillée dans le petit matin d'hiver, elle s'était sentie épuisée, vidée, mais aussi rassérénée, un peu comme une personne atteinte de nausées après le premier spasme. Le pire était passé.

Natalie tourna à gauche et longea les façades en stuc des maisons de Rainbow Row, dont la lueur des réverbères affadissait à présent les couleurs, et s'interrogea.

Elle avait commis une erreur en restant à Charleston. Pas une heure ne s'écoulait sans que Mrs. Culver vienne la voir, mais la conversation de la vieille veuve lui semblait pénible et forcée. Natalie avait fini par comprendre que Mrs. Culver avait espéré devenir la seconde Mrs. Preston, et cette idée lui donnait envie d'aller s'enfermer dans sa chambre chaque fois qu'elle entendait la voisine frapper timidement à la porte.

Frederick l'appelait de Saint Louis tous les soirs, à huit heures pile, et Natalie n'avait aucune peine à imaginer le visage sérieux de son ami et ex-amant quand il lui disait : «*Reviens*, mon bébé. Tu te fais du mal en te terrant dans la maison de ton père. Tu me manques, bébé. Reviens près de ton Frederick.» Mais son minuscule appartement de la cité universitaire lui paraissait désormais étranger... quant à la chambre de Frederick, ce débarras d'Alamo Street, ce n'était guère plus qu'un dortoir qu'il regagnait lorsqu'il était à bout de forces après avoir passé toute une journée au centre d'informatique à calculer la distribution des masses dans une nébuleuse stellaire. Frederick était un garçon intelligent mais dépourvu de manières qui lui avait été présenté par des amis communs. Il était revenu du Viêt-nam avec un caractère irascible, une foi renouvelée en sa dignité et un esprit révolutionnaire qui lui avait permis de devenir un mathématicien et un chercheur de premier ordre. C'était quelqu'un que Natalie avait bien connu et... du moins l'année précédente... aimé. Ou cru aimer. «Reviens à la maison, bébé», lui répétait-il chaque soir, et Natalie — esseulée, souffrant encore des stigmates de son chagrin — lui répondait : «Encore quelques jours, Frederick. Encore quelques jours.»

Quelques jours pour quoi faire? pensa-t-elle. Près de la Batterie, les fenêtres des vieilles grandes maisons illuminaient des superpositions de galeries, de palmiers, de belvédères et de balustrades. Elle avait toujours adoré cette partie de la ville. Son père l'y avait souvent emmenée en promenade quand elle était petite. Elle avait douze ans lorsqu'elle s'était rendu compte qu'aucune famille noire n'habitait ici, que ces belles maisons et ces belles boutiques n'abritaient que des Blancs. Des années plus tard, elle s'était étonnée qu'une fillette noire grandissant dans le Sud des années 60 ait attendu si longtemps pour avoir une telle révélation. Il y avait tant de choses qui lui paraissaient naturelles, tant de préjugés contre lesquels il *fallait* lutter chaque jour, qu'elle n'en revenait pas de ne pas avoir remarqué que les rues où elle aimait à se promener le soir — les grandes maisons dont elle rêvait étant enfant — étaient aussi interdites aux membres de sa race que ces piscines, ces cinémas et ces églises où elle n'aurait jamais imaginé pouvoir entrer. Quand Natalie avait atteint l'âge de se promener toute seule dans les rues de Charleston, les pancartes infamantes avaient été enlevées et les fontaines publiques étaient devenues publiques pour de bon, mais les vieilles habitudes avaient la vie dure, les barrières érigées par les traditions séculaires étaient encore debout, et il lui paraissait incroyable qu'elle puisse encore se souvenir de ce jour — une froide journée de novembre 1972 — où elle était tombée en arrêt devant les grandes maisons, et avait *compris* qu'aucun membre de sa famille n'avait jamais vécu ici, ne *pourrait* jamais y vivre. Mais cette dernière constatation avait été bannie de son esprit aussi vite qu'elle y était apparue. Natalie avait hérité des yeux de sa mère et de la fierté de son père. Joseph Preston était le premier commerçant noir à posséder une boutique prospère dans ce quartier prestigieux. Elle était la fille de Joseph Preston.

Natalie s'engagea dans Dock Street, passant devant le théâtre rénové dont le fenestrage en fer forgé suspendu à une corniche ressemblait à du lierre métallique.

Cela faisait dix jours qu'elle était à Charleston et tout ce qui lui était arrivé auparavant semblait s'être déroulé dans une autre vie. Gentry devait avoir quitté son service à présent, souhaitant une bonne soirée et un joyeux Noël à ses adjoints, à ses secrétaires et aux autres Blancs qui travaillaient dans l'immense bâtiment de l'hôtel du Comté. Il n'allait pas tarder à téléphoner chez elle.

Elle se gara près de l'église épiscopale de Saint Michael et pensa à Gentry. A Robert Joseph Gentry.

Le vendredi précédent, après avoir accompagné Saul Laski à l'aéroport, ils avaient passé presque toute la journée ensemble. Ainsi que celle du samedi. Le premier jour, ils avaient surtout discuté de l'histoire de Laski — de l'idée que des gens puissent utiliser mentalement leur prochain. « Si le professeur est dingue, ça ne fait sûrement de mal à personne, avait dit Gentry. S'il n'est pas dingue, ça explique pas mal de crimes. »

Natalie avait raconté au shérif qu'elle avait aperçu le psychiatre lorsqu'il était sorti de la salle de bains pour aller se coucher dans son canapé-lit. Il était pieds nus et ne portait qu'un pantalon et un gilet de corps d'une coupe démodée. Depuis la porte de sa chambre, elle avait observé son pied droit. Son petit orteil avait disparu, ne laissant qu'une cicatrice blanche aussi visible qu'une veine sur sa peau pâle.

«Ça ne prouve rien», lui avait rappelé Gentry.

Le dimanche, ils avaient abordé d'autres sujets. Gentry l'avait invitée à dîner chez lui. Natalie était tombée amoureuse de sa maison : un vieil immeuble victorien situé à dix minutes à peine du Vieux Quartier. Le voisinage était dans une phase transitoire; certains des immeubles étaient laissés à l'abandon, d'autres étaient en voie de rénovation et retrouveraient bientôt leur beauté. Les voisins de Gentry étaient en majorité des jeunes couples — noirs et blancs — et il y avait des tricycles dans les allées, des cordes à sauter sur les minuscules pelouses et des rires dans les cours.

Trois des pièces du rez-de-chaussée étaient pleines de livres : dans le bureau, ils étaient rangés dans des bibliothèques superbes, dans la salle à manger sur des étagères faites main disposées de part et d'autre de la baie vitrée, et dans la cuisine sur des étagères métalliques bon marché dissimulant un mur de briques. Pendant que Gentry préparait la salade, Natalie avait exploré les lieux avec sa bénédiction, admirant les vieux volumes reliés plein cuir, étudiant les étagères emplies de livres cartonnés traitant d'histoire, de sociologie, de psychologie et d'une douzaine d'autres sujets, et souriant devant plusieurs rangées de livres de poche : romans policiers, romans d'espionnage, romans de suspense. En entrant dans le bureau de Gentry, elle eut immédiatement envie de se blottir dans un coin avec un bouquin. Elle compara l'immense secrétaire croulant sous les papiers et les dossiers, le fauteuil et le canapé en vieux cuir, et les étagères bourrées de livres avec son studio spartiate de Saint Louis. Le bureau du shérif Bobby Joe Gentry lui faisait l'effet d'un lieu convivial, d'un centre de vie, le même effet que lui avait toujours fait la chambre noire de son père.

La salade était remuée, les lasagnes cuisaient, et Gentry et elle s'étaient assis dans le bureau pour savourer un verre de scotch pur malt et pour reprendre leur conver-

sation sur la fiabilité de Saul Laski et leurs réactions à
son récit.

«Toute cette histoire ressemble à un délire para-
noïaque classique, avait déclaré Gentry, mais si un Juif
européen avait prévu tous les détails de l'Holocauste dix
ans avant son déclenchement, n'importe quel bon psychiatre — même un psychiatre juif n'aurait pas hésité à
diagnostiquer un cas de paranoïa ou de schizophrénie.»

Ils avaient mangé sans se presser tout en regardant
l'obscurité monter derrière la baie vitrée. Gentry était
descendu fouiller dans sa cave, rougissant presque lorsqu'elle lui avait demandé s'il y avait du vin dans la maison, puis était remonté avec deux bouteilles d'un excellent cabernet sauvignon pour accompagner le dîner. Elle
avait trouvé celui-ci excellent et avait complimenté son
hôte pour ses réels talents de cuisinier. Il lui avait rétorqué que si les femmes sachant bien cuisiner étaient qua-
lifiées de cordons bleus, les vieux célibataires sachant se
débrouiller avec un fourneau étaient forcément des cui-
siniers accomplis. Elle avait éclaté de rire et promis de
chasser ce stéréotype de son esprit.

Les stéréotypes. Seule le soir de Noël, assise dans une
voiture de plus en plus froide près de Saint Michael,
Natalie songea aux stéréotypes.

Saul Laski lui était apparu comme un exemple idéal
de stéréotype : celui du Juif polonais de New York, avec
sa barbe et ses yeux tristes qui semblaient la contempler
depuis les profondeurs d'une nuit européenne qu'elle ne
pouvait même pas *concevoir*, encore moins comprendre.
Un professeur… un psychiatre… avec un doux accent
étranger qui aurait pu être celui du dialecte viennois
parlé par Freud tant les oreilles de Natalie y étaient peu
accoutumées. Et il portait des lunettes rafistolées avec
du *ruban adhésif*, rendez-vous compte, tout comme sa
tante Ellen qui avait souffert de sénilité — aujourd'hui,
on appelait ça la maladie d'Alzheimer — pendant onze
ans avant de s'éteindre alors que Natalie avait à peu
près cet âge.

Par son aspect, ses paroles, ses actes, Saul Laski *était* différent de la plupart des gens — blancs et noirs — que Natalie avait connus durant son existence. Même si elle ne se faisait qu'une vague idée du stéréotype du Juif — vêtements sombres, coutumes bizarres, physique typé, amour de l'argent et du pouvoir, cet argent et ce pouvoir qui étaient encore refusés à sa propre race —, elle n'aurait dû avoir aucun problème à concilier l'étrangeté fondamentale de Saul Laski avec ce stéréotype.

Mais elle n'y arrivait pas. Natalie n'était pas naïve au point de croire qu'elle était trop intelligente pour réduire les gens à des stéréotypes ; elle n'avait que vingt et un ans, mais elle avait vu des gens comme son père et comme Frederick — des gens intelligents — se contenter d'inverser les stéréotypes qu'ils choisissaient d'appliquer aux autres. Son père — qui était pourtant un homme sensible et généreux, farouchement fier de sa race et de son héritage — avait considéré l'avènement de ce qu'on appelait le Nouveau Sud comme une expérience dangereuse, une manipulation exercée par les gauchistes, noirs et blancs, et destinée à changer un système qui avait suffisamment changé de lui-même pour permettre enfin aux hommes de couleur durs à la tâche comme lui de trouver un peu de réussite et de dignité.

Frederick considérait que les gens étaient des dupes du système, des maîtres du système ou des victimes du système. Il avait une vision très claire du système ; c'était la structure politique qui avait rendu inévitable la guerre du Viêt-nam, la structure dirigeante qui l'avait fait durer, et la structure sociale qui avait voulu faire de lui de la chair à canon. Frederick avait eu une réaction en deux temps : *sortir* du système pour se consacrer aux mathématiques pures, discipline inutile et anodine par excellence, et devenir si bon dans sa partie qu'il aurait le pouvoir d'échapper au système jusqu'à la fin de ses jours. En attendant, Frederick ne vivait que pour les heures qu'il passait devant ses ordinateurs, évitait les complications inhérentes aux relations humaines, faisait l'amour à Natalie avec autant d'ardeur et de compétence qu'il en mettait à affronter quiconque osant l'offenser, et lui apprenait à se servir du revolver qu'il gardait dans son appartement-capharnaüm.

Natalie frissonna et tourna la clé de contact pour remettre le chauffage en route. Elle passa devant Saint Michael, remarqua les fidèles qui venaient assister à une messe de minuit anticipée, et se dirigea vers Broad Street. Elle pensa à la messe du matin de Noël dans l'église baptiste située à trois pâtés de maisons de chez elle ; que de fois elle y avait assisté en compagnie de son père ! Elle avait décidé de ne pas l'accompagner cette année, de renoncer à son hypocrisie. Elle savait que ce refus lui ferait de la peine, le mettrait en colère, mais elle s'était préparée à défendre son point de vue. Natalie sentit le vide qui l'habitait croître jusqu'à devenir physiquement douloureux. Elle aurait tout donné pour s'incliner devant les arguments de son père et l'accompagner à l'église le lendemain matin.

Sa mère avait péri dans un accident pendant l'été de ses neuf ans. Un accident bizarre et imprévisible, lui avait dit son père ce soir-là, à genoux devant elle, tenant ses deux mains dans les siennes ; sa mère rentrait du travail et traversait un petit parc, à une centaine de mètres de la chaussée, lorsqu'une voiture décapotable occupée par cinq étudiants, tous ivres, s'était brusquement engagée sur la pelouse. Le conducteur avait réussi à éviter une fontaine, puis il avait perdu le contrôle de son véhicule et embouti une femme de trente-deux ans qui rentrait chez elle pour aller pique-niquer avec son mari et sa fille et qui, selon les témoins, n'avait vu la voiture qu'à la dernière seconde, la regardant foncer sur elle d'un air non pas choqué, ni horrifié, mais surpris.

Le jour de la rentrée, l'institutrice de Natalie avait demandé à ses élèves d'écrire une rédaction sur ce qu'ils avaient fait pendant leurs vacances. Natalie avait considéré le papier réglé de bleu pendant une dizaine de minutes, puis elle avait pris son stylo à encre tout neuf acheté la veille chez Keener et avait écrit de sa plus belle écriture : *Cet été je suis allée à l'enterrement de ma mère. Ma mère était très douce et très gentille. Elle m'aimait beaucoup. Elle était trop jeune pour mourir cet été. Un monsieur qui n'aurait pas dû conduire sa voiture l'a écrasée et l'a tuée. Il n'est pas allé en prison et il n'a pas été puni. Après l'enterrement, mon père et moi nous sommes allés chez ma tante Leah pendant trois jours. Mais après, nous sommes revenus. Ma mère me manque beaucoup.*

Sa rédaction finie, Natalie avait demandé la permission d'aller aux toilettes, elle avait couru le long des couloirs à la fois étranges et familiers, puis elle avait vomi à plusieurs reprises dans le troisième cabinet des toilettes des filles.

Les stéréotypes. Natalie s'engagea dans Broad Street et se dirigea vers la maison de Melanie Fuller. Elle passait devant chaque jour, ressentant la même douleur et la même colère, sachant bien que c'était un instinct similaire qui vous poussait à asticoter une dent gâtée du bout de la langue. Chaque jour, elle regardait la maison — aussi sombre que sa voisine maintenant que Mrs. Hodges était partie — et pensait au jour où elle avait suivi le barbu qui y était entré.

Saul Laski. Il correspondait parfaitement à un stéréotype, mais ce n'en était pas un. Natalie pensa à ses yeux tristes, à sa voix douce, et se demanda où il était. Que lui était-il arrivé ? Ils étaient convenus de se contacter tous les deux jours, mais ni Gentry ni elle n'avaient de nouvelles de Saul depuis qu'ils l'avaient quitté à l'aéroport, vendredi dernier. Hier, mardi, Gentry avait appelé Saul à son domicile et à son bureau de l'université. Personne n'avait répondu chez lui, et la secrétaire du département de psychologie de Columbia lui avait dit que le Dr Laski était en vacances jusqu'au 6 janvier. Non, le Dr Laski n'avait pas contacté son bureau depuis le 16 décembre, jour de son départ pour Charleston, mais il serait sûrement de retour pour le 6 janvier. C'était ce jour-là qu'il reprenait ses cours.

Le dimanche, alors que Gentry et elle conversaient chez le shérif, Natalie lui avait montré une coupure de presse relative à une explosion survenue durant la nuit dans le bureau d'un sénateur à Washington, D.C. Quatre personnes y avaient trouvé la mort. Est-ce que ça avait un rapport avec le mystérieux rendez-vous que Saul avait pris pour le même jour?

Gentry avait souri et lui avait rappelé qu'un garde du bâtiment avait péri lors de ce même incident, que la police de Washington et le F.B.I. avaient conclu à un acte terroriste isolé, qu'aucune des quatre victimes n'avait été identifiée comme étant Saul Laski et qu'une *partie* des actes de violence insensés commis en ce bas monde n'avait aucun rapport avec le cauchemar décrit par Saul.

Natalie avait souri en signe d'assentiment et siroté son scotch. Trois jours plus tard, il n'y avait toujours aucune nouvelle de Saul.

Le lundi matin, Gentry l'avait appelée depuis son bureau. «Aimeriez-vous participer à l'enquête sur les meurtres de Mansard House? avait-il demandé.

– Bien sûr. Qu'est-ce que je dois faire?

– Eh bien, nous sommes à la recherche d'une photographie de Miz Fuller. Selon la brigade criminelle et le bureau local du F.B.I., il n'existe aucune photo de cette dame. Ils n'ont pu trouver aucun parent, les voisins affirment qu'ils n'ont aucune photo d'elle et la perquisition domiciliaire n'a rien donné. L'avis de recherche qui vient d'être émis ne contient que sa description. Mais je pense qu'il nous serait utile d'avoir sa photo, vous ne croyez pas?

– Comment puis-je vous aider?

– Retrouvez-moi devant la maison Fuller dans un quart d'heure. Vous n'aurez pas de peine à me reconnaître, j'aurai une rose à la boutonnière.»

Gentry arriva avec une rose glissée dans la poche de poitrine de son uniforme. Il l'offrit à Natalie alors qu'ils se dirigeaient vers la cour placée sous scellés de la maison Fuller.

«Qu'est-ce que j'ai fait pour mériter ça? demanda Natalie en humant la fleur rose pâle.

– C'est peut-être le seul paiement que vous recevrez pour ce travail pénible, fastidieux et probablement inutile.» Gentry sortit de sa poche un assortiment de clés, en choisit une lourde, à l'ancienne mode, et ouvrit le portail.

«Est-ce qu'on va encore fouiller toute la maison?» demanda Natalie. L'idée d'y pénétrer une nouvelle fois lui répugnait. Elle se rappelait encore le soir où elle y avait suivi Saul, cinq jours plus tôt. Elle frissonna en dépit de la douceur relative de l'air.

«Non», fit Gentry, et il la précéda jusqu'à l'autre vieille maison de brique qui donnait sur la cour. Il chercha une autre clé et ouvrit la lourde porte ouvragée. «Après la mort de son mari et de sa petite-fille, Ruth Hodges est allée vivre chez sa fille, dans le nouveau lotissement de Sherwood, à l'ouest de la ville. Elle m'a donné la permission de récupérer quelques trucs.»

La maison était sombre — vieux meubles et bois ciré —, mais Natalie la trouva moins poussiéreuse et plus accueillante que la maison Fuller. Au premier étage, Gentry entra dans une petite pièce meublée d'un canapé et d'une table et aux murs couverts de photos de chevaux de course. Il alluma une lampe de bureau. «Ceci était la tanière de George Hodges», dit Gentry. Il prit un album de timbres, feuilleta lentement ses pages rigides, et prit la loupe qui y était insérée. «Ce pauvre diable n'avait jamais fait de mal à personne. Il a travaillé comme employé des postes pendant trente ans et comme veilleur de nuit à la marina pendant neuf ans. Et puis ce truc lui est tombé dessus…» Gentry secoua la tête. «Bref, à en croire Mrs. Hodges, George avait encore un appareil photo en 1977 et il s'en servait souvent. Elle est sûre que Miz Fuller ne s'est jamais laissé prendre en photo… elle dit que la vieille dame refusait catégoriquement d'être photographiée… mais George a pris pas mal de diapos et Mrs. Hodges ne saurait jurer que Melanie Fuller ne figure sur aucune d'entre elles…

– Vous voulez donc que je regarde ces diapos et que je la retrouve, dit Natalie. D'accord. Mais je n'ai jamais vu Melanie Fuller.

– Je sais, mais je vais vous donner une copie de la description qui figure sur l'avis de recherche. Vous n'aurez qu'à mettre de côté les photos où figurent des vieilles dames d'environ soixante-dix ans.» Gentry marqua un temps. «Est-ce que vous ou votre père possédez une table lumineuse ou un appareil pour trier les diapos?

– Il y a une table lumineuse large de plus d'un mètre dans son studio. Mais pourquoi ne pas utiliser un simple projecteur?

– Ça risque d'aller plus vite avec une table lumineuse, dit Gentry en ouvrant la porte du placard.

– Grand Dieu», s'exclama Natalie.

Le placard était immense et rempli d'étagères. Sur celles de gauche étaient rangés des albums et des boîtes étiquetées *Timbres*, mais sur celles de droite, du sol au plafond, il y avait des boîtes contenant des albums de diapositives Kodak. Natalie se retourna vers Gentry. «Il y a des *milliers* de diapos là-dedans. Peut-être même des dizaines de milliers.»

Gentry écarta les bras, paumes tournées vers le ciel, et lui adressa le plus large et le plus juvénile des sourires. «J'ai dit qu'il me fallait un volontaire pour ce boulot. Je le confierais bien à un de mes adjoints, mais Lester est le seul à avoir du temps libre et il n'est pas très futé… c'est un type sympa, mais il est à peu près aussi malin qu'une poutre… et je crains qu'il ne puisse se concentrer sur une telle tâche.

– Hmm. Voilà qui en dit long sur la police de Charleston.»

Gentry continua de lui sourire.

«Enfin, soupira Natalie. Je n'ai rien de mieux à faire et le studio est à ma disposition tant que Lorne Jessup..

l'avocat de mon père... n'aura pas vendu le fonds de commerce, voire tout l'immeuble, à la chaîne Shutter-bug. D'accord, au boulot.

– Je vais vous aider à transporter ces boîtes dans votre coffre.

– Merci mille fois.» Natalie huma la rose et soupira.

Il y avait des milliers de diapositives et chacune d'elles était au mieux un instantané passable. Natalie savait à quel point il était difficile de prendre une photo vraiment bonne — elle avait passé plusieurs années à essayer de satisfaire son père après qu'il lui avait offert son premier appareil pour son neuvième anniversaire, un Yashica manuel bon marché — mais, bon sang, n'importe qui ayant pris des *milliers* de photographies sur une durée de *vingt* ou *trente* ans *aurait dû* réussir à produire au moins une ou deux diapos intéressantes.

Pas George Hodges. Il avait pris des photos de famille, des photos de vacances, des photos de famille en vacances, des photos de maisons et de bateaux, des photos de cérémonies, des photos de fêtes familiales — Natalie eut l'occasion d'examiner tous les arbres de Noël des Hodges entre 1948 et 1977 — et des photos de tous les jours, mais chacune d'elles était au mieux un instantané médiocre. En dix-huit ans d'activité, George Hodges n'avait jamais appris à ne pas se placer face au soleil, à ne pas placer ses sujets face au soleil, à ne pas les placer devant des arbres, des poteaux ou d'autres objets qui semblaient sortir de leurs oreilles ou de leurs coiffures démodées, à ne pas faire basculer l'horizon, à ne pas forcer ses sujets à se tenir comme des piquets, à ne pas photographier ses natures mortes à plusieurs kilomètres de distance, à ne pas compter sur son flash pour photographier des sujets trop proches ou trop éloignés de son objectif, et à ne pas chercher à inclure *toute* la personne dans ses portraits.

Ce fut grâce à ce dernier défaut que Natalie finit par découvrir Melanie Fuller.

Il était sept heures passées, Gentry venait d'arriver au studio avec un repas qu'il était allé chercher dans un restaurant chinois et qu'ils avaient mangé debout près de la table lumineuse, et Natalie lui avait montré le petit tas de diapos intéressantes. « Je ne pense pas qu'il s'agisse de l'une de ces vieilles dames, dit-elle. Elles prennent toutes la pose et la plupart paraissent trop jeunes ou trop âgées. Heureusement que Mr. Hodges classait ses boîtes par année.

— Ouais, dit Gentry en posant les diapos sur la table lumineuse pour mieux les examiner. Aucune ne correspond à notre description. Les cheveux ne collent pas. A en croire Mrs. Hodges, Miz Fuller avait la même coiffure depuis les années 60, à tout le moins. Le genre cheveux courts bouclés et bleuis par le rinçage. Aussi enjoué que vous en ce moment.

— Merci », dit Natalie, mais elle sourit en reposant son assiette en carton et en défaisant l'élastique d'une nouvelle boîte de diapos. Elle commença à disposer celles-ci dans l'ordre. « Le plus dur, c'est de ne pas jeter chaque paquet par terre quand j'ai fini de le trier. Pensez-vous que Mrs. Hodges accepterait de les examiner ?

— Probablement pas. Elle m'a dit que si George avait fini par renoncer à la photographie, c'était en partie parce qu'elle avait toujours refusé de regarder ses diapos.

— Je me demande bien pourquoi. » Natalie étala sur la table la trois centième série de photos de Lawrence (le fils) et Nadine (la belle-fille) — la plupart des diapos étaient étiquetées — debout dans la cour, clignant des yeux sous le soleil, tenant dans leur bras la petite Laurel, qui clignait des yeux elle aussi, pendant que Kathleen, alors âgée de trois ans, tirait sur la robe trop courte de sa mère… et clignait des yeux. Lawrence portait des souliers noirs et des chaussettes blanches. « Un instant », dit Natalie.

Gentry, réagissant immédiatement à l'émoi que trahissait sa voix, reposa les diapos qu'il tenait et se pencha vers elle. « Qu'y a-t-il ? »

Natalie désigna du doigt la dixième diapo de la série. «Ici. Vous voyez? Ces deux-là. Ce grand type chauve, ça ne serait pas... comment s'appelait-il, déjà?

– Mr. Thorne, alias Oscar Felix Haupt. Oui, oui, oui. Et cette dame mal fagotée avec ses boucles bleues... Mais oui, bonjour, Miz Fuller.» Ils se penchèrent sur la diapo et l'étudièrent à la loupe.

«Elle n'a pas remarqué qu'il photographiait tout le groupe, dit doucement Natalie.

– En effet, acquiesça Gentry. Je me demande pourquoi.

– A en juger par le nombre de diapos représentant cette petite famille, on peut raisonnablement estimer que Mr. Hodges les faisait poser dans sa cour environ deux cents jours par an. Miz Fuller pensait probablement qu'il s'agissait d'un groupe de statues.

– Ouais, fit Gentry en souriant. Hé, est-ce que vous arriverez à en faire un tirage? D'elle toute seule, je veux dire.

– Sûrement, dit Natalie en reprenant son sérieux. Apparemment, il utilisait du Kodachrome 64 et ça supporte très bien l'agrandissement. Faites d'abord refaire un négatif si vous voulez un tirage de bonne qualité. Découpez ici, ici et ici, et vous aurez un excellent portrait de trois quarts.

– Formidable! dit Gentry. Vous avez fait un excellent boulot. Nous allons... hé! qu'est-ce qui ne va pas?»

Natalie leva les yeux vers lui et serra ses bras contre sa poitrine pour s'empêcher de frissonner. Elle n'y parvint pas. «Elle ne fait pas ses soixante-dix ans», dit-elle.

Gentry examina de nouveau la diapositive. «Cette photo a été prise il y a... voyons... il y a environ cinq ans, mais non, vous avez raison. Elle a l'air âgée de... d'une soixantaine d'années. Quoique... d'après les archives municipales, elle était déjà propriétaire de cette maison durant les années 20. Mais ce n'est pas ça qui vous trouble, n'est-ce pas?

– Non. J'ai vu tellement de photos de la petite Kathleen. Je n'arrête pas d'oublier qu'elle est morte. Et que son grand-père... celui qui a pris toutes ces photos... est mort, lui aussi.»

Gentry hocha la tête. Il regarda Natalie, de nouveau penchée sur la diapositive. Sa main gauche s'éleva, se dirigea vers l'épaule de la jeune femme, puis retomba. Natalie n'avait rien remarqué. Elle examina la diapositive de plus près.

«Et ceci est le monstre qui les a sans doute tués, reprit-elle. Cette vieille dame inoffensive. Aussi inoffensive qu'une grosse veuve noire qui tue toute créature osant pénétrer dans sa tanière. Et quand elle en sort, c'est pour tuer d'autres créatures, y compris mon père.» Natalie éteignit la table lumineuse et tendit la diapositive à Gentry. «Tenez, je regarderai les autres diapos demain au cas où je trouverais autre chose. En attendant, faites tirer ceci et ajoutez-le à vos mandats d'arrêt, à vos bulletins de recherche ou je ne sais quoi.»

Gentry avait acquiescé et accepté la diapositive avec répugnance, la tenant à bout de bras comme s'il s'était agi d'une araignée, encore vivante et encore meurtrière.

Natalie s'arrêta en face de la maison Fuller, jeta un coup d'œil au bâtiment pour se conformer à son rituel quotidien, passa en première pour partir en quête d'un téléphone et contacter Gentry au sujet de leur dîner de ce soir, et se figea soudain. Elle serra le frein à main et coupa le moteur. Elle attrapa son Nikon d'une main tremblante et examina la maison au téléobjectif, calant celui-ci sur la vitre partiellement ouverte de la portière avant gauche.

Il y avait de la lumière dans la maison Fuller. Au premier étage. Pas dans une des pièces donnant sur la rue, mais assez près de la façade pour éclairer le couloir et être visible à travers les volets. Natalie était passée devant la maison chaque soir durant les trois derniers jours. Elle n'y avait jamais vu de lumière.

Elle abaissa son appareil photo et inspira profondément. Son cœur battait la chamade. Il y avait *forcément* une explication rationnelle. La vieille femme n'était sûrement pas revenue s'installer chez elle alors que la police et le F.B.I. la recherchaient dans une douzaine d'États.

Pourquoi pas?

Non, pensa Natalie, il y a une autre explication. Peut-être que Gentry ou un autre enquêteur est passé ici aujourd'hui. Peut-être la brigade criminelle; Gentry lui avait dit qu'ils envisageaient de stocker les possessions de la vieille dame jusqu'à la fin de l'enquête. Il pouvait y avoir une centaine d'explications rationnelles.

La lumière s'éteignit.

Natalie sursauta comme si une main venait de se poser sur sa nuque. Elle reprit son appareil photo, le leva. La fenêtre du premier étage emplit le viseur. Aucune lumière n'était visible derrière les volets.

Natalie reposa soigneusement l'appareil sur le siège avant droit, se redressa, respira à fond pour se calmer, puis sortit son sac à main de la boîte à gants et le posa sur ses cuisses. Sans quitter des yeux la façade obscure de la maison, elle fouilla dans son sac, en sortit le Llama automatique calibre 32 et reposa son sac. Elle resta immobile, laissant le canon de l'arme reposer sur le volant. La pression de ses doigts sur la crosse avait automatiquement libéré le premier cran de sûreté. Le second était toujours en place, mais il lui faudrait moins d'une seconde pour le relâcher. Mardi soir, Gentry l'avait emmenée dans un stand de tir privé et lui avait montré comment charger, manipuler et faire tirer le pistolet. Il était chargé à présent, sept balles blotties dans sa crosse comme des œufs dans un nid. L'indicateur de charge affichait une couleur rouge sang.

Les pensées de Natalie étaient aussi agitées que des rats de laboratoire cherchant frénétiquement la sortie d'un labyrinthe. Que devait-elle faire? Devait-elle faire quelque chose? Il y avait déjà eu des rôdeurs par ici… Saul lui était apparu comme un rôdeur… Où diable *était*

Saul? Était-il revenu ici? Natalie élimina cette hypothèse absurde avant même d'avoir achevé de la formuler. Qui était-ce, alors? Natalie revit en esprit la diapo
de Miz Fuller et de son Mr. Thorne. Non, Thorne est
mort. Miz Fuller est sans doute morte, elle aussi. *Alors
qui est-ce?*

Natalie serra plus fort la crosse de son arme, veillant à
ne pas appuyer sur la détente, et observa la maison. Son
souffle était rapide mais régulier.

Fiche le camp. Appelle Gentry.

Où ça? Chez lui ou à son bureau? Les deux.
Demande à parler à un adjoint si nécessaire. Sept heures
un soir de Noël. A quelle vitesse réagirait le bureau du
shérif ou celui de la police? Et où était le téléphone le
plus proche? Natalie essaya de visualiser une cabine,
mais ne revit que les magasins et les restaurants obscurs
devant lesquels elle était passée.

Alors, va donc à l'hôtel du Comté ou chez Gentry. Ce
n'est qu'à dix minutes de route. *La personne qui s'est
introduite dans la maison aura disparu dans dix minutes.*
Bien.

Une chose en tout cas était sûre : Natalie n'entrerait
pas dans cette maison toute seule. Elle avait agi de façon
stupide l'autre jour, mais elle avait été poussée par la
colère, le chagrin, et la témérité que confère l'ignorance.
Récidiver cette nuit serait criminellement stupide. Pistolet ou pas.

Quand Natalie était petite, elle adorait se coucher
tard le vendredi ou le samedi soir pour regarder des
films d'épouvante à la télé. Son père lui donnait la permission de préparer le canapé-lit pour qu'elle puisse
s'endormir tout de suite dès la fin du film… le plus souvent avant la fin, d'ailleurs. Parfois, il se joignait à elle —
lui vêtu de son pyjama rayé bleu et blanc, elle de son
pyjama en flanelle —, et ils s'installaient avec leur pop-
corn et commentaient les scénarios et les déferlements
de sang également improbables. Ils étaient en accord
parfait sur un point : ne jamais avoir pitié de l'héroïne

qui agissait de façon stupide. La jeune femme vêtue d'une chemise de nuit en dentelle recevait à plusieurs reprises le même avertissement : N'OUVREZ PAS LA PORTE FERMÉE AU FOND DU COULOIR SOMBRE. Et que faisait-elle une fois que tout le monde était parti? Dès que leur héroïne du vendredi soir ouvrait la porte, Natalie et son père se mettaient à encourager le monstre qui la guettait. Le père de Natalie avait un dicton qui collait parfaitement à ce genre de situation : «La stupidité a un prix et il faut toujours le payer.»

Natalie ouvrit la portière et descendit de voiture. Le poids du pistolet automatique dans sa main droite lui paraissait étrange. Elle resta immobile une seconde, observant les maisons obscures et la cour qui les desservait. A dix mètres de là, un réverbère éclairait la brique et l'ombre des arbres. *Je vais jusqu'au portail, c'est tout,* se dit Natalie. Si quelqu'un sortait de la maison, elle pourrait toujours s'enfuir. De toute façon, le portail était fermé.

Elle traversa la rue silencieuse et s'approcha du portail. Il était légèrement entrouvert. Elle en toucha le métal froid de la main gauche et regarda les fenêtres obscures de la maison. Son cœur saturé d'adrénaline battait contre ses côtes, mais elle se sentait forte, vive, légère. C'était un vrai pistolet qu'elle tenait dans sa main. Elle libéra le cran de sûreté comme Gentry le lui avait appris. Elle ne tirerait que si on l'attaquait... de n'importe quelle façon... mais elle tirerait.

Elle savait qu'il était temps de reprendre le volant et d'aller chercher Gentry. Elle poussa le portail et entra dans la cour.

La grande fontaine projetait une ombre qui l'abrita pendant une longue minute. Immobile, Natalie observa la porte et les fenêtres de la maison Fuller. Elle avait l'impression d'être une gamine de dix ans mise au défi d'aller frapper à la porte de la maison hantée du quartier. *J'ai vu de la lumière.*

Si quelqu'un était venu ici, il était peut-être entré par

derrière, suivant l'exemple de Saul et le sien. Il n'allait
pas ressortir par la porte de devant, bien visible depuis
le trottoir. De toute façon, elle en avait assez fait. Le
moment était venu de reprendre le volant et de ficher le
camp d'ici.

Natalie s'avança lentement jusqu'au petit perron,
levant légèrement son arme. Elle aperçut alors un détail
que l'ombre du porche lui avait dissimulé ; la porte d'entrée était ouverte. Natalie haletait, au bord de la suffo-
cation, mais l'air ne semblait pas pouvoir parvenir à ses
poumons. Elle respira trois fois à fond et retint son
souffle. Les battements de son cœur se calmèrent. Elle
tendit la main droite et poussa doucement la porte du
canon de son arme. La porte s'ouvrit sans le moindre
bruit, comme si ses charnières avaient été parfaitement
huilées, lui révélant les boiseries de l'entrée et les premières marches de l'escalier. Natalie crut voir les taches
de sang laissées par les cadavres de Kathleen Hodges et
de Barrett Kramer. Si quelqu'un descendait l'escalier,
elle apercevrait d'abord deux pieds, puis deux jambes
plongées dans l'ombre…

Et puis merde, pensa Natalie. Elle fit demi-tour et se
mit à courir. Le talon de son soulier se coinça entre deux
pavés et elle faillit tomber avant de regagner le trottoir.
Elle retrouva l'équilibre, jeta un regard paniqué derrière elle, vers la porte ouverte, la fontaine sombre, les
ombres sur les briques, le verre et la pierre, puis se
retrouva devant le portail, de l'autre côté de la rue, cherchant à tâtons le loquet de sa portière, l'ouvrant et rega-
gnant l'abri de sa voiture.

Elle verrouilla la portière, eut la présence d'esprit de
remettre le cran de sûreté du pistolet avant de le poser à
côté d'elle et tendit la main vers la clé de contact, priant
pour qu'elle l'ait laissée dans le démarreur. Oui. Le
moteur se mit aussitôt en marche.

Natalie allait desserrer le frein à main lorsque deux
bras surgirent du siège arrière, une main se plaquant sur
sa bouche tandis que l'autre se refermait brutalement

sur sa gorge. Elle hurla, hurla, mais la main plaquée sur sa bouche étouffa son cri et lui fit ravaler son souffle. Elle avait les deux mains libres et griffa un épais manteau, des gants lourds pressés contre son visage. Elle se hissa sur son siège, tentant désespérément de se dégager, d'atteindre son agresseur de ses griffes.

Le pistolet. Natalie tendit la main droite vers le siège voisin, sans parvenir à l'atteindre. Elle heurta le frein à main, puis tenta de nouveau de griffer son agresseur. Son corps était rigide, à moitié dressé, ses genoux touchaient le volant. Un visage lourd et moite était pressé contre son cou et sa joue droite. Les doigts de sa main gauche accrochèrent ce qui ressemblait à une casquette. La main plaquée sur sa bouche descendit jusqu'à sa gorge. Le bras droit de son agresseur jaillit entre les sièges et Natalie entendit le pistolet tomber sur le tapis de sol. Elle tenta de saisir le gant lorsque la main revint lui enserrer la gorge. Elle essaya de labourer le visage pressé contre son cou, mais son agresseur repoussa sans peine ses assauts. Sa bouche était dégagée à présent, mais il ne lui restait plus de souffle pour crier. Des points lumineux dansaient au coin de ses yeux et le sang rugissait à ses oreilles.

Voilà l'effet que ça fait d'être étranglée, pensa-t-elle, déchirant le tissu, expédiant des ruades dans le tableau de bord et essayant de lever les genoux jusqu'au klaxon. Elle jeta un coup d'œil dans le rétroviseur et aperçut des yeux rouge sang près de son cou, une joue écarlate, puis se rendit compte que même sa propre peau était rouge, que la lumière était rouge, que ses yeux s'emplissaient de points rouges.

Une peau mal rasée lui râpa la joue, un souffle chaud lui caressa le visage, et une voix pâteuse lui murmura à l'oreille : «Vous voulez retrouver la vieille? Allez voir à Germantown.»

Natalie s'arc-bouta et rejeta la tête en arrière le plus violemment possible, sentant avec joie son crâne heurter la chair et l'os.

La pression se relâcha pendant une fraction de seconde, Natalie s'effondra en avant, obligea sa gorge et ses poumons meurtris à inhaler une bouffée d'air, puis une autre, et se pencha sur la droite, tomba à terre, touchant le frein à main, puis le siège, en quête du pistolet automatique.

Les doigts se refermèrent sur sa gorge, avec plus de force cette fois-ci, cherchant un point plus vulnérable que les autres. On la tira de nouveau vers le haut.

Une explosion de points rouges, une violente douleur dans son cou.

Puis plus rien.

Cet ouvrage a été composé par le Studio Denoël
et achevé d'imprimer
par la Société Nouvelle Firmin-Didot
Mesnil-sur-l'Estrée
pour le compte des Éditions Denoël
en mars 1996

Dépôt légal : mars 1996
N° d'édition : 7825 - N° d'impression : 33622
Imprimé en France